普通高等教育"十一五"规划教材

高等院校计算机系列教材

数据库原理与 SQL Server 应用

（第二版）

高金兰　主　编

鲁　立　副主编

科学出版社

北　京

内 容 简 介

本教材结合数据库技术的课程特点及应用型本专科学生的特点而编写。力求克服原理与应用相分离的缺点,体现注重能力、内容创新、结构合理、通俗易懂的特点。全书在介绍数据库原理、关系数据库理论和数据库设计方法的基础上,以 Microsoft SQL Server 2005 数据库管理系统为数据库应用平台,详细介绍了如何利用 Microsoft SQL Server 2005 进行数据库操作和管理的应用知识和方法。

全书共分为 12 章,每章后附有小结、习题与上机实验内容。主要包括:数据库系统导论、关系数据库理论基础、数据库设计、SQL Server 数据库的创建与使用、数据表的创建与使用、数据查询与视图、索引与数据库完整性、Transact-SQL 程序设计(自定义函数、存储过程和触发器)、游标、事务与锁、SQL Server 管理与维护(安全性、数据库备份与恢复、数据转换、代理服务),最后介绍了一个在 ASP.NET 平台上实现的简单数据库应用系统"留言板应用程序开发"的实现过程。

本书可作为大学应用型本专科相关课程的教材,也可供大专、高职学生和数据库应用开发人员使用。

图书在版编目(CIP)数据

数据库原理与 SQL Server 应用/高金兰编.—2 版.—北京:科学出版社,2010.2
(高等院校计算机系列教材)

普通高等教育"十一五"规划教材
ISBN 978-7-03-026635-4

Ⅰ.①数… Ⅱ.①高… Ⅲ.①数据库系统-高等学校-教材②关系数据库-数据库管理系统,SQL Server-高等学校-教材 Ⅳ.①TP311.13

中国版本图书馆 CIP 数据核字(2010)第 020761 号

责任编辑:黄金文/责任校对:翟 菁
责任印制:彭 超/封面设计:苏 波

科 学 出 版 社 出版
北京东黄城根北街 16 号
邮政编码:100717
http://www.sciencep.com

武汉市新华印刷有限责任公司印刷
科学出版社发行 各地新华书店经销

*

2010 年 1 月第 一 版 开本:787×1092 1/16
2010 年 1 月第一次印刷 印张:22 3/4
印数:1—3 000 字数:517 000

定价:36.00 元
(如有印装质量问题,我社负责调换)

数据库原理与 SQL Server 应用

（第二版）

编 委 会

主　　编　高金兰

副 主 编　鲁　立

参　　编　张慧萍　顾梦霞　刘志亮

　　　　　刘媛媛　杨　晔

前　言

随着计算机应用的普及和网络技术的发展,数据量急剧地增加,人们借助计算机和数据库技术科学地保存和管理大量的、复杂的数据,以便能方便而充分地利用这些宝贵的信息资源。在人们获取知识的各种操作,如数据查询、数据存储、数据分类等,已经成为 Internet 的"软"支柱,而数据库系统则是这个支柱中最关键的,如果没有数据库的支持,根本不可能在 Google 或百度中查找自己需要的信息,数据库技术已成为当今计算机信息系统的基础和核心,要学习计算机信息科学,就不能不学习掌握数据库技术。

数据库技术既有较强的理论体系,又具有很强的实践性,数据库技术起源于实际应用,它的强大生命力在于应用。Microsoft SQL Server 2005 是基于客户/服务器模型的新一代大型关系数据库管理系统(简称 RDBMS),它在电子商务、数据仓库和数据库解决方案等应用中起着重要的核心作用,为企业的数据管理提供强大的支持,对数据库中的数据提供有效的管理,并采用有效的措施实现数据的完整性及数据的安全性。Microsoft SQL Server 2005 是当前最为流行的数据库管理系统。

本教材正是结合数据库技术的课程特点及应用型本、专科学生的特点而编写的。力求克服原理与应用相分离的缺点,体现注重能力、内容创新、结构合理、叙述通俗的特点。全书在介绍数据库原理、关系数据库理论和数据库设计方法的基础上,以 Microsoft SQL Server 2005 数据库管理系统为数据库应用平台,详细介绍了如何利用 Microsoft SQL Server 2005 进行数据库操作和管理的应用知识和方法。

《数据库原理与 SQL Server 应用》已出版了第一版,第一版应用基于 SQL Server 2000 数据库管理平台,第二版将应用平台改为 SQL Server 2005,在内容上也作了修改和调整。

全书共分为 12 章,每章后附有小结、习题与上机实验内容。主要包括:数据库系统导论、关系数据库理论基础、数据库设计、SQL Server 数据库的创建与使用、数据表的创建与使用、数据查询与视图、索引与数据库完整性、Transact-SQL 程序设计(自定义函数、存储过程和触发器)、游标、事务与锁、SQL Server 管理与维护(安全性、数据库备份与恢复、数据转换、代理服务),最后介绍了一个在 ASP. NET 平台上实现的简单数据库应用系统"留言板应用程序开发"的实现过程。

本书以数据库 CJGL(成绩管理)贯穿全书所有讲解与举例,以数据库 ZYGL(职员管理)贯穿所有实验。第 1~3 章侧重于培养学生运用关系数据库理论进行数据库的设计能力、第 4~10 着重于培养学生对 SQL Server 数据库操作的能力,第 11 章培养学生对 SQL Server 数据库系统管理与维护的能力,第 12 章培养学生具有一定的应用开发能力。本书可作为《数据库系统概论》、《数据库原理与应用》、《数据库语言程序设计》、《数据库应用》等课程的教材,对于《数据库应用》课程可以对第 1~3 章内容作简要介绍。

本书由高金兰主编,鲁立副主编,第 1~3 章由张慧萍编写,第 4~5 章由顾梦霞编写,

第 6～7 章由高金兰编写,第 8、第 11 章由刘志亮、刘媛媛编写,第 9 章由杨晔编写,第 10、第 12 章由鲁立编写。

由于编者水平有限,本书错误在所难免,敬请广大读者批评指正。

编　者

2009 年 11 月

目　　录

前言

第1章　数据库系统导论 ……………………………………………………… 1

　1.1　数据、数据库、数据库管理系统、数据库系统 ……………………… 1

　　1.1.1　数据 …………………………………………………………………… 1

　　1.1.2　数据库 ………………………………………………………………… 1

　　1.1.3　数据库管理系统 ……………………………………………………… 2

　　1.1.4　数据库系统 …………………………………………………………… 2

　1.2　数据库系统的体系结构 …………………………………………………… 2

　　1.2.1　三级模式结构 ………………………………………………………… 2

　　1.2.2　数据库的两级映像功能 ……………………………………………… 3

　　1.2.3　数据库的特点 ………………………………………………………… 4

　1.3　数据库管理系统 …………………………………………………………… 5

　　1.3.1　DBMS的功能 ………………………………………………………… 5

　　1.3.2　DBMS的组成 ………………………………………………………… 5

　1.4　数据模型 …………………………………………………………………… 6

　　1.4.1　概念模型 ……………………………………………………………… 6

　　1.4.2　数据模型 ……………………………………………………………… 10

第2章　关系数据库理论基础 ……………………………………………… 17

　2.1　关系模型术语及关系的性质 …………………………………………… 17

　　2.1.1　关系模型术语 ………………………………………………………… 17

　　2.1.2　关系形式化定义及其性质 …………………………………………… 18

　2.2　关系运算 …………………………………………………………………… 20

　　2.2.1　传统集合运算 ………………………………………………………… 21

　　2.2.2　专门的关系运算 ……………………………………………………… 23

　2.3　关系的完整性规则 ………………………………………………………… 27

　　2.3.1　实体完整性 …………………………………………………………… 27

　　2.3.2　参照完整性 …………………………………………………………… 27

　　2.3.3　用户定义的完整性 …………………………………………………… 28

　2.4　关系的规范化理论 ………………………………………………………… 28

　　2.4.1　问题的提出 …………………………………………………………… 28

　　2.4.2　函数依赖 ……………………………………………………………… 29

　　2.4.3　范式与规范化 ………………………………………………………… 32

第3章　数据库设计 ………………………………………………………… 39

　3.1　数据库设计概述 …………………………………………………………… 39

3.1.1 数据库系统设计的任务 ……………………………………………… 39
3.1.2 数据库系统设计的特点 ……………………………………………… 40
3.1.3 数据库设计的主要步骤 ……………………………………………… 40
3.2 需求分析 ………………………………………………………………… 42
3.2.1 需求分析的目标 ……………………………………………………… 42
3.2.2 需求信息的收集 ……………………………………………………… 42
3.2.3 需求信息的整理 ……………………………………………………… 43
3.3 概念结构设计 …………………………………………………………… 45
3.3.1 概念结构设计的目标 ………………………………………………… 45
3.3.2 概念结构设计的方法与步骤 ………………………………………… 45
3.3.3 数据抽象与局部视图的设计 ………………………………………… 46
3.3.4 全局概念模式的设计 ………………………………………………… 48
3.4 逻辑结构设计 …………………………………………………………… 51
3.4.1 逻辑结构设计的目标 ………………………………………………… 51
3.4.2 E-R 模型向关系模型的转换 ………………………………………… 51
3.4.3 数据模型的优化 ……………………………………………………… 53
3.5 物理结构设计 …………………………………………………………… 53
3.5.1 物理结构设计的目标 ………………………………………………… 53
3.5.2 存储方法设计 ………………………………………………………… 53
3.5.3 存取方法设计 ………………………………………………………… 54
3.5.4 确定数据库的存取结构 ……………………………………………… 54
3.6 数据库的实施与维护 …………………………………………………… 54
3.6.1 数据库的实施 ………………………………………………………… 54
3.6.2 数据的载入 …………………………………………………………… 55
3.6.3 测试 …………………………………………………………………… 55
3.6.4 数据库的运行与维护 ………………………………………………… 55
第4章 SQL Server 2005 概述 …………………………………………… 59
4.1 SQL Server 2005 核心架构简介 ……………………………………… 59
4.1.1 数据库架构 …………………………………………………………… 59
4.1.2 DBMS 管理架构 ……………………………………………………… 59
4.1.3 应用程序开发架构 …………………………………………………… 60
4.1.4 客户/服务器结构 …………………………………………………… 60
4.1.5 数据库引擎 …………………………………………………………… 61
4.1.6 SQL Server 2005 的特点 …………………………………………… 61
4.1.7 SQL Server 2005 的安装 …………………………………………… 62
4.2 SQL Server 2005 的主要组件 ………………………………………… 64
4.3 SQL Server 2005 服务器的配置 ……………………………………… 66
4.3.1 注册服务器 …………………………………………………………… 66

　　　4.3.2　配置服务器 ··· 67

第 5 章　数据库的创建与使用 ··· 71

　5.1　SQL Server 数据库的结构 ··· 71

　　　5.1.1　SQL Server 数据库和文件 ······································· 71

　　　5.1.2　数据库存储结构(页、盘区) ······································· 73

　　　5.1.3　SQL Server 系统数据库 ··· 73

　5.2　界面方法创建和管理数据库 ··· 74

　　　5.2.1　创建数据库 ··· 74

　　　5.2.2　修改数据库 ··· 78

　　　5.2.3　数据库的删除 ··· 79

　　　5.2.4　数据库的附加与分离 ··· 80

　5.3　使用 T-SQL 语言创建和管理数据库 ····································· 83

　　　5.3.1　T-SQL 语言简介 ·· 83

　　　5.3.2　创建数据库语句 ··· 85

　　　5.3.3　修改数据库语句 ··· 88

　　　5.3.4　数据库的删除语句 ··· 90

第 6 章　数据表的创建与操纵 ··· 92

　6.1　SQL Server 的数据类型 ··· 93

　　　6.1.1　SQL Server 的数据类型 ··· 94

　　　6.1.2　SQL Server 的常量表示、运算符与表达式 ························· 98

　6.2　设计数据表中的约束 ··· 101

　6.3　界面方法创建与管理数据表 ··· 103

　　　6.3.1　数据表的创建及完整性约束的操作 ································· 103

　　　6.3.2　修改表的结构 ··· 109

　　　6.3.3　数据表的删除与更名 ··· 110

　6.4　T-SQL 语句创建与管理数据表 ··· 110

　　　6.4.1　使用 CREATE TABLE 创建数据表 ································ 110

　　　6.4.2　使用 ALTER TABLE 修改数据表结构 ····························· 113

　　　6.4.3　使用 DROP TABLE 删除数据表 ·································· 115

　6.5　表数据的插入、删除和修改 ··· 115

　　　6.5.1　界面方法插入、删除和修改表数据 ································· 115

　　　6.5.2　T-SQL 语句插入、删除和修改表数据 ······························ 117

第 7 章　数据查询与视图 ··· 124

　7.1　SELECT 语句概述 ··· 124

　7.2　单表查询 ··· 124

　　　7.2.1　投影列 ··· 124

　　　7.2.2　选择行 ··· 129

　　　7.2.3　汇总数据 ··· 133

7.2.4　查询结果筛选 ……………………………………………… 138

7.2.5　查询结果排序 ……………………………………………… 139

7.2.6　将结果生成新表 …………………………………………… 141

7.2.7　表达集合概念(并差交)的查询 …………………………… 142

7.3　多表查询 ………………………………………………………… 142

7.3.1　连接查询 ……………………………………………………… 142

7.3.2　子查询 ………………………………………………………… 147

7.4　视图 ……………………………………………………………… 153

7.4.1　视图概述 ……………………………………………………… 153

7.4.2　创建视图 ……………………………………………………… 154

7.4.3　使用视图 ……………………………………………………… 157

第8章　索引与数据完整性 ………………………………………… 165

8.1　索引 ……………………………………………………………… 165

8.1.1　索引的概念 …………………………………………………… 165

8.1.2　索引的类型 …………………………………………………… 167

8.1.3　索引的创建与管理 …………………………………………… 169

8.1.4　索引的维护与优化 …………………………………………… 176

8.1.5　全文索引 ……………………………………………………… 177

8.2　数据完整性 ……………………………………………………… 181

8.2.1　SQL Server 数据完整性及其实现途径 …………………… 181

8.2.2　约束 …………………………………………………………… 182

8.2.3　默认 …………………………………………………………… 186

8.2.4　规则 …………………………………………………………… 187

第9章　Transact-SQL 程序设计 ………………………………… 192

9.1　变量 ……………………………………………………………… 192

9.1.1　局部变量的定义与使用 ……………………………………… 192

9.1.2　全局变量 ……………………………………………………… 194

9.2　SQL Server 的常用语句 ……………………………………… 196

9.2.1　批处理与注释 ………………………………………………… 196

9.2.2　消息显示语句 ………………………………………………… 197

9.2.3　流程控制语句 ………………………………………………… 199

9.3　系统内置函数 …………………………………………………… 205

9.3.1　系统内置函数简介 …………………………………………… 205

9.3.2　常用系统内置函数的使用 …………………………………… 206

9.4　自定义函数与自定义数据类型 ………………………………… 212

9.4.1　用户函数的定义与调用 ……………………………………… 212

9.4.2　用户定义函数的删除 ………………………………………… 218

9.4.3　用户定义数据类型 …………………………………………… 218

9.5　存储过程 ……………………………………………………………………………………… 221

　　9.5.1　存储过程的类型 ………………………………………………………………… 222

　　9.5.2　用户存储过程的创建与执行 ………………………………………………… 222

　　9.5.3　存储过程修改和删除 …………………………………………………………… 230

9.6　触发器 ………………………………………………………………………………………… 232

　　9.6.1　DML 触发器的创建 ……………………………………………………………… 232

　　9.6.2　使用 DML 触发器 ………………………………………………………………… 237

　　9.6.3　DML 触发器的修改和删除 …………………………………………………… 241

　　9.6.4　DDL 触发器 ………………………………………………………………………… 242

第 10 章　游标、事务与锁 ……………………………………………………………………… 248

10.1　游标 …………………………………………………………………………………………… 248

　　10.1.1　概述 ………………………………………………………………………………… 248

　　10.1.2　游标类型及其操作 ……………………………………………………………… 248

　　10.1.3　声明 T-SQL 游标 ………………………………………………………………… 250

　　10.1.4　打开游标 …………………………………………………………………………… 252

　　10.1.5　滚动和提取游标 ………………………………………………………………… 252

　　10.1.6　全局游标和局部游标 …………………………………………………………… 253

　　10.1.7　游标应用举例 …………………………………………………………………… 253

10.2　事务处理 ……………………………………………………………………………………… 256

　　10.2.1　事务的概念 ………………………………………………………………………… 256

　　10.2.2　事务分类 …………………………………………………………………………… 257

　　10.2.3　显式事务 …………………………………………………………………………… 257

　　10.2.4　自动提交事务 ……………………………………………………………………… 261

　　10.2.5　隐式事务 …………………………………………………………………………… 262

10.3　数据的锁定 …………………………………………………………………………………… 263

　　10.3.1　SQL Server 锁机制 ……………………………………………………………… 263

　　10.3.2　锁防止的并发问题 ……………………………………………………………… 264

　　10.3.3　可锁定的资源 ……………………………………………………………………… 264

　　10.3.4　锁的类型 …………………………………………………………………………… 265

　　10.3.5　自定义事务隔离级别 …………………………………………………………… 266

　　10.3.6　表级锁定选项 ……………………………………………………………………… 268

　　10.3.7　死锁问题 …………………………………………………………………………… 269

第 11 章　SQL Server 管理与维护 …………………………………………………………… 275

11.1　SQL Server 数据库的安全性 ……………………………………………………………… 275

　　11.1.1　SQL Server 2005 的安全机制 ………………………………………………… 275

　　11.1.2　服务器的登录 ……………………………………………………………………… 276

　　11.1.3　服务器角色 ………………………………………………………………………… 280

　　11.1.4　SQL Server 数据库用户 ………………………………………………………… 282

11.1.5 SQL Server 数据库角色 ··· 284

11.1.6 SQL Server 权限管理 ·· 287

11.2 SQL Server 的数据备份与恢复 ··· 290

11.2.1 备份概述 ·· 291

11.2.2 备份数据库 ·· 293

11.2.3 恢复数据库 ·· 296

11.3 SQL Server 的数据导入与导出 ··· 297

11.4 SQL Server 代理服务 ··· 302

11.5 SQL Server 数据复制 ··· 309

第12章 综合案例开发 ··· 313

12.1 应用程序结构 ··· 313

12.1.1 客户/服务器(Client/Server)结构 ·· 313

12.1.2 浏览器/服务器(Browser/Server)结构 ·· 313

12.2 应用程序数据库访问技术 ··· 314

12.2.1 ADO. NET 概述 ·· 315

12.2.2 数据库应用程序的开发流程 ··· 316

12.2.3 ADO. NET 的应用 ··· 316

12.3 Web 编程环境 ··· 317

12.3.1 安装 Visual Studio. NET 2005 ·· 317

12.3.2 创建. NET Web 站点 ··· 321

12.3.3 添加、编写. NET 应用程序 ··· 322

12.3.4 编译和运行. NET 应用程序 ··· 325

12.4 留言板应用程序开发 ··· 327

12.4.1 系统功能设计和数据库设计 ··· 327

12.4.2 留言板系统数据访问层设计 ··· 330

12.4.3 留言板页面设计 ··· 330

12.4.4 显示留言信息页面设计 ··· 334

12.4.5 注册页面设计 ··· 338

12.4.6 登录页面设计 ··· 342

12.4.7 显示验证码页 ··· 346

参考文献 ··· 349

第1章 数据库系统导论

数据库技术的发展,已经成为先进信息技术的重要组成部分,是现代计算机信息系统和计算机应用系统的基础和核心。目前可见的绝大多数计算机应用系统都离不开数据库的支撑。如数据通信、电话交换、电力调度等网络管理;电子银行事务、电子数据交换与电子商务、证券与股票交易;交通控制、雷达跟踪、空中交通管制;武器制导、实时仿真、作战指挥自动化都是以数据库技术作为重要支撑。因此,数据库技术的基本知识和基本技能正成为信息社会人们的必备知识。对于一个国家来说,数据库的建设规模、数据库信息量的大小和使用频度已经成为衡量这个国家信息化程度的重要标志。

简单地说,数据库技术研究的问题是:如何科学地组织和存储数据,如何高效地获取和处理数据,如何更广泛、更安全地共享数据。

1.1 数据、数据库、数据库管理系统、数据库系统

1.1.1 数据

数据(Data)是描述客观事物的符号记录。计算机中的数据是指经数字化后能够由计算机处理的数字、字母、符号、声音、图形、图像等。数据是数据库中存储的基本对象。

为了了解世界,互相交流,人们需要描述各种各样的事物。在日常生活中直接用自然语言描述。在计算机中,为了存储和处理这些事物,就要抽取出对这些事物感兴趣的特征值组成一个记录来描述。

例如,在学生档案中,有这样的数据记录:(李林,男,1998-08-10,175.5,计算机软件)。对于此记录中的每个数据项必须经过解释才能明确其含义。数据的含义称为数据的语义。上述记录可以解释为姓名为李林的男同学,1998 年 8 月 10 日出生,身高175.5 cm,在计算机软件专业学习。数据与其语义是不可分的。数据是信息的符号表示,信息则是数据的内涵,是对数据的语义解释。

1.1.2 数据库

数据库(DataBase,DB),我们可把它比喻成存放数据的仓库。它是长期储存在计算机内的、有组织的、可共享的数据集合。

数据库中保存的是以一定的组织方式存储在一起的相互有关的数据整体。即数据库不仅保存数据,还保存数据之间的联系。数据库中的数据可以被多个应用程序的用户所使用,达到数据共享的目的。

1.1.3 数据库管理系统

数据库管理系统(DataBase Management System,DBMS),是位于用户与操作系统之间的一层数据管理软件。它和操作系统一样,是计算机的基础软件,也是一个大型复杂的软件。例如 Oracle,Microsoft SQL Server,Visual FoxPro,Access 等。它们建立在操作系统的基础上,对数据库进行统一的管理和控制。其功能包括数据库定义、数据库管理、数据库建立与维护以及与操作系统通信等。

1.1.4 数据库系统

数据库系统(DataBase System,DBS),是指在计算机系统中引入数据库后的系统,一般由数据库、数据库管理系统(及其开发工具)、应用系统、数据库管理员和用户构成。数据库系统可以用图 1.1 表示。

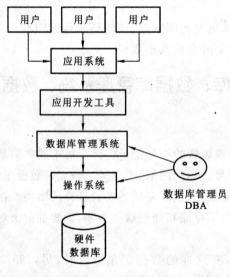

图 1.1　数据库系统

1.2　数据库系统的体系结构

1.2.1 三级模式结构

为了有效地组织、管理数据,提高数据库的逻辑独立性和物理独立性,人们为数据库设计了一个严谨的体系结构,数据库领域公认的标准结构是三级模式结构,它包括外模式、模式和内模式。如图 1.2 所示,这是数据库管理系统内部的系统结构。

美国国家标准协会(American National Standard Institute,ANSI)的数据库管理系统研究小组于 1978 年提出了标准化的建议,将数据库结构分为 3 级:面向用户或应用程序员的用户级,面向建立和维护数据库人员的概念级,面向系统程序员的物理级。

用户级对应外模式,概念级对应模式,物理级对应内模式,使不同级别的用户对数据库形成不同的视图。所谓视图,就是指观察、认识和理解数据的范围、角度和方法,是数据库在用户"眼中"的反映,很显然,不同层次(级别)用户所"看到"的数据库是不相同的。

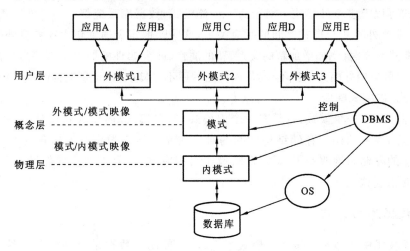

图 1.2　数据库系统的三级模式结构

1. 模式

模式又称概念模式,也称逻辑模式,是数据库中全体数据的逻辑结构和特征的描述。它包括:数据的逻辑结构、数据之间的联系和与数据相关的安全性、完整性要求,是所有用户的公共数据视图。它不涉及数据的物理存储细节和硬件环境,是数据库系统模式结构的中间层。一个数据库只有一个模式。一般只有数据库管理员(DBA)能看到全部,并且由 DBA 定义和管理。

DBMS 提供模式描述语言(模式 DDL)来定义模式。

2. 外模式

外模式也称子模式或用户模式,是数据库用户能够看见和使用的局部数据的逻辑结构和特征描述。

普通的用户只对整个数据库中的一部分感兴趣。我们可以把普通用户看到和使用的数据库内容称为视图。外模式对应于数据库用户的数据视图。一个数据库可以有多个外模式,外模式是面向应用程序或最终用户的,外模式是保证数据库安全性的一个有力措施。每个用户只能看见和访问所对应的外模式中的数据,数据库中的其余数据是不可见的。

3. 内模式

内模式也称存储模式,一个数据库只有一个内模式,它是数据物理结构和存储方式的描述,是数据在数据库内部的表示方式,它一般由 DBMS 预先设置。

1.2.2　数据库的两级映像功能

为了能够在内部实现这 3 个抽象层次的联系和转换,DBMS 在这三级模式之间提供了两级映像:外模式/模式映像,模式/内模式映像。

1. 外模式/模式映像

模式描述的是数据的全局逻辑结构,外模式描述的是数据的局部逻辑结构。对应于同一个模式可以有多个外模式。对于每一个外模式,数据库系统都有一个外模式/模式映像,它定义了该外模式与模式之间的对应关系,这些映像定义通常包含在各自外模式的描述中。当模式改变时(例如增加新的关系、新的属性、改变属性的数据类型等),只需对映像作相应改变,可以使外模式保持不变,从而应用程序不必修改,保证了数据的逻辑独立性。

2. 模式/内模式映像

数据库中只有一个模式,也只有一个内模式,所以模式/内模式映像是唯一的。它定义了数据全局逻辑结构与存储结构之间的对应关系。该映像定义通常包含在模式描述中。数据库的存储结构改变了,只需对映像作出相应改变,可以使模式保持不变,从而保证了数据的物理独立性。

1.2.3 数据库的特点

数据库技术中的数据是按三级模式组织,用户使用的数据是由外部存储器中真实存在的数据经过两级映射而得到。数据库中的数据文件之间的联系是由 DBMS 自身实现的,而与应用程序无关。正因为如此,就使得数据库技术具有下述一些特点。

1) 数据结构化

数据结构化不仅指数据库中数据文件自身是有结构的(由记录的型体现),更重要的是指数据库中的数据文件以特有的形式相互联系。

2) 数据独立性高

数据独立性简单地讲是指数据独立于应用程序,即一方的改变不引起另一方的改变。数据库系统的二级映像保证了独立性的实现。

首先,当内模式发生改变时。例如,更换存储设备、改变文件的存储结构、改变存取策略等。可以通过重新定义模式到内模式的映像而不用改变模式。模式不变,则作为其逻辑子集的子模式不变,从而建立在子模式上的应用程序不变。这一层的独立性称为物理独立性。物理独立性可以使得在系统运行中调整物理数据库以改善系统效率而不影响应用程序的运行。

其次,当模式发生改变时。例如,增加新的实体和增加新的属性。可以通过重新定义子模式到模式的映像以保证无关的子模式不受影响。子模式的改变不会影响到模式。这一层的独立性称为逻辑独立性。

物理独立性和逻辑独立性合称数据独立性。

3) 共享性高、冗余度低

数据库的三级模式中,每个子模式都是模式的子集。当增加新的应用时,仅增加一个新的子模式定义。相同的数据可以被多个用户、多个应用共享,而在物理上这些数据仅存储一次,冗余度低。

数据的一致性指反映同一客观事物的数据无论在何时何地出现都是相同的。

4) DBMS 的集中管理

DBMS 不仅仅只是提供了对数据库的三级模式和二级映像的支持,而且对数据的并行操作性、安全性、完整性和可恢复性都提供了保证,使得在更大范围的(如 Internet 环境)数据共享成为可能。

5) 方便的用户接口

在数据库系统中,DBMS 除了提供数据描述语言 DDL 外,还提供数据操作语言 DML。用户使用 DML 语言可以很方便地访问数据库中的数据,例如 SQL(Structure Query Language)。其次,相当多的 DBMS 还提供了可视化的编程方式以方便应用程序的开发,如 Visual FoxPro 的菜单生成器、表单生成器、报表生成器等;或者为用户使用其他第三方语言开发应用程序提供访问数据库的统一接口,如 ODBC 和 JDBC 等。

1.3　数据库管理系统

1.3.1　DBMS 的功能

数据库管理系统是数据库系统的一个重要组成部分,是位于用户与操作系统之间的一层数据管理软件。它的主要功能包括以下几个方面:

1) 数据定义

DBMS 提供了数据定义语言(Data Definition Language,DDL),用户通过它可以方便地对数据库中的数据对象(如表、视图、索引、存储过程等)进行定义。

2) 数据操纵

DBMS 提供数据操纵语言(Data Manipulation Language,DML),用户可以通过 DML 操纵数据实现对数据库的基本操作,如查询、插入、删除和修改等。国际标准数据库操作语言——SQL 语言,就是 DML 的一种。

3) 数据库的运行管理

数据库运行期间的动态管理是 DBMS 的核心部分,包括并发控制、存取控制(或安全性检查、完整性约束条件的检查)、数据库内部的维护(如索引、数据字典的自动维护等)、缓冲区大小的设置等。所有的数据库操作都是在这个控制部分的统一管理下,协同工作,以确保事务处理的正常运行,保证数据库的正确性、安全性和有效性。

4) 数据库的建立和维护功能

数据库的建立和维护包括初始数据的装入、数据库的转储或后备功能、数据库恢复功能、数据库的重组织功能和性能分析等功能,这些功能一般都由各自对应的实用功能子程序来完成。

DBMS 随软件产品和版本不同而有所差异。通常大型机上的 DBMS 功能最全,小型机上的 DBMS 功能稍弱,微机上的 DBMS 更弱。目前,由于硬件性能和价格的改进,微机上的 DBMS 功能越来越全。

1.3.2　DBMS 的组成

1. 数据定义语言及其翻译处理程序

用 DDL 定义的外模式、模式和存储模式分别称为源外模式、源模式和源存储模式,各种模式翻译程序负责将它们翻译成相应的内部表示,即生成目标外模式、目标模式和目标存储模式。这些目标模式描述的是数据库的框架,而不是数据本身。这些描述存放在数据字典(亦称系统目录)中,作为 DBMS 存取和管理数据的基本依据。

2. 数据操纵语言及其翻译解释程序

数据操纵语言 DML 用来实现对数据库的检索、插入、修改、删除等基本操作。

3. 数据运行控制程序

系统运行控制程序负责数据库运行过程中的控制与管理包括:系统初启程序、文件读写与维护程序、存取路径管理程序、缓冲区管理程序、安全性控制程序、完整性检查程序、并发控制程序、事务管理程序、运行日志管理程序等。

4. 实用程序

实用程序包括数据初始装入程序、数据转储程序、数据库恢复程序、性能监测程序、数据库再组织程序、数据转换程序、通信程序等。

1.4 数据模型

提到模型我们自然会联想到建筑模型、飞机模型等事物。广义地说,模型是现实世界特征的模拟和抽象。在数据库中,用数据模型(Data Model)这个工具来对现实世界进行抽象。数据模型应满足三方面要求:一是能比较真实地模拟现实世界;二是容易为人所理解;三是便于在计算机上实现。

在数据库系统中针对不同的使用对象和应用目的,采用不同的数据模型。不同的数据模型是提供给我们模型化数据和信息的不同工具。根据模型应用的目的,可以将数据模型分为两种类型:

一类模型是概念模型,也称信息模型。它是独立于计算机之外的模型,如实体—联系模型,这种模型不涉及信息在计算机中如何表示,而是用来描述某一特定范围内人们所关心的信息结构,它是按用户的观点来对数据和信息建模,主要用于数据库设计。

另一类模型是数据模型。它是直接面向计算机的,是按计算机系统的观点对数据进行建模,主要用于 DBMS 的实现,常称为基本数据模型或数据模型,数据库中基本数据模型有网状模型、层次模型和关系模型等。

1.4.1 概念模型

为了把现实世界中的具体事物或事物之间的联系表示成 DBMS 所支持的数据模型,人们首先必须将现实世界的事物及其之间的联系进行抽象,转换为信息世界的概念模型;然后将信息世界的概念模型转换为机器世界的数据模型。也就是说,首先把现实世界中的客观对象抽象成一种信息结构,这种信息结构并不依赖于具体的计算机系统和 DBMS。然后,再把概念模型转换为某一计算机系统上某一 DBMS 所支持的数据模型。因此,概念模型是从现实世界到机器世界的一个中间层次。它是整个数据模型的基础。

下面介绍一下概念模型中的几个术语。

• **实体**(Entity) 客观存在并可相互区别的事物称为实体。实体可以是人,也可以是物;可以是实际对象,也可以是概念;可以是事物本身,也可以是指事物之间的联系。例如,一个学生、一门课、学生的一次选课、老师与系的工作关系等都是实体。

·属性(Attribute)　一个实体可以由若干个属性来刻画。属性是相对实体而言的,是实体所具有的特性。例如学生实体可以由学号、姓名、专业名、性别、出生日期、身高等属性组成。(061101,李林,计算机软件,男,1988-8-10,175.5)这些属性组合起来表征了一个学生。

·关键字(Key)　能唯一地标识实体的属性的集合称为关键字(或码)。例如学生的学号就是学生实体的码。

·域(Domain)　属性的取值范围称作域。例如,学号和姓名的域为字符串集合,性别的域为(男,女)。

·实体型(Entity Type)　一类实体所具有的共同特征或属性的集合称为实体型。一般用实体名及其属性来抽象地刻画一类实体的实体型。例如,学生(学号、姓名、专业名、性别、出生日期、身高)就是一个实体型。

·实体集(Entity Set)　同型实体的集合叫实体集。例如,全体学生、所有的汽车、所有的学校、所有的课程、所有的零件都称为实体集。由此可以看到,事物的若干属性值的集合可表征一个实体,而若干个属性型所组成的集合可表征一个实体的类型,简称为“实体型”,同类型的实体集合组成实体集。

·联系(Relationship)　现实世界的事物之间是有联系的。一般存在两类联系:一是实体内部的组成实体的属性之间的联系;二是实体之间的联系。在考虑实体内部的联系时,是把属性看作为实体。

一般来说,两个实体之间的联系可分为三种。

(1) 一对一(1:1)联系。若对于实体集 A 中的每一个实体,实体集 B 中至多有唯一的一个实体与之联系,反之亦然,则称实体集 A 与实体集 B 具有一对一联系,记作 1:1,如图 1.3 所示。

例如,在学校里,一个班只有一个正班长,而一个班长只在一个班中任职,则班级与班长之间具有一对一联系。观众与座位、乘客与车票、病人与病床、学校与校长之间都是一对一的联系。

(2) 一对多(1:n)联系。若对于实体集 A 中的每个实体,实体集 B 中有 n 个实体(n≥0)与之联系;反之,对于实体集 B 中的每一个实体,实体集 A 中至多只有一个实体与之联系,则称实体集 A 与实体集 B 有一对多联系,记作 1:n,如图 1.4 所示。

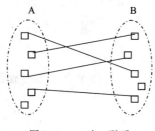
图 1.3　一对一联系

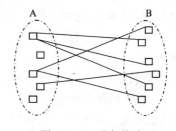
图 1.4　一对多联系

例如,一个班级中有若干名学生,而一个学生只能在一个班级中学习,则班级与学生

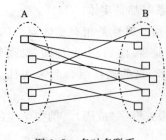

图 1.5 多对多联系

之间具有一对多的联系。宿舍与学生之间也是一对多的联系。

(3) 多对多(m:n)联系。若对于实体集 A 中的每一个实体,实体集 B 中有 n 个实体(n≥0)与之联系;反之,对于实体集 B 中的每一个实体,实体集 A 中也有 m 个实体(m≥0)与之对应,则称实体集 A 与实体集 B 具有多对多联系,记作 m:n,如图 1.5 所示。

例如,一个学生可以选修若干门课程,而一门课程也可以有若干学生选修,所以学生与课程之间就是多对多的联系。

概念模型的表示方法最常用的是实体-联系方法(Entity-Relationship Approach),简称 E-R 方法。该方法是由 P. P. S. Chen 在 1976 年提出的。E-R 方法用 E-R 图来描述某一组织的概念模型,在这里仅介绍 E-R 图的要点。在 E-R 图中:

(1) 长方形框表示实体集,框内写上实体型的名称。

(2) 用椭圆框表示实体的属性,并用无向边把实体框及其属性框连接起来。

(3) 用菱形框表示实体间的联系,框内写上联系名,用无向边把菱形框及其有关的实体框连接起来,在旁边标明联系的种类(1:1,1:n 或 m:n)。如果联系也具有属性,则把属性框和菱形框也用无向边连接上。

例如,学生、班长、班级、课程的联系的 E-R 模型表示如图 1.6 所示。

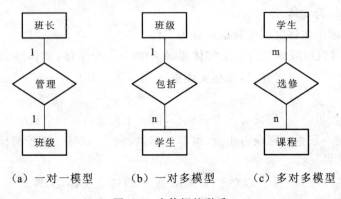

(a)一对一模型　(b)一对多模型　(c)多对多模型

图 1.6 实体间的联系

【例 1.1】 下面用 E-R 图来表示工厂仓库管理系统的概念模型。信息如下所示。

仓库:仓库号、仓库名、仓库容量。

零件:零件号、零件名、规格型号。

职工:职工号、职工名、工种。

其中,每个仓库有若干职工,每个职工只能在一个仓库工作;每个仓库可存放若干种零件,每种零件可存放在不同的仓库中。

作 E-R 图的步骤:

(1) 确定实体和实体的属性,如图 1.7 所示。

(2) 确定实体之间的联系及联系的类型,如图 1.8 所示。

图 1.7 实体及其属性 E-R 图

(3) 给实体和联系加上属性,如图 1.9 所示。

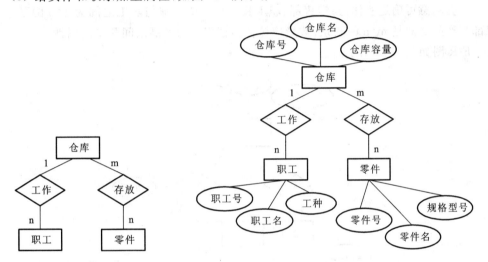

图 1.8 实体及其联系 E-R 图   图 1.9 完整的 E-R 图

实体和属性之间并没有可以截然划分的界限,如何划分实体与属性有两个原则可作参考:一是作为实体属性的事物本身没有再需要刻画的特征,即属性不能再有属性来描述。二是属性不能与其他实体具有联系,联系只发生在实体之间。

凡是满足上面两条原则的事物,一般可作为属性对待。

例如,在图 1.10 中,职称再没有属性来描述,并且与实体之间没有发生联系。所以将职称作为职工的属性。而在图 1.11 中,职称与工资、福利等挂钩,即它还需要工资、福利等属性来描述,所以将它作为实体。

图 1.10 职称作为属性   图 1.11 职称作为实体

如何划分实体和联系也有一个原则可作参考:当描述发生在实体集之间的行为时,最好采用联系集。例如,读者和图书之间的借、还书行为,顾客和商品之间的购买行为,均应该作为联系。

如何划分联系的属性:和联系中的所有实体都有关的属性应作为联系的属性。例如,学生和课程的选课联系中的成绩属性,顾客和商品之间的销售联系中的数量等都应该作为联系的属性。

【**例 1.2**】 假设某公司在多个地区设有销售部经销本公司的各种产品,每个销售部聘用多名职工,且每名职工只属于一个销售部。销售部有部门名称、地区和电话等属性,产品有产品编码、品名和单价等属性,职工有职工号、姓名和性别等属性,每个销售部销售产品有数量属性。根据上述语义画出 E-R 图。

根据题意可确定实体为:销售部、职工和产品。销售部与职工之间为 1:n 的联系,销售部与产品之间是 m:n 的联系。数量应该作为销售部与产品之间联系的属性。

E-R 图如图 1.12 所示。

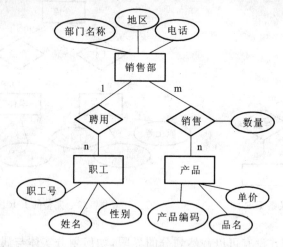

图 1.12 销售系统 E-R

1.4.2 数据模型

数据模型是数据库系统中关于数据和联系的逻辑组织的形式表示。每一个具体的数据库都是由一个相应的数据模型来定义。每一种数据模型都以不同的数据抽象与表示能力来反映客观事物,有其不同的处理数据联系的方式。数据模型的主要任务就是研究记录类型之间的联系。数据模型是数据库系统的核心和基础,每个 DBMS 软件都是基于某种数据模型的。

数据模型有三个要素:数据结构、数据操纵和完整性规则。数据结构用于描述系统的静态特性,人们通常按照其数据结构的类型来命名数据模型。数据操作用于描述数据的动态特征。完整性规则是给定的数据模型中数据及其联系所具有的制约和储存规则,用以限定符合数据模型的数据库状态以及状态的变化。

目前,数据库领域采用的数据模型有层次模型、网状模型、关系模型和面向对象模型,其中应用最广泛的是关系模型。

1. 层次模型

用树型结构表示实体之间联系的模型叫层次模型。层次模型是最早用于商品数据库管理系统的数据模型。其典型代表是于 1969 年问世,由 IBM 公司开发的数据库管理系统 IMS(Information Management System)。在现实世界中,许多实体集之间的联系就是一个自然的层次关系。例如,行政机构、家族关系等都是层次关系。图 1.13 就是学校中系的层次模型。

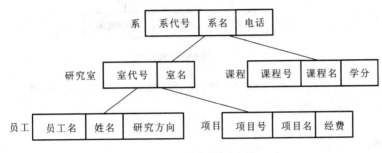

图 1.13   层次模型示例

层次模型的表示方法是:树的节点表示实体集(记录的型),节点之间的连线表示相连两实体集之间的关系,这种关系只能是“1-M”的。通常把表示 1 的实体集放在上方,称为父节点,表示 M 的实体集放在下方,称为子节点。层次模型的结构特点有以下两点。

(1) 有且仅有一个根节点。

(2) 根节点以外的其他节点有且仅有一个父节点。

因此层次模型只能表示“1-M”关系,而不能直接表示“M-N”关系。

在层次模型中,一个节点称为一个记录型,用来描述实体集。每个记录型可以有一个或多个记录值,上层一个记录值对应下层一个或多个记录值,而下层每个记录值只能对应上层一个记录值。

2. 网状模型

网络模型典型代表是 DBTG(Data Base Task Group)数据模型。数据库任务小组 DBTG 是美国 CODASY(Conference of Data System Language)组织的下属机构,它于 1971 年提出 DBTG 报告。DBTG 报告是一个网络模型的数据描述语言和数据操纵语言的规范文本。

网状模型(Network Model)是一种更具有普遍性的结构,从图论的角度讲,网状模型是一个不加任何条件限制的无向图。

网状模型是以记录为节点的网状结构,它满足以下条件:

(1) 可以有任意个节点无双亲。

(2) 允许节点有一个以上的双亲。

(3) 允许两个节点之间有一种或两种以上的联系。

在网状模型的 DBTG(DataBase Task Group)标准中,基本结构是简单二级树称作系,系的基本数据单位是记录,它相当于 E-R 模型中的实体集,记录又有若干数据项组成,它相当于 E-R 模型中的属性。图 1.14 为教师授课数据库的网状数据库模式。

网状模型明显优于层次模型,网状模型在一定程度上支持数据的重构,具有一定的数据独立性和共享特性,并且运行效率较高。但它应用时存在以下问题:

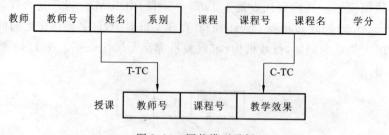

图 1.14　网状模型示例

(1) 网状结构的复杂,增加了用户查询和定位的困难。它要求用户熟悉数据的逻辑结构,知道自身所处的位置。

(2) 网状数据操作命令具有过程式性质。

(3) 不直接支持对于层次结构的表达。

3. 关系模型

网状数据库和层次数据库已经很好地解决了数据的集中和共享问题,但是在数据独立性和抽象级别上仍有很大欠缺。用户在对这两种数据库进行存取时,仍然需要明确数据的存储结构,指出存取路径。而后来出现的关系数据库较好地解决了这些问题。关系数据库理论出现于 20 世纪 60 年代末 70 年代初。1970 年,IBM 的研究员 E. F. Codd 博士发表《大型共享数据银行的关系模型》一文提出了关系模型的概念。

目前,关系模型是数据库领域中最重要的一种数据模型。关系模型的本质是一张二维表,关系模型中,一张二维表就称为一个关系。例如表 1.1 就是一个关系。自 20 世纪 80 年代以来,计算机厂商推出的 DBMS 几乎都是关系型的。例如,Oracle,Sybase,Informix,MS SQL Server,Visual FoxPro 等。

表 1.1　获奖牌情况表

国家代码	运动员名称	项目名称	名次
001	刘翔	男子 110 米栏	1
001	李小鹏	男子双杠	3
002	菲尔普斯	游泳男子 200 米自由泳	3
002	菲尔普斯	游泳男子 400 米个人混合泳	1
001	郭晶晶	女子三米板跳板	1

关系数据模型是应用最广泛的一种数据模型,它具有以下优点:

(1) 能够以简单、灵活的方式表达现实世界中各种实体及其相互间关系,使用与维护也很方便。关系模型通过规范化的关系为用户提供了一种简单的用户逻辑结构。

(2) 关系模型具有严密的数学基础和操作代数基础——如关系代数、关系演算等,可将关系分开,或将两个关系合并,使数据的操纵具有高度的灵活性。

(3) 在关系数据模型中,数据间的关系具有对称性,因此,关系之间的寻找在正反两个方向上难易程度是一样的,而在其他模型如层次模型中从根节点出发寻找叶子的过程容易解决,相反的过程则很困难。

目前,绝大多数数据库系统采用关系模型。但它的应用也存在着如下问题:

(1) 实现效率不够高。

(2) 描述对象语义的能力较弱。

(3) 不直接支持层次结构,因此不直接支持对于概括、分类和聚合的模拟,即不适合于管理复杂对象的要求,它不允许嵌套元组和嵌套关系存在。

(4) 模型的可扩充性较差。

(5) 模拟和操纵复杂对象的能力较弱。

4. 面向对象的数据模型

数据库的发展集中表现在数据模型的发展。从最初的层次、网状数据模型发展到关系数据模型,数据库技术产生了巨大的飞跃。关系模型的提出,是数据库发展史上具有划时代意义的重大事件。然而,20 世纪 80 年代,随着数据库应用领域对数据库需求的增多,传统的关系数据模型开始暴露出许多弱点。如今,许多应用程序都要求有操纵声音、视频和图像数据的能力。传统的数据管理系统,并不能满足这样的要求,因为这些数据类型是不便于用行和列这样的二维表来存储的。例如 CAD 数据、图形数据等,它们需要更高级的数据库技术表达。所以出现了面向对象的数据模型。

面向对象的数据模型是用的面向对象程序设计方法的核心概念和基本思想,它的核心概念包括:

1) 对象

一切可识别的实体。

2) 对象标识

现实世界中的任何实体都被统一地用对象表示,每一个对象都有唯一的标识,称为对象标识(Object Identifier,OID)。就像商品都有唯一的条形码一样,这在关系型数据库中也有。OID 与对象的物理存储位置无关,也与数据的描述方式和值无关。

3) 封装

每一对象是其状态和行为的封装。面向对象技术是把数据和行为封装在一起,使得数据应用更灵活。从对象外部看,对象的状态和行为是不可见的,只能通过显示定义的消息传递来存取。

4) 类

把类似的对象归并在一起,我们称之为类,类中每个对象称为实例,同一类的对象具有相同的实例变量和方法,可在类中统一说明,而不必在类的每个实例中重复说明,这样就减少了信息冗余。

面向对象数据模型中类的概念相当于 E-R 模型中实体集的概念。

5) 继承

继承性允许不同类的对象共享它们公共部分的结构和特性。继承性可以用超类和子类的层次联系实现。一个子类可以继承某一个超类的结构和特性,这称为"单继承性";一个子类也可以继承多个超类的结构和特性,这称为"多继承性"。继承性是数据间的泛化/

细化联系,是一种"is a"联系。

6) 消息

由于对象是封装的,对象与外部的通信一般只能通过显示的消息传递,即消息从外部传送给对象,存取和调用对象中的属性和方法,在内部执行所要求的操作,操作的结果仍以消息的形式返回。

面向对象模型不但继承了关系数据库的许多优良的性能,还能处理多媒体数据,并支持面向对象的程序设计。因此,它已成为目前数据库中最有前途和生命力的发展方向。

本章小结

本章主要介绍了数据库的基本概念、数据库系统的体系结构、数据库管理系统的功能和组成及数据模型。

数据库系统的三级模式结构是对数据的三个抽象级别,数据库管理系统在这三级模式之间提供了两级映像功能,数据库管理系统的功能主要包括数据定义、数据操纵、数据库的运行管理、数据库的建立和维护。根据模型应用的目的,可以将数据模型分为两种类型:第一类模型是概念模型,概念模型的表示方法最常用的是实体—联系方法(E-R 方法)。另一类模型是数据模型,数据库领域采用的数据模型有层次模型、网状模型和关系模型、面向对象模型,其中应用最广泛的是关系模型。

习题一

一、选择题

1. 下列四项中,不属于数据库系统优点的是( )。

A. 实现数据共享   B. 确保数据的安全性与保密性

C. 控制数据冗余   D. 数据依赖程序

2. 数据库系统中,对用户使用的数据视图的描述称为( )。

A. 概念模式   B. 内模式

C. 存储模式   D. 外模式

3. 下列四项中,不属于数据库特点的是( )。

A. 数据共享   B. 数据完整性

C. 数据冗余很高   D. 数据独立性高

4. 数据库的三级模式之间存在着两级映像,使数据库系统具有较高的数据( )。

A. 相容性   B. 独立性

C. 共享性   D. 一致性

5. 数据库系统的三级模式结构中,定义索引的组织方式属于( )。

A. 概念模式   B. 外模式

C. 逻辑模式   D. 内模式

6. E-R 模型属于(　　)。

A. 概念模型　　　　　　　　　　B. 层次模型

C. 网状模型　　　　　　　　　　D. 关系模型

7. 学生社团可以接纳多名学生参加,但每个学生只能参加一个社团,从社团到学生之间的联系类型是(　　)。

A. 多对多　　　　　　　　　　　B. 一对一

C. 多对一　　　　　　　　　　　D. 一对多

8. 反映现实世界中实体及实体间联系的信息模型是(　　)。

A. 关系模型　　　　　　　　　　B. 层次模型

C. 网状模型　　　　　　　　　　D. E-R 模型

二、思考题

1. DBMS 的主要功能有哪些?

2. 层次、网状和关系模型数据结构各有什么特点?

3. 数据库系统的体系结构是怎样的?

三、设计题

1. 设有如下实体:

学生:学号、系别、姓名、性别、年龄

课程:编号、课程名

教师:教师号、姓名、性别、职称

系部:系部名称、电话

上述实体中存在如下联系:

一个学生可选修多门课程,一门课程可为多个学生选修,学生选修一门有一个分数;

一个教师可讲授多门课程,一门课程可为多个教师讲授,教师讲授一门课有一个评价分;

一个系部可有多个教师和学生,一个教师和学生只能属于一个系部;

一个系部可以开设多门课程,一门课程可以为多个系部开设。

设计该数据库的结构 E-R 图。

2. 某医院病房计算机管理中需要如下信息:

科室:科名,科地址,科电话,负责人

病房:病房号,床位号,所属科室名

医生:姓名,职称,所属科室名,年龄,工作证号

病人:病历号,姓名,性别,诊断,主管医生,病房号

其中,一个科室有多个病房、多个医生,一个病房只能属于一个科室,一个医生只属于一个科室,但可负责多个病人的诊治,一个病人的主管医生只有一个。设计该病房管理系统的 E-R 图,并注明属性和联系类型。

3. 某企业集团有若干工厂,每个工厂生产多种产品,且每一种产品可以在多个工厂生产,每个工厂按照固定的计划数量生产产品。每个工厂聘用多名职工,且每名职工只能在一个工厂工作,工厂聘用职工有聘期和工资。工厂的属性有工厂编号、厂名、地址,产品

的属性有产品编号、产品名、规格，职工的属性有职工号、姓名。根据上述语义画出 E-R 图，在 E-R 图中需注明实体的属性、联系的类型及实体的标识符。

4. 假设某公司的业务规则如下：

（1）公司下设几个部门，如技术部、财务部、市场部等。

（2）每个部门承担多个工程项目，每个工程项目属于一个部门。

（3）每个部门有多名职工，每一名职工只能属于一个部门。

（4）一个部门可能参与多个工程项目，且每个工程项目有多名职工参与施工。根据职工在工程项目中完成的情况发放酬金。

（5）工程项目有工程号、工程名两个属性；部门有部门号、部门名称两个属性；职工有职工号、姓名、性别属性。

根据上述规则设计 E-R 模型。

第2章 关系数据库理论基础

2.1 关系模型术语及关系的性质

关系数据库是目前各类数据库中最重要、最流行的数据库,它应用数学方法来处理数据库数据,是目前使用最广泛的数据库系统。20世纪70年代以后开发的数据库管理系统产品几乎都是基于关系的。在数据库发展的历史上,最重要的成就就是关系模型。

关系数据库系统与非关系数据库系统的区别是:关系系统只有"表"这一种数据结构;而非关系数据库系统还有其他数据结构,对这些数据结构有其他的操作。

2.1.1 关系模型术语

关系模型中最主要的组成成分是关系。

下面通过图2.1介绍关系模型中的术语。

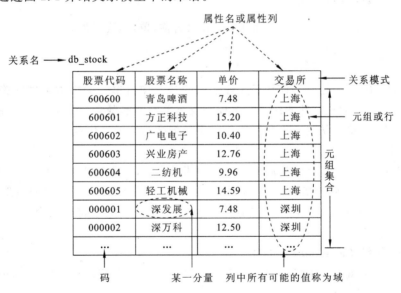

图 2.1 关系模型的数据结构及术语

• 关系(Relation)

一个关系对应一张二维表,图2.1就是关系。

• 元组(Tuple)

关系在二维表中的行(记录的值),称为元组。一行为一个元组。

• 属性(Attribute)

在二维表中的一列称为一个属性。对应每一个属性的名字称为属性名。如上表有四列,对应四个属性(股票代码,股票名称,单价,交易所)。

- 码(Key)

如果二维表中的某个属性或属性组可以唯一确定一个元组,则称为码或关键字。如图 2.1 中的股票代码可以唯一确定一种股票,就是该关系的码。

码的诸属性称为主属性(Prime attribute)。不包含在码中的属性称为非码属性(Non-key attribute)。在最简单的情况下,码只包含一个属性。在最极端的情况下,关系模式的所有属性组是这个关系模式的码,称为全码(All-key)。

- 候选码(Candidate key)

若关系中存在多个可以充当码的属性组,则称它们为候选码。

- 主码(Primary key)若一个关系有多个候选码,则可选定其中一个为主码。

- 域(Domain)

属性值的取值范围称为域。如交易所的域是上海和深圳等。

- 分量

元组中的一个属性值。

- 关系模式

对关系的具体描述,表现为关系名和属性的集合。一般表示为:

关系名(属性 1,属性 2,属性 3,…,属性 n)

图 2.1 的关系可描述为:

db_stock(股票代码,股票名称,单价,交易所)

2.1.2　关系形式化定义及其性质

在关系模型中,无论是实体还是实体之间的联系均由单一的结构类型即关系(表)来表示。前面已经非形式化地介绍了关系模型及有关的基本概念。关系模型是建立在集合代数的基础上的,这里从集合论角度给出关系数据结构的形式化定义。

1. 域(Domain)

定义 2.1　域是一组具有相同数据类型的值的集合,又称为值域(用 D 表示)。域中所包含的值的个数称为域的基数(用 m 表示)。在关系中,就是用域来表示属性的取值范围。

例如,整数、实数、介于某个取值范围的整数、指定长度的字符串集合、{'男','女'}、介于某个取值范围的日期都是域。

2. 笛卡儿积(Cartesian Product)

定义 2.2　给定一组域 $D_1,D_2,\cdots,D_n$,这些域中可以有相同的。$D_1,D_2,\cdots,D_n$ 的笛卡儿积为:

$$D_1\times D_2\times D_3\cdots\times D_n=\{(d_1,d_2,d_3,\cdots,d_n)\,|\,d_i\in D_i,i=1,2,\cdots,n\}$$

其中每一个元素 $(d_1,d_2,\cdots,d_n)$ 叫做一个 n 元组(n-Tuple)或简称元组(Tuple)。

元素中的每一个值 d_i 叫做一个分量(Component)。

若 $D_i(i=1,2,\cdots,n)$ 为有限集,其基数(Cardinal number)为 $m_i(i=1,2,\cdots,n)$,则 $D_1\times D_2\times\cdots\times D_n$ 的基数 M 为:$M=\prod_{i=1}^{n}m_i$

笛卡儿积可表示为一个二维表。表中的每行对应一个元组,表中的每列对应一个域。例如,给定的三个域

D_1：年份集合＝{1992,1993}；

D_2：电影名集合＝{星球大战,独立日}；

D_3：电影长度集合＝{100,120}；

D_1，D_2，D_3 的笛卡儿积为

$D_1 \times D_2 \times D_3$＝{(1992,星球大战,100),(1992,星球大战,120),(1992,独立日,100),(1992,独立日,120),(1993,星球大战,100),(1993,星球大战,120),(1993,独立日,100),(1993,独立日,120)}。

其中(1992,独立日,100)是元组,1992,独立日,100 都是分量。

该笛卡儿积的基数 $2 \times 2 \times 2＝8$,一共 8 个元组。这 8 个元组可以用表 2.1 来表示。

表 2.1　笛卡儿积 $D_1 \times D_2 \times D_3$

年份	电影名	电影长度
1992	星球大战	100
1992	星球大战	120
1992	独立日	100
1992	独立日	120
1993	星球大战	100
1993	星球大战	120
1993	独立日	100
1993	独立日	120

3. 关系（Relation）

定义 2.3　$D_1 \times D_2 \times D_3 \times \cdots \times D_n$ 的子集叫做在域 D_1，D_2，$\cdots$，D_n 上的关系,表示为 $R(D_1, D_2, \cdots, D_n)$。

这里 R 表示关系的名字,n 是关系的元、目或度(Degree)。

关系中的每个元素是关系中的元组,通常用 t 表示。

当 n＝1 时,称该关系为单元关系(Unary relation)。

当 n＝2 时,称该关系为二元关系(Binary relation)。

如上例中的 D_1，D_2，D_3 笛卡儿积的子集可以构成关系 T_1,如表 2.2 所示。T_1 关系为三元关系。它的度或目为 3。

表 2.2　$D_1 \times D_2 \times D_3$ 笛卡儿积的子集（关系 T_1）

年份	电影名	电影长度
1992	星球大战	100
1993	星球大战	120
1992	独立日	100
1993	独立日	120

关系是笛卡儿积的有限子集,所以关系也是一个二维表,表的每行对应一个元组,表的每列对应一个域。由于域可以相同,为了加以区分,必须对每列起一个名字,称为属性。n 目关系必有 n 个属性。

基本关系具有以下 6 条性质:

(1) 列是同质的(homogeneous),即每一列中的分量是同一类型的数据,来自同一个域。

(2) 不同的列可出自同一个域,其中的每一列称为一个属性。不同的属性要给予不同的属性名。

(3) 列的顺序无所谓,即列的次序可以任意交换。遵循这一性质的数据库产品(如Oracle),增加新属性时,永远是插至最后一列但也有许多关系数据库产品没有遵循这一性质,例如,FoxPro 仍然区分了属性顺序。

(4) 任意两个元组不能完全相同,即表中不能有完全相同的两行出现。但许多关系数据库产品没有遵循这一性质。例如,Oracle,FoxPro 等都允许关系表中存在两个完全相同的元组,除非用户特别定义了相应的约束条件。

(5) 行的顺序无所谓,即行的次序可以任意交换。遵循这一性质的数据库产品(如Oracle),插入一个元组时永远插至最后一行。但也有许多关系数据库产品没有遵循这一性质,例如,FoxPro 仍然区分了元组的顺序。

(6) 分量必须取原子值,即每一个分量都必须是不可分的数据项。这是规范条件中最基本的一条。

关系模型要求关系必须是规范化的,即要求关系必须满足一定的规范条件。其中最基本的一条是:关系的每一个分量必须是一个不可分的数据项,即不允许表中还有表。

4. 关系模式的形式化定义

关系模式的形式化定义:R(U,D,dom,F)

它包含 5 个方面:其中 R 是关系名,U 是组成该关系的属性名集合,D 是属性组 U 中属性域的集合,dom 为属性向域的映像的集合,F 为属性间数据的相互依赖关系(语义约束)的集合。

关系模式简记作 $R(A_1, A_2, \cdots, A_n)$ 或 R(U)

其中 R 为关系名,$A_1, A_2, \cdots, A_n$ 为属性名,而域名及属性向域的映像常直接说明为属性的类型、长度。

2.2 关系运算

数据操纵语言是用户用来操作数据库的手段,通常包括查询语句和更新语句两部分。关系操作能力通常用代数方式或逻辑方式表示,分别称为关系代数和关系演算。用关系的运算来表达查询的方式称为关系代数,用谓词来表达查询的方式称为关系演算。

关系代数的运算分为传统集合运算和专门关系运算两类。传统的集合运算包括并、交、差和广义笛卡儿积,专门关系运算包括选择、投影、连接和除操作。其中并、差、投影、笛卡儿积和选择 5 种操作为基本操作,而其他操作如交、连接、除均可以用这 5 个基本操作推导出来。

关系代数的运算符有 4 种类型如表 2.3 所示。

表 2.3 关系代数的运算符

运算符		含 义	运算符		含 义
集合运算符	$\cup$ $\cap$ $-$ $\times$	并 交 差 广义笛卡儿积	比较运算符	$>$ $\geqslant$ $<$ $\leqslant$ $=$ $\neq$	大于 大于等于 小于 小于等于 等于 不等于
专门的关系运算符	σ Π $\div$ ∞	选取 投影 除 连接	逻辑运算符	$\wedge$ $\vee$ $\neg$	与 或 非

为了描述方便,在介绍关系运算之前,先介绍几个记号。

(1) 设关系模式为 $R(A_1,A_2,A_3,\cdots,A_n)$,其中 A_i 为属性。在 R 的一个关系 r 中,设 t 是关系 r 的一个元组,即 $t\in r$,则 $t[A_i]$ 表示元组 t 中相应于属性 A_i 的一个分量。其中属性名 A_i 可以简写为该属性在关系模式中的序号 i,即 $t[A_i]$ 可简写为 $t[i]$。

(2) 若 $A=\{A_{i1},A_{i2},A_{i3},\cdots,A_{ik}\}$,其中 $A_{i1},A_{i2},A_{i3},\cdots,A_{ik}$ 是 $A_1,A_2,A_3,\cdots,A_n$ 中的一部分,则 A 称为属性列或域列。$t[A]=\{t[A_{i1}],t[A_{i2}],\cdots,t[A_{ik}]\}$ 表示元组 t 在属性 A 上诸分量的集合。$\overline{A}$ 则表示 $\{A_1,A_2,A_3,\cdots,A_n\}$ 中去掉 $\{A_{i1},A_{i2},A_{i3},\cdots,A_{ik}\}$ 后剩余的属性组。

(3) R 为 n 目关系,S 为 m 目关系。$t_r\in R$,$t_s\in S$,$\overset{\frown}{t_r t_s}$ 称为元组的连接。它是一个 m+n 列的元组,前 n 个分量为 R 中的一个 n 元组,后 m 个分量为 S 中的一个 m 元组。

(4) 给定一个关系 R(X,Z),X 和 Z 为属性组。定义,当 $t[X]=x$ 时,x 在 R 中的象集为:

$$Zx=\{t[Z]\mid t\in R,t[X]=x\}$$

它表示 R 中属性组 X 上值为 x 的诸元组在 Z 上分量的集合。

例如,表 2.4 的关系:

属性组 X 为学号,属性组 Z 为课程号和成绩。当 X 的值 x={061101} 时,x 在关系中的象集 Zx={(101,80),(102,78),(206,76)}

表 2.4 选修关系 xs_kc

学号	课程号	成绩
061101	101	80
061101	102	78
061101	206	76
061103	101	62
061103	102	70

2.2.1 传统集合运算

传统集合运算是二目运算,包括并、交、差、笛卡儿积 4 种运算。关系的集合运算要求参加运算的关系必须具有相同的目（即关系的属性个数相同），且相应属性取自同一个域。

1）并（Union）

设 R 和 S 都是 n 目关系，而且两者各对应属性的数据类型相同，则 R 和 S 的并定义为：

$$R \cup S = \{t \mid t \in R \vee t \in S\}$$

$R \cup S$ 的结果仍为 n 目关系，由属于 R 或属于 S 的元组组成。

2）交（Intersection）

设 R 和 S 都是 n 目关系，而且两者各对应属性的数据类型相同，则 R 和 S 的交定义为：

$$R \cap S = \{t \mid t \in R \wedge t \in S\}$$

$R \cap S$ 的结果仍为 n 目关系，由既属于 R 又属于 S 的元组组成。

3）差（Difference）

设 R 和 S 都是 n 目关系，而且两者各对应属性的数据类型相同，则 R 和 S 的差定义为：

$$R - S = \{t \mid t \in R \wedge t \notin S\}$$

$R - S$ 的结果仍为 n 目关系，由属于 R 而不属于 S 的元组组成。

4）广义的笛卡儿积（Extended Cartesian Product）

设 R 是 n 目关系，S 是 m 目关系，R 和 S 的笛卡儿积定义为：

$$R \times S = \{\widehat{t_r t_s} \mid t_r \in R \wedge t_s \in S\}$$

$R \times S$ 是一个（n＋m）目关系，前 n 列是关系 R 的属性，后 m 列是关系 S 的属性。

每个元组的前 n 个属性是关系 R 的一个元组，后 m 个属性是关系 S 的一个元组。

若关系 R 有 p 个元组，关系 S 有 q 个元组，关系 $R \times S$ 有 $p \times q$ 个元组，且每个元组的属性为（n＋m）个。

【例 2.1】 设有关系 R 和 S，如图 2.2 所示，求 $R \cup S, R \cap S, R - S, R \times S$。

A	B	C
a_1	b_1	c_1
a_1	b_3	c_2
a_2	b_3	c_3

（a）R

A	B	C
a_1	b_1	c_2
a_1	b_3	c_2
a_3	b_3	c_3

（b）S

A	B	C
a_1	b_1	c_1
a_1	b_3	c_2
a_2	b_3	c_3
a_1	b_1	c_2

（c）R∪S

A	B	C
a_2	b_3	c_3
a_1	b_3	c_2

（d）R∩S

A	B	C
a_1	b_1	c_2

（e）R−S

A	B	C	A	B	C
a_1	b_1	c_1	a_1	b_1	c_2
a_1	b_1	c_1	a_1	b_3	c_2
a_1	b_1	c_1	a_2	b_3	c_3
a_1	b_3	c_2	a_1	b_1	c_2
a_1	b_3	c_2	a_1	b_3	c_2
a_1	b_3	c_2	a_2	b_3	c_3
a_2	b_3	c_3	a_1	b_1	c_2
a_2	b_3	c_3	a_1	b_3	c_2
a_2	b_3	c_3	a_2	b_3	c_3

（f）R×S

图 2.2　集合运算表

2.2.2　专门的关系运算

1) 选择(Selection)

选择又称为限制(Restriction)。它是在给定关系 R 中选择满足条件的元组。记为：

$$\sigma_F(R) = \{t \mid t \in R \wedge F(t) = '真'\}$$

其中，F 表示选择条件，它是一个逻辑表达式，逻辑表达式由逻辑运算符 ¬，∧，∨ 连接各算术表达式组成，取逻辑值'真'或'假'。

逻辑表达式 F 的基本形式为：XθY

θ 表示比较运算符，它可以是 >、≥、<、≤、= 或 ≠。X、Y 等是属性名或常量或简单函数。

因此选择运算实际上是从关系 R 中选取使逻辑表达式 F 为真的元组。这是从行的角度进行的运算。

设有一个学生-课程关系数据库如图 2.3 所示，包括学生关系 xs、课程关系 kc、选修关系 xs_kc。下面通过一些例子对这 3 个关系进行运算。

学号	姓名	专业名	性别	出生日期	身高	党员否
061101	李林	计算机软件	男	1988-8-10	175.5	1
061102	程明	计算机软件	男	1989-2-1	172	0
061103	王燕	计算机软件	女	1987-12-6	162.5	0
061201	韦方良	计算机网络	男	1989-1-9	173.5	0
061202	李平	计算机网络	男	1987-11-9	180	0
061203	林一番	计算机网络	女	1989-2-7	160.5	0
062101	王敏	通信工程	男	1989-2-8	173	1
062102	刘洋	通信工程	女	1989-1-8	155	0
062103	王杨国	通信工程	男	1989-2-6	158.5	0

（a）xs

课程号	课程名	开课学期	学时	学分
101	计算机基础	1	80	5
102	程序设计语言	2	68	4
206	离散数学	4	68	4
208	数据结构	5	68	4
209	操作系统	6	68	4

（b）kc

学号	课程号	成绩		学号	课程号	成绩
061101	102	78		061202	101	80
061101	206	76		061201	101	84
061103	101	62		061203	206	65
061103	102	70		061203	208	87
061201	102	78		061203	209	90

（c）xs_kc

图 2.3　学生-课程数据库

【例 2.2】 查询通信工程专业的全体学生。

$$\sigma_{\text{专业名}='\text{通信工程}'}(XS) \text{ 或 } \sigma_{3='\text{通信工程}'}(XS)$$

其中,下角标"3"为专业名的属性序号。结果如图 2.4(a)所示。

【例 2.3】 查询学生党员的信息。

$$\sigma_{\text{党员否}=1'}(XS)$$

结果如图 2.4(b)所示。

【例 2.4】 查询身高在 170 公分以上的男生。

$$\sigma_{\text{身高}>170 \wedge \text{性别}='\text{男}'}(XS)$$

结果如图 2.4(c)所示。

学号	姓名	专业名	性别	出生日期	身高	党员否
062101	王敏	通信工程	男	1989-2-8	173	1
062102	刘洋	通信工程	女	1989-1-8	155	0
062103	王杨国	通信工程	男	1989-2-6	158.5	0

(a)

学号	姓名	专业名	性别	出生日期	身高	党员否
062101	王敏	通信工程	男	1989-2-8	173	1
062101	王敏	通信工程	男	1989-2-8	173	1

(b)

学号	姓名	专业名	性别	出生日期	身高	党员否
061101	李林	计算机软件	男	1988-8-10	175.5	1
061102	程明	计算机软件	男	1989-2-1	172	0
061201	韦方良	计算机网络	男	1989-1-9	173.5	0
061202	李平	计算机网络	男	1987-11-9	180	0
062101	王敏	通信工程	男	1989-2-8	173	1

(c)

图 2.4 选择运算举例

2) 投影(Projection)

在给定关系 R(U)中选择若干属性列组成的新关系。记为:

$$\Pi_A(R) = \{t[A] | t \in R\}$$

其中,A 为 R 中属性组,且 A⊆U。在关系二维表中,选择是一种水平操作,它针对二维表中的数据行,而投影是一种垂直操作,它针对二维表中的属性列。投影之后不仅取消了原关系中的某些列,而且还可能取消某些元组,因为取消了某些属性列后,就可能出现重复行,按关系的要求应取消这些完全相同的行。

【例 2.5】 查询所有课程的课程号及课程名。即求 KC 关系在课程号和课程名两个属性上的投影。

$$\Pi_{课程号,课程名}(KC)或\Pi_{1,2}(KC)$$

结果如图 2.5(a)所示。

【**例 2.6**】 查询被选修了课程的学号号。即查询 xs_kc 关系在学号号上的投影。

$$\Pi_{学号}(XS\_KC)$$

结果如图 2.5(b)所示。

课程号	课程名
101	计算机基础
102	程序设计语言
206	离散数学
208	数据结构
209	操作系统

学号
061101
061103
061201
061202
061203

(a)　　　　　　　　　　　(b)

图 2.5　投影运算举例

3) 连接(Join)

连接也称为 θ 连接。它是从两个关系的笛卡儿积中选取属性间满足一定条件的元组。记作：

$$R\underset{A\theta B}{\infty}S=\{\widehat{t_r t_s}\,|\,t_r\in R\wedge t_s\in S\wedge t_r[A]\theta t_s[B]\}$$

其中,A 和 B 分别为 R 和 S 上度数相等且可比的属性组。θ 是比较运算符。连接运算从 R 和 S 的笛卡儿积 R×S 中选取 R 关系在 A 属性组上的值与 S 关系在 B 属性组上值满足比较关系 θ 的元组。

连接运算中有两种最为重要也最为常用的连接,一种是等值连接(equi-join),另一种是自然连接(Natural Join)。θ 为"="的连接运算称为等值连接。它是从关系 R 与 S 的笛卡儿积中选取 A、B 属性值相等的那些元组。即等值连接为：

$$R\underset{A=B}{\infty}S=\{\widehat{t_r t_s}\,|\,t_r\in R\wedge t_s\in S\wedge t_r[A]=t_s[B]\}$$

自然连接(Natural Join)是一种特殊的等值连接,它要求两个关系中进行比较的分量必须是相同的属性组,并且要在结果中把重复的属性去掉。即若 R 和 S 具有相同的属性组 B,则自然连接可记作：

$$R\infty S=\{\widehat{t_r t_s}\,|\,t_r\in R\wedge t_s\in S\wedge t_r[B]=t_s[B]\}$$

一般的连接操作是从行的角度进行运算。但自然连接还需要取消重复列,所以是同时从行和列的角度进行运算。

自然连接与等值连接的区别是：

(1) 自然连接要求两个关系中进行比较的属性或属性组必须同名和相同值域,而等值连接只要求比较属性有相同的值域。

(2) 自然连接的结果中,同名的属性只保留一个。

【**例 2.7**】 设有关系 R、S,计算 $R\underset{2<2}{\infty}S$,R∞S。如图 2.6 所示。

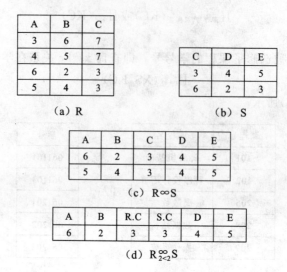

A	B	C
3	6	7
4	5	7
6	2	3
5	4	3

（a）R

C	D	E
3	4	5
6	2	3

（b）S

A	B	C	D	E
6	2	3	4	5
5	4	3	4	5

（c）R∞S

A	B	R.C	S.C	D	E
6	2	3	3	4	5

（d）$R \underset{2<2}{\infty} S$

图 2.6　连接运算举例

4）除（Division）

给定关系 R(X,Y) 和 S(Y,Z)，其中 X,Y,Z 为属性组。R 中的 Y 与 S 中的 Y 可以有不同的属性名，但必须出自相同的域集。R 与 S 的除运算得到一个新的关系 P(X)，P 是 R 中满足下列条件的元组在 X 属性列上的投影：元组在 X 上分量值 x 的象集 Y_x 包含 S 在 Y 上投影的集合。记作：

$$R \div S = \{t_r[X] \mid t_r \in R \wedge \pi_y(S) \subseteq Y_x\}$$

其中，Y_x 为值 x 在 R 中的象集，即表示 R 中属性组 X 上的值为 $x(x=t_r[X])$ 的元组在属性组 Y 上分量的集合。

关系的除操作能用其他基本操作表示为：

$$R \div S = \Pi_X(R) - \Pi_X(\Pi_X(R) \times \Pi_Y(S) - R)$$

【例 2.8】　关系 R 和 S 如图 2.7 所示，求 R÷S。

令 X=A，Y={B,C}，$x=t_r[X]$，其值有三个 a1,a2,a3，则 Y_x 分别为：

a1 的象集为{(b1,c1),(b1,c2),(b3,c2)}

a2 的象集为{(b2,c3)}

a3 的象集为{(b2,c1)}

S 在 Y（即 B,C）的投影 $\Pi_y(S) = \{(b1,c1),(b1,c2),(b3,c2)\}$

所以只有 a1 的象集$(B,C)_{a1}$ 包含 S 在 Y 上的投影，即 $\Pi_Y(S) \subseteq Y_{a1}$。故此 $R \div S = \{a1\}$。

A	B	C
a1	b1	c1
a2	b2	c3
a3	b2	c1
a1	b1	c2
a1	b3	c2

（a）R

B	C	D
b1	c1	d1
b1	c2	d2
b3	c2	d1

（b）S

A
a1

（c）R÷S

图 2.7　除运算举例

2.3 关系的完整性规则

关系模型有三类完整性约束条件:实体完整性约束、参照完整性约束和用户定义完整性约束。这三类约束条件中前两类是关系模型必须满足的完整性约束条件,由关系系统自动支持,而后一类约束条件是用户针对特定的数据库设置的约束条件。

2.3.1 实体完整性

在关系模式中,能唯一标识一个元组的属性或属性组称为候选码,选中其中一个为主码。包含在任何一个候选码中的属性称为主属性。不包含在任何候选码中的属性称为非主属性。

实体完整性规则:若属性(指一个或一组属性)A 是基本关系 R 的主属性,则属性 A 不能取空值。

这个规则很容易理解,因为主码能唯一标识关系中的元组,若构成主码的主属性取空值(所谓空值就是"不知道"或"无意义"的值),便失去唯一标识功能。例如关系模式学生(学号,姓名,性别,年龄,籍贯,专业名称),其中学号是主码,而主码对应的属性只有学号,所以学号也是主属性。根据实体完整性约束规则,学号不能取空值。若学号取空值,那么这个元组就没有意义了。在学生选课关系模式中,选修(学号,课程编码,成绩)中,属性组"学号、课程号"为主码,所以"学号"和"课程号"这两个属性均不能取空值。

实体完整性规则是针对基本关系而言,即针对现实世界的一个实体集,而现实世界中的实体是可区分的。该规则的目的是利用关系模式中的主码或主属性来区分现实世界中的实体集中的实体,所以主属性不能取空值。

2.3.2 参照完整性

在关系模型中,实体与实体之间的联系同样采用关系模式来描述。通过引用对应实体的关系模式的主码来表示对应实体之间的联系。

定义 2.4 设 F 是基本关系 R 的一个或一组属性,但不是 R 的主码,若 F 与基本关系 S 的主码 K 相对应,则称 F 是基本关系 R 的外码。

其中 R 为参照关系,S 为被参照关系(也称目标关系),而且 F 和 K 必须定义在同一个域上。

$R(F, A_1, A_2, \cdots, A_n)$ 参照关系

$\updownarrow$

$S(K, B_1, B_2, \cdots, B_n)$ 被参照关系(目标关系)

例如,关系模式:

部门(部门编码,部门名称,电话,办公地址)

职工(职工编码,姓名,性别,年龄,籍贯,所属部门编码)

其中,职工关系模式中的"所属部门编码"与部门关系模式中的主码"部门编码"相对应,所

以"所属部门编码"是职工关系模式中的外码。职工关系模式通过外码来描述与部门关系模式的关联。职工关系中的每个元组(每个元组描述一个职工实体)通过外码表示该职工所属的部门。当然,被参照关系的主码和参照关系的外码可以同名,也可以不同名。被参照关系与参照关系可以是不同关系,也可以是同一关系。

例如,职工(职工编码,姓名,性别,年龄,籍贯,所属部门编码,班组长编码)
其中,"班组长编码"与本身的主码"职工编码"相对应,属性"班组长编码"是外码,职工关系模式既是参照关系也是被参照关系。

参照完整性规则:若属性 F 是基本关系 R 的外码,且 F 与基本关系 S 的主码 K 相对应,则对于 R 中每个元组在 F 上的值必须为:

(1)或者取空值。

(2)或者等于 S 中某个元组的主码值。

在职工关系中,某一个职工"所属部门编码"要么取空值,表示该职工未被分配到指定部门。要么等于部门关系中某个元组的"部门编码",表示该职工隶属于指定部门。若既不为空值,又不等于被参照关系——部门中某个元组的"部门编码"分量,表示该职工被分配到一个不存在的部门,则违背参照完整性规则。所以,参照完整性规则就是定义外码与主码之间的引用规则,也是关系模式之间关联的规则。

2.3.3 用户定义的完整性

用户定义完整性是针对某一具体数据库的约束条件,它反映某一具体应用所涉及的数据必须满足的语义的要求,关系模型应提供定义和检验这一类完整性的机制,以便用统一的系统的方法处理它们,而不是由应用程序来承担这一功能。

例如,在职工关系中,职工年龄的取值范围应该限定在 18～60 之间,学生选课的成绩取值范围应该限定在 0～100 之间,关系模型应该为用户提供定义和检验这一类完整性约束机制,保证数据的正确性。

2.4 关系的规范化理论

2.4.1 问题的提出

关系数据库设计是对数据进行组织化和结构化的过程,核心问题是关系模型的设计。关系模型是数学化的、用二维表格数据描述各实体之间的联系的模型;它是所有的关系模式、属性名和关键字的汇集,是关系模式描述的对象。关系模式的设计是关系模型设计的灵魂,所以,关系模式的设计是关系数据库设计核心的核心。关系模式的设计直接决定着关系数据库的性能。那么什么才是好的关系模式呢?某些不好的关系模式可能导致哪些问题呢?下面我们通过例子对这些问题进行分析。

【例 2.9】 现在我们要建立一个数据库来描述学生的一些情况。其关系模式如下:
SDC(SNO,SDEPT,MN,CNAME,G)
其中,学生(用学号 SNO 描述)、系(用系名 SDEPT 描述)、系负责人(用其姓名 MN 描述)、课程(用课程名 CNAME 描述)和成绩(G)。

现实世界的已知事实告诉我们：

（1）一个系有若干学生，但一个学生只属于一个系；

（2）一个系只有一名（正职）负责人；

（3）一个学生可以选修多门课程，每门课程有若干学生选修；

（4）每个学生学习每一门课程有一个成绩。

在进行数据库的操作时，这个模式有下述 4 个方面的问题：

插入异常。如果一个系刚成立尚无学生，或者虽然有了学生但尚未安排课程。那么我们就无法把这个系及其负责人的信息存入数据库，因为学号不能为空。

删除异常。反过来，如果某个系的学生全部毕业了，我们在删除该系学生选修课程的同时，把这个系及其负责人的信息也丢掉了。

数据冗余。比如每一个系负责人的姓名要与该系每一个学生的每一门功课的成绩出现的次数一样多。这样，一方面浪费存储，另一方面系统要付出很大的代价来维护数据库的完整性。

修改异常。比如某系负责人更换后，就必须逐一修改有关的每一个元组。稍有不慎，就有可能漏改某些记录，这就会造成数据的不一致性，破坏了数据的完整性。

为什么会发生插入异常和删除异常呢？这是因为这个模式中的函数依赖（详见 2.4.2）存在某些不好的性质。假如我们把这个单一的模式改造一下，分成三个关系模式：S(SNO,SDEPT)，SG(SNO,CNAME,G)，DEPT(SDEPT,MN)。

这三个模式都不会发生插入异常、删除异常，数据的冗余也得到了控制。

一个模式的函数依赖会有哪些不好的性质，如何改造一个不好的模式，这就是规范化理论讨论的内容。

目前，在指导关系模式的设计中规范化（Normalization）设计占有主导地位，它是在数据库几十年的长期发展中产生并成熟的。

关系模式规范化设计的基本思想是通过对关系模式进行分解，用一组等价的关系子模式来代替原有的关系模式，消除数据依赖（包括函数依赖和多值依赖）中不合理的部分，使得一个关系仅描述一个实体或者实体间的一种联系。这一过程必须在保证无损连接性、保持函数依赖性的前提下进行，即确保不破坏原有数据，并可将分解后的关系通过自然连接恢复至原有关系。

2.4.2　函数依赖

数据依赖是通过一个关系中数据间值的相等与否体现出来的数据间的相互关系，是现实世界属性间相互关系的抽象，是数据内在的性质。数据依赖包括函数依赖、多值依赖和连接依赖几种形式。

数据依赖中最重要的是函数依赖（Functional Dependency）。

1. 函数依赖的定义

定义 2.5　设 R(U) 是一个属性集 U 上的关系模式，X 和 Y 是 U 的子集。若对于 R(U) 的任意一个可能的关系 r，r 中不可能存在两个元组在 X 上的属性值相等，而在 Y 上的属性值不等，则称 X 函数决定 Y，或 Y 依赖于 X，记为 X→Y。我们称 X 为决定因素，

Y 为依赖因素。

若 X→Y,并且 Y→X,则记为 X←→Y。

若 Y 函数不依赖于 X,则记为 X↛Y。

【例 2.10】 有学生关系 Student(学号 Sno,姓名 Sname,年龄 Sage,系名 Sdept),写出该关系的基本函数依赖集。

分析:每个学生有唯一的一个学号,每个学生只能有一个姓名、年龄、系。所以对于 student 表中如果某些行的 Sno 值相同,那么这些行的 Sname,Sage,Sdept 的值一定相同。由此,可以找出学生关系模式中存在下列基本函数依赖集:

$$Sno \rightarrow Sname; Sno \rightarrow Sage; Sno \rightarrow Sdept$$

【例 2.11】 有关系学校简况 SDC(学号 Sno,系名 Sdept,系主任 Dname,课程 Cname,成绩 Grade)。可写出基本函数依赖集:

$$Sno \rightarrow Sdept; Sdept \rightarrow Dname; (Sno, Cname) \rightarrow Grade$$

函数依赖有几点需要说明:

1) 平凡的函数依赖与非平凡的函数依赖

当属性集 Y 是属性集 X 的子集时,则必然存在着函数依赖 X→Y,这种类型的函数依赖称为平凡的函数依赖。如果 Y 不是 X 子集,则称 X→Y 为非平凡的函数依赖。若不特别声明,我们讨论的都是非平凡的函数依赖。

在关系 SDC(Sno,Sdept,Dname,Cname,Grade)中,

非平凡函数依赖:(Sno,Cname)→Grade

平凡函数依赖:(Sno,Cname)→Sno,(Sno,Cname)→Cname

2) 函数依赖与属性间的联系类型有关

(1) 在一个关系模式中,如果属性 X 与 Y 有 1:1 联系时,则存在函数依赖 X→Y,Y→X,即 X←→Y。例如,当学生没有重名时,Sno←→Sname。

(2) 如果属性 X 与 Y 有 m:1 的联系时,则只存在函数依赖 X→Y。例如,Sno 与 Sdept 和 Sage 之间均为 m:1 联系,所以有 Sno→Sdept,Sno→Sage。

(3) 如果属性 X 与 Y 有 m:n 的联系时,则 X 与 Y 之间不存在任何函数依赖关系。例如,一个学生可以选修多门课程,一门课程又可以为多个学生选修,所以 Sno 与 Cname 之间不存在函数依赖关系。

3) 函数依赖是语义范畴的概念

我们只能根据语义来确定一个函数依赖,而不能按照其形式化定义来证明一个函数依赖是否成立。

例如,对于关系模式学生,在学生不存在重名的情况下,可以得到:

$$Sname \rightarrow Sdept$$

这种函数依赖只在学生不重名的条件下成立,否则就不存在函数依赖。所以函数依赖是语义范畴的概念,只能根据语义来确定一个函数依赖。

2. 函数依赖的基本性质

1) 投影性

根据平凡的函数依赖的定义可知,一组属性函数决定它的所有子集。例如,在关系

SDC 中,(Sno,Cname)→Sno 和(Sno,Cname)→Cname。

说明:投影性产生的是平凡的函数依赖,需要时也能使用的。

2）扩张性

若 X→Y 且 W→Z,则(X,W)→(Y,Z)。例如,Sno→Sname,Sdept→Dname,则有(Sno,Sdept)→(Sname,Dname)。

3）合并性

若 X→Y 且 X→Z 则必有 X→(Y,Z)。

例如,在关系 SDC 中有:Sno→Sname,Sno→Sage

则有:Sno→(Sname,Sage)

而 Sno→Sdept

因此,Sno→(Sname,Sage,Sdept)。

说明:决定因素相同的两函数依赖的被决定因素可以合并。

4）分解性

若 X→(Y,Z),则 X→Y 且 X→Z。很显然,分解性为合并性的逆过程。

说明:决定因素能决定全部,当然也能决定全部中的部分。

由合并性和分解性,很容易得到以下事实,X→A1,A2,…,An 成立的充分必要条件是:

$$X→Ai \ (i=1,2,…,n)$$

成立。

3. 完全函数依赖、部分函数依赖和传递函数依赖

根据函数依赖的不同性质,函数依赖可分为完全函数依赖、部分函数依赖和传递函数依赖。

定义 2.6　在 R(U)中,如果 X→Y,对于 X 的任意一个真子集 X′,都有 X′↛Y,则称 Y 对 X 完全函数依赖,记为 $X \xrightarrow{F} Y$。

例如,$(Sno,Cname) \xrightarrow{F} Grade$。

定义 2.7　在 R(U)中,如果 X→Y,但 Y 不完全函数依赖于 X,则称 Y 对 X 部分函数依赖,记为 $X \xrightarrow{P} Y$。

例如,$(Sno,Cname) \xrightarrow{P} Sdept$。

定义 2.8　在 R(U)中,如果 X→Y,(Y⊈X,Y↛X),Y→Z 时,称 Z 对 X 传递函数依赖,记为 $X \xrightarrow{T} Z$。

例如,描述学生(S♯)、班级(SB)、辅导员(TN)的关系 U(S♯,SB,TN)。一个班有若干学生,一个学生只属于一个班,一个班只有一个辅导员,但一个辅导员负责几个班。根据该语义描述可得到一组函数依赖:F={S♯→SB,SB→TN}。

学生学号决定了所在班级,所在班级决定了辅导员,所以辅导员 TN 传递函数依赖于学生学号 S♯,即 $S♯ \xrightarrow{T} TN$。

定义 2.9　设 K 为 R(U)中的属性或属性组合,若 $K \xrightarrow{F} U$,则称 K 为 R 的(候选)关

键字,也称为码。若(候选)关键字多于一个,则选定其中的一个作为主码。

在极端的情况下,码由全体属性组成。例如,关系模式 R(P,W,A)中,P 表示演奏者、W 表示作品、A 表示听众。假设一个演奏者可以演奏多个作品,某一作品可被多个演奏者演奏。听众也可以欣赏不同演奏者的不同作品,这个关系模式的码为(P,W,A),即全码。

2.4.3 范式与规范化

我们把关系数据库中对关系按不同程度的规范化要求设立的不同的标准或准则称为范式(Normal Form)。目前关系数据库有 6 种范式:第一范式(1NF)、第二范式(2NF)、第三范式(3NF)、Boyce Codd 范式(BCNF)、第四范式(4NF)、第五范式(5NF)。满足最低要求的叫第一范式,简称 1NF。1NF~BCNF 是在函数依赖范畴内定义的,而 4NF、5NF 是在多值依赖范畴内定义的,本书不作讨论。

第一范式(1NF):如果一个关系模式 R 的所有属性都是不可分的基本数据项,则R∈1NF。

例如,表 2.5 所示的表是不符合第一范式的。它的电话号码中分量取了两个值,出现了"表中有表"的情况这是不允许的。

表 2.5 不规范关系

职工号	姓名	电话号码	
		办公室电话	家庭电话
001	林云	88640201	63254682
002	白羽	88640202	65234156
003	吴俊	88640203	87634293

【例 2.12】 将表 2.5 规范成为 1NF 有三种方法:

(1)重复存储职工号和姓名。这样,关键字只能是电话号码。如表 2.6 所示。

表 2.6 职工表

职工号	姓名	电话号码
001	林云	88640201
002	白羽	88640202
003	吴俊	88640203
001	林云	63254682
002	白羽	65234156
003	吴俊	87634293

(2)职工号为关键字,电话号码分为单位电话和住宅电话两个属性。如表 2.7 所示。

表 2.7　职工表

职工号	姓名	办公室电话	家庭电话
001	林云	88640201	63254682
002	白羽	88640202	65234156
003	吴俊	88640203	87634293

（3）职工号为关键字，但强制每条记录只能有一个电话号码。如表 2.8 所示。

表 2.8　职工表

职工号	姓名	电话号码
001	林云	88640201
002	白羽	88640202
003	吴俊	88640203

以上三种方法，第一种方法最不可取，按实际情况选取后两种情况。

在数据库设计中，所有的数据库表都要求满足 1NF。即要求数据库表中的列都是单一属性的，不可再分。这个单一属性由基本类型构成，包括整型、实数、字符型等。

第二范式（2NF）：若关系模式 $R \in 1NF$，并且每一个非主属性都完全函数依赖于 R 的码，则 $R \in 2NF$。

例如，选课关系 SCI（Sno，Cno，Grade，Credit），其中 Sno 为学号，Cno 为课程号，Grade 为成绩，Credit 为学分。码为组合码（Sno，Cno）。

在应用中使用以上关系模式有以下问题：

① 数据冗余，假设同一门课由 40 个学生选修，学分就重复 40 次。

② 更新异常，若调整了某课程的学分，相应的元组 Credit 值都要更新，有可能会出现同一门课学分不同。

③ 插入异常，如计划开新课，由于没人选修，没有学号关键字，只能等有人选修才能把课程和学分存入。

④ 删除异常，若学生已经结业，从当前数据库删除选修记录。某些门课程新生尚未选修，则此门课程及学分记录无法保存。

出现以上问题的原因：非码属性 Credit 仅函数依赖于 Cno，也就是 Credit 部分依赖组合关键字（Sno，Cno）而不是完全依赖。

解决方法：将关系模式 SCI 进行分解。使决定因素与其被决定因素成为一个关系。分解遵从概念单一化"一事一地"原则，即一个关系模式描述一个实体或实体间的一种联系。规范的实质就是概念的单一化。

根据"一事一地"原则关系模式 SCI 可以分成两个关系模式 SC1（Sno，Cno，Grade），C2（Cno，Credit）。新关系的两个关系模式之间通过 SC1 中的外码字 Cno 相联系，需要时再进行自然连接，恢复为原来的关系。

第三范式（3NF）：关系模式 $R \in 1NF$，且 R 所有非主属性对任何候选码都不存在传递函数依赖,则称关系 R 是属于第三范式的。简称 3NF,记做 R∈3NF。

例如,SD(Sno,Sname,Dno,Dname,Location)各属性分别代表学号,姓名,所在系,系名称,系地址。

关键字 Sno 决定各个属性。由于是单个关键字,没有部分依赖的问题,肯定是 2NF。但这关系有大量的冗余,该关系的几个属性 Dno,Dname,Location 将重复存储,插入、删除和修改时也将产生类似于上面的情况。

原因:关系中存在传递依赖造成的。即 Sno→Dno。而 Dno↛Sno,Dno→Location,因此函数依赖 Sno→Location 是通过传递依赖实现的。也就是说,Sno 不直接决定非主属性 Location。

解决目的:每个关系模式中不能留有传递依赖。

解决方法:依据"一事一地"原则,使决定因素与其被决定因素成为一个关系。将 SD 关系分为两个关系:

S(Sno,Sname,Dno);

D(Dno,Dname,Location)

注意:关系 S 中不能没有外关键字 Dno。否则两个关系之间失去联系。

BCNF(鲍依斯-科得范式):若关系模式 R∈1NF,如果对于 R 的每个函数依赖 X→Y(Y 不包含于 X),X 必包含候选码,则称 R 属于 BC 范式。记做 R∈BCNF。

例如,配件管理关系模式 WPE(仓库号,配件号,职工号,数量),有以下描述:

① 一个仓库有多个职工。

② 一个职工仅在一个仓库工作。

③ 每个仓库里一种型号的配件由专人负责,但一个人可以管理几种配件。

④ 同一种型号的配件可以分放在几个仓库中。

分析:

由题意得配件号不能确定数量,由组合属性(仓库号,配件号)来决定,存在函数依赖

(仓库号,配件号)→数量。

由于每个仓库里的一种配件由专人负责,而一个人可以管理几种配件,所以有

(仓库号,配件号)→职工号。

因为一个职工仅在一个仓库工作,有:职工号→仓库号。

由于每个仓库里的一种配件由专人负责,而一个职工仅在一个仓库工作,有

(职工号,配件号)→数量。

因为(仓库号,配件号)→数量,(仓库号,配件号)→职工号,因此(仓库号,配件号)可以决定整个元组,是一个候选码。

根据(职工号→仓库号),(职工号,配件号)→数量,所以(职工号,配件号)也能决定整个元组,为另一个候选码。

那么属性职工号,仓库号,配件号均为主属性,只有一个非主属性数量。它对任何一个候选码都是完全函数依赖的,并且是直接依赖,所以该关系模式是 3NF。

分析一下主属性,因为(职工号,配件号)→职工号,但反过来不成立,而职工号→仓库号,故(职工号,配件号)→仓库号也是传递依赖。

虽然没有非主属性对候选关键字的传递依赖,但存在主属性对候选码的传递依赖,同样也会带来麻烦。如一个新职工分配到仓库工作,但暂时处于实习阶段,没有独立负责对某些配件的管理任务。由于缺少关键字的一部分配件号而无法插入到该关系中去。又如某个人改成不管配件了去负责安全,则在删除配件的同时该职工也会被删除。

解决方法:

根据"一事一地"原则,使决定因素与其被决定因素成为一个关系。将关系 WPE 分成:

EP(职工号,配件号,数量),关键字是(职工号,配件号);

EW(职工号,仓库号),其关键字是职工号。

缺点:分解后函数依赖的保持性较差。如此例中,由于分解,函数依赖(仓库号,配件号)→职工号丢失了,因而对原来的语义有所破坏。没有体现出每个仓库里一种部件由专人负责。有可能出现一部件由两个人或两个以上的人来同时管理。因此,分解之后的关系模式降低了部分完整性约束。

一个关系分解成多个关系,要使得分解有意义,基本要求是分解后不丢失原来的信息。即能够做到无损连接恢复成原样。若关系模式 R(U) 的分解为 $\rho = \{R_1, R_2\}$,则 ρ 是一个无损连接分解的充要条件是:

$$R_1 \cap R_2 \to R_1 - R_2 \quad 或 \quad R_1 \cap R_2 \to R_2 - R_1 \ 成立。$$

进行分解的目标是达到更高一级的规范化程度,但是分解的同时必须考虑两个问题:无损联接性和保持函数依赖。有时往往不可能做到既有无损联接性,又完全保持函数依赖,要根据需要进行权衡。

1NF 直到 BCNF 的 4 种范式之间有如下关系:

BCNF⊂3NF⊂2NF⊂1NF,如图 2.8 所示。

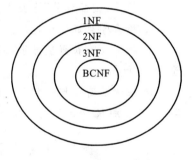

图 2.8　范式之间的关系

【规范化小结】

目的:规范化目的是使结构更合理,消除存储异常,使数据冗余尽量小,便于插入、删除和更新。

原则:遵从概念单一化"一事一地"原则,即一个关系模式描述一个实体或实体间的一种联系。规范的实质就是概念的单一化。

方法:将关系模式投影分解成两个或两个以上的关系模式。

要求:分解后的关系模式集合应当与原关系模式"等价",即经过自然连接可以恢复原关系而不丢失信息,并保持属性间合理的联系。

注意:一个关系模式经过分解可以得到不同关系模式集合,也就是说分解方法不是唯一的。最小冗余的要求必须以分解后的数据库能够表达原来数据库所有信息为前提来实现。其根本目标是节省存储空间,避免数据不一致性,提高对关系的操作效率,同时满足应用需求。实际上,并不一定要求全部模式都达到 BCNF 不可。有时故意保留部分冗余可能更方便数据查询。尤其对于那些更新频度不高,查询频度极高的数据库系统更是如此。

在关系数据库中,除了函数依赖之外还有多值依赖,连接依赖的问题,从而提出了第四范式、第五范式等更高一级的规范化要求。

本章小结

本章主要介绍了关系数据库的基本理论,它是关系数据库系统的理论依据。

在这一章讨论了关系模型的术语和关系的性质,关系运算(主要有选择、投影、连接和除),关系的完整性规则(主要有实体完整性、参照完整性、用户自定义完整性),函数依赖的概念(主要有完全函数依赖、部分函数依赖、传递函数依赖等),关系的规范化理论(主要介绍了 1NF~BCNF)。

习题二

一、现有关系数据库如下:

学生(学号,姓名,性别,专业,奖学金)

课程(课程号,名称,学分)

学习(学号,课程号,分数)

用关系代数表达式实现下列 1~4 小题:

1. 检索"国际贸易"专业中获得奖学金的学生信息,包括学号、姓名、课程名和分数;

2. 检索学生成绩得过满分(100 分)的课程的课程号、名称和学分;

3. 检索没有获得奖学金,同时至少有一门课程成绩在 95 分以上的学生信息,包括学号、姓名和专业;

4. 检索没有任何一门课程成绩在 80 分以下的学生的信息,包括学号、姓名和专业。

二、设有关系 R 和 S 如图 2.9 所示,计算 $\Pi_{C,D}(R\infty S)$ 的结果。

R

A	B	C
a	5	c
e	8	f
a	4	g

S

B	D	E
4	a	c
4	e	g
8	b	a

图 2.9

三、设有关系模式:S(SNO,SNAME,SEX)和 SC(SNO,CNO,GRADE)。

1. 试写出检索成绩(GRADE)不及格(<60)的学生的学号(SNO)、姓名(SNAME)和课程号(CNO)的关系代数表达式。

2. 写出检索不学课程号(CNO)为"C2"课的学生的学号(SNO)和姓名(SNAME)的关系代数表达式。

四、说明一个满足 1NF 但不满足 2NF 的关系模式可能存在哪几个问题。

五、简述关系数据模型的三类完整性规则。

六、关系规范化过程实质上是对关系不断分解的过程。分解关系的基本规则是什么?

七、现有如下关系模式:R(A♯,B♯,C,D,E),其中 A♯B♯组合为码。R 上存在的函数依赖有 A♯B♯→E,B♯→C,C→D。

1. 该关系模式满足 2NF 吗？为什么？
2. 如果将关系模式 R 分解为：

R1(A#,B#,E)

R2(B#,C,D)

指出关系模式 R2 的码，并说明该关系模式最高满足第几范式(在 1NF~BCNF 之内)？

八、假设某旅馆业务规定，每个账单对应一个顾客，账单的发票号是唯一的，账单中包含一个顾客姓名、到达日期和顾客每日的消费明细，账单的格式如图 2.10 所示。

发票号	到达日期	顾客姓名	消费日期	项目	金额
2344566	2005/12/10	顾全德	2005/12/10	房租	￥150.00
2344566	2005/12/10	顾全德	2005/12/10	餐费	￥37.00
2344566	2005/12/10	顾全德	2005/12/10	电话费	￥2.50
2344566	2005/12/10	顾全德	2005/12/11	餐费	￥98.00

图 2.10　旅馆账单格式

如果根据上述业务规则，设计一个关系模式：

R(发票号,到达日期,顾客姓名,消费日期,项目,金额)

试回答下列问题。

(1) 找出 R 的候选码。

(2) 判断 R 最高可达到第几范式，为什么？

(3) 给出 R 的一个可能的 3NF 分解。

九、已知新华书店销售订单的屏幕输出格式如图 2.11 所示。

订单编号：1379465		客户编号：NC200574		日期：2005-09-08
客户名称：光华学校		客户电话：65798641		地址：光华路17号
图书编号	书名	定价	数量	金额
3249786	英语	23.00	100	2300.00
2578964	哲学	25.00	100	2500.00
合计：4800.00元				

图 2.11

书店的业务描述：

(1) 每一个订单有唯一的订单编号；

(2) 一个订单可以订购多种图书，且每一种图书可以在多个订单中出现；

(3) 一个订单对应一个客户，且一个客户可以有多个订单；

(4) 每一个客户有唯一的客户编号；

(5) 每一种图书有唯一的图书编号。

根据上述业务描述和订单格式得到关系模式 R：

R(订单编号,日期,客户编号,客户名称,客户电话,地址,图书编号,书名,定价,数量)

试回答下列问题。

(1) 写出 R 的基本函数依赖集。

(2) 找出 R 的候选码。

(3) 判断 R 最高可达到第几范式,为什么?

(4) 将 R 分解为一组满足 3NF 的模式。

十、假设某公司销售业务中使用的订单格式如图 2.12 所示。

订单号:1145　订货日期:09/15/2002　客户名称:ABC　客户电话:8141763

产品编写	品名	价格	数量	金额
A	电源	100.00	20	2000.00
B	电表	200.00	40	8000.00
C	卡尺	40.00	50	2000.00

总金额:12000.00

图 2.12

公司的业务规定:

订单号是唯一的,每张订单对应一个订单号;

一张订单可以订购多种产品,每一种产品可以在多个订单中出现;

一张订单有一个客户,且一个客户可以有多张订单;

每一个产品编号对应一种产品的品名和价格;

每一个客户有一个确定的名称和电话号码。

根据上述表格和业务规则设计关系模式:

　　　R(订单号,订货日期,客户名称,客户电话,产品编号,品名,价格,数量)

试回答下列问题。

(1) 写出 R 的基本函数依赖集。

(2) 找出 R 的候选码。

(3) 判断 R 最高可达到第几范式? 为什么?

(4) 给出一个可能的 3NF 分解。

第3章　数据库设计

当今,数据库已用于各类应用系统,例如 MIS(管理信息系统)、DSS(决策支持系统)、OAS(办公自动化系统)等。实际上,数据库已成为现代化信息系统的基础与核心部分。如果数据库模型设计得不合理,即使使用性能良好的 DBMS 软件,也很难使系统达到最佳状态,仍然会出现文件系统冗余、异常和不一致等问题。总之,数据库设计的优劣将直接影响信息系统的质量和运行效果。

在具备了 DBMS、系统软件、操作系统和硬件环境后,对数据库应用开发人员来说,就是如何使用这个环境表达用户的需求,构造最优的数据库模型,然后据此建立数据库及其应用系统,这个过程称为数据库设计。

3.1　数据库设计概述

3.1.1　数据库系统设计的任务

数据库系统的生命周期分为两个重要的阶段:一是数据库系统的设计阶段,二是数据库系统的实施和运行阶段。其中数据库系统的设计阶段是数据库系统整个生命周期中工作量比较大的一个阶段,其质量对整个数据库系统的影响很大。

数据库系统设计的基本任务是:根据一个组织部门的信息需求、处理需求和数据库的支持环境(包括 DBMS、操作系统和硬件),设计出数据模式,包括外模式、逻辑(概念)模式和内模式及典型的应用程序。其中信息需求表示一个组织部门所需要的数据及其结构;处理需求表示一个组织部门需要经常进行的数据处理,如工资计算、成绩统计等。前者表达了对数据库的内容及结构的要求,也就是静态要求;后者表达了基于数据库的数据处理要求,也就是动态要求。DBMS、操作系统和硬件既是建立数据库系统的软、硬件基础,也是其制约因素。为了便于理解上面的概念,下面举一个具体的例子。

某大学需要利用数据库来存储和处理每个学生、每门课程以及每个学生所选课程及成绩的数据。其中每个学生的属性有姓名(Name)、性别(Sex)、出生日期(Birthdate)、系别(Department)、入学日期(EnterDate)等;每门课程的属性有课程号(Cno)、学时(Ctime)、学分(Credit)、教师(Teacher)等;学生和课程之间的联系是学生选了哪些课程以及学生所选课程的成绩或所选课程是否通过等。以上这些都是这所大学需要的数据及其结构,属于整个数据库系统的信息需求。而该大学在数据库上做的操作,例如统计每门课的平均分、每个学生的平均分等,则是此大学需要的数据处理,属于整个数据库系统的处理需求。最后,此大学运行数据库系统的操作系统(Windows,UNIX),硬件环境(CPU速度、硬盘容量)等,也是数据库系统设计时需要考虑的因素。

信息需求主要是定义数据库系统将要用到的所有信息,包括描述实体、属性、数据之间的联系以及联系的性质,处理需求则定义所设计的数据库系统将要进行的数据处理,描述操作的优先次序、操作执行的频率和场合,描述操作与数据之间的联系。当然,信息需求和处理需求的区分不是绝对的,只不过侧重点不同而已。信息需求要反映处理的需求,处理需求自然包括其所需的数据。

通过上面的分析我们看到,数据库系统设计的任务有两个:一是数据模式的设计,二是以数据库管理系统(DBMS)为基础的应用程序的设计。应用程序是随着业务的发展而不断变化的,在有些数据库系统中(例如情报检索),事先很难编出所需的应用程序或事务,因此,数据库系统设计的最基本的任务是数据模式的设计。不过,数据模式的设计必须适应数据处理的要求,以保证大多数常用的数据处理能够方便、快速地进行。

3.1.2 数据库系统设计的特点

同其他的工程设计一样,数据库系统设计具有下述三个特点。

1. 反复性(iterative)

数据库系统的设计不可能"一气呵成",需要反复推敲和修改才能完成。前阶段的设计是后阶段设计的基础和起点,后阶段也可向前阶段反馈其要求。如此反复修改,才能比较圆满地完成数据库系统的设计。

2. 试探性(tentative)

与解决一般问题不同,数据库系统设计的结果经常不是唯一的,所以设计的过程通常是一个试探的过程。由于在设计过程中,有各种各样的需求和制约的因素,它们之间有时可能会相互矛盾,因此数据库系统的设计结果很难达到非常满意的效果,常常为了达到某些方面的优化而降低了另一方面的性能。这些取舍是由数据库系统设计者权衡本组织部门的需求来决定的。

3. 分步进行(multistage)

数据库系统设计常常由不同的人员分阶段地进行。这样既使整个数据库系统的设计变得条理清晰、目的明确,又是技术上分工的需要。而且分步进行可以分段把关,逐级审查,能够保证数据库系统设计的质量和进度。尽管后阶段可能会向前阶段反馈其要求,但在正常情况下,这种反馈修改的工作量不应是很大的。

3.1.3 数据库设计的主要步骤

数据库系统是以数据为中心,在数据库管理系统的支持下进行数据的收集、整理、存储、更新、加工和统计,进行信息的查询和传播等操作的计算机系统。数据库系统的设计既要满足用户的需求,又要与给定的应用环境密切相关,因此必须采用系统化、规范化的设计方法进行设计。

设计与使用数据库系统的过程是把现实世界的数据经过人为的加工和计算机的处理,为现实世界提供信息的过程。在给定的 DBMS、操作系统和硬件环境下,表达用户的需求,并将其转换为有效的数据库结构,构成较好的数据库模式,这个过程称为数据库设计。要设计一个好的数据库必须用系统的观点分析和处理问题。数据库及其应用系统开发的全过程可分为两大阶段:数据库系统的分析与设计阶段;数据库系统的实施、运行与维护阶段。具体细分为如下 6 个步骤:需求分析、概念结构设计、逻辑结构设计、物理结构设计、数据库实施和数据库运行与维护。

（1）需求分析：需求分析是数据库系统设计的基础，通过调查和分析，了解用户的信息需求和处理需求，并以数据流图、数据字典等形式加以描述。需求分析是整个设计过程的基础，是最困难、最耗时的一步。需求分析做得不好，将会导致整个系统返工重做。

（2）概念结构设计：主要是把需求分析阶段得到的用户需求进行综合、归纳与抽象，形成一个独立于具体 DBMS 的概念模型。概念设计是数据库系统设计的关键，我们将使用 E-R 模型作为概念模式设计的工具。

（3）逻辑结构设计：就是将概念设计阶段产生的概念结构转换成为某个 DBMS 所支持的数据模型，并对其进行优化。由于本书主要是围绕关系模型来进行讨论的，所以本章以关系模型和关系数据库管理系统为基础来讨论逻辑结构设计。

（4）物理结构设计：是为逻辑数据模型选取一个最合适的物理环境（包括存储结构和存取方法）。

（5）数据库实施：在这个阶段，设计人员运用 DBMS 提供的数据库语言（如 SQL）及其宿主语言，根据逻辑设计和物理设计的结果建立数据库，编制与调试应用程序，组织数据入库，并进行试运行。

（6）数据库运行与维护：数据库应用系统经过试运行后即可投入正式运行。在数据库系统运行过程中必须不断地对其进行评价、调整与修改。

图 3.1 反映了数据库系统设计过程中需求分析、概念模式设计阶段独立于计算机系统（软件、硬件），而逻辑设计阶段、物理设计阶段应根据应用的要求和计算机软硬件的资源（操作系统 OS、数据库管理系统 DBMS、内存的容量、CPU 的速度等）进行设计。

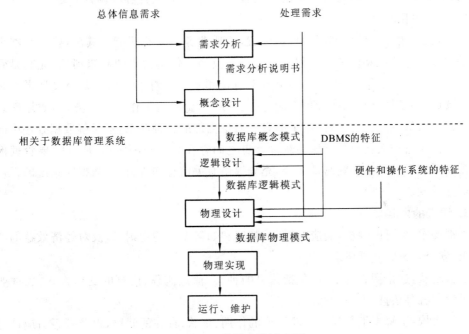

图 3.1　数据库设计步骤

3.2 需求分析

3.2.1 需求分析的目标

设计一个数据库系统，首先必须确认数据库系统的用户和用途。由于数据库系统是一个组织部门的模拟，数据库系统设计者必须对一个组织部门的基本情况有所了解，比如该组织部门的组织机构、各部门的联系、有关事物和活动，以及描述它们的数据、信息流程、政策制度、报表及其格式和有关的文档等。收集和分析这些资料的过程称为需求分析。需求分析的目标是给出应用领域中数据项、数据项之间的关系和数据操作任务的详细定义，为数据库系统的概念设计、逻辑设计和物理设计奠定基础，为优化数据库系统的逻辑结构和物理结构提供可靠依据。设计人员应与用户密切合作，用户则应积极参与，从而使设计人员对用户需求有全面、准确的理解。

需求分析的过程是对现实世界深入了解的过程，数据库系统能否正确地反映现实世界，主要取决于需求分析。需求分析人员既要对数据库技术有一定的了解，又要对组织部门的情况比较熟悉，一般由数据库系统设计人员和本组织部门的有关工作人员合作进行。需求分析的结果整理成需求分析说明书，这是数据库技术人员与应用组织部门的工作人员取得共识的基础，必须得到有关组织部门人员的确认。

3.2.2 需求信息的收集

需求信息的收集又称为系统调查。为了充分地了解用户可能提出的要求，在调查研究之前，要做好充分的准备工作，要明确调查的目的、调查的内容和调查的方式。

1. 调查的目的

首先，要了解一个组织部门的机构设置，主要业务活动和职能。其次，要了解本组织部门的大致工作流程和任务范围划分。这一阶段的工作是大量的和繁琐的，尤其是管理人员缺乏对计算机的了解，他们不知道或不清楚哪些信息对于数据库系统设计者是必要的或重要的，不了解计算机在管理中能起什么作用，做哪些工作。另一方面，数据库系统设计者缺乏对管理对象的了解，不了解管理对象内部的各种联系，不了解数据处理中的各种要求。由于管理人员与数据库系统设计者之间存在着这样的距离，所以需要管理部门和数据库系统设计者更加紧密地配合，充分提供有关信息和资料，为数据库系统的设计打下良好的基础。

2. 调查的内容

外部要求：信息的性质，响应的时间、频度和如何发生的规则，以及对经济效益的考虑和要求，安全性及完整性要求。

业务现状：这是调查的重点，包括信息的种类、信息流程、信息的处理方式、各种业务工作过程和各种票据。

组织机构：了解本组织部门内部机构的作用、现状、存在的问题，以及是否适应计算机管理、规划中的应用范围和要求。

3．调查的方式

开座谈会；跟班作业；请调查对象填写调查表；查看业务记录、票据；个别交谈。

对高层负责人的调查，最好采用个别交谈方式。在交谈之前，应给他们一份详细的调查提纲，以便使他们有所准备。从访问中，可获得有关该组织高层管理活动和决策过程的信息需求、该组织的运行政策、未来发展变化趋势与战略规划有关的信息。

对中层管理人员的访问，可采用开座谈会、个别交谈或发调查表、查看业务记录的方式，目的是了解企业的具体业务控制方式和约束条件、不同业务之间的接口、日常控制管理的信息需求以及预测未来发展的潜在信息要求。

对基层操作人员的调查，主要采用发调查表和个别交谈方式来了解每项具体业务的过程、数据要求和约束条件。

3.2.3　需求信息的整理

想要把收集到的信息（如文件、图表、票据、笔记等）转化为下一设计阶段可用的信息，必须对需求信息做分析整理工作。

1．业务流程分析

业务流程分析的目的是获得业务流程及业务与数据联系的形式描述。一般采用数据流分析法，分析结果以数据流图（DFD）表示。图 3.2 是一个数据流图的示意图。图中的有向线表示数据流，圆圈中写上处理的名称，圆圈代表一个处理，带有名字的双线段表示存储的信息。

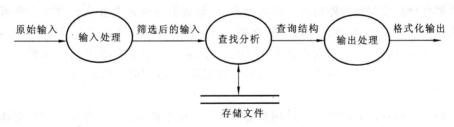

图 3.2　数据流图的示意图

下面是学生成绩管理数据库系统设计的业务流程分析，原始的数据是学生的成绩，系统要求统计学生的成绩，并根据成绩统计的结果由奖学金评委评选出获得奖学金的学生，其数据流图如图 3.3 所示。

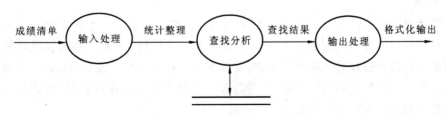

图 3.3　学生成绩统计的数据流图

2．形成数据字典

数据流图表达了数据和处理的关系，数据字典则是系统中各类数据描述的集合，是进行详细的数据收集和数据分析所获得的主要成果。数据字典在数据库设计中占有很重要的地位。

数据字典通常包括数据项、数据结构、数据流、数据存储和处理过程 5 个部分。其中数据项是数据的最小组成单位,若干个数据项可以组成一个数据结构,数据字典通过对数据项和数据结构的定义来描述数据流、数据存储的逻辑内容。

1)数据项

数据项是不可再分的数据单位。对数据项的描述通常包括以下内容:

数据项描述=｛数据项名,数据项含义说明,别名,数据类型,长度,取值范围,
取值含义,与其他数据项的逻辑关系,数据项之间的联系｝

2)数据结构

数据结构反映了数据之间的组合关系。一个数据结构可以由若干个数据项组成,也可以由若干个数据结构组成,或由若干个数据项和数据结构混合组成。对数据结构描述通常包括以下内容:

数据结构描述=｛数据结构名,含义说明,组成:｛数据项或数据结构｝｝

3)数据流

数据流是数据结构在系统内传输的路径。对数据流的描述通常包括以下内容:

数据流描述=｛数据流名,说明,数据流来源,数据流去向,
组成:｛数据结构｝,平均流量,高峰期流量｝

4)数据存储

数据存储是数据结构停留或保存的地方,也是数据流的来源和去向之一。它可以是手工文档或手工凭单,也可以是计算机文档。对数据存储的表述通常包括以下内容:

数据存储描述=｛数据存储名,说明,编号,输入的数据流,输出的数据流,
组成:｛数据结构｝,数据量,存取频度,存取方式｝

5)处理过程

处理过程的具体处理逻辑一般用判定表或判定树来描述。数据字典中只需要描述处理过程的说明性信息,通常包括以下内容:

处理过程描述=｛处理过程名,说明,输入:｛数据流｝,输出:｛数据流｝,处理:｛简要说明｝｝

可见,数据字典是关于数据库中数据的描述,即元数据,而不是数据本身。数据字典是在需求分析阶段建立,在数据库设计过程中不断修改、充实、完善的。

3. 评审

评审的目的在于确认某一阶段的任务是否全部完成,以免出现重大的疏漏和错误。评审要有项目组以外的专家和主管部门负责人参加,以保证评审工作的客观性和质量。评审常常导致设计过程的回溯和反复,需要根据评审意见修改所提交的阶段设计成果,有时修改甚至要回溯到前面的某一阶段,进行部分乃至全部重新设计,然后再进行评审,直至达到全部系统的预期目标为止。

最后要强调两点:

(1)需求分析阶段的一个重要而困难的任务是收集将来应用所涉及的数据,设计人员应充分考虑到可能的扩充和改变,使设计易于更改,系统易于扩充。

（2）必须强调用户的参与，这是数据库应用系统设计的特点。数据库应用系统和广泛的用户有密切的联系，许多人要使用数据库。数据库设计和建立又可能对更多人的工作环境产生重要影响。因此用户的参与是数据库设计不可分割的一部分。在数据分析阶段，任何调查研究没有用户的积极参与是寸步难行的。设计人员应该和用户取得共同的语言，帮助不熟悉计算机的用户建立数据库环境下的共同概念，并对设计工作的最后结构承担共同的责任。

3.3　概念结构设计

3.3.1　概念结构设计的目标

概念设计的目标是设计出反映某个组织部门信息需求的数据库系统概念模式，数据库系统的概念模式独立于数据库系统的逻辑结构、独立于数据库管理系统（DBMS）、独立于计算机系统。

概念模式的主要特点是：

（1）能真实、充分地反映现实世界，包括事物和事物之间的联系，能满足用户对数据的处理要求，是对现实世界建立的一个真实模型。

（2）易于理解，从而可以用它和不熟悉计算机的用户交换意见，用户的积极参与是数据库设计成功的关键。

（3）易于更改，当应用环境和应用要求改变时，容易对概念模型进行修改和扩充。

（4）易于向关系、网状、层次等各种数据模型转换。

3.3.2　概念结构设计的方法与步骤

设计概念通常有 4 类方法。

① 自顶向下：即首先定义全局概念结构的框架，然后逐步细化，如图 3.4(a)所示。

② 自底向上：即首先定义各局部应用的概念结构，然后将它们集成起来，得到全局概念结构，如图 3.4(b)所示。

③ 逐步扩充：首先定义最重要的核心概念结构，然后向外扩充，以滚雪球的方式逐步生成其他概念结构，直至总体概念结构，如图 3.4(c)所示。

④ 混合策略：即将上述三种方法与实际情况结合起来使用。

通常，当数据库系统不是特别复杂，且很容易掌握全局的时候，我们可以采用自顶向下策略；当数据库系统十分庞大，且结构复杂时，很难一次性地掌握全局，这时一般采用自底向上策略；当时间紧迫，需要快速建立起一个数据库系统时，可以采用逐步扩张策略，但是该策略容易产生负面效果，所以要慎用。

一般来说，自底向上的策略最常被采用，这里我们将只介绍这种设计方法。它通常分为两步：第一步是数据抽象并设计局部视图，第二步是集成局部视图，得到全局概念结构。

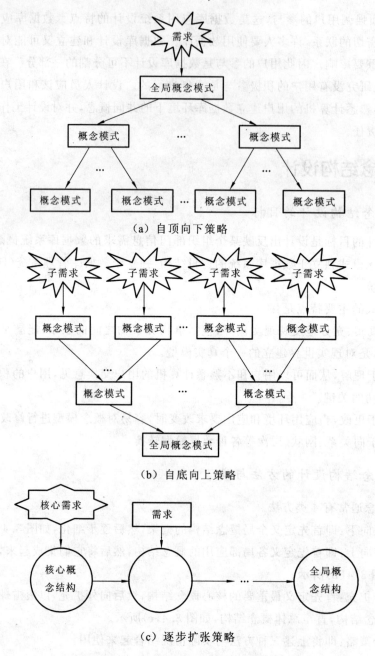

（a）自顶向下策略

（b）自底向上策略

（c）逐步扩张策略

图 3.4 设计概念结构的策略

3.3.3 数据抽象与局部视图的设计

　　概念结构是对现实世界的一种抽象。所谓抽象是对实际的人、物、事和概念进行人为处理，抽取所关心的共同特性，忽略非本质的细节，并把这些特征用各种概念精确地加以描述，这些概念组成了某种模型。以 E-R 模型为例，概念模型就是将需求分析中的信息抽象成一个一个的实体，并确定这些实体之间的关系。

抽象一般分三种情况：

• 分类(Classification)

将具有共同特性和行为的对象抽象成为一类。如"张三"、"李四"、"王五"、"赵六"抽象成"学生"；"计算机"、"通信"、"管理"等抽象成"专业"。这些类既可以作为 E-R 模型中的实体，也可以作为实体的属性。

• 聚集(Aggregation)

找出从属于一个实体的所有属性。如"学号"、"姓名"、"专业"都从属于"学生"这个实体；"专业代码"、"专业名称"、"基本方向"都从属于"专业"这个实体。当一个实体中的所有属性都找到了，这个实体也基本上完成了。

• 概括(Generalization)

概括是从面向对象的角度来考虑实体与实体之间的关系，即类似于类之间的"继承"或"派生"关系。如"车"派生出"汽车"，"汽车"派生出"轿车"；反过来看，"轿车"继承了"汽车"的属性，"汽车"继承了"车"的属性。当然，原 E-R 模型不支持概括这种抽象，除非对其进行扩充，允许定义超类实体和子类实体。

通过上述的抽象，我们可以初步完成实体的设计，然后再确定实体之间的联系类型(1:1,1:n,m:n)，设计分 E-R 图。

1. 选择局部应用

根据某个系统的具体情况，在多层的数据流图中选择一个适当层次的数据流图，作为设计分 E-R 图的出发点。让这组图中每一部分对应一个局部应用。

由于高层的数据流图只能反映系统的概貌，而底层的数据图又过于分散和琐碎，所以人们往往以中层数据流图作为设计分 E-R 图的依据，因为中层的数据流图能较好地反映系统中各局部应用的子系统组成，如图 3.5 所示。

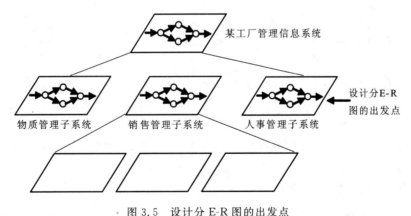

图 3.5 设计分 E-R 图的出发点

2. 逐一设计分 E-R 图

选择好局部应用之后，就要对每个局部应用逐一设计分 E-R 图。

在前面选好的某一层次的数据流图中，每个局部应用都对应了一组数据流图，局部运用涉及的数据都已经收集在数据字典中了。现在就是要将这些数据从数据字典中抽取出来，参照数据流图，标定局部应用中的实体、实体属性、标识实体的码，确定实体之间的联系及其类型。

事实上,在现实世界中最具体的应用环境常常对实体和属性已经作了大体的自然的划分。在数据字典中,"数据结构"、"数据流"和"数据存储",就体现了这种划分。可以从这些内容出发定义 E-R 图,然后再进行必要的调整。

在设计的过程中,我们可能会发现有些事物既可以抽象为实体也可以抽象为属性或实体间的联系。对于这样的事物,我们应该使用最易为用户理解的概念模型结构来表示。在易于被用户理解的前提下,既可抽象为属性,又可抽象为实体的尽量抽象为属性。

【例 3.1】 某大学关于学生课程管理的数据库系统,在学校机构中有教务处和研究生院两个管理学生的部门,在设计 E-R 模型图时,可分别设计局部的 E-R 模型图,如图 3.6 和图 3.7 所示。

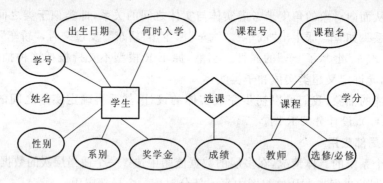

图 3.6 教务处学生管理的 E-R 模型图

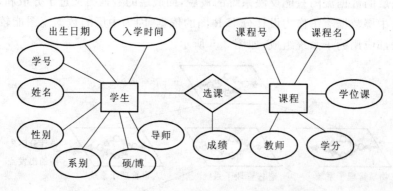

图 3.7 研究生院学生管理的局部 E-R 模型图

3.3.4 全局概念模式的设计

局部 E-R 图的设计从局部的需求出发,比一开始就设计全局模式要简单得多、单纯得多。有了各个局部 E-R 图,就可通过局部 E-R 图的集成设计全局模式。在进行局部 E-R 图集成时,需按照下面三个步骤来进行。

1. 确认局部 E-R 模型图中的对应关系和冲突

对应关系是指局部 E-R 图中语义都相同的概念,也就是它们的共同部分;冲突指相互之间有矛盾的概念。常见的冲突有下列 4 种:

1）命名冲突

命名冲突有同名异义和同义异名两种。例如，"学生"和"课程"这两个实体集在教务处的局部 E-R 图和研究生院的局部 E-R 图中含义是不同的：在教务处的局部 E-R 图中，"学生"和"课程"是指大学生和大学生的课程，在研究生院的局部 E-R 图中，是指研究生和研究生课程，这属于同名异义；在教务处的局部 E-R 图中学生实体集有"何时入学"这一个属性，在研究生院的局部 E-R 图中有"入学日期"这一属性，两者是同义异名。

2）概念冲突

同一个概念在一个局部 E-R 图中可能作为实体集，在另一个局部 E-R 图中可能作为属性或联系。例如，在上面给出的图中，如果用户要求，选课也可以作为实体集，而不作为联系。

3）域冲突

相同的属性在不同的局部 E-R 图中有不同的域。例如，学号在一个局部 E-R 图中可能当做字符串，在另一个局部 E-R 图中可能当做整数。相同的属性采用不同的度量单位，称为域冲突。

4）约束冲突

不同局部 E-R 图可能有不同的约束。例如，对于"选课"这个联系，大学生和研究生对选课的最少门数和最多门数的限定可能不一样。

2. 对局部 E-R 图进行某些修改，解决部门冲突

解决部门的冲突是对各个部门中存在的命名冲突、概念冲突、域冲突、约束冲突按照统一的规范定义。如在例 3.1 的图中，"入学日期"和"何时入学"两个属性名可以统一成"入学日期"，学号统一用字符串表示，学生分为大学生和研究生两类，课程也分为本科生课程和研究生课程两类等。

3. 合并局部 E-R 图，形成全局模式

在合并局部 E-R 图的过程中，应尽可能合并对应的部分、保留特殊的部分、删除冗余部分，必要时对模式进行适当的修改，力求使模式简明清晰。局部 E-R 图的集成并不限于两个局部 E-R 图的集成，可以推广到多个局部 E-R 图的集成，多个局部 E-R 图的集成比较复杂，一般用计算机辅助设计工具进行。

【例 3.2】　在学校机构中设计学生管理数据库系统的全局 E-R 模型图，如图 3.8 所示。

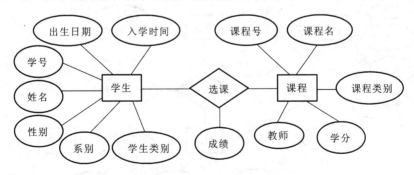

图 3.8　学生课程管理的 E-R 模型图

其中学生实体的属性，学生类别的域为本科生、研究生、博士生，如果是研究生、博士生，应有他们的指导老师属性；课程属性，课程类别的域为研究生课程、本科生课程。图

3.8 是由图 3.6 和图 3.7 进行综合而成的 E-R 模型图。

【例 3.3】 设计一个工厂生产管理系统的 E-R 模型图。

分析：工厂的生产由技术部门和供应部门提供保障。技术部门关心的是产品的性能参数、产品由哪些零件组成、零件使用的材料和耗用量等；供应部门关心的是产品的价格、使用材料的价格及库存量等。分别设计技术部门和供应部门的 E-R 模型图，如图 3.9 和图 3.10 所示。

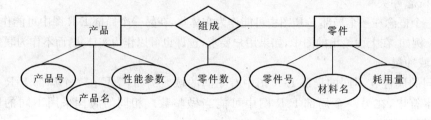

图 3.9　技术部门的 E-R 模型图

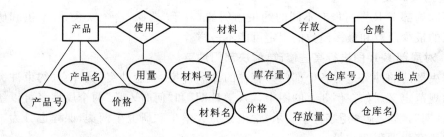

图 3.10　供应部门的 E-R 模型图

进一步分析：在图 3.9 和图 3.10 中实体产品的实体名和含义是相同的，在综合成E-R模型图时可以合并为一个实体。在现实世界中产品是通过消耗材料生产出来的，即产品和材料之间也是有联系的。零件也是通过消耗材料而生产出来的，零件和材料之间也有消耗关系。因此图 3.9 和图 3.10 可合并成如图 3.11 所示的全局 E-R 模型图。

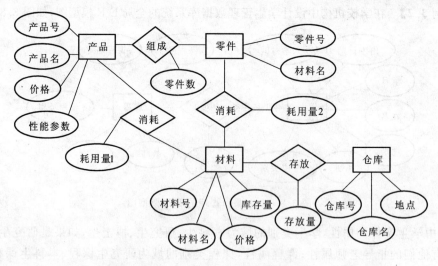

图 3.11　综合后的 E-R 模型图

分析:综合后的 E-R 模型图中存在着数据的冗余。产品对材料的耗用量 1 可以通过组成产品的零件所消耗材料的耗用量 2 计算获得,因此耗用量 1 为冗余数据,应该从 E-R 图中删除,联系没有了属性,产品与材料之间的联系也可以从图中删除。每一种材料的库存量可以从各个仓库中这种材料的存放量计算获得,因此材料实体的库存量为冗余属性应该从图中删除。除去冗余后的综合 E-R 模型图如图 3.12 所示。

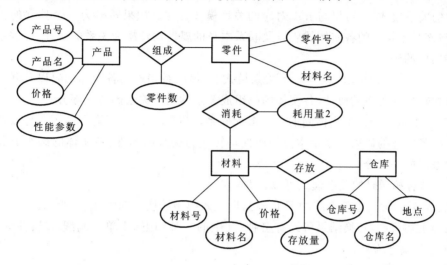

图 3.12　生产管理系统的 E-R 模型图

3.4　逻辑结构设计

3.4.1　逻辑结构设计的目标

数据库系统逻辑设计的目标是:把数据库系统概念设计阶段产生的数据库系统概念模式变换为数据库系统逻辑模式。数据库系统逻辑设计依赖于数据库管理系统(DBMS),不同的 DBMS 支持不同的数据模型,数据库的数据模型包括层次模型、网状模型和关系模型,其中关系模型和关系数据库管理系统因有关系理论支持而得到广泛使用,成为当今数据库系统的主流。所以,本章就是以关系模型和关系数据库管理系统为基础讨论数据库系统逻辑设计方法。

3.4.2　E-R 模型向关系模型的转换

关系模型的逻辑结构是一组关系模式的集合。E-R 图则是由实体型、实体的属性和实体型之间的联系三个要素组成。E-R 模型向关系模型的转换要解决的问题是如何将实体和实体之间的联系转换为关系模式,如何确定这些关系模式的属性和码。这种转换一般遵循如下原则:

(1) 一个实体型转换为一个关系模型。实体的属性就是关系的属性,实体的码就是关系的码。

(2) 一个 1∶1 联系可以转换为一个独立的关系模式,也可以与任意一端对应的关系模式合并。如果转换为一个独立的关系模式,则与该联系相连的各实体的码以及联系本身的属性均转换为关系的属性,每个实体的码均是该关系的候选码。如果与某一端实体对应的关系模式合并,则需要在该关系模式的属性中加入另一个关系模式的码和联系本身的属性。

(3) 合并时,在 n 端加入一端实体的码及联系的属性。一个 1:n 联系可以转换为一个独立的关系模式,也可以与 n 端对应的关系模式合并。如果转换为一个独立的关系模式,则与该联系相连的各实体的码以及联系本身的属性均转换为关系的属性,而关系的码为 n 端实体的码。

(4) 一个 m:n 联系转换为一个关系模式。与该联系相连的各实体的码以及联系本身的属性均转换为关系的属性,各实体的码组成关系的码或关系码的一部分。

(5) 3 个或 3 个以上实体间的一个多元联系可以转换为一个关系模式。与该多元联系相连的各实体的码以及联系本身的属性均转换为关系的属性,各实体的码组成关系的码或关系码的一部分。

(6) 具有相同码的关系模式可以合并。

【例 3.4】 学生管理系统的 E-R 模型向关系模型转换。如图 3.13 所示。

按照上述规则,转换结果可以有多种,其中的一种如下(带单下画线__ 属性为码,带双下画线__ 属性为外码):

课程表(课程号,课程名,开学学期,学分)

学生表(学号,姓名,年龄,性别,系名)

系表(系名,专业简介,教工号)

系主任表(教工号,姓名,性别)

成绩表(课程号,学号,成绩)

说明:成绩表的(课程号,学号)是组合码。

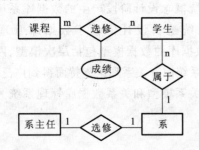

图 3.13 学生管理系统 E-R 模型图

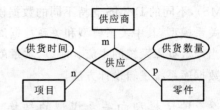

图 3.14 项目管理系统 E-R 模型图

【例 3.5】 项目管理系统的 E-R 模型向关系模型转换,如图 3.14 所示。

转换后的结果如下:

供应商表(供应商号,供应商名,地址)

零件表(零件号,零件名,颜色,重量)

项目表(项目号,项目名,地址)

供应表(供应商号,零件号,项目号,供货时间,供货数量)

3.4.3　数据模型的优化

数据库逻辑模型设计的结果可能有多种,但为了使设计出来的系统效率和可靠性更高,还必须对系统进行适当的修改、调整数据模型的结构,这就是数据模型的优化,优化的指导方针就是规范化理论。

(1) 找出系统中所有的函数依赖。

(2) 消除冗余的函数依赖。

(3) 消除部分函数依赖、传递函数依赖、多值依赖等,确定关系模式的范式级别。

(4) 判断当前的关系模式是否适用于当前的应用环境,如果需要,还要对关系模式进一步的合并或分解。

注意:关系模式的范式级别不是越高越好。因为,范式级别越高,关系模式就越细,在进行查询操作时,遇到连接运算的可能性就越高。连接运算的代价是非常高的,无形中就降低了系统的运行效率。所以不要盲目地追求范式的优化程度,我们需要的范式级别是"最合适"的,而不是"最高"的。

关系模式的分解涉及水平分解和垂直分解。垂直分解是将一个关系模式分解为两个或多个子关系模式。在垂直分解中,除了要遵循规范化理论外,还要考虑到效率问题。比如一个关系模式中的某几个字段经常被用户查询,这样就可以考虑将那些常被查询的字段与不常用的字段分离开,作为两个子关系模式,这两个新的关系模式的码还是原来的码。同时,垂直分解还要确保无损连接性和保持函数依赖(这部分知识可参考有关书籍)。

水平分解是把(基本)关系的元组分为若干子集合,定义每个子集合为一个子关系,以提高系统的效率。根据"80/20 原则",一个大关系中,经常被使用的数据只是关系的一部分,约 20%,可以把经常使用的数据分解出来,形成一个子关系。如果关系 R 上具有 n 个事务,而且多数事务存取的数据不相交,则 R 可分解为少于或等于 n 个子关系,使每个事务存取的数据对应一个关系。

3.5　物理结构设计

3.5.1　物理结构设计的目标

数据库的物理结构设计是对已确定的逻辑数据结构,利用 DBMS 所提供的方法、技术,以较优的数据存储结构、数据存取路径、合理的数据存放位置以及存储分配,设计出一个高效的、可实现的物理数据库结构。物理结构设计常常包括某些操作约束,如响应时间与存储要求等。由于不同的 DBMS 所提供的硬件环境、存储结构、存取方法不同,提供给数据库系统设计人员的系统参数及其变化范围不同,因此,物理结构设计没有一个放之四海而皆准的准则,只能提供一些技术和方法供参考。

3.5.2　存储方法设计

物理结构设计中最重要的一个考虑是,如何把数据记录在全范围内进行物理存储,常用的存储方式有:

(1) 顺序存放。平均查询次数为关系的记录个数的 1/2。

(2) 散列存放。查询次数由散列算法决定。散列存放可以提高数据的查询效率。

(3) 聚簇(cluster)存放。"记录聚簇"是指将不同类型的记录分配到相同的物理区域中去,充分利用物理顺序性优点,提高访问速度,即把经常在一起使用的记录聚簇在一起,以减少物理 I/O 次数。

3.5.3 存取方法设计

存取方法设计为存储在物理设备上的数据提供数据访问的路径。索引是数据库中一种非常重要的数据存取路径。在存取方法设计中要确定建立何种索引,以及在哪些表和属性上建立索引。通常情况下,对于数据量很大,又需要做频繁查询的表建立索引,并且选择将索引建立在经常用做查询条件的属性或属性组上,以及经常用做连接操作的属性或属性组上。

3.5.4 确定数据库的存取结构

确定数据的存放位置和存储结构要综合考虑存取的时间、存储空间的利用率和维护代价三个方面。这三个方面常常是相互矛盾的,因此需要进行权衡,选择一个折中的方案。

1. 确定数据存放的位置

为了提高系统性能,应该根据应用情况将数据的易变部分与稳定部分、经常存取部分和存取频率较低的部分分开存放。

2. 确定系统配置

系统配置变量很多,如同时使用的用户数、同时打开的数据库对象数、内存分配参数、缓冲区分配参数、存储分配参数、物理块大小等。虽然 DBMS 产品一般都提供了系统配置的默认参数,但默认值不一定就适合用户的需要,所以要根据实际做适当调整。

3.6 数据库的实施与维护

3.6.1 数据库的实施

数据库的实施包含一系列活动,其中必不可少的活动包括:创建数据库、数据载入和测试。这一步就是在指定的计算机平台上,通过执行一系列 CREATE 命令,实际建立数据库及组成数据库的各种对象。我们可以在 DBMS 提供的用户友好接口(UFI)支持下,交互式地建立各种数据库对象。也可将各 DDL 命令组织成 SQL 程序脚本,运行该脚本即可成批地创建各种数据库对象。在 SQL Server 环境下,可以编写和执行 Transaction-SQL 脚本程序。

表(Table)是组成关系数据库的主要对象。因为实际数据都是存放在表中的,故表的创建是必不可少的。其他数据库对象,如视图、索引、各种完整性约束等,既可在创建数据库时与表一并创建,也可以今后随时创建。

3.6.2　数据的载入

上一步创建的数据库只是一个"框架",只有实际装入数据后,才算真正建成了数据库。

首次在新建立的数据库(框架)中批量装入实际数据的过程,称为数据载入(Load)。如果之前数据已经"数字化",即已经存在于某些文件或另外形式的数据库中,则此时载入工作主要是转换(Transformation),即将数据重新组织或组合,并转换成满足新数据库要求的格式。现代 DBMS 一般都提供专门的实用程序或工具,以帮助实现上述工作。例如,SQL Server 提供了 DTS(Data Transformation Service)。

如果原始数据并未"数字化",则需将它们通过人工批量录入到数据库中。一般数据库系统中,数据量都很大,而且数据来源于部门中的各个不同的单位,数据的组织形式、结构和格式都与新设计的数据库系统有相当的差距。此时要先将原始数据收集并整理好,然后借助专门开发的应用程序,将数据批量录入。

3.6.3　测试

测试(Testing)是软件工程中的重要阶段,数据库作为一种软件系统,其在投入运行之前一定要经过严格的测试。数据库测试一般要和数据库应用程序的测试结合起来,通过试运行,查找错误(或不足),并进行联合调试。

这一阶段要实际运行数据库应用程序,执行对数据库的各种操作,测试应用程序的功能是否满足设计需要。如果不满足,对应用程序要作修改、调整,直到达到设计要求为止。

对数据库本身的测试,重点放在两个方面:其一,通过操纵性操作(插入、删除、修改)后,判断数据库能否保持一致性。这里实际上要检查在数据库中定义的各种完整性约束是否有效地实施了。其二,要测试系统的性能指标。在对数据库进行物理设计时已初步确定了系统的物理参数值,但设计时的考虑在许多方面只是估计,和实际系统运行的情况总有一定的差距,因此必须在试运行阶段实际测量和评价系统性能指标。

实践中一般分期分批地载入数据。先输入小批量数据做测试用,待试运行合格后,再大批量输入数据。

3.6.4　数据库的运行与维护

经过测试和试运行后,数据库开发工作就已完成,可投入正式运行了。数据库的生命周期也进入了运行和维护阶段。

数据库是企业的重要信息资源,要支持多种应用系统共享数据。为了让数据库高效、平稳地运行,也为了适应应用环境及物理存储的不断变化,需要对数据库进行长期的维护。这也是设计工作的继续和提高。

对数据库的维护工作主要由 DBA 完成,主要工作如下所述。

1. 数据库的备份与恢复

这是系统最重要的和最经常性的维护工作。备份(Backup)就是定期或不定期地将数据库的全部或部分转储。通常将转储的副本保存在另外的计算机系统中,或将副本储存在磁带等介质上脱机保存。这样,一旦数据库系统发生大的故障,可根据备份的副本进行系统恢复(Recovery),尽可能地减少损失。DBA 应根据系统的特点,制定合适的备份恢复计划。

2. 数据库性能监控

在数据库运行过程中,监督系统运行,对监测数据进行分析,找出改进系统性能的方法是 DBA 的又一重要任务。目前主要 DBMS 都提供了监测系统参数的工具,DBA 可以利用这些工具方便地得到系统运行过程中一系列性能参数的值。DBA 应仔细分析这些数据,判断当前系统运行状况是否为最佳,应当做哪些改进。常见的改进手段包括调整系统物理参数,重组或重构数据库等。

3. 数据库的重组与重构

数据库运行一段时间后,由于记录不断增、删、改,会使数据库的物理存储情况变坏,降低了数据的存取效率,数据库性能下降,这时 DBA 就要对数据库进行重组(Reorganization)。在重组过程中,按原设计要求重新安排存储位置、回收垃圾、减少指针链等,提高系统性能。重组要付出代价,重组又可提高性能,这是一对矛盾。为避免矛盾,最好利用计算机空闲时间进行重组。

数据库的重组并不修改原设计的逻辑和物理结构,而数据库重构(Reconstruction)则不同,它是指部分修改数据库的逻辑和物理结构。

数据库的逻辑模式应是相对稳定的,但应用环境变化、新应用的出现及老应用内容的更新,有时要求对数据库逻辑模式做必要的变动,这时就要重构数据库。重构不是一切推倒重来,主要是在原来基础上进行修改和扩充。但是重构比重组要复杂得多,因此必须在 DBA 的统一规划下进行。

现代 DBMS 一般都提供动态模式修改功能(如 SQL 中的 ALTER),但重构是一个可能产生错误和有待验证的过程,边重构、边运行一般是不现实的。一般在原数据库运行的同时,另建一个新的数据库,在新数据库基础上去完成重构工作。待新的数据库建立并通过验证后,再将应用程序转移到新数据库上,最后撤消原数据库。

重组对用户和应用是透明的,而重构一般不是。因此应让用户知道重构后的模式,并对应用作出相应的修改,以适应重构后的数据库模式。

本章小结

数据库设计这一章讨论的是数据库设计的方法,主要从需求分析、概念结构设计、逻辑结构设计、物理结构设计、数据库的实施与维护这几个步骤来具体进行分析的。每个步骤都详细介绍了目标、方法和注意事项,并列举了较多的实例。在这些步骤中,重点应该掌握概念结构设计和逻辑结构设计,因为这两个步骤是将现实世界与机器世界联系起来的重要环节。

在学习完这一章后,一旦遇到实际问题,就应该将该章的理论与实际相结合,这样可以少走弯路,避免资源浪费,提高编程效率。

习题三

一、思考题

1. 试述数据库设计过程。
2. 试述数据库设计过程中形成的数据库模式。
3. 需求分析阶段的设计目标是什么？调查的内容是什么？
4. 数据字典的内容和作用是什么？
5. 什么是数据库的概念结构？
6. 什么是数据库的逻辑结构设计？
7. 规范化理论对数据库设计有什么指导意义？
8. 什么是数据库的重组和重构？为什么要进行重组和重构？

二、设计题

1. 学校有若干个系,每个系有若干班级和教研室,每个教研室有若干教师,每名教师只教一门课,每门课可由多个教师教;每个班有若干学生,每个学生选修若干课程,每门课程可由若干学生选修。请用 E-R 图画出该学校的概念模型,注明联系类型,再将 E-R 模型转换为关系模型。

2. 工厂生产的每种产品由不同的零件组成,有的零件可用于不同的产品。这些零件由不同的原材料制成,不同的零件所用的材料可以相同。一个仓库存放多种产品,一种产品存放在一个仓库中。零件按所属的不同产品分别放在仓库中,原材料按照类别放在若干仓库中(不跨仓库存放)。请用 E-R 图画出此关于产品、零件、材料、仓库的概念模型,注明联系类型,再将 E-R 模型转换为关系模型。

3. 一个图书馆管理系统中有如下信息。

图书:书号、书名、数量、位置

借书人:借书证号、姓名、单位

出版社:出版社名、邮编、地址、电话、E-mail

其中约定:任何人可以借多种书,任何一种书可以被多个人借,借书和还书时,要登记相应的借书日期和还书日期;一个出版社可以出版多种书籍,同一本书仅为一个出版社所出版,出版社名具有唯一性。

根据以上情况,完成如下设计:

(1) 设计系统的 E-R 图;

(2) 将 E-R 图转换为关系模式;

(3) 指出转换后的每个关系模式的关系键。

4. 假定一个部门的数据库包括以下的信息。

职工的信息:职工号、姓名、住址和所在部门

部门的信息:部门所有职工、经理和销售的产品

产品的信息:产品名、制造商、价格、型号和产品内部编号

制造商的信息:制造商名称、地址、生产的产品名和价格

完成如下设计：

(1) 设计该计算机管理系统的 E-R 图；

(2) 将该 E-R 图转换为关系模型结构；

(3) 指出转换结果中每个关系模式的候选码。

5. 将第一章习题第三题所设计的 E-R 图转换为关系模式，并标出主码和外码。

6. 有如下运动队和运动会两个方面的实体。

(1) 运动队方面。

运动队：队名、教练姓名、队员姓名

队员：队名、队员姓名、性别、项名

其中，一个运动队有多个队员，一个队员仅属于一个运动队，一个队有一个教练。

(2) 运动会方面。

运动队：队编号、队名、教练姓名

项目：项目名、参加运动队编号、队员姓名、性别、比赛场地

其中，一个项目可由多个队参加，一个运动员可参加多个项目，一个项目一个比赛场地。请完成如下设计：

① 分别设计运动队和运动会两个局部 E-R 图。

② 将它们合并为一个全局 E-R 图。

③ 合并时存在什么冲突，你是如何解决这些冲突的？

第4章 SQL Server 2005 概述

SQL Server 2005 是新一代大型关系数据库管理系统(简称 RDBMS),它在电子商务、数据仓库和数据库解决方案等应用中起着重要的核心作用,为企业的数据管理提供强大的支持,对数据库中的数据提供有效的管理,并采用有效的措施实现数据的完整性及数据的安全性。

SQL Server 2005 扩展了 SQL Server 2000 的性能、可靠性、可用性、可编程性和易用性。SQL Server 2005 包含了多项新功能,这使它成为大规模联机事务处理(OLTP)、数据仓库和电子商务应用程序的优秀数据库平台。

本章首先简单介绍 SQL Server 2005 的体系结构,然后讨论 SQL Server 2005 的安装方法及其部分主要组件。

4.1 SQL Server 2005 核心架构简介

本书仅讨论了 SQL Server 的一部分核心架构。SQL Server 由大量的附属技术和架构组成。

4.1.1 数据库架构

SQL Server 2005 关系数据库引擎包括大量用于存储、操纵、分析和访问数据,具有高度扩展性和经过完备测试的组件。

SQL Server 2005 的数据存储工具在概念级别上是"数据库"。数据库本身并不存储数据,相反,数据被存储在"表格"结构中,这些表存储在数据库文件范围内的大量复杂文件结构中。

从概念级别上讲,数据库是一个"容器",用于存放所有的表、索引和约束;DBMS 用于管理数据的安全、程序及其他对象和属性。

关于数据库的物理结构和逻辑结构在第五章会详细介绍。

4.1.2 DBMS 管理架构

SQL Server 附带了大量功能强大的管理工具集合。这些工具供 DBA 管理数据库、用户访问、备份和恢复以及其他管理功能。

(1) 关系数据库引擎。关系数据库引擎与存储引擎及模块构成了 DBMS。此系统还包含语句解析和处理模块以及查询处理系统。此引擎接收客户端的所有通信。首先解析包含 T-SQL 语句的查询,在进行预处理后将查询编译成执行计划,执行计划通过存储引擎,发送给数据存储以提取数据。此后,根据表格数据流信息,将提取的数据构建成表格数据形式,通过 Net-Library 返回给客户端。

（2）存储引擎。这组套件负责管理数据库文件以及文件占用的空间,实际上它是 SQL Server 数据库架构的中心。存储引擎还负责事务日志记录和数据库恢复。

（3）事务架构。本地事务架构负责执行删除、更新和插入等工作,而分布式事务跨越两个或多个称为资源管理器的服务器。

（4）并发控制和事务管理。这是事务架构的一部分,实际上是方法和算法系统,允许多个用户使用由一个 DBMS 实例管理的数据库。

4.1.3 应用程序开发架构

为实现与 SQL Server 的交互,即要求它保存、更改、返回和处理数据,就需要了解 SQL。SQL 是国际标准支持的关系数据库计算机语言,由美国国家标准协会和国际标准化组织提供。其 SQL-92 的正式名称是"国际标准数据库语言 SQL1992"。

所有关系数据库产品均支持一种专门的 SQL 类型,这种类型专用于支持单个产品及其扩展。Microsoft 称自己的 SQL 版本为 SQL Server"Transact-SQL",或简称为T-SQL。作为基础语言,SQL 无论如何也不能成为首选语言,它拥有一部分不一致性和错误,为此,每种产品都以某些方式来处理这些问题,以真实地反映用户需求。

存储 T-SQL 符合 SQL-2003 标准。因此,它完全遵循 SQL-92 和 SQL-99 的入门级功能,也支持大量的中级和最高级功能。在 SQL Server 2005 中新增了大量的新功能,包括 TOP 和 PIVOT 子句。

4.1.4 客户/服务器结构

SQL Server 是一个客户/服务器数据库系统,无论在两层和多层环境中,它都能服务存储区域有限的非常小的数据库,或占据巨大存储区域的示范庞大的数据库。大量用户可以同时连接到 SQL Server,同时向服务器发送查询和指令,并执行插入、更新、删除、查询操作,以及其他等操作。

SQL Sever 2005 采用客户/服务器计算模型,即中央服务器用来存储数据库,该服务器可以被多台客户机访问,数据库应用的处理过程分布在客户机和服务器上。客户/服务器系统又称为分布式计算机系统,意指程序的数据处理并不像桌面的数据库管理系统那样在单个计算机上发生,而是把程序的不同部分放在多台计算机上同时运行。客户/服务器结构的最大优势在于提高了使用和处理数据的能力。客户/服务器模型分为两层的客户/服务器结构和多层的客户/服务器结构。

1. 两层客户/服务器结构

在两层的客户/服务器系统中,客户机通过网络与运行 SQL Sever 2005 实例的服务器相连,客户机用来完成数据表示和大部分业务逻辑的实现,服务器完成数据的存储,这种客户机被成为"胖客户机"。在这种情况下,客户端是单用户的,运行相应的应用系统,如学生管理系统;而服务器端的功能强大,运行着各种数据库系统,如 SQL Sever 2005。由客户端应用程序发出的 SQL 语句请求都通过网络传送到服务器端。例如,从客户端发出一条 Select 查询语句,则由服务器对 SQL 语句进行处理,将满足查询条件的记录集再返回到客户机。

2. 多层客户机/服务器结构

随着网络的发展和事务处理数量的增加,两层客户机/服务器结构逐步显示了不足之处。例如,一个银行管理系统在一个单独的事务处理过程中可能要处理很多的数据请求,每个数据请求只存取几个数据记录,把每个请求都传给服务器就会产生大量的网络流量,这将影响到整个系统的性能。另外,随着客户端的不断增加,将消耗服务器越来越多的内存,结果导致两层结构的花费将以指数增加,最终使得系统崩溃。所以出现了多层的客户机/服务器结构。

在多层的客户机/服务器系统中,至少要经过 3 个处理层。第一层是客户机,它只负责显示数据或接受用户输入的数据;第二层是商务服务器,所有的客户机都可以对它发出数据请求。由于在商务服务器中压缩了全部的事务规则,所以任何访问中间层的请求都去执行预先定义好的规则,这样就减少了网络通信和竞争。第三层是数据库,这种结构中的客户机被称为"瘦客户机"。Internet 应用就是三层结构的一个典型例子。

4.1.5　数据库引擎

SQL Sever 2005 数据库引擎由 SQL Sever 服务 sqlservr.exe 所控制,它管理着数据库,以及引擎实例在主机服务器上拥有的所有相关文件和机制。数据库引擎还负责处理客户端应用程序和进程发送给它的所有 T-SQL 语句,并控制安装在数据的 SQL Sever 组件的执行,如存储过程、触发器和完整性机制。

SQL Sever 数据库服务引擎就是"DBMS"。它是服务器中唯一具有以下所有特点的引擎:创建和管理数据库、巧妙处理并发连接、实施安全、处理查询、建立索引和应用索引等。

4.1.6　SQL Server 2005 的特点

了解 SQL Server 2005 拥有哪些功能特性,可帮助认清产品的定位与应用面,从而知道该使用 SQL Server 2005 来开发哪种结构的应用系统。我们先具体地说明 SQL Server 2000 具有的特点,然后再介绍 SQL Server 2005 新增了哪些功能。

SQL Server 2000 的特点如下:

(1)真正的客户-服务器体系结构。

(2)图形化用户界面使系统管理和数据库管理更加直观、简单。

(3)丰富的编程接口工具,为用户进行程序设计提供了更大的选择余地。

(4)SQL Server 2000 与 Windows NT 完全集成,利用 Windows NT 的许多功能,如发送和接收消息,管理登录安全性等。SQL Server 2000 也可以很好地与 Microsoft Back Office 产品集成。

(5)具有很好的伸缩性,可跨越从运行 Windows 95/98 的膝盖型电脑到运行 Windows 2000 的大型多处理器等多种平台。

(6)对 Web 技术的支持,使用户能够很容易地将数据库中的数据发布到 Web 页面上。

(7)SQL Server 2000 提供数据仓库功能,这个功能只能在 Oracle 和其他更昂贵的

DBMS 中才有。

(8) 支持 XML。

(9) 强大的基于 Web 的分析。

(10) 支持 OLE DB 和多种查询。

(11) 支持分布式的分区视图。

SQL Server 2005 新增了以下功能:

(1) 全面重新设计的 DTS 体系结构和工具。

(2) 引入了由管理工具和管理应用编程接口(API)组成的集成化套件用以降低操作的复杂度。

(3) 主要改进包括表分区、增强复制功能和 64 位支持特性。

(4) 允许使用任何 Microsoft. NET 语言开发数据库对象的能力。

(5) 增添新的 XML 数据类型。

(6) 新增查询类型和在事务中进行错误处理的能力。

4.1.7 SQL Server 2005 的安装

除 SQL Server 2005 标准版和企业版之外,产品线中还加入了 SQL Server 2005 精简版(SQL Server 2005 Express)和工作组版(SQL Server 2005 Workgroup)两个新版本。

标准版和企业版这两个版本对系统配置有一定的要求,所以仅以 SQL Server 2005 的标准版简单说明其安装过程,下面首先介绍标准版的安装过程:

(1) 将 SQL Server 2005 的光盘放入光驱(如果有 Autorun 功能),几秒钟后会自动出现安装启动画面窗口如图 4.1 所示,否则需运行 SQL Server 安装程序:Autorun. exe 或 setup. exe 方能进入图 4.1 画面。

(2) 在图 4.1 画面中我们选择标准版选项安装 SQL Server 2005 标准版数据库管理软件,进入【Microsoft SQL Server 2005 安装程序】界面,选中"我接受许可条款和条件",单击【下一步】按钮,其将出现下面两个选项界面:安装 Standard 标准版服务器主要组件,安装 Standard 标准版工具、示例组件,如图 4.2 所示。

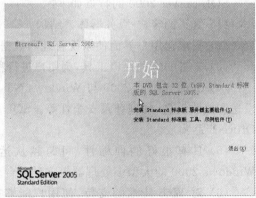

图 4.1 SQL Server 2005 安装画面   图 4.2 安装选项页面

(3) 选择【安装 Standard 标准版服务器主要组件】进入安装画面。单击【下一步】按钮,系统弹出如图 4.3 所示的界面。

(4) 选择【服务器组件、工具、联机丛书和示例】项,安装程序会更新安装 SQL Server 安装程序所需的一些组件,单击【安装】如图 4.4 所示的安装界面。

图 4.3 开始画面 图 4.4 安装必要组件界面

(5) 完成后单击【下一步】弹出安装向导,单击【下一步】弹出注册信息。单击【下一步】,出现"系统配置检查"界面,如图 4.5 所示。检查完毕之后显示注册信息,单击【下一步】选择实例名称,可选择"默认实例",单击【下一步】出现"服务帐户"对话框,如图 4.6 所示,选择"使用内置系统帐户-本地系统"。

图 4.5 系统配置界面 图 4.6 服务帐户界面

(6) 单击【下一步】选择身份验证模式,可以选择两种认证模式如图 4.7 所示,就系统数据库管理而言,宜采用混合模式。

Windows 身份验证模式:用户通过 Windows 用户账户连接时,SQL Server 使用

Windows 操作系统中的信息验证账户名和密码。

混合模式（Windows 身份验证和 SQL Server 身份验证）：允许用户使用 Windows 身份验证或 SQL Server 身份验证进行连接。通过 Windows 用户账户连接的用户可以在 Windows 身份验证模式或混合模式中使用信任连接。

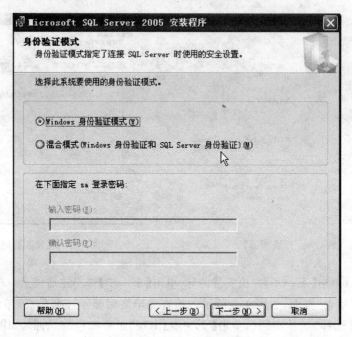

图 4.7　身份验证界面

（7）以下均可单击【下一步】按钮，系统就可自动安装软件，安装完毕后，单击【完成】就可结束安装。

SQL Server 2005 的精简版在安装的时候需要 4 个文件：Microsoft.NET Framework2.0，Microsoft.NET Framework2.0 简体中文语言包，SQL Server 2005 配置管理器，SQL Server 2005 服务管理平台。然后按照这个顺序安装即可。

注意：在完成系统的安装后，SQL Server 会自动产生一个系统管理员的账户 sa，该账户拥有系统的最高权限，在刚完成系统安装的时候，sa 账户没有设置密码，这种情况下 SQL Server 2005 没有任何的安全性可言，任何人都可以使用账户登录，并进入 SQL Server 系统。所以，完成安装后宜马上设置 sa 账户的密码。

以下章节的内容均以精简版为例。

4.2　SQL Server 2005 的主要组件

SQL Server 2005 提供了一整套功能完善且具备可视化界面的管理工具。在这些工具的辅助下，能够轻松地管理与开发数据库系统。下面就简单介绍一下 SQL Server 2005 的主要组件和其他一些主要的管理工具。

SQL Server 2005 精简版安装完成后，通过点击"开始"→"程序"→"Microsoft SQL

Server"可以看到应用程序组件如图 4.8 所示。

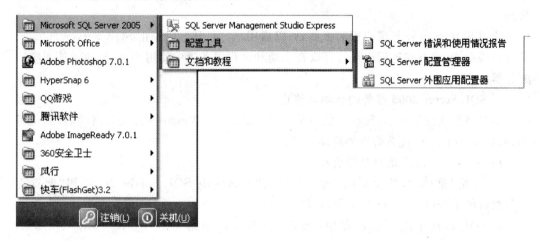

图 4.8 SQL Server 2005 主要工具

SQL Server 2005 提供了一整套管理工具和实用程序,使用这些工具和程序,可以设置和管理 SQL Server 进行数据库管理和备份,并保证数据库的安全和一致。现将主要组件介绍如下:

1. SQL Server 2005 主要组件

1) SQL Server Management Studio

SQL Server Management Studio(服务管理平台)是一个集成环境,用于访问、配置、管理和开发 SQL Server 的所有组件。SQL Server Management Studio 组合了大量图形工具和丰富的脚本编辑器,使各种技术水平的开发人员和管理员都能访问 SQL Server。

SQL Server Management Studio 将早期版本的 SQL Server 中所包含的企业管理器、查询分析器和 Analysis Manager 功能整合到单一的环境中。此外,SQL Server Management Studio 还可以和 SQL Server 的所有组件协同工作,例如,Reporting Services,Integration Services 和 SQL Server Compact 3.5 SP1。开发人员可以获得熟悉的体验,而数据库管理员可获得功能齐全的单一实用工具,其中包含易于使用的图形工具和丰富的脚本撰写功能。

2) SQL Server Configuration Management

SQL Server 配置管理器为 SQL Server 服务、服务器协议、客户端协议和客户端别名提供基本配置管理。

使用 SQL Server 配置管理器可以启动、暂停、恢复或停止服务,还可以查看或更改服务属性;管理 SQL Server 服务;可以配置服务器和客户端网络协议以及连接选项,启用正确协议后,通常不需要更改服务器网络连接。但是,如果需要重新配置服务器连接,以使 SQL Server 侦听特定的网络协议、端口或管道,则可以使用 SQL Server 配置管理器。

3) SQL Server 外围应用配置管理器

对新的 Microsoft SQL Server 2005 安装,一些功能、服务和连接将被禁用或停止,以减少 SQL Server 外围应用。对于升级的安装，所有功能、服务和连接将保持其升级前的状态。

使用 SQL Server 外围应用配置器，可以启用、禁用、开始或停止 SQL Server 2005 安装的一些功能、服务和远程连接。可以在本地和远程服务器中使用 SQL Server 外围应用配置器。

2. SQL Server 2005 服务的启动与停止

本节将深入讨论 SQL Server 的各种启动方式：可在 Windows 启动时自动启动，也可用 SQL Server 2005 配置管理器启动。

1) 在 Windows 启动时自动启动

在"开始"菜单中，依次指向"所有程序"、"Microsoft SQL Server 2005"和"配置工具"，然后单击"SQL Server 配置管理器"。

在 SQL Server 配置管理器中，展开"服务"，再单击 SQL Server（MSSQLServer Express）。

在详细信息窗格中，右键单击 SQL Server 实例，再单击"属性"。

在"SQL Server ＜MSSQLServerExprese＞属性"对话框中，单击"服务"选项卡，再单击"启动模式"，在出现的下拉列表当中选择"自动"。

建议用户让 SQL Server 自动启动，因为这样就不需要每次都再以人工方式去启动。

如果安装时并未设置让 SQL Server 自动启动，还可以通过其他的方法让 SQL Server 自动启动，以下再详细介绍。

2) 用 SQL Server 2005 配置管理器启动

用 SQL Server 2005 配置管理器启动 SQL Server 2005 的步骤如下：

在"开始"菜单中，依次指向"所有程序"、"Microsoft SQL Server 2005"和"配置工具"，然后单击"SQL Server 配置管理器"。

在 SQL Server 配置管理器中，展开"服务"，再单击 SQL Server。

在详细信息窗格中，右键单击 SQL Server（MSSQLServerExpress），再单击"启动"。如果工具栏上和服务器名称旁的图标上出现绿色箭头，则指示服务器已成功启动。

单击"确定"关闭 SQL Server 配置管理器。

4.3　SQL Server 2005 服务器的配置

4.3.1　注册服务器

SQL Server 2005 中可以管理多个数据库服务器，包括一个本地数据库服务器和其余远程数据库服务器。安装 SQL Server 2005 后，通常会将本机自动作为一个数据库服务器，进行数据库管理和维护。对于其他远程数据库服务器，只有注册了数据库服务器后，才可以对数据库服务器进行管理。其步骤如下：

1. 注册连接的服务器

（1）在对象资源管理器中，右键单击已经连接的服务器，然后单击"注册"。

（2）在"注册服务器"对话框的"服务器名称"文本框中，键入希望显示在"已注册的服务器"中的该服务器的名称。此项并不要求一定是服务器名称。

(3) 在"服务器说明"文本框中,可以根据需要键入一些其他信息,以帮助标识服务器。

(4) 在"选择服务器组"框中,单击服务器组,再单击"保存"。

2. 创建新的已注册的服务器

(1) 如果已注册的服务器在 SQL Server Management Studio 中没有出现,请在"视图"菜单上,单击"已注册的服务器"。

(2) 在"已注册的服务器"工具栏上,单击"数据库引擎",会有其他可采用的服务器类型。

(3) 右键单击 Microsoft SQL Servers,指向"新建",然后单击"服务器注册"。

(4) 在"新建服务器注册"对话框中,单击"常规"选项卡。在"服务器名称"文本框中,键入要注册的服务器的名称。对于已命名实例,以 server_name[instance_name]格式键入其名称。

(5) 在"身份验证"之下,接受默认设置"Windows 身份验证",或单击"SQL Server 身份验证"并填写"用户名"框和"密码"框。如果要 SQL Server Management Studio 保存密码(不推荐),请选择"记住密码"。

(6) "已注册的服务器名称"文本框将用"服务器名称"框中的名称自动填充。如果需要,可用易于记忆的名称替换默认名称,以便于记住注册的服务器。

(7) 还可以在"已注册的服务器说明"框中键入附加信息以帮助区分服务器(可选)。

(8) "连接属性"信息是可选提供的,因此也许不可用,这取决于要注册的服务器类型。若要接受默认连接属性,请单击"保存"。

(9) 若要更改默认连接属性,请单击"连接属性"选项卡。在"连接到数据库"框中,键入要连接的数据库的名称,或者选择"浏览服务器"获取可用数据库的列表,然后单击所需数据库。如果您的登录账户的默认数据库没更改过,则 master 数据库即为默认数据库。此选项可能不可用,具体情况取决于要注册的服务器类型。

(10) 在"网络协议"列表中,选择连接到已注册的服务器时使用的协议。此选项可能不可用,具体情况取决于要注册的服务器类型。

(11) 在"网络数据包大小"框中,输入在连接到已注册的服务器时要使用的数据包大小。此选项可能不可用,具体情况取决于要注册的服务器类型。

(12) 在"连接超时值"框中,输入连接到服务器的空闲连接在超时之前等待的秒数。此选项可能不可用,具体情况取决于要注册的服务器类型。

(13) 在"执行超时值"框中,输入执行脚本在超时之前等待的秒数。此选项可能不可用,具体情况取决于要注册的服务器类型。

(14) 若要加密连接,请选中"加密连接"复选框。

(15) 若要在保存连接设置之前确认设置是否正确,可以单击"测试"按钮。

4.3.2　配置服务器

在安装 SQL Server 2005 之后,用户应立即为第一次使用它而进行设置。

操作步骤如下:打开 SQL Server Management Studio Express,展开指定的数据库服务器,右键单击要连接的数据库服务器,选择"属性"命令配置数据库服务器,如图 4.9 所示。

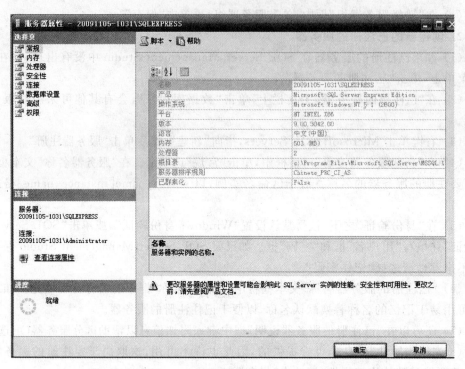

图 4.9　数据库属性界面

下面介绍 SQL Server 2005 属性设置对话框中几个重要标签的内容。

1."常规"标签

"常规"标签如图 4.9 所示。

"常规"标签主要说明 SQL Server 2005 的产品名称、SQL Server 2005 的版本、SQL Server 2005 文件的根目录等信息。

2."安全性"标签

"安全性"标签如图 4.10 所示。可设置的选项如下。

服务器身份验证:规定以何种方式连接到 SQL Server 2005 服务器。

审核级别:指定登录审核级别。

• 无:禁用登录审核。

• 仅限失败的登录:记录所有失败的登录尝试。

• 仅限成功的登录:记录所有成功的登录尝试。

• 失败和成功登录:记录所有登录尝试。

3."连接"标签

"连接"标签如图 4.11 所示。

图 4.10　属性—安全性对话框　　　　　图 4.11　属性—连接对话框

"连接"标签主要用于配置 SQL Server 2005 的用户连接。这个设置选项意味着 SQL Server 2005 可以支持多少同时的用户连接。默认的设置为 0,即无限制。用户可以根据购买 SQL Server 2005 软件时的数据设置用户连接数。在设置后,用户连接数将无法超过这个数量,如果超过了,则此要求会被 SQL Server 2005 拒绝。

增加用户连接数的难点在于每个用户连接都占用一定数量的 RAM,这是 SQL Server 2005 的总体开销的一部分,这样就会减少其他缓存可以使用的内存。无论是否真正建立了用户连接,一定数量的 RAM 都会被占用,所以必须选择一个足以容纳所需的所有用户连接的用户连接数,但是又不能配置得过高,以免浪费内存。

实际使用时,应首先对所需要的用户连接数进行估算,根据估算值进行设置。可以使用性能监视器来监控用户连接数,以确定前面估算的值是否接近实际需要,再按照监控的结果来调整设置。

本章小结

SQL Server 2005 是一种客户/服务器关系型数据库管理系统,它使用 Transact-SQL 在客户机和服务器之间发送请求。

SQL Server 2005 具有几种不同的版本,它们在特性、支持的硬件和费用方面各有不同。

SQL Server 2005 提供了一整套工具、实用程序、接口和扩展,通常把它们统称组件或工具。它既包括服务器组件,也包括很多其他的组件。

通常情况下,启动 SQL Server 2005 服务的方法有很多种,例如,使用 SQL Server 服务管理平台、配置管理器和跟随操作系统自动启动。

在一个 SQL Server 2005 中可以管理多个数据库服务器:一个本地数据库服务器和若干远程数据库服务器。只有注册了数据库服务器后,SQL Server 2005 才可以对数据库服务器进行管理。

习题四

1. 在安装 SQL Server 2005 时,"仅客户端工具"、"服务器和客户端工具"及"仅连接"等三种安装定义有什么差别?

2. 简述 SQL Server 数据库的各组成部分。

3. SQL Server 支持哪两种身份认证模式? 各有何特点?

4. 安装 SQL Server 2005 有典型、最小或自定义三种安装类型,各表示什么含义?

上机实验题

1. 在实习环境中安装 SQL Server 2005 版本。

2. 在安装成功后,登录 SQL Server 服务器,运行配置管理器和服务管理平台。

第 5 章　数据库的创建与使用

在 SQL Server 2005 中，数据库由包含数据的表集合和其他对象（如视图、索引、存储过程和触发器等）组成，目的是为了执行与数据有关的活动提供支持。存储在数据库中的数据通常与特定的主题或过程相关。

SQL Server 能够支持许多数据库。每个数据库可以存储来自其他数据库的相关或不相关数据。例如，服务器可以有一个数据库存储职工数据，另一个数据库存储与产品相关的数据。

本章内容主要介绍 SQL Server 的结构，以及如何以界面方式和 T-SQL 语言来创建、管理数据库。

5.1　SQL Server 数据库的结构

SQL Server 数据库的结构包括逻辑结构和物理结构。数据库的逻辑结构指的是数据库是由哪些性质的信息所组成；数据库的物理存储结构则要讨论数据库文件是如何在磁盘上存储的。下面两节的内容则详细讨论这两方面的内容。

5.1.1　SQL Server 数据库和文件

1. 逻辑数据库

SQL Server 数据库不仅仅只是数据的存储之处，所有与数据存储、检索、安全和完整性相关的信息都存储在数据库中，因此 SQL Server 数据库是由各种不同的逻辑对象组成的，这就形成了数据库的逻辑结构。

SQL Server 2005 中的数据对象有表、约束、默认值、触发器、索引、用户自定义数据类型、键、用户定义函数、存储过程和视图等，如表 5.1 所示。

表 5.1　SQL Server 2005 数据库对象表

数据库对象	说　明
表	行和列构成的集合，用来存放数据
数据类型	SQL Server 提供了系统数据类型，也允许用户自定义数据类型
视图	由表或其他视图导出的虚拟表，实际并不存储在数据库中
索引	为数据快速检索提供支持，并且可以保证数据唯一性的辅助数据结构
约束	用于为表中的列定义完整性的规则
默认值	为列提供缺省值
存储过程	存放于服务器预先编译好的一组 T-SQL 语句
触发器	特殊的存储过程，当用户表中数据改变时，该存储过程被自动执行

2. 物理数据库

SQL Server 数据库是以操作系统文件形式存储在磁盘上的,这就形成了它的物理结构。数据库文件可分为主数据文件、次要数据文件和事务日志文件三类。

1) 主数据文件

主数据文件用于存放数据,它也包含数据库的初始信息,是数据库的起点,并指向其他文件,记录数据库还拥有其他哪些文件。一个数据库有且仅有一个主要数据文件,默认扩展名为.mdf。

2) 次要数据文件

次要数据文件也是用来存储数据库中的各类信息的,可自行决定是否需要次要数据文件。使用次要数据文件的原因有两点:第一,在不同物理磁盘上创建次要数据文件并将数据存储在文件中,可将数据横跨存放在多个物理磁盘上,在某些状况下,这样可提高效率。第二,当数据非常庞大时,主要数据文件的大小会超过文件系统的文件大小的限制,此时可使用次要数据文件来存储数据。次要数据文件的默认扩展名为.ndf。

3) 日志文件

日志文件存有用来恢复数据库的所有信息,每一个数据库至少且必须拥有一个日志文件,而且允许拥有多个日志文件。日志文件的大小至少是 512 KB,默认扩展名为.ldf。

一个 SQL Server 2005 的文件拥有两个文件名称,一个是逻辑文件名,一个是物理文件名。逻辑文件名是使用 Transact-SQL 命令访问时所使用的文件别名,这样可以简化引用,而物理文件名是对应于实际存储磁盘上包含有路径的文件名。因此,具体创建数据库时,必须为数据库的文件指定两个文件名。

3. 文件组

SQL Server 2005 允许将多个文件归纳为同一组,这就是文件组。如果将三个数据文件 data1.mdf,data2.ndf 和 data3.ndf 分别创建在三个物理硬盘上,把这三个文件组成一个文件组,在创建表的时候,就可以指定一个表创建在该文件组上。这样该表的数据就可以分布在三个物理硬盘上,在对该表执行查询时,可以并行操作,从而大大提高了查询效率,这就是文件组的好处。

文件组分为主文件组与次文件组。主文件组包含主数据文件和所有的系统表。如果主文件组用完所有的磁盘空间,新的信息将无法添加进来,所以一般设置能自动增长,或是将磁盘上的其他文件删除以便空出更多的可用空间。

次文件组也称为用户定义文件组,在创建数据库或更改数据库时可以创建文件组。在多个文件组中可以指定一个默认文件组,创建数据库表时,如果没有指定将其放在哪一个文件组中,就会将它放在默认文件组中。如果没有指定默认文件组,则主文件组为默认文件组。一个数据库可以包含一个主要文件组和多个次文件组。

对于文件与文件组,请注意下列事项:

- 一个文件或文件组只能被一个数据库使用。
- 一个文件只能隶属于一个文件组。
- 日志文件不能隶属于任何文件组中,日志信息与数据空间是分开管理。
- 要获得最佳性能,应尽量将各个文件和文件组分别存储在不同的逻辑磁盘上。

5.1.2　数据库存储结构(页、盘区)

SQL Server 数据库的物理存储单位是页面和盘区,数据库是这样的存储结构:一个数据库是由若干文件组成,一个文件由若干盘区组成,一个盘区有 8 个页面。数据库及其文件间的关系如图 5.1 所示。

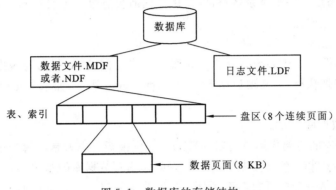

图 5.1　数据库的存储结构

页面和盘区,这两个概念可以用来估算数据库所占用的空间,因此作为一个数据库管理员,了解这方面的知识还是很有必要的。

1. 页面

页面是 SQL Server 2005 中数据存储的最小单位,每一页的大小是 8 KB,也就是说 SQL Server 数据库每 1 MB 有 128 个页。数据库中的每一个页都只存储来自某一个对象的数据,如数据表的一行或若干行,一行不允许跨页面,即最大行长度为 8060 字节。每一个页的前 96 个字节是页首,页首存储一些系统信息,包括:页的类型、页的可用空间量以及拥有此页对象的 ID。SQL Server 2005 数据库的数据文件中有数据页、索引页、文本/图像页、可用空间页、全局分配映射表页、索引分配映射表页、大容量更改映射表页、差异更改映射表页 8 种类型。其中,数据页是存储数据记录中除了 text,ntext 与 image 数据类型以外的数据;索引页存储索引数据;文本/图像页存放 text,ntext 与 image 等三种数据类型的数据。

2. 盘区

盘区由 8 个连续页面组成的数据结构,大小为 64 KB。当创建一个数据库对象时,SQL Server 会自动以盘区为单位给它分配空间。每一个盘区只能包含一个数据库对象。

盘区是表和索引分配空间的单位,如果在一个新建的数据库中创建一个表和两个索引,并且表中只包含一行记录,则总共占用 3×64 KB=192 KB 的空间。

5.1.3　SQL Server 系统数据库

SQL Server 数据库有两种类型:系统数据库和用户数据库。系统数据库用于存储系统自身的信息,它们是管理系统的依据。用户数据库用于存储用户数据。SQL Server 2005 精简版安装完成后省略 4 个系统数据库:master,model,tempdb 和 msdb,但是在其他版本中会保留这 4 个系统数据库,下面分别做简单介绍。

1) master 数据库

master 数据库是 SQL Server 2005 中最重要的数据库,SQL Server 2005 所有系统级别的信息都会记录在 master 中,内容有:SQL Server 2005 的初始化信息、所有的登录账户、所有的系统配置设置、系统所拥有的数据库等。

master 数据库记录的内容都是非常重要的内容,因此在创建了一个数据库、更改系统的配置设置、添加了一个登录账户,以及执行任何会更改系统数据 master 的操作之后,请立即备份该数据库。

2) msdb 数据库

msdb 数据库是为 SQL Server Agent 服务提供空间的,如果需要警报、备份、复制等各项操作自动定期执行,就需要启动 SQL Server Agent 服务,如果未使用调度操作,则不会使用该数据库。

3) model 数据库

model 数据库的主要作用是为新的数据库提供模板。也就是说每当创建一个新的数据库,SQL Server 2005 便会复制 model 并以此作为新数据库的基础。

既然 model 是一个模板数据库,那么,如果希望新建一个数据库时,该新数据库就会自动完成某些设置或内置某些数据库对象,可以直接针对 model 做更改,如此一来,新建的数据库将会继承系统数据库 model 的一切,而不需要每次都再设置一次。

4) tempdb 数据库

tempdb 数据库是被所有 SQL Server 2005 数据库和数据库用户共享的数据库。它用来存储临时信息,任何因用户行为而创建的临时表都会在该用户与 SQL Server 2005 断开连接时删除。另外,所有在 tempdb 中创建的临时表都会在 SQL Server 2005 停止和重启时删除。

SQL Server 有两个方便用户学习的示例数据库:pubs 和 northwind。它们是在安装 SQL Server 2005 过程中创建的,默认状态下并没有安装,可以自行进行安装,它包含了 SQL Server 2005 文档和 SQL Server 2005 在线参考书及很多参考书中使用的样本数据。用户不需要这两个数据库时,可以删除。

5.2 界面方法创建和管理数据库

在 SQL Server 中,创建一个数据库是以 model 数据库为模板创建的,因此其初始大小不会小于 model 数据库的大小。

创建数据库的方法不止一种,可以使用服务管理平台以界面形式直接建立,也可以使用 Transact-SQL 命令来创建数据库,后者将在 5.3 节介绍。

5.2.1 创建数据库

大多数情况下可以使用 SQL Server Management Studio 以界面形式创建数据库。这个图形化用户界面比 Transact-SQL 语句更容易使用。本小节将讲述如何使用 SQL Server Management Studio 以界面形式创建新的数据库,以下步骤讲述了如何创建一个名为 CJGL 的新的数据库。

（1）打开 SQL Server Management Studio。

（2）展开 SQL Server 组，再展开要为其创建数据库的 SQL Server。

（3）右键单击"数据库"项，从快捷菜单中选取"新建数据库"如图 5.2 所示，将打开如图 5.3 所示的"数据库属性"对话框，数据库的所有设置操作都将在此对话框中完成。

图 5.2　新建数据库对话框图　　　　　图 5.3　数据库属性对话框

（4）在"常规"选项页的"数据库名称"文本框中键入数据库的名称，以名为 CJGL 的数据库为例，数据库的名称必须符合 SQL Server 的命名规则，且不能与其他现存数据库的名称相同。

（5）在"数据文件"对话框上设置数据库的主要数据文件的逻辑文件名，如图 5.4 所示。SQL Server 默认以数据库的名称作为主要数据文件的逻辑文件名，也可在"逻辑文件名"单元格的文本框中进行修改。

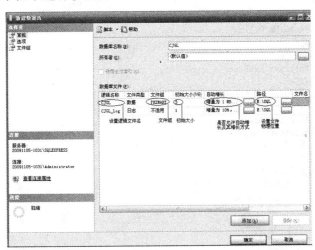

图 5.4　数据库属性－数据文件

（6）指定文件组。由于主要数据文件一定存在于主要文件中，因此不需要也不可以另行指定主要数据文件所属的文件组，所以"文件组"单元格的下拉式列表中会显示"PRIMARY"，并且不可以更改。

(7) 在"初始大小"单元格中指定数据文件——开始创建后的初始大小。默认的初始值为 3 MB 或 1 MB。

(8) 设置主要数据文件能否自动增长和增长方式。

点击自动增长框中的浏览按钮,选中复选框"□启用文件自动增长",即允许文件自动增长。

主要数据文件的大小可以是固定的,也可以是自动增长的。如果将主要数据文件的大小设置成自动增长,那么,随着数据库中数据的添加,主要数据文件会在空间不足时自动增长。增长的方式有两种。

按兆字节:按增加特定数目的空间方式增长;

按百分比:按增加特定比例方式增长。

(9) 设置主要数据文件的大小是否要有上限。

不限制文件增长:主要数据文件的大小无限制地自动增长。

限制文件增长:设置主要数据文件大小的上限,在此选框右侧的数值微调器中键入上限值。

(10) 指定主要数据文件的物理文件。

通过指定主要数据文件的物理文件名,可以决定将主要数据文件存储在服务器计算机的哪个磁盘目录中,以及它在磁盘上的实际文件名。

SQL Server 默认会以数据库的名称作为物理文件名,并且存储在 SQL Server 所安装的磁盘目录的"Data"目录中,也可在"位置"单元格的文本框中加以修改,或者用鼠标单击"…"按钮打开如图 5.5 所示的"查找数据库文件"对话框选择目录并设置文件名。

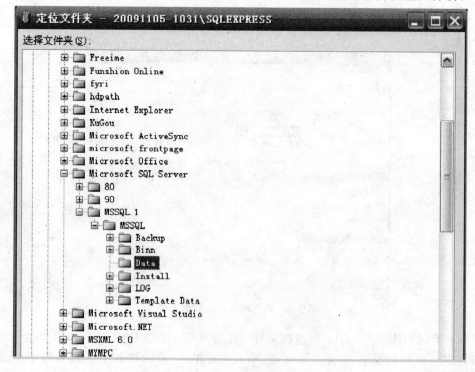

图 5.5　查找数据库文件对话框

（11）设置事务日志的相关属性,如图 5.6 所示。

在这里也可以设置日志文件的逻辑文件名、物理文件名、初始大小、能否自动增长和增长上限,这些设置方式与前面设置主要数据文件的技巧完全相同。需要说明的是,日志文件会记录所有发生在数据库的变动和更新,以便当遇到硬件损坏等各种意外时能有效地将数据恢复到发生意外的时间点上,从而确保数据的一致性与完整性。显而易见,要让日志文件能够发挥作用,必须将数据文件和日志文件存储在不同的物理磁盘上。另外,通常都会让事务日志文件自动增长。

对大多数数据库而言,拥有一个事务日志文件就已足够,也可以让数据库拥有多个日志文件,用鼠标左键单击事务日志文件列表中第一个日志文件所在行的下一行,此时会添加一行空白行,在这里可以按照顺序键入另一个日志文件的逻辑文件名、物理文件名、初始大小,并设置日志文件能否自动增长和增长上限。

（12）指定次要数据文件。

大多数数据库都只需要一个主要数据文件和一个事务日志文件,但如果因为主要数据文件实在太大或是需要将数据分散存储在不同的物理磁盘上以提高输入输出效率时可设置数据库的次要数据文件,方法如下:单击"增加"按钮,会出现如图 5.7 所示的一行空白行,可以按照顺序键入次要数据文件的逻辑文件名、物理文件名、初始大小、并设置次要数据文件能否自动增长和增长上限。

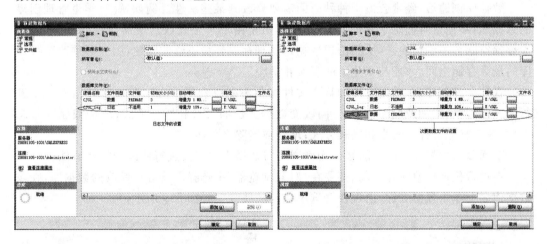

图 5.6　数据库属性－日志文件　　　　图 5.7　数据库属性－次要数据文件

次要数据文件默认会隶属于主要文件组,也可以将次要数据文件指派给其他的文件组。方法是将光标移到次要数据文件所在行的"文件组"单元格的列表框,在此可以设置,并选择自己需要的文件组。

（13）确认已完成所有的设置后,用鼠标左键单击"确定"按钮。设置完成后,数据库将会出现在数据库列表中,如图 5.8 所示。

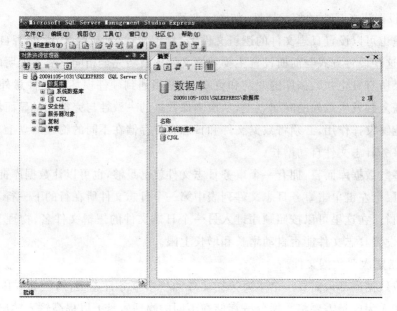

图 5.8　数据库建成完成界面

5.2.2　修改数据库

　　数据库创建后,经常会由于种种原因需要修改其某些属性。例如,针对学生管理创建的数据库,在创建时确定了其最大存储空间,但是由于学生人数的增加,数据库原来的最大存储空间会不满足要求,从而出现数据库物理存储容量不够的问题,因此必须改变数据库的最大存储空间,才能与变化了的现实相适应。

　　在数据库创建后,数据文件和日志文件名就不能改变了。对已存在的数据库可以进行的修改包括:增加或删除数据文件;改变数据文件的大小和增长方式;增加或删除日志文件;改变日志文件的大小和增长方式;增加或删除文件组。

　　下面以对数据库 CJGL 的修改为例说明对数据库的定义进行修改的操作方法。

　　在进行任何修改操作以前,都要在"对象浏览器"中选择需要进行修改的数据库,在该数据库名上单击鼠标右键,出现快捷选单,选择"属性",如图 5.9 所示。

图 5.9　数据库属性快捷菜单

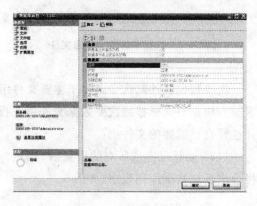

图 5.10　数据库属性

选择"属性"功能后,出现如图 5.10 所示的"数据库属性"对话框,它包括 6 个选项,通过"文件"选项可以修改这两类文件的属性,还可增加或删除文件。

【例 5.1】　在 CJGL 数据库中增加数据文件 CJGLBAK,其属性均取系统默认值。

操作方法:在"文件"选项卡中点击"增加"按钮,出现一个空白行,在"逻辑文件"一栏中输入数据文件名,并可设置文件的初始大小和增长属性,单击"确定",如图 5.11 所示。

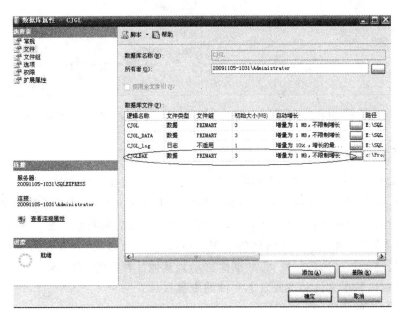

图 5.11　设置数据文件 CJGLBAK 的属性对话框

5.2.3　数据库的删除

当不再需要数据库,或者如果它被移动到另一个数据库或服务器时,即可删除该数据库。删除数据库的步骤如下:

(1) 打开 SQL Server Management Studio。

(2) 展开 SQL Server 组,接着展开要删除的数据库所属的 SQL Server,最后再展开"数据库"项。

(3) 如图 5.12 所示,右键单击所要删除的数据库,从快捷菜单中选取"删除"命令。

(4) 在出现如图 5.13 所示的确认对话框中单击"是"按钮,数据库便会删除。

一旦将数据库删除,数据库及其所包含的对象将会全部删除,数据库的所有数据文件与日志文件也会从磁盘上删除,将不能再对该数据库进行任何操作,因此应十分慎重。将某一个数据库删除后,系统数据库 master 中系统表内所有关于此数据库的信息也会一并删除,因此,删除了某一个数据库之后应立即备份 master 数据库;另外,一个正在使用的数据库是无法删除的。master,model,msdb 与 tempdb 等 4 个系统数据库是不能删除的。

图 5.12 删除数据库   图 5.13 删除确认对话框

5.2.4 数据库的附加与分离

当在 SQL Server 中新建一个数据库时,此数据库便附加到此 SQL Server 中,也就是说此 SQL Server 拥有对它的一切管辖权。但是也可以从 SQL Server 中将数据库分离出来,而使其所有的数据文件和事务日志文件独立存在,而后再将该数据库附加到其他的 SQL Server,或是附加到它原先所属的 SQL Server。总而言之,分离和附加数据库的主要目的,就是移动数据库的位置,将数据库移动到其他计算机的 SQL Server 中使用,或者改变存放数据库数据文件和事务日志文件的磁盘目录。

分离数据库的步骤如下:

(1) 打开 SQL Server Management Studio。

(2) 展开 SQL Server 组,接着展开要分离的数据库所属的 SQL Server,最后再展开"数据库"项。

(3) 如图 5.14 所示,右键单击所要分离的数据库,从快捷菜单中选取"任务"和"分离"命令,这样将打开如图 5.15 所示的对话框。

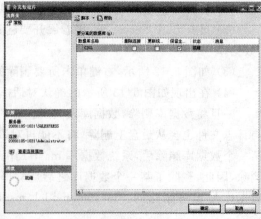

图 5.14 分离数据库界面   图 5.15 分离数据库对话框

（4）单击"确定"按钮。

需要注意的是，如果数据库目前有用户与其联机，也就是正在使用该数据库，则不能分离该数据库。不过可以单击"删除连接"选项强制断开这些联机。

另外，当分离某个数据库之后，其 SQL Server 系统数据库 master 中关于该数据库的所有记录就会删除，表示系统中不存在此数据库。当然，数据库的数据文件与事务日志文件不会删除。

当分离出数据库后，可将数据库的数据文件与事务日志文件移动到其他的磁盘目录或其他的 SQL Server 中，使用数据库附加的方法将数据库附加到 SQL Server 中。

附加数据库的步骤如下：

（1）打开 SQL Server Management Studio。

（2）展开 SQL Server 组，接着展开要附加的数据库的 SQL Server，最后再展开"数据库"项。

（3）如图 5.16 所示，右键单击"数据库"项，从快捷菜单中选取"附加"命令，这样将打开如图 5.17 所示的"附加数据库"对话框。

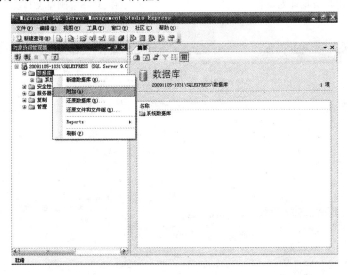

图 5.16　附加数据库界面

（4）在"附加数据库"对话框中，单击"添加"按钮来打开"浏览现有的文件"对话框，如图 5.18 所示，并从中选取所要附加数据库的主要数据文件（.mdf），然后单击"确定"按钮。

（5）在此步骤中，必须检查各个次要数据文件与事务日志文件是否都已正确引用。如果次要数据文件及事务日志文件并未与主要数据文件存放在相同的磁盘目录中时，它们未必能够被正确引用。如图 5.19 所示，"附加数据库"对话框会在选取了主要数据文件之后，将各个次要数据文件和日志文件列在一个列表中，若文件不能被正确引用，则会在消息一栏中显示"找不到"信息。

对于那些未能被正确引用到的文件，将光标移到"当前文件位置"单元格的文本框中，然后自行键入或通过浏览按钮找到正确的磁盘目录路径。如果所键入的目录路径正确，则不会出现"找不到"信息。

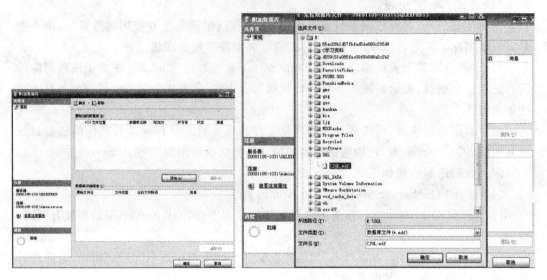

图 5.17　附加数据库对话框　　　　　　　　　图 5.18　浏览文件界面

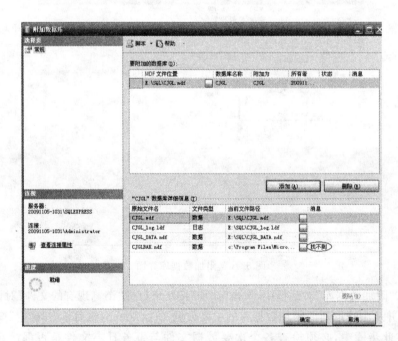

图 5.19　附加找不到文件对话框

（6）请在"附加为"一栏中，键入该数据库附加到 SQL Server 后的数据库名称。

（7）请从"指定数据库所有者"列表框中，选取一个登录账户作为该数据库在 SQL Server 之后的数据库所有者。

（8）单击"确定"按钮，完成附加过程。

5.3 使用 T-SQL 语言创建和管理数据库

在上一节中已经讲述了如何用界面的方法创建和管理数据库,在本节中将讲述如何使用 T-SQL 语言来创建和管理数据库。

5.3.1 T-SQL 语言简介

1. T-SQL 简介

SQL 语言是用于数据库查询的结构化语言,最早由 Boyce 和 Chambedin 在 1974 年提出,称为 SEQUEL 语言。1976 年,IBM 公司的 San Jose 研究所在研制关系数据库管理系统 System R 时修改为 SEQUEL2,即目前的 SQL 语言。此后,SQL 开始在商品化关系数据库管理系统中应用。1982 年美国国家标准化组织 ANSI 确认 SQL 为数据库系统的工业标准,现在许多关系型数据库供应商都在自己的数据库中支持 SQL 语言,如 Access,Oracle,DB2 等。目前,最新的 SQL 语言是 ANSI SQL-99。

Transact-SQL(T-SQL)是微软公司在 SQL Server 数据库管理系统中 ANSI SQL-99 的实现。在 SQL Server 数据库中,T-SQL 语言由以下几部分组成。

(1) 数据定义语言(DDL)。用于执行数据库的任务,对数据库以及数据库中的各种对象进行创建、删除、修改等操作。DDL 包括的主要语句及功能如表 5.2 所示。

表 5.2 DDL 的主要语句及功能

语句	功能	说明
CREATE	创建数据库或数据库对象	不同数据库对象,其 CREATE 语句的语法形式不同
ALTER	对数据库或数据库对象进行修改	不同数据库对象,其 ALTER 语句的语法形式不同
DROP	删除数据库或数据库对象	不同数据库对象,其 DROP 语句的语法形式不同

(2) 数据操纵语言(DML)。用于操纵数据库中各种对象,检索和修改数据。DML 包括的主要语句及功能如表 5.3 所示。

表 5.3 DML 的主要语句及功能

语句	功能	说明
SELECT	从表或视图中检索数据	是使用最频繁的 SQL 语句之一
INSERT	将数据插入到表或视图中	
UPDATE	修改表或视图中的数据	既可修改表或视图的一行数据,也可修改一组或全部数据
DELETE	从表或视图中删除数据	可根据条件删除指定的数据

(3) 数据控制语言(DCL)。用于安全管理,确定哪些用户可以查看或修改数据库中的数据,DCL 包括的主要语句及功能如表 5.4 所示。

表 5.4　DCL 的主要语句及功能

语句	功能	说明
GRANT	授予权限	可把语句许可或对象许可的权限授予其他用户和角色
REVOKE	收回权限	与 GRANT 的功能相反,但不影响该用户或角色从其他角色中作为成员继承许可权限
DENY	收回权限,并禁止从其他角色继承许可权限	功能与 REVOKE 相似,不同之处:除收回权限外,还禁止从其他角色继承许可权限

（4）T-SQL 增加的语言元素。这部分不是 ANSI SQL-99 所包含的内容,而是微软为了用户编程的方便增加的语言元素。这些语言元素包括变量、运算符、函数、流程控制语句和注释。

2. 标识符

每个数据库对象都有一个标识符来唯一地标识,例如,数据库名、表名、视图名、列名等。SQL Server 标识符的命名需要遵守一定的规则:

① 标识符包含的字符数必须在 1～128 之间。

② 标识符的第一个字符可以是字母、数字、下划线_、符号@或符号♯。

③ 标识符中不应存在空格。

如果标识符是保留字或包含空格,则需要使用分隔标识符进行处理。分隔标识符包含在双引号(" ")或者方括号([ ])内。

3. 对象的完全限定名与部分限定名

在 T-SQL 语句中引用 SQL Server 对象对其进行操作,要求在 T-SQL 语句中给出对象的名称,有两种对象名,完全限定名和部分限定名。

（1）完全限定名。完全限定名是对象的全名,包括有 4 个部分组成:服务器名、数据库名、所有者名和对象名。在 SQL Server 2005 上创建的每个对象都必须有一个唯一的完全限定名。其格式如下:

服务器名. 数据库名. 所有者名. 对象名

例如,GMX. CJGL. DBO. kc。

（2）部分限定名。在使用 T-SQL 编程时,使用全名往往是很烦琐且没有必要的,所以常省略全名中的某些部分,对象全名的 4 个部分中的前 3 个部分均可以被省略,当省略中间部分时,圆点符"."不可省略。把只包含对象完全限定名中的一部分的对象名称,称为部分限定名。当用户使用对象的部分限定名时,SQL Server 2005 可以根据系统的当前工作环境确定对象名称中省略的部分。

在部分限定名中,未指出的部分使用以下默认值。

服务器:默认为本地服务器。

数据库:默认为当前数据库。

所有者:默认为在数据库中与当前连接会话的登录标识相关联的数据库用户名,或者数据库所有者(dbo)。

例如,以下是一些正确的对象部分限定名:

```
Server.databas..object          /*省略所有者名*/
Server..owner.object            /*省略数据库名*/
database.owner.object           /*省略服务器名*/
server...object                 /*省略所有者名和数据库名*/
owner.object                    /*省略服务器名和数据库名*/
object                          /*省略服务器名、数据库名和所有者名*/
```

4. 语法格式约定

表 5.5 列出了 Transact-SQL 参考的语法关系图中使用的约定,并进行了说明。

表 5.5　语法约定表

约定	用于
|(竖线)	分隔括号或大括号中的语法项。只能使用其中一项
[ ](方括号)	可选语法项,不要键入方括号
{ }(大括号)	必选语法项,不要键入大括号
[,...n]	指示前面的项可以重复 n 次,各项之间以逗号分隔
[...n]	指示前面的项可以重复 n 次,每一项由空格分隔
[;]	可选的 Transact-SQL 语句终止符,不要键入方括号
<label> ::=	语法块的名称。此约定用于对可在语句中的多个位置使用的过长语法段或语法单元进行分组和标记。可使用的语法块的每个位置由括在尖括号内的标签指示:<label>

5.3.2　创建数据库语句

在查询窗口中使用 T-SQL 语言中的 CREATE DATABASE 语句创建数据库,CREATE DATABASE 的常用语法格式如下:

```
    CREATE DATABASE database_name
[ON                     /*指定数据库文件和文件组属性*/
   [<filespec> [,…n ]]
   [,<filegroup> [,…n ]]
]
[LOG ON {<filespec> [,…n ] }]         /*指定日志文件属性*/
[COLLATE collation_name ]
[FOR LOAD | FOR ATTACH ]
其中:
<filespec> ::=
[PRIMARY]
(    NAME=logical_file_name,
       FILENAME= 'os_file_name'
          [,SIZE=size]
          [,MAXSIZE={max_size | UNLIMITED}]
```

```
             [,FILEGROWTH=growth_increment]
)  [,…n ]
<filegroup>::=
FILEGROUP filegroup_name <filespec>[,…n]
```

【参数说明】

database_name:是要在其中创建表的数据库名称。

ON 子句:指出了数据库的数据文件和文件组,其中 PRIMARY 用来指定主文件。若不指定主文件,则各数据文件中的第一个文件将成为主文件。数据文件的描述主要给出文件的逻辑名、存储路径、大小及增长特性。这些特征可以与界面创建数据库时对数据库特征的设置相联系。

logical_file_name:逻辑文件名,是数据库创建后在所有 T-SQL 语句中引用文件时所使用的名字。

os_file_name:操作系统文件名,是操作系统在创建物理文件时使用的路径和文件名。

size:数据文件的初始大小。

max_size:指定文件的最大存储空间,UNLIMITED 关键字指出文件大小不限,但实际上受磁盘可用空间限制。

growth_increment:指出文件每次的增量,有百分比和空间两种值格式。要注意的是 FILEGROWTH 的值不能超过 MAXSIZE 的值。

filegroup:定义文件组的属性。文件组中各文件的描述和数据文件描述相同。LOG ON 子句:用于指定数据库事务日志文件的属性,其定义格式与数据文件的格式相同。

FOR LOAD 子句:从一个备份库向新建的数据库中加载数据。使用该子句的目的是为了与以前的版本兼容。FOR ATTACH 子句说明从已有的数据文件向数据库添加数据,使用该子句时,必须指定主数据文件。COLLATE 子句用来制定数据库的默认排序规则。

【例 5.2】 创建一个名为 CJGL 的数据库,其初始存储空间为 5 MB,最大存储空间 50 MB,允许数据库自动增长,按 10% 比例增长;日志文件初始为 2 MB,最大可增长到 5 MB,按 1 MB 增长。假设 SQL Server 服务已启动,并以 Administrator 身份登录计算机。

在 T-SQL 语句输入窗口中输入如下语句:

```
CREATE  DATABASE  CJGL
ON
(    NAME='CJGL_Data',
        FILENAME='e:\sql\data\MSSQL\Data\CJGL.mdf',
        SIZE=5MB,
        MAXSIZE=50MB,
        FILEGROWTH=10%
)
LOG ON
(    NAME='CJGL_Log',
```

```
        FILENAME='e:\sql\data\MSSQL\Data\CJGL_Log.ldf',
        SIZE=2MB,
        MAXSIZE=5MB,
        FILEGROWTH=1MB
    )
    GO
```

【例 5.3】　创建一个名为 TEST2 的数据库,它有三个数据文件,其中主数据文件为 100 MB,最大存储空间为 200 MB,按 20 MB 增长;2 个辅数据文件为 20 MB,最大存储空间不限,按 10％增长;有 2 个日志文件,大小均为 50 MB,最大存储空间均为 100 MB,按 10 MB 增长。

```
CREATE DATABASE TEST2
ON
PRIMARY
(   NAME='TEST2_data1',
        FILENAME='e:\sql\data\t2\test2_data1.mdf',
        SIZE=100MB,
        MAXSIZE=200MB,
        FILEGROWTH=20MB
),
(       NAME=TEST2_data2,
        FILENAME='e:\sql\data\t2\test2_data2.ndf',
        SIZE=20MB,
        MAXSIZE=UNLIMITED,
        FILEGROWTH=10%
),
(       NAME='TEST2_data3',
        FILENAME='e:\sql\data\t2\test2_data3.ndf',
        SIZE=20MB,
        MAXSIZE=UNLIMITED,
        FILEGROWTH=10%
)
    LOG ON
    ( NAME=TEST2_log1,
        FILENAME='e:\sql\data\t2\test2_log1.ldf',
        SIZE=50MB,
        MAXSIZE=100MB,
        FILEGROWTH=10MB
    ),
    (       NAME='TEST2_log2',
        FILENAME='e:\sql\data\t2\test2_log2.ldf',
        SIZE=50MB,
```

```
                MAXSIZE=100MB,
                FILEGROWTH=10MB
        )
    GO
```

5.3.3 修改数据库语句

T-SQL 语言中修改数据库的语句为 ALTER DATABASE 语句,其完整的语法格式如下:

```
ALTER DATABASE database_name
{     ADD FILE <filespec> [,…n] [TO FILEGROUP filegroup_name]
                                        --在文件组中增加数据文件
    | ADD LOG FILE <filespec> [,…n]       --增加日志文件
    | REMOVE FILE logical_file_name        --删除数据文件
    | ADD FILEGROUP filegroup_name         --增加文件组
    | REMOVE FILEGROUP filegroup_name      --删除文件组
    | MODIFY FILE <filespec>               --更改文件属性
    | MODIFY NAME=new_dbname               --数据库更名
    | MODIFY FILEGROUP filegroup_name{filegroup_property|NAME=new_filegroup_name }
    | SET <optionspec>[,…n] [ WITH <termination> ]    --设置数据库属性
    | COLLATE <collation_name>            --指定数据库排序规则
    }
```

filespec 构成见 CREATE DATABASE 语法说明。关键字 TO FILEGROUP 指出了添加的数据文件所在的文件组 filegroup_name,若默认,则为主文件组。

ADD LOG FILE 子句:向数据库添加日志文件,日志文件的属性由 filespec 给出。

REMOVE FILE 子句:从数据库中删除数据文件,被删除的数据文件由其中的参数 filegroup_name 给出。当删除一个数据文件时,逻辑文件与物理文件全部被删除。

ADD FILEGROUP 子句:向数据库中添加文件组,被添加的文件组名由参数 filegroup_name 给出。

REMOVE FILEGROUP 子句:删除文件组,被删除的文件组名由参数 filegroup_name 给出。

MODIFY FILE 子句:修改数据文件的属性,被修改文件的逻辑名由 filespec 的 NAME 参数给出,可以修改的文件属性包括:FILENAME,SIZE,MAXSIZE 和 FILEGROWTH,但要注意,一次只能修改其中的一个属性。

MODIFY NAME 子句:更改数据库名,新的数据库名由参数 new_dbname 给出。

注意:修改数据库时,每次只能修改数据库的一个属性。

【例 5.4】 设已经创建了数据库 CJGL,它只有一个主数据文件,其逻辑文件名为 CJGL_Data,物理文件名为 e:\sql\data\MSSQL\data\CJGL_Data.mdf,大小为 5 MB,最大存储空间为 50 MB,增长方式为按 10％增长。

修改数据库 CJGL 现有数据文件的属性,将主数据文件的最大存储空间改为不限制,

增长方式改为按每次 5 MB 增长。

在 T-SQL 语句输入窗口中输入如下语句:

```
ALTER DATABASE CJGL
MODIFY FILE
(    NAME=CJGL_Data,
        MAXSIZE=UNLIMITED
      )
GO              --这是第 1 次,将主数据文件的最大存储空间改为不限制
ALTER DATABASE CJGL
      MODIFY FILE
        (    NAME=CJGL_Data,
            FILEGROWTH=5MB
          )
GO              --这是第 2 次,将主数据文件的增长方式改为按 5MB 增长
```

【例 5.5】　先为数据库 CJGL 增加数据文件 CJGLBAK,然后删除数据文件 CJGLBAK。

```
ALTER DATABASE CJGL
ADD FILE
(    NAME=CJGLBAK,
        FILENAME='e:\sql\data\MSSQL\data\CJGLBAK_dat.ndf',
        SIZE=10MB,
        MAXSIZE=50MB,
        FILEGROWTH=5%
)
GO
```

通过管理器观察数据库 CJGL 是否增加数据文件 CJGLBAK。

```
ALTER DATABASECJGL
      REMOVE FILE CJGLBAK
GO
```

【例 5.6】　为数据库 CJGL 添加文件组 FGROUP,并为此文件组添加两个大小均为 10 MB 的数据文件。

```
ALTER DATABASE CJGL
      ADD FILEGROUP FGROUP
GO
ALTER DATABASE CJGL
  ADD FILE
    (  NAME=CJGL_DATA2,
        FILENAME='e:\sql\data\MSSQL\data\CJGL_Data2.ndf',
        SIZE=10MB,
        MAXSIZE=30MB,
        FILEGROWTH=5MB
    ),
```

```
(          NAME=CJGL_DATA3,
           FILENAME='e:\sql\data\MSSQL\data\CJGL_Data3.ndf',
           SIZE=10MB,
           MAXSIZE=30MB,
           FILEGROWTH=5MB
)
TO FILEGROUP FGROUP
GO
```

【例 5.7】 从数据库中删除文件组,将 CJGL 数据库中的文件组 FGROUP 删除。
注意:被删除的文件组中的数据文件必须先删除,且不能删除主文件组。

```
ALTER DATABASE CJGL
 REMOVE FILE CJGL _DATA2
GO
ALTER DATABASE CJGL
     REMOVE FILE CJGL _DATA3
GO
ALTER DATABASE CJGL
REMOVE FILEGROUP TGROUP
GO
```

【例 5.8】 为数据库 CJGL 添加一个日志文件。

```
ALTER DATABASE CJGL
ADD LOG FILE
(          NAME=CJGL_LOG2,
           FILENAME='e:\sql\data\MSSQL\data\CJGL_Log2.ldf',
           SIZE=5MB,
           MAXSIZE=10MB,
           FILEGROWTH=1MB
)
GO
```

5.3.4 数据库的删除语句

Transact-SQL 中用于删除数据库的语句为 DROP DATABASE 语句。DROP DATABASE 命令可以从 SQL Server 中一次删除一个或几个数据库。其语法结构如下:

```
DROP   DATABASE
database_name[,…n]
```

参数说明:

DROP DATABASE 是命令动词。

database_name 是数据库名称。

【例 5.9】 要删除数据库 CJGL,使用命令:

```
DROP DATABASE CJGL
GO
```

本章小结

SQL Server 数据库的结构可以从两种角度描述为逻辑结构和物理结构。SQL Server 数据库的逻辑结构指数据表、约束、默认值、触发器、索引、存储过程和视图等逻辑数据库对象；它的物理结构指数据库文件包括主数据文件、次数据文件和事务日志文件三类，页和盘区的是文件分配的最小单位用于估算数据库所需空间的大小。SQL Server 包含系统数据库及系统表，它们是 SQL Server 管理系统所需要的环境信息和管理依据。一个数据库可以通过界面方法操作来创建、修改和删除，也可以通过使用 T-SQL 语句完成；SQL 语言是关系数据库的标准语言，Transact-SQL(T-SQL)是微软公司在 SQL Server 数据库管理系统中对 ANSI SQL-99 的实现和扩充。T-SQL 的 CREATE DATABASE 语句创建数据库，ALTER DATABASE 语句修改数据库，DROP DATABASE 语句删除数据库。

习题五

一、思考题

1. 一个数据库最少需要几种文件？

2. 为什么要将数据文件和日志文件存储在不同的物理磁盘上？

3. 修改数据库时一次能修改数据库的几个属性？

二、设计题

1. 简述 SQL Server 2005 物理数据库的结构。

2. master 数据库的作用是什么？

3. 试用 T-SQL 语言创建 ZYGL(职员管理)数据库，要求数据文件的初始大小为 1 MB，最大存储空间为 50 MB，增长方式按 10％增长；日志文件的初始大小为 3 MB，按 1 MB增长。

4. 试用 T-SQL 语言修改 ZYGL 数据库的主数据文件，将增长方式修改为按 5 MB增长。

5. 试用 T-SQL 语言修改 ZYGL 数据库，为 ZYGL 增加一个数据文件 ZYGLBAK。

6. 试用 T-SQL 语言删除 ZYGL 数据库。

上机实验题

使用管理平台按界面方法分别实现设计题的第 3～6 题。

第 6 章 数据表的创建与操纵

在创建了数据库以后,就可以在数据库中创建数据表了,数据表是用来存储数据库中所有数据的对象,由行和列组成,每一行也称为一条记录或元组,每一列也称为一个字段或属性。

在 SQL Server 中,一个数据库可以创建多达 20 亿个表,每个表的列数最多可达 1024,每行最多可以有 8092 个字节。

第 3 章介绍了数据库设计方法,在概念设计阶段我们将一个现实的管理环境用概念模型来描述,经过规范化处理,得到一个优化的 E-R 图,然后进行逻辑设计将 E-R 图转化为关系即数据表。例如,我们可以在上一章建立的成绩管理数据库 CJGL 中建立学生表、课程表、成绩表这样三个表,分别如表 6.1~表 6.3 所示。

表 6.1 学生表(XS)

学号	姓名	性别	专业名	出生日期	身高	党员否	备注
081101	李林	男	计算机软件	1990-8-10 0:00:00	175.5	True	*NULL*
081102	程明	男	计算机软件	1989-2-1 0:00:00	172.0	False	*NULL*
081103	王燕	女	计算机软件	1990-12-6 0:00:00	162.5	False	*NULL*
081201	韦方良	男	计算机网络	1990-1-9 0:00:00	173.5	False	*NULL*
081202	李平	男	计算机网络	1990-11-9 0:00:00	180.0	False	提前获得 2 学分
081203	林一番	女	计算机网络	1990-2-7 0:00:00	160.5	False	提前得 10 学分
082101	王敏	男	通信工程	1990-2-8 0:00:00	173.0	True	*NULL*
082102	刘洋	女	通信工程	1990-1-8 0:00:00	155.0	False	一门补考
082103	王杨国	男	通信工程	1990-2-6 0:00:00	158.5	False	*NULL*
082201	马玲玲	女	机电一体化	1990-9-3 0:00:00	171.0	False	*NULL*
082202	李凤伟	男	机电一体化	1989-1-9 0:00:00	176.5	True	*NULL*

表 6.2 成绩表(XS_KC)

学号	课程号	成绩
081101	101	80
081101	102	78
081101	206	76
081103	101	62
081103	102	70
081201	101	84
081201	102	78

续表

学号	课程号	成绩
081201	206	69
081202	101	80
081202	301	85
081203	206	65
081203	208	87
081203	209	90

表 6.3　课程表(KC)

课程号	课程名	开课学期	学时	学分
101	计算机基础	1	48	3
102	程序设计语言	2	68	4
206	离散数学	4	68	4
208	数据结构	5	68	4
209	操作系统	6	68	4
210	计算机原理	3	85	5
212	数据库原理	3	68	4
301	计算机网络	2	51	3
302	软件工程	6	51	3

　　建立一个数据表并不是只往表中输入数据那么简单,它包括两个方面:一是表的结构定义是什么,二是表中的行数据是什么。前者才是创建表的主要任务。

　　创建表的实质就是定义表的结构及数据完整性约束等属性,因此在创建表之前要先设计表,即确定表的名称、每个列的名称、每列的数据类型、长度、是否能为空值、主键、外键、默认值以及取值规则等,这些属性构成表结构。

　　本章将结合数据类型和数据完整性约束介绍表的创建与使用。

6.1　SQL Server 的数据类型

　　在创建数据表的时候,我们需要对各种数据选择合适的数据类型。因为不同的数据占用不同的空间大小,比如性别描述只需要一个汉字,地址则要几十个汉字;又比如,对成绩、工资这样的数据,需要计算平均值、总分、总工资等,即需要做数学运算操作,显然,成绩、工资之类的数据和姓名、地址之类的数据所需要进行的运算方式、表示方式和存储格式也不同。为了对不同的数据分配最合理的存储空间、对不同的数据能实施相应的操作,

SQL Server 对数据进行了分类,提供了各种系统数据类型,同时还允许用户在系统类型基础之上自己定义数据类型。

6.1.1　SQL Server 的数据类型

在数据表中为每一列选择合适的数据类型尤为重要,因为它影响着系统的空间利用、性能、可靠性和是否易于管理等特性。因此,在开发一个数据库系统之前,应该真正理解各种数据类型的存储特征。表 6.4 列出了 SQL Server 支持的所有数据类型,读者可以对它们有一个总体上的印象。

表 6.4　SQL Server 支持的系统数据类型

数据类型	符号标识
整数型	bigint,int,smallint,tinyint
小数数据类型	decimal,numeric
浮点型	float,real
货币型	money,smallmoney
位型	bit
字符型	char,varchar,text
Unicode 字符型	nchar,nvarchar,ntext
日期时间类型	datetime,smalldatetime
二进制型	binary,varbinary
时间戳型	timestamp
图像型	image
其他	cursor,sql_variant,table,uniqueidentifier,xml

1. 整数型

整数如 15,0,−361 238,无小数部分。整数型包括 bigint,int,smallint 和 tinyint,它们表示的数值大小范围逐渐缩小,其精度(即存储的十进制数据的总位数)和长度(所占用的空间字节数)由长变短。

(1) bigint:大整数型,整数范围为 -2^{63}($-9\ 223\ 372\ 036\ 854\ 775\ 808$)$\sim 2^{63}-1$($9\ 223\ 372\ 036\ 854\ 775\ 807$),其精度为 19 位,长度为 8 字节。

(2) int:整数型,整数范围为 -2^{31}($-2\ 147\ 483\ 648$)$\sim 2^{31}-1$($2\ 147\ 483\ 647$),其精度为 10 位,长度为 4 字节。

(3) smallint:短整数型,整数范围为 -2^{15}($-32\ 768$)$\sim 2^{15}-1$($32\ 767$),其精度为 5 位,长度为 2 字节。

(4) tinyint:微整数型,整数范围为 $0\sim255$,其精度为 3,长度为 1 字节。

2. 小数数据类型

由整数部分和小数部分组成,如 −3.456,63.558,也叫做十进制数据类型,它包括

numeric 和 decimal 两类,可以精确指定小数点两边数据的总位数(精度,precision 简写为 p)和小数点右边的位数(刻度,scale 简写为 s),可以表示为 numeric(p,s)和 decimal(p,s)。

例如,数据 3890.587 的精度是 7,小数位数是 3,适合它的类型为 numeric(7,3)或 decimal(7,3)。如果把它存储到 numeric(5,1)或 decimal(5,1)类型中,则实际存储为 3890.5。如果要把它存储到 numeric(4,1)或 decimal(4,1)类型中,则会产生报错信息。因此某列为小数数据类型时,其列类型定义中必须使整数部分位数不小于该列中全部可能数据的整数部分的位数。

在 SQL Server 中,numeric 数据类型是 decimal 数据类型的同义词。decimal 可以简写为 dec。

decimal 和 numeric 型数据的最高精度可以达到 38 位,即 $1 \leqslant p \leqslant 38, 0 \leqslant s \leqslant p$。也就是说数据的取值范围必须在 $-10^{38}+1 \sim 10^{38}-1$ 之间。

SQL Server 分配给 decimal 和 numeric 型数据的存储长度随精度的不同而不同,对应的比例关系如下:

① 精度范围 1～9,分配存储字节数为 5。
② 精度范围 10～19,分配存储字节数为 9。
③ 精度范围 20～28,分配存储字节数为 13。
④ 精度范围 29～38,分配存储字节数为 17。

3. 近似数值型

并非所有的数据都能在计算机中精确地表示,它们所保留的精度由二进制数据系统的精度决定,float 和 real 用来表示一些近似数值数据,该数值与实际数据之间可能存在一个微小的差别。对于多数应用场合而言,这一差别可以忽略,特别是一些非常大且对精度要求不是十分高的统计量。按照科学记数法"尾数 E 阶数"来表示数据,如 3.1416×10^{23} 表示为 3.1416E23。近似数值型也叫浮点型。

(1) real:使用 4 字节存储数据,数据范围为 $-3.40E+38$ 到 $3.40E+38$,数据精度为 7 位有效数字。

(2) float[(n)]:使用 4 字节或 8 字节存储数据,数据范围从 $-1.79E+308 \sim 1.79E+308$。定义中的 n 取值范围是 1～53,用于存储科学记数法中尾数的位数。当 n 的取值为 1～24 时,float 型数据可以达到的精度是 7 位,用 4 个字节来存储等效于 real 型。当 n 的取值范围是 25～53 时,float 型数据可以达到的精度是 15 位,用 8 个字节来存储,这也是默认情况。

4. 货币型

货币数据类型专门用于货币数据处理。SQL Server 中对货币数据的存储精确度为 4 位小数点,精确到万分之一货币单位。

(1) money:数范围为 $-2^{63}(-922\ 337\ 203\ 685\ 477.5808) \sim 2^{63}-1(922\ 337\ 203\ 685\ 477.5807)$,其精度为 19 位,存储长度为 8 字节。

(2) smallmoney:数范围为 $-2^{31}(-2,14\ 748.3648) \sim 2^{31}-1(214\ 748.3647)$,其精度为 10 位,存储长度为 4 字节。

在把值输入到定义为 money 或 smallmoney 数据类型的表列时,应该在最高位之前放一个货币符号＄,但是也没有严格要求。对于负数要写成＄-123.4567 的形式。

5. 位型

SQL Server 中的位(bit)型数据相当于其他语言中的逻辑型数据,它只存储 0、1 或 null,长度为一个字节。当输入 0 或 1 以外的其他值系统均视为 1。当一个表中有 1～8 个的 bit 列时,SQL Server 将这些列作为一个字节存储,有 9～16 个的 bit 列时,按两个字节存储,依此类推。字符串值 TRUE 和 FALSE 可以转换为以下 bit 值:TRUE 转换为 1, FALSE 转换为 0。

6. 字符型

字符型数据用于存储字符串,如'祝你成功!','abc@163.com'等。字符串中可包括字母、汉字、数字和其他特殊符号(如#、@、& 等)。

(1) char(n):使用固定长度来存储字符串,每个字符占用一个字节的存储空间,n 表示字符个数,可以为 1～8000,即最长可容纳 8000 个字符。利用 char 数据类型来定义列或者定义变量时,应该按数据可能的最大长度来定义。如果实际数据的字符长度短于给定的最大长度,则多余的字节会用空格填充。如果实际数据的字符长度超过了给定的最大长度,则超过的字符将会被截断。

(2) varchar(n):使用可变长度来存储字符串,使用方式与 char 数据类型类似,最长可以达到 8000 字符的变长字符。与 char 数据类型不同的是,varchar 数据类型的存储空间随存储在表中列的每一个数据的字符数目的不同而变化。

例如,定义"地址"列为 varchar(50)时,那么存储在该列的数据最多可以长达 50 个字符。但是在数据没有达到 50 个字符时并不会在多余的字节上填充空格。

当存储在某列中的字符长度相差甚远时,使用 varchar 数据类型可以有效地节省空间。

(3) text:当要存储的字符型数据非常庞大以至于 8000 字节完全不够用时,char 和 varchar 数据类型都失去了作用,这时应该选择 text 数据类型。

text 数据类型专门用于存储数量庞大的变长字符数据。最大长度可以达到 $2^{31}-1$ 个字符,约 2 GB。定义 text 数据类型不必指定长度,SQL Server 系统自动以 16 表示长度,并且按实际字符长度自动分配空间。

7. Unicode 字符型

Unicode 是"统一字符编码标准",用于支持国际上各种非英语语种的字符数据的存储和处理,可以存储由 Unicode 标准定义的任何字符(包含不同字符集定义的所有字符),它实际上是双字节数据类型。SQL Server 共有 3 类 Unicode 字符型,它们是 nchar, nvarchar 和 ntext,使用方法分别对应于 char,varchar 和 text。如一个汉字使用 char 类型要占用 2 字符位(2 个字节),使用 nchar 只需要 1 个字符位(2 个字节),nchar 是 national char 之意。

(1) nchar[(n)]:是包含 n 个字符的固定长度的 Unicode 字符型数据,n 的值在 1 与 4000 之间,默认为 1。由于存储的都是双字节字符,所以存储空间为 2n 字节。

(2) nvarchar[(n)]:为最多包含 n 个字符的可变长度的 Unicode 字符型数据,n 的值在 1 与 4000 之间,默认为 1,所以使用 nvarchar 数据类型所能存储的最大字符数也是 4000。

（3）ntext：可表示最大长度为 $2^{30}-1$（1 073 741 823）个 Unicode 字符，其数据的存储长度是实际字符个数的两倍。

8. 日期时间数据类型

日期时间数据类型可以存储日期和时间的组合数据。如'2000-05-08 12:35:01PM'，'4/15/2007 18:35:01'都是有效的日期时间数据。SQL Server 提供了一系列专门处理日期和时间的函数来处理这类数据。如果使用字符型数据来存储日期和时间，只有用户本人可以识别，计算机并不能识别，因而也不能自动将这些数据按照日期和时间进行处理。

日期时间数据类型共有 datetime 和 smalldatetime 两类。

（1）datetime：范围从 1753 年 1 月 1 日到 9999 年 12 月 31 日，精确度为百分之三秒（等于 3.33 毫秒或 0.003 33 秒）。Datetime 数据类型的数据占用 8 个字节的存储空间。

（2）smalldatetime：范围从 1900 年 1 月 1 日到 2079 年 6 月 6 日，可以精确到分。smalldatetime 数据类型占 4 个字节的存储空间。

SQL Server 在用户没有指定时间数据时，会自动设置 datetime 和 smalldatetime 数据的时间为 00:00:00。

① 日期部分可以使用数字格式、字母格式和无分隔符格式三种。

• 使用数字格式：

如果语言设置为简体中文，默认按 ymd（年月日）形式接受日期数据，年月日之间分隔符有两种：连字符(-)、斜杠(/)。如输入"2003-6-5"或"2003/6/5"都表示 2003 年 6 月 5 日。

如果语言设置为 us_english，默认按 mdy（月日年）形式接受日期数据，年月日之间可以用 3 种分隔符：连字符(-)、斜杠(/)或句点(.)。输入"03-06-2005"或"03/06/2005"或"03.06.2005"都表示 2005 年 3 月 6 日。

使用 SET DATEFORMAT ymd 命令可以改变日期格式的接受形式为 ymd。日期顺序参数包括 mdy,dmy,ymd,ydm,myd 和 dym 共 6 种。

• 使用字母格式：

用 Jan,Feb 等英文字母来表示月份时，则可以用年月日的 6 种组合方式接受数据。如 Apr 15 2007,15 Apr 2007 都表示 2007 年 4 月 15 日。

• 无分隔符格式：

可以使用 4,6,8 位数字表达日期。如果只使用 4 位数字则只表示年份；使用 6,8 位时，月日都必须用两位。如"2007"表示 2007 年 1 月 1 日，"070405"和"20070405"表示 2007 年 4 月 5 日。

② 时间部分的表示格式如下。

时:分　　　　14:30
时:分:秒　　　14:20:20
时:分:秒:毫秒　14:20:20:200
时:分 AM|PM　10:30AM　　4PM　　用 12 小时制

9. 二进制数据类型

二进制数据类型表示的是位数据流，包括 binary,varbinary 和 image。

① binary[(n)]:列数据在每行中都是固定长度,n 从 1～8000,最多为 8 KB。

② varbinary[(n)]:列数据在每行中可以是不同的长度,n 从 1～8000,最多为 8 KB。

③ image:可以用来储存超过 8 KB 的可变长度的二进制数据,最大长度可以达到 $2^{31}-1$个字符,约 2 GB。如 word 文档、excel 电子表格、图像等。

10. 其他数据类型

uniqueidentifier:用于产生一个全局唯一标识符即 GUID(Globally Unique Identification Numbers),是一个 16 字节的二进制数。它根据计算机网络适配器地址和主机 CPU 时钟产生的唯一号码,可以通过 newid()函数获得。

每个表中均可创建一个全局唯一标识符列,该列中包含在全球联网的所有计算机中不重复的值。当必须合并来自多个数据库系统的相似数据时(例如,在一个客户账单系统中,其数据位于世界各地的分公司),通常需要保证一列包含全局唯一值。当数据被汇集到中心以进行合并和制作报表时,使用全局唯一值可防止不同国家/地区的客户具有相同的账单号或客户 ID。

timestamp:时间戳数据类型,当向表中插入或修改行数据时,它可以反映数据库中数据修改的相对顺序。

cursor:游标数据类型,主要用于创建游标变量,不能赋值给表的字段。

sql_variant:用于储存除了 text,ntext,timestamp 类型以外的值。

table:用于暂存一些行的结果集。

xml:用于存储 xml 数据,xml 实例的存储大小不能超过 2 GB。

6.1.2 SQL Server 的常量表示、运算符与表达式

1. 常量

常量就是字面值。常量在表中输入和在表达式中描述是不同的,通常各种类型的数据都可以直接往表中输入,但在表达式描述上需要加一些可以相互区别数据类型的标志,即所谓的定界符。如建表时约束表达式的描述,常量的使用格式取决于值的数据类型。

(1) 字符串常量:字符串常量必须用一对单引号括起来。

ASCII 字符串常量每个字符占 1 个字节,如:

'Good lucky!'

'你好!'

'I''m fine. '——当引号本身也是其中的字符时,使用两个单引号表示嵌入的单引号。

Unicode 字符串常量每个字符占 2 个字节,有一个大写字母 N 作为前缀标识(N 意为 SQL-92 标准中的国际语言 National Language)。如:

N'China'

N'计算机'。

(2) 整型常量:整型常量又分为二进制整型常量、十六进制整型常量、十进制整型常量几种形式。

十六进制整型常量用前缀 0x 标识,注意这里是数字 0,而不是字母 O,如:

0x123

0x2FAB3C

十进制整型常量,如:

203385

－5689296

(3) 实型常量

定点表示:

1836.32,234.568

浮点表示:

$-9.82801E12$　　　　表示 $-9.828\,01\times10^{12}$

236.25E-6　　　　　　表示 236.25×10^{-6}

(4) 日期时间常量:必须用一对单引号标识。

如:'1989/5/17','1989-9-20 13:01'

(5) money 常量:money 常量是以"＄"作为前缀。

如:＄123,＄－5623.895

(6) uniqueidentifier 常量:可以用字符串或十六进制数表示。

如:'6F9619FF-8A86-D022-B42D-00004FC964FF'

0xff19666f868b11d0b42d00c04fc964ff

2. 运算符与表达式

SQL Server 提供的运算符有算术运算符、按位运算符、比较运算符、逻辑运算符、字符串连接运算符和一元运算符、赋值运算符。

1) 算术运算符

算术运算符在两个表达式上执行数学运算,这两个表达式可以是数字数据类型分类的任何数据类型。有:＋(加)、－(减)、*(乘)、/(除)和％(取模)。

取模运算即返回一个除法的整数余数。例如,23％5＝3,这是因为 23 除以 5,余数为 3。

加(＋)和减(－)运算符也可用于对 datetime 及 smalldatetime 值执行算术运算。其使用格式为日期±天数。

如计算在 2007 年 1 月 1 日后过 100 天的日期可以用如下语句:

SELECT CAST('2007-1-1' as datetime)＋100

结果为:2007-04-11 00:00:00.000

有关 SELECT 和 CAST 含义将在后面的章节中介绍,这里读者暂时不用深究。

2) 位运算符

位运算符在两个表达式之间按位操作,这两个表达式可以为整型数据类型分类中的任何数据类型。

位运算符有:＆(按位与)、|(按位或)、^(按位异或)。

例如,有三个运算式子:0x23＆11,0x23|11,0x23 ^11

三个运算符的运算过程如下:

```
      00100011              00100011              00100011
  & 00001011           | 00001011           ^ 00001011
      00000011              00101011              00101000
```

结果为:3 43 40

3) 比较运算符

比较运算符用于比较两个表达式。除了 text,ntext 或 image 数据类型的表达式外,比较运算符可以用于所有的表达式。比较运算符见表 6.5。

表 6.5 比较运算符

运算符	=	>	<	>=	<=	<>	!=	!<	!>
含义	等于	大于	小于	大于或等于	小于或等于	不等于	不等于,非 SQL-92 标准	不小于,非 SQL-92 标准	不大于,非 SQL-92 标准

比较运算符的结果有 TRUE 及 FALSE,称为布尔数据类型,和其他 SQL Server 数据类型不同,不能将布尔数据类型指定为表列或变量的数据类型,也不能在结果集中返回布尔数据类型。

结果为 TRUE 及 FALSE 的表达式就是布尔表达式,它用于各种条件的描述。

4) 逻辑运算符

逻辑运算符用于对条件进行测试,和比较运算符一样,返回带有 TRUE 或 FALSE 值的布尔数据类型。

表 6.6 中逻辑运算符用法详见第七章。这里仅以一个简单的例子介绍一下。

表 6.6 逻辑运算符

运算符	含义
AND	如果两个布尔表达式都为 TRUE,那么就为 TRUE
OR	如果两个布尔表达式中的一个为 TRUE,那么就为 TRUE
NOT	对任何其他布尔运算符的值取反
ALL	如果一系列的比较都为 TRUE,那么就为 TRUE
ANY	如果一系列的比较中任何一个为 TRUE,那么就为 TRUE
SOME	如果在一系列比较中,有些为 TRUE,那么就为 TRUE
BETWEEN	如果操作数在某个范围之内,那么就为 TRUE
EXISTS	如果子查询包含一些行,那么就为 TRUE
IN	如果操作数等于表达式列表中的一个,那么就为 TRUE
LIKE	如果操作数与一种模式相匹配,那么就为 TRUE

举例:使用布尔表达式描述以下几个条件。

条件 1:年龄在 18~25 岁。

　　　　描述 1:年龄＞＝18 AND 年龄＜＝25

　　　　描述 2:年龄 BETWEEN 18 AND 25

　　条件 2:性别为"男"或"女"。

　　　　描述 1:性别＝'男' OR 性别＝'女'

　　　　描述 2:性别 IN('男','女')

　　条件 3:20 岁的男生。

　　　　描述:性别＝'男' AND 年龄＝20

　　5）字符串串联运算符

　　字符串串联运算符允许通过加号(＋)进行字符串串联,这个加号也被称为字符串串联运算符。

　　例如:' ABCD '＋' XYZ '

　　运算结果为:' ABCDXYZ '

　　6）一元运算符

　　一元运算符只对一个表达式执行操作,这个表达式可以是数字数据类型分类中的任何一种数据类型。

　　一元运算符有:＋(正),－(负),~(按位取反)

　　7）运算符的优先顺序

　　当一个复杂的表达式有多个运算符时,运算符优先性决定执行运算的先后次序。执行的顺序可能严重地影响所得到的值。

　　运算符的优先等级从高到低依次如下:

- ()　括弧优先
- ＋(正)、－(负)、~(按位取反)
- ^(位异或)、&(位与)、|(位或)　　　　} 位运算符
- *(乘)、/(除)、%(模)
- ＋(加)、(＋串联)、－(减)　　　　} 算术运算符
- ＝,＞,＜,＞＝,＜＝,＜＞,!＝,!＞,!＜　　比较运算符
- NOT
- AND　　　　} 逻辑运算符
- ALL,ANY,BETWEEN,IN,LIKE,OR,SOME
- ＝(赋值)

当两个运算符有相同的优先级时,对其从左到右进行求值。

6.2　设计数据表中的约束

　　对于数据库中的每一个表,在创建之前不但要对表中每一列的数据类型、长度等进行选择和设计,还要对数据表中数据的完整性约束进行设计。

　　由于数据库中的数据是从外界输入的,数据的输入会因为种种原因而发生输入无效或错误的情况。在创建表的时候,我们是否能够做到事先对数据的接收进行必要的控制,

尽可能地将那些有可能因为误操作而引起的无效数据拒之门外，充分保证数据的正确性和一致性，这就是完整性约束的设计。

约束是 SQL Server 自动强制执行的数据完整性控制方式，在数据表创建时它定义关于列中允许值的强制性约定，并在每次接收数据时发生作用，即检查输入的数据是否符合强制性约定，如果不符合约定，就发出报错信息，拒绝接收数据而阻止操作。

约束是在创建数据表结构时定义的，要创建数据表必须先掌握约束的类型。

约束主要有主键约束（PRIMARY KEY）、外键约束（FOREIGN KEY）、空值约束（NULL）、唯一约束（UUNIQUE）、检查约束（CHECK）、默认约束（DEFAULT）。下面分别介绍。

1. 主键约束：PRIMARY KEY

主键约束，表示该列或列的组合为主键。例如，学生的学号是唯一能够标识每个学生的主键，不能为空值也不能有重复值，我们必须在该列使用 PRIMARY KEY 约束，在每次输入数据时系统都将检查学号值是否输入，是否输入了重复值，从而达到目的。

2. 外键约束：FOREIGN KEY

外键约束，表示该列为外键，将按参照表的参照列的值范围来取值，通常参照列是参照表的主键。例如，我们要求在成绩表中出现的学号应该是学生表中已存在的学号，即成绩表中的学号必须参照学生表中学号的取值，我们可以对成绩表中的"学号"使用外键约束，指出它必须参照学生表中的主键"学号"。这个外键的设置不仅限制了外键的取值范围，还限制了参照表学生表中主键"学号"的修改和记录的删除。例如，当我们想删除某一个学生记录时，如果成绩表中还有该生的成绩，这两个表的参照关系就被破坏了，因此设置外键，可以防止这种情况的发生，限制用户对这两个表数据的误删除。

3. 空值或非空约束：NULL | NOT NULL

空或非空约束，表示该列允许"空"或"非空"值。例如，对于学生表，我们要求在录入数据时每个学生的姓名必须输入，而每个学生的专业名当没有确定下来的时候可以暂不输入，则对"姓名"应使用 NOT NULL 约束，"专业名"使用 NULL 约束。

注意，设置了主键的列不能允许为空，设置了标识列（indentity）的列也不能允许为空。

4. 唯一约束：UNIQUE

唯一约束，即单值约束，表示该列上的取值必须互不相同。使用唯一约束可以保证主键列以外的其他列上也不允许有重复值。一个表最多只能有一个主键约束，但可以定义多个唯一约束。例如课程表，我们通常会设置课程编号为主键，但要求每门课程的名称必须唯一，只要设置该列为 UNIQUE 约束即可。单值约束的列可以为空值。

5. 检查约束：CHECK（逻辑表达式）

检查约束，给出该列应满足的条件。例如，CHECK(性别 IN('男','女'))表示性别只能使用两个字："男"或"女"。检查约束与外键约束都是用来控制列中可以接收的数据的，两者的差别是判断输入数据是否有效的方法不同，外键是从其他表中的数据中得到一组合法的数据取值范围，而检查约束是使用一个逻辑表达式来判断数据的合法性。

6. 默认约束：DEFAULT＜常量表达式＞

默认约束，表示没有输入该列的值时，使用由＜常量表达式＞提供的默认值。例如，对于学生表的年龄数据输入，我们假定 18 岁为绝大多数的学生年龄，则可以使用默认约束 DEFAULT 18,表示不输入年龄的时候,年龄数据就是 18。这样可以省去很多相同数据的录入操作。默认值可以是任何常量、内置函数或数值表达式。

按约束是与表中的一列有关还是多列有关,约束可分为列级约束和表级约束。列级约束只与当前一列有关,表级约束涉及该表的多个列。如表级约束 PRIMARY KEY(学号,课程号),定义了主键由表中两列共同组成,即为学号＋课程号。又如,借书表中"借书日期"与"还书日期"两列之间应该符合表级检查约束 CHECK(借书日期＜还书日期)。

6.3　界面方法创建与管理数据表

在了解了数据类型及约束类型以后,就可以创建数据表了。通常用两种方法来创建数据表,一种方法是利用 SQL Server 2005 管理平台创建表;另一种方法是利用 Transact-SQL 语句中的 CREATE TABLE 命令创建表。本节介绍第一种方法。

6.3.1　数据表的创建及完整性约束的操作

创建表的实质就是确定表的名称、每个列的名称、每列的数据类型、长度、是否能为空值、默认值、主键、外键以及取值规则等,即定义表的结构及约束等属性。

【例 6.1】　以在 CJGL 数据库中创建学生表为例说明使用 SQL Server 2005 管理平台建立一个表的步骤。

(1) 设计学生表:先确定学生表的名称为 xs,根据表 6.1 数据可能的分布情况,定义各列如表 6.7 所示。

表 6.7　xs 表结构设计

列名	数据类型	是否允许空值	说明
学号	定长字符型 char(6)	×	主键
姓名	定长字符型 nchar(4)	×	
性别	定长字符型 nchar(1)	√	默认为"男"
专业名	定长字符型 nchar(10)	√	
出生日期	日期型 smalldatetime	×	
身高	数值型 numeric(4,1)	√	精度 4,小数位数 1
党员否	位型 bit	√	1 表示党员,0 表示非党员
备注	文本型 text	√	

(2) 创建 xs 表:打开 SQL Server 2005 管理平台,展开"数据库"节点,再展开上一章建立的成绩管理"CJGL"数据库,在该数据库的"表"选项上单击鼠标右键,选择"新建表",打开表设计器,如图 6.1 所示。

(3) 在表设计器窗口中按表 6.1 设计好了的内容输入各列定义,结果如图 6.2(a)和图 6.2(b)所示。

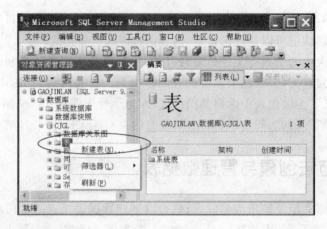

图 6.1 新建表

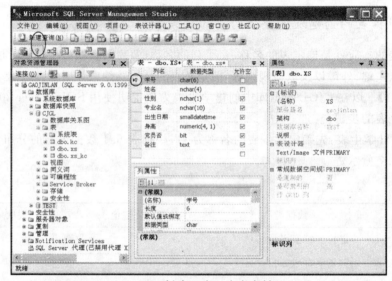

(a) 创建XS表,定义主键

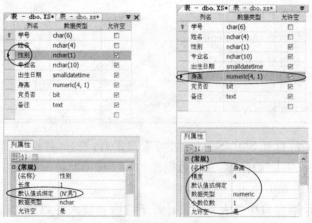

(b) 创建XS表,定义各列

图 6.2 创建 XS 表

其中,当光标定位在"学号"列上时,可点击鼠标右键选择"设置主键",或点击工具栏中钥匙图标,学号旁会出现一个钥匙如图 6.2(a)所示;当光标定位在"性别"列上时,在默认值处输入"男";当光标定位在"身高"列时,数据类型可以直接输入 numeric(4,1),也可以在精度和小数点处分别输入 4 和 1;当光标定位在"党员否"列时,在下边列属性的"说明"处输入"1 表示党员,0 表示非党员",如图 6.2(b)所示。

在设计器中每列对应一个列属性选项卡,如图 6.3 所示。其中部分属性的含义说明如下:

• RowGuid:当该列数据类型为 uniqueidentifier 时可用。若选择"是",则指明此列的 uniqueidentifier 值可唯一地标识表中的行,一个表可以有多个 uniqueidentifier 列,但每个表中只能指定一个具有 ROWGUIDCOL 属性的 uniqueidentifier 列。ROWGUIDCOL 是与 IDENTITY 相似的专用属性,每个表只允许有一个。

• 是标识:表示对应列是表中的一个标识列 (IDENTITY),其数据类型必须为数值型,列的新增值为等差数列,其值是自动产生不用输入。

是,表示该列设置为标识列;

否,表示不为标识列。

• 标识种子:等差数列的开始数字。

• 标识增量:等差的公差。

• 公式:该值由其他列的值计算得来。

• 说明:用于说明字段含义。

关于标识列(IDENTITY)的使用说明如下:

如发票编号,流水号之类是连续编排序号的,它们可被定义为标识列。标识列,表示对应列的值是由

图 6.3　列属性选项卡

系统自动产生的序号,能唯一标识表中的一行,可以当做键值使用。定义时,需要在该列对应的"是标识"处选择"是",并指定标识列的标识种子(起始值)、标识增量(步长值),两个的默认值都为 1。每个表只能有一个列设置为标识列,该列只能是 bigint,int,smallint,decimal,numeric 或 tinyint 数据类型。

(4) 在各列定义编辑完成后,单击"保存"按钮,打开"选择名称"对话框,输入"XS",如图 6.4 所示,然后单击确定即可。

图 6.4　"选择名称"对话框

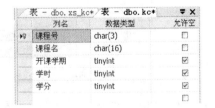

图 6.5　课程表"KC"表结构

依照上例步骤,对于上一章建立的数据库 CJGL,我们要再创建两个表:课程表名为"KC",表结构设计如图 6.5 所示,成绩表名为"XS_KC",表结构如图 6.6 所示。

其中,XS_KC 表的主键为两列组合(学号+课程号),设置方法是:按住 Ctrl 键后,单击学号和课程号,再点击钥匙按钮。

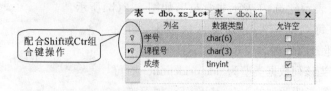

图 6.6   成绩表"XS_KC"表结构

【例 6.2】   假定 kc 和 xs_kc 表的主键已经设置好分别如上图 6.5 和图 6.6 所示。要求用界面操作方法进一步对表中其他的约束进行设计,设置如下所示。

外键约束:xs_kc.学号(参照 xs.学号),xs_kc.课程号(参照 kc.课程号);

唯一性约束:kc.课程名。

检查约束:kc.开课学期:1~8,xs_kc.成绩:0~100;

步骤如下:

1. 外键设置

(1) 在 SQL Server 管理平台中,在 xs_kc 表上右键单击鼠标,然后选择"修改"。

(2) 点击表设计器工具栏上的"关系"图标,如图 6.7 所示,进入到 xs_kc 的"外键关系"对话框。

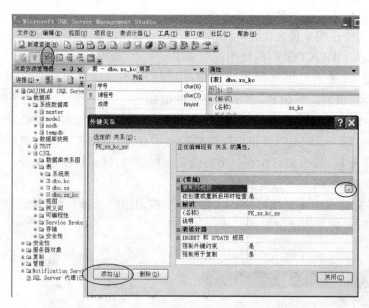

图 6.7   "外键关系"对话框

(3) 在"外键关系"对话框中点击"添加"按钮后,在"标识"栏(名称)处输入外键的约束名,然后选择"表和列规范",单击右边按钮进入到"表和列"对话框中,在主键表列表框中,选中相应的主键所在表名"xs"和主键列名"学号",在外键表列表框中,选中外键所在表名"xs_kc"和外键列名"学号",如图 6.8 所示,即可创建 xs_kc 参照 xs 表的外键"学号"。

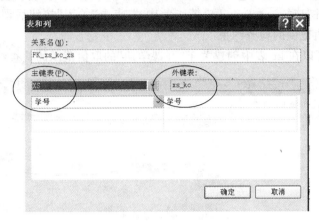

图 6.8　表和列对话框

(4) 再次点击"添加"按钮,类似地创建参照 kc 表的外键"课程号"。

在 xs_kc 表中设置好以上两个外键之后,我们可以在 CJGL 数据库中建立一个关系图 DIAGRAM1,以方便了解数据库中各表之间的相互参照关系如图 6.9 所示。

建立关系图的方法简单说明如下:

选中"关系图",点击鼠标右键后选择"新建数据库关系图",在向导的引导步骤中的添加以上三个表的表名即可。

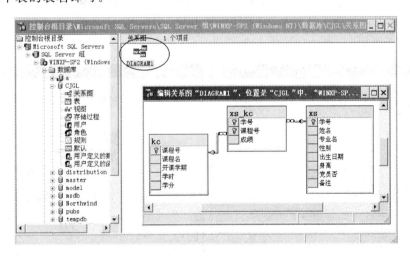

图 6.9　在 CJGL 数据库中建立一个关系图 DIAGRAM1

2. 检查约束设置

(1) 在 SQL Server 管理平台的右侧窗口中,在 xs_kc 表上右键单击鼠标,然后选择"修改"。

(2) 点击表设计器工具栏上的"管理 Check 约束"图标 ,或在表设计器中的右键快捷菜单中选择"管理 Check 约束",进入到 xs_kc 的"CHECK 约束"对话框,如图 6.10

所示。

（3）在"CHECK 约束"对话框中点击"添加"按钮后，可以设置约束的名称，在表达式框中输入约束条件"成绩＞＝0 and 成绩＜＝100"，点击"关闭"按钮后即可在 xs_kc 中创建关于成绩的取值范围的检查约束。

（4）类似地可以在 kc 表中创建关于"开课学期"的取值范围的检查约束。

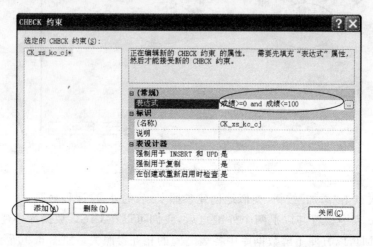

图 6.10　CHECK 约束对话框

3. 唯一约束设置

（1）在 SQL Server 管理平台的右侧窗口中，在 kc 表上右键单击鼠标，然后选择"修改"。

（2）点击表设计器工具栏上的"管理索引和键"图标 ，进入到 kc 表"索引/键"对话框，如图 6.11 所示。

图 6.11　唯一约束进入示意图

（3）在"索引/键"对话框中点击"添加"按钮后，可以在"名称"处输入约束名，在"列"的右边点击按钮 ，进入选择"课程名"，如图 6.12 所示，确定后再设"是唯一的"为"是"，即可在 kc 中创建关于"课程名"的唯一约束。

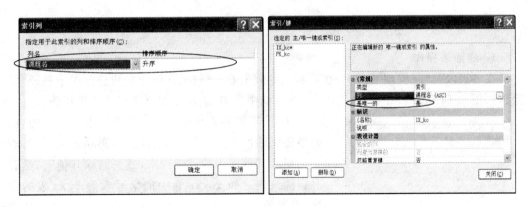

图 6.12　唯一约束设置对话框

6.3.2　修改表的结构

对一个已存在的表,可以进行的修改操作包括:增加列,删除列,修改列的属性(列名,列类型,是否为空、默认值等)以及增加和删除约束等。

【例 6.3】　通过 SQL Server 管理平台在 XS 表中增加"民族"列。

步骤如下:

(1) 在 SQL Server 管理平台中,在 XS 表上右键单击鼠标,然后选择"修改"。

(2) 在表设计器中,鼠标右击"备注"列,选择"插入列"。

(3) 在新插入的列中,列名处输入"民族",数据类型设置为 nchar,长度为 10,默认值输入为"汉族",如图 6.13 所示。

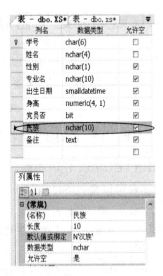

图 6.13　插入"民族"列

(4) 关闭设计表窗口时,将弹出保存表修改的对话框,单击"是"即可保存修改的表。

在表设计器中,也可以删除列,更改已有列的各种属性,完成后保存修改。例如,鼠标右击"民族"列,在弹出的快捷菜单上选择"删除列"即可删除民族列。

6.3.3 数据表的删除与更名

1. 删除表操作

在 SQL Server 管理平台中，在要删除的表上右击鼠标，在弹出的快捷菜单上选择"删除"，如图 6.14 所示。并在"删除对象"对话框中单击"确定"，即可进行删除表操作。

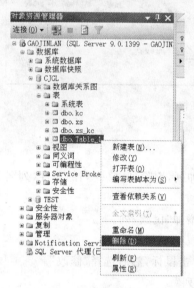

图 6.14 表的删除

注意，不能删除系统表和有外键约束所参照的表。如果要删除的表是其他表的参照表，删除无法进行，需要先删除其他表中的外键约束，或先删除其他表，然后再删除该表。如 xs_kc 表中的学号参照了 xs 表的学号，要删除 xs 表，必须先解除 xs_kc 表上学号的外键约束，或先删除 xs_kc 表，才能删除学生表。

删除一个表时，表的定义、表中的所有数据以及表的约束、索引、触发器等均被删除。

2. 表更名操作

在 SQL Server 管理平台的右侧窗口中，在要更名的表上右击鼠标，然后选择"重命名"即可为一个表改名。

注意，当表名改变后，与此相关的某些对象如视图，以及通过表名与表相关的存储过程将无效，建议一般不要更改一个已有的表名，特别是在其上定义了视图或建立了参照关系的表。

6.4 T-SQL 语句创建与管理数据表

上一节介绍了使用图形界面方式创建数据表，这一节我们使用 Transcat-SQL 语句（也称为命令方式）来创建和管理数据表。与界面方式相比，命令方式更为常用，使用也更为灵活。

6.4.1 使用 CREATE TABLE 创建数据表

为了使 CREATE TABLE 语句的语法更容易掌握，我们在这里将其语法格式作一点简化，详细格式读者可以参见 SQL Server 联机丛书，简化语法如下：

```
CREATE TABLE   [数据库名.[所有者].|所有者.]表名
({<列定义> |列名 as 列表达式|<表约束> }[,…n]
 )
 [ON{filegroup|"default"}]  [{TEXTIMAGE_ON{filegroup|"default"}]
```

其中，有关标签及选项的说明如下。

（1）＜列定义＞的语法为：

{列名   列数据类型[DEFAULT＜常量表达式＞|IDENTITY[(种子值,递增量)]]
[＜列级约束＞[…n]]}

（2）＜列级约束＞的语法为：

```
[CONSTRAINT 约束名 ]
  {[NULL|NOT NULL]
   |[{PRIMARY KEY|UNIQUE}[CLUSTERED|NONCLUSTERED]]
   |[[FOREIGN KEY] REFERENCES 参照表名 [(参照列名)]]
   |CHECK(逻辑表达式)
  }
```

（3）＜表约束＞的语法为：

```
[CONSTRAINT 约束名]
  {[{PRIMARY KEY|UNIQUE}[CLUSTERED|NONCLUSTERED]{(列名[ASC|DESC][,…n])}]
   |FOREIGN KEY[(列名[,…n])] REFERENCES 参照表名 [(参照列名[,…n])]
   |CHECK(搜索条件)
  }
```

（4）ON{filegroup|"default"}：用于指定存储表的文件组名。

（5）TEXTIMAGE_ON{filegroup|"default"}：用于指定 text,ntext 和 image 列数据存储的文件组名。

对于以上语法格式补充强调如下：

· 列级约束只与当前列有关，表级约束涉及该表的多个列。

· 列级约束跟在该列数据类型后说明，而表级约束可以在所有的列定义说明之后说明。

· 一个表可以有多个列，每个列之间用逗号隔开；一个列可以使用多个列级约束，每个约束用空格隔开；一个表可以有多个表级约束，每个用逗号隔开。

· 如果某列定义为标识列，即该列是通过 indentity[(种子值,递增量)]定义的，则再不能使用 DEFAULT＜常量表达式＞定义其默认值。

· 如果就在当前使用的数据库中创建表，而且默认的所有者就是数据库所有者 dbo，则可以省去数据库名和所有者名。

1．基本用法

【例 6.4】　在 test 数据库中创建一个"客户"表，该表包含三列：客户号、姓名、年龄。

```
USE TEST          --打开数据库 TEST,为后续 SQL 语句的当前数据库
CREATE TABLE 客户(
客户号 char(6),
姓名 char(8),
年龄 tinyint
)
```

2．使用列表达式创建表

【例 6.5】　创建总评成绩表，表中有学号、平时分、考试分、总分 4 列，其中总分由 30％的平时分与 70％的考试分计算构成。

```
CREATE TABLE 总评成绩表(
学号 char(6),
平时分 tinyint,
```

```
考试分 tinyint,
总分 AS 平时分*0.3+考试分*0.7
)
```

3. 使用 IDENTITY（种子值，递增量）

指定标识列，标识列的值自动按步长增长。

【例 6.6】 创建图书表，使藏书编号从 1 起，步长为 1 顺序编号。

```
CREATE TABLE 图书表 (
藏书编号 int identity(1,1),
书号 char(12),
书名 char(40)
)
```

4. 创建具有 uniqueidentifier 数据类型的表

【例 6.7】 创建具有 uniqueidentifier 数据类型（即唯一标识符，32 位 16 进制数）的 cust 表，并使用 NEWID()将默认值填充到表中。

```
CREATE TABLE cust (
cust_id uniqueidentifier DEFAULT NEWID(),
company varchar(30),
address varchar(30),
telephone varchar(15),
fax varchar(15) )
```

这里用 NEWID()为 cust_id 列赋默认值时，该列上每个新行和现有行均具有不同的唯一值。

5. 使用列级约束和表级约束创建表

【例 6.8】 用命令方法创建由上一节界面方法建立的数据库 CJGL 的三个用户表，其表结构要求重述如下：

xs(学号,姓名,性别,专业名,出生日期,身高,党员否,备注)

kc(课程号,课程名,开课学期,学时,学分)

xs_kc(学号,课程号,成绩)

要求设置：

主键(xs.学号,kc.课程号,xs_kc 表的主键为学号＋课程号)、外键(xs_kc.学号,xs_kc.课程号)、非空(姓名,课程名)、检查(性别:男、女,学分:1～6,成绩:0～100)、唯一性(课程名)、默认(性别:男)。

创建学生表如下：

```
CREATE TABLE xs
(学号 char(7) PRIMARY KEY,
姓名 nchar(4) NOT NULL,
性别 nchar(1) CHECK(性别 IN('男','女')) DEFAULT '男',
专业名 nchar(10),
出生日期 SMALLDATETIME,
身高 numeric(4,1),
```

```
党员否 bit,
备注 text
)
```

创建课程表如下：

```
CREATE TABLE kc (
课程号 char(4)  PRIMARY KEY,
课程名 nchar(10) NOT NULLl UNIQUE,
开课学期 tinyint,
学时 tinyint,
学分 tinyint CHECK(学分>=1 and 学分<=6)
)
```

对于 xs_kc 表，由于其主键包含两个属性（学号＋课程号），所以该表的主键必须作为表级约束定义，即 PRIMARY KEY（学号，课程号），而外键的定义下面我们使用了三种格式。

第一种，以列级约束形式定义外键学号和外键课程号：

```
CREATE TABLE xs_kc (
学号 char(7)  REFERENCES xs(学号),
课程号 char(4) REFERENCES kc(课程号),
成绩 tinyint CHECK(成绩>=0 AND 成绩<=100),
PRIMARY KEY(学号,课程号)
)
```

第二种，以表级约束定义外键学号和外键课程号：

```
CREATE TABLE xs_kc (
学号 char(7),
课程号 char(4),
成绩 tinyint CHECK(成绩>=0 AND 成绩<=100),
PRIMARY KEY(学号,课程号),
FOREIGN KEY(学号) REFERENCES xs(学号),
FOREIGN KEY(课程号) REFERENCES kc(课程号)
)
```

第三种，自定义约束名：

```
CREATE TABLE xs_kc (
学号 char(7) CONSTRAINT FK_XH REFERENCES xs(学号),
课程号 char(4) CONSTRAINT FK_XH REFERENCES kc(课程号),
成绩 tinyint CONSTRAINT CK_CJ CHECK(成绩>=0 AND 成绩<=100),
CONSTRAINT PK PRIMARY KEY(学号,课程号)
)
```

6.4.2 使用 ALTER TABLE 修改数据表结构

使用 ALTER TABLE 命令可以修改表的结构，可以增加或删除列，也能够修改列的属性，还能增加、删除、启用或暂停约束等。

简洁语法格式如下:

```
ALTER TABLE [数据库名.[ 所有者].|所有者.] 表名
{ ALTER COLUMN 列名 新数据类型 [NULL| NOT NULL]          --修改列属性
|[WITH{CHECK|NOCHECK}]ADD{<列定义> |列名 AS 列表达式|<表级约束> }[,…n]
                                                        --增加列或者约束
|DROP{COLUMN 列名 [,…n]|[CONSTRAINT]约束名}[,…n]          --删除列或者约束
|{CHECK|NOCHECK}CONSTRAINT {ALL|约束名 [,…n]}            --启用或暂停约束
|{ENABLE|DISABLE}TRIGGER {ALL|触发器名 [,…n]}            --启用或暂停触发器
}
```

说明:

从以上语法格式可以看到,在使用 ALTER TABLE 进行表结构的修改时,ADD,DROP,ALTER COLUMN,CHECK|NOCHECK(启用或暂停约束),ENABLE|DISABLE(启用或暂停触发器)这几种操作是多选一的,即每次只能完成一项,不能在一条 ALTER TABLE 语句中同时进行多种操作。

1. 增加列或增加约束

【例 6.9】 为 xs 表实施以下操作:增加一个"奖学金等级"列,一个"籍贯"列;对"出生日期"增加一个名为"ck_csrq"的检查约束,以限制出生日期在 1980 年 1 月 1 日以后,并忽略对原有数据的约束检查。

```
ALTER TABLE xs ADD 奖学金等级 tinyint NULL,籍贯 char(8) NULL
ALTER TABLE xs
    WITH NOCHECK ADD CONSTRAINT ck_csrq CHECK(出生日期>='1980-1-1')
```

在上例中,WITH NOCHECK 用于指定已经存在于表中的数据不使用新添加的或者刚启用的 FOREIGN KEY 或 CHECK 约束进行验证。

注意,在现有表中添加 CHECK 约束或添加 FOREIGN KEY 约束时有以下特点:

在 SQL Server 默认情况下,添加的新约束同时作用于现有数据和新数据。当现有数据已符合新的 CHECK 约束或 FOREIGN KEY 约束,或业务规则要求从添加后开始强制约束时,选项 WITH NOCHECK 可使约束仅作用于新数据。

例如,旧约束要求邮政编码为 5 位,而新约束要求为 9 位。5 位的旧邮政编码依然有效并与 9 位的新邮政编码共存。因此,只需对新邮政编码按新的约束进行检验。

2. 删除列或约束

【例 6.10】 删除 xs 表的"奖学金等级"列和"籍贯"列,删除对出生日期的名为 ck_csrq 的约束。

```
ALTER TABLE xs DROP COLUMN 奖学金等级,籍贯
ALTER TABLE xs DROP CONSTRAINT ck_csrq
```

注意,如果要删除一个具有约束的列,必须先删除在该列上的约束,才能删除该列。

3. 修改列属性

只能修改列属性的数据类型、长度以及为空性。如果要修改为空性,即在 ALTER COLUMN 中指定了 NULL 或 NOT NULL,那么必须同时指定 new_data_type[(precision[,scale])]。如果不更改数据类型、精度和小数位数,仍需指定列的这些值为当前值。

【例 6.11】　修改表 xs 中已有列的属性:将名为"姓名"的列长度由原来的 8 改为 10;将名为"出生日期"的列的数据类型由原来的 smalldatetime 改为 datetime;改变专业名的属性为空性,设置其不能为空。

```
ALTER TABLE xs
    ALTER COLUMN 姓名 char(10)
ALTER TABLE xs
    ALTER COLUMN 出生日期 datetime
ALTER TABLE xs
    ALTER COLUMN 专业名 char(20) NOT NULL  --专业名的类型和长度并没有改变
```

4. 启用或暂停约束

有时候我们希望暂停一些约束的限制作用,则可以使用 WITH NOCHECK 选项,但是要注意的是对于主键和唯一性约束 NOCHECK 是无效的,它只能暂停 CHECK 约束和 FOREIGN KEY 约束。暂停后可以使用 CHECK 选项重新启用约束。

暂停约束检查主要用于以下情况:

• 当现有数据不再变化的时候,可以避免约束检查的开销。若数据被更新,它的新值必须符合 CHECK 约束。

• 已经确保所有数据符合约束。

• 当前数据并不符合约束,但稍后会更改其值并重新启用约束。

【例 6.12】　使用 NOCHECK 暂停 xs 表中所有的外键和检查约束。

```
ALTER TABLE xs
NOCHECK CONSTRAINT ALL
```

6.4.3　使用 DROP TABLE 删除数据表

删除数据表的语法如下:

```
DROP TABLE 表名[,…n]
```

如:

```
DROP TABLE xs_kc,xs,kc
```

将删除当前数据库中的这三个表,这些表中的数据和表结构定义都不复存在。

6.5　表数据的插入、删除和修改

在数据库中创建好数据表的结构以后就可以对表中的数据实施操作,这些操作包括数据行的插入、删除和修改。可以通过 SQL Server 管理平台用界面方法操作数据,也可以通过 T-SQL 语句操作数据。要注意的是,如果表之间有参照关系即存在外键,应该先输入参照的父表数据,如 xs 与 xs_kc 两个表,应该先输入 XS 表的数据,然后输入参照表(外键所在表)XS_KC 的数据。

6.5.1　界面方法插入、删除和修改表数据

1. 插入数据

(1) 启动"SQL Server 管理平台",依次展开数据库节点、表节点。

（2）在需要操作的表上如 xs 表单击鼠标右键，在快捷菜单上选择"打开表"如图 6.15 所示。

图 6.15　打开表

（3）进入数据录入窗口后即可一行一行输入数据，如图 6.16 所示。

学号	姓名	性别	专业名	出生日期	身高	党员否	备注
081101	李林	男	计算机软件	1990-8-10 0:00:00	175.5	True	*NULL*
081102	程明	男	计算机软件	1989-2-1 0:00:00	172.0	False	*NULL*
081103	王燕	女	计算机软件	1990-12-6 0:00:00	162.5	False	*NULL*
081201	韦方良	男	计算机网络	1990-1-9 0:00:00	173.5	False	*NULL*
081202	李平	男	计算机网络	1990-11-9 0:00:00	180.0	False	提前获得2学分
081203	林一番	女	计算机网络	1990-2-7 0:00:00	160.5	False	提前得10学分
082101	王敏	男	通信工程	1990-2-8 0:00:00	173.0	True	*NULL*
082102	刘洋	女	通信工程	1990-1-8 0:00:00	155.0	False	一门补考
082103	王杨国	男	通信工程	1990-2-6 0:00:00	158.5	False	*NULL*
082201	马玲玲	女	机电一体化	1990-9-3 0:00:00	171.0	False	*NULL*
082202	李凤伟	男	机电一体化	1989-1-9 0:00:00	176.5	True	*NULL*
NULL	*NULL*	*NULL*	*NULL*	*NULL*	*NULL*	*NULL*	*NULL*

图 6.16　数据录入窗口

注意，如果输入的数据违反了约束，则系统会停止操作，并提示错误信息。如学号列数据不允许为空，则必须在该列输入数据。如图 6.17 中，学生"张三"的学号没有输入，因此操作失败。按"确定"后补充学号即可继续。

图 6.17　违反空值约束的提示错误信息

（4）正常录入数据后关闭窗口，完成数据的插入。

2. 删除数据

在数据录入窗口，选中被删除行右击鼠标，选择"删除"并回答"是"即可将该行删除，如图 6.18 所示。

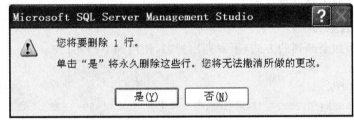

图 6.18　行记录的删除

3. 修改记录

在数据录入窗口，直接对数据修改后关闭窗口即可。

6.5.2　T-SQL 语句插入、删除和修改表数据

数据记录更多地是通过 T-SQL 语句完成其插入、删除和修改。

1. 使用 INSERT 语句插入数据

INSERT 语句可给表添加一行或多行。

格式 1：

```
INSERT [INTO]表名|视图名[(列名[,…n])]
{VALUES({表达式|NULL|DEFAULT[,…n]})|DEFAULT VALUES}
```

格式 2：

```
INSERT  [INTO]表名|视图名[(列名[,…n])]
{select_statement|execute_statement}
```

说明：

格式 1 为单行插入语句，每次只能插入一行数据。VALUES 子句为插入行指定对应各列的值，可以为表达式、空值 NULL 或默认值 DEFAULT 这三种情形之一。

当所有列的数据都在 VALUES 子句中指出时，列名可以省略，此时要求数据顺序必须与表中列的顺序一致。当只给出部分列数据时，必须指出对应列名，没有指出的数据将

以 NULL 或默认值填充，当没有默认值时如果允许空，则添加空值，否则添加默认值。

如果使用 INSERT…DEFAULT VALUES，表示添加的数据行中各列的值都为默认值，未设置默认值的列，列的值为 NULL。此时要求表的每一列或者有默认值，或者允许为空。

格式 2 为多行插入语句，用于将查询语句的结果集插入到表中，查询语句将在第 7 章介绍。

【例 6.13】 向 CJGL 数据库的表 XS 中插入如下的一行：

学号	姓名	专业名	性别	出生日期	身高	党员否	备注
082212	林琳	机电一体化	女	1990-9-28	162	0	NULL

可以用添加部分列数据的方式，使用如下的 T-SQL 语句：

```
USE CJGL
INSERT INTO xs(学号,姓名,专业名,性别,出生日期,身高,党员否)
      VALUES('082212','林琳','机电一体化','女','1990-9-28',162,0)
GO
```

在查询分析器中的结果如下：

（所影响的行数为 1 行）

也可以用添加全部列的方式，不罗列出列名，使用如下语句：

```
USE CJGL
INSERT INTO xs
      VALUES('062212','林琳','机电一体化','女','1989-9-28',162,0,NULL)
GO
```

【例 6.14】 将查询语句的结果集插入到数据表中。

用如下的 CREATE 语句建立表 xs1：

```
CREATE TABLE xs1
(   num char(6)NOT NULL,
      name char(8)NOT NULL,
      speiality char(10)NULL
)
```

用如下的 INSERT 语句向 xs1 表中插入数据：

```
INSERT INTO xs1
    SELECT 学号,姓名,专业名
      FROM xs
      WHERE 专业名='计算机'
```

功能是：将 xs 表中专业名为'计算机'的各记录的学号、姓名和专业名列的值插入到 xs1 表的各行中。

2. 使用 DELETE 语句删除数据

基本语法格式：

```
DELETE [FROM] {表名|视图名}
    [WHERE 条件]
```

说明：WHERE 指定用于限制删除行数据的条件，其使用方法将在介绍 SELECT 语句时详细讨论。如果没有提供 WHERE 子句，则 DELETE 删除表中的所有行，表的结构不变。

【**例 6.15**】　将 CJGL 数据库的 xs 表中专业名为"通信工程"的行删除。

```
USE XSCJ
DELETE FROM xs
    WHERE 专业名='通信工程'
GO
```

【**例 6.16**】　将 CJGL 数据库的 test 表中所有的行删除。

```
USE CJGL
DELETE FROM test
GO
```

3. 使用 UPDATE 语句修改记录

基本语法格式：

```
UPDATE 表名|视图名
    SET{列名=表达式|DEFAULT|NULL}[,…n]
    [WHERE 条件]
```

说明：对指定的表或视图，按照 WHERE 给出的条件限定要修改的行，当省略 WHERE 子句时，将对表中所有的行进行修改。修改的列名及其列值由 SET 子句决定，其中列值有三种：表达式、DEFAULT 和 NULL。对于具有默认值的列可以使用 DEFAULT 来修改，对于允许为空的列可以使用 NULL 来修改。

【**例 6.17**】　将 XS_KC 表中的所有学生的成绩都加 10 分。将 XS 表中姓名为"林琳"的同学的专业改为"通信工程"，备注改为"转专业学习"，学号改为 082141。

```
USE CJGL
UPDATE xs_kc
    SET 成绩=成绩+10
GO
UPDATE xs
    SET 专业名='通信工程',
        备注='转专业学习',
        学号='082141'
    WHERE 姓名='林琳'
GO
```

本章小结

数据表是数据库中的重要对象，是存放数据的一种逻辑结构，由行记录和列字段组成。

数据表的创建实质就是定义表的结构（包括数据完整性约束），即确定表的名称、每个列的名称、每列的数据类型、长度、是否能为空值、默认值、主键、外键以及取值规则等，这些属性构成表结构。

数据类型的划分是为了对不同的数据分配最合理的存储空间，对不同的数据能实施相应的操作，SQL Server 提供了多种系统数据类型，不同类型的数据的常量表示不同。

约束是 SQL Server 自动强制执行的数据完整性控制方式,在数据表创建时它定义关于列中允许值的强制性约定,并在每次接收数据时发生作用。约束主要有主键约束(PRIMARY KEY)、外键约束(FOREIGN KEY)、空值约束(NULL)、唯一约束(UNIQUE)、检查约束(CHECK)、默认约束(DEFAULT)。

SQL Server 提供了两种方式创建数据表:界面方式和命令方式。

语句 CREATE TABLE,ALTER TABLE 和 DROP TABLE 分别完成对数据表的定义、修改和删除操作。

语句 INSERT INTO,DELETE FROM 和 UPDATE …SET…分别完成数据表中数据的插入、删除和修改操作。

习题六

一、思考题

1. SQL Server 有哪些系统数据类型,对于"身份证号"这样的数据应该选择哪种数据类型比较合适? 为什么?

2. 设计表时主要考虑的因素有哪些?

3. 设计表时可选择的约束有哪些? 在 CJGL 数据库已有的 xs 表中增加一个身份证号列时,为了限制它的唯一性应该使用什么约束? 为了限制它的数字长度及每位数字要求应该使用什么约束?

4. 如何修改表中某些列的名称、列的类型等属性? 如何删除列上的约束?

5. 如何修改表中某些行的数据值?

二、设计题

现有一个数据库 SCD,库中包含以下系、学生、班级各表:

student(学号,姓名,年龄,班号)

class(班号,专业名,系名,入学年份)

department(系号,系名)

假设表中将有如下数据:

student(

2008101,张山,18,101;

2008102,李斯,16,102;

2008103,王玲,17,111;

2008105,李飞,19,112

)

class(

101,软件,计算机,2005;

102,微电子,计算机,2006;

111,无机化学,化学,2004;

112,高分子化学,化学,2006
　　　　)
department（
001,数学；
002,计算机；
003,化学
　　　　)

1. 用 SQL 语言创建以上各数据表,在定义中要求为每一列选择合适的数据类型和长度,并设置适当的约束,即声明：

(1) 每个表的主键和所有可能的外键。

(2) 学生姓名不能为空。

(3) 系部系名不能为空,且唯一。

(4) 学生的年龄介于 15 到 40 岁之间,默认为 18。

2. 试用 SQL 语言完成下列功能。

(1) 学校又新增加了两个系部：一个物理系,编号为 006,一个经济系,编号为 008。

(2) 将入学年份在 2004 年以前的班级删除。

(3) 学生张山转到 111 班,请更新相关的表。

(4) 为每个学生的年龄增加 1 岁,请更新相关的表。

3. 试用 SQL 语言修改表结构。

由于年龄可以通过出生日期计算而来,对 student 表删除"年龄"字段,增加一个"出生日期"字段。(提示：必须先删除对年龄的检查约束,才能删除年龄列)

上机实验题

1. 用 SQL Server 管理平台在职员管理数据库 ZYGL 中创建表 6.8～表 6.10 所示三张数据表：职员表、部门表、工资表。

表 6.8　职员表结构

列名	数据类型	是否允许空值	说明
员工号	定长字符型 char(3)	×	主键
姓名	定长字符型 char(8)	×	
性别	定长字符型 char(2)	×	要检查是否为"男"或"女"
出生日期	日期型 smalldatetime	√	
手机号码	定长字符型 char(11)	√	
工龄	微整型 tinyint	√	应在 0～35 的范围内
部门号	定长字符型 char(2)	√	要参照部门表的部门号
备注	文本型 text	√	

表 6.9　部门表结构

列名	数据类型	是否允许空值	说明
门号	定长字符型 char(2)	×	主键
门名	定长字符型 char(10)	×	
话	定长字符型 char(4)	√	

表 6.10　工资表结构

列名	数据类型	是否允许空值	说明
工号	定长字符型 char(3)	×	要参照职员表的员工号,且唯一
本工资	小数数据类型 decimal(7,2)	√	
贴	小数数据类型 decimal(5,2)	√	
金扣款	小数数据类型 decimal(6,2)	√	
发工资	小数数据类型 decimal(7,2)	√	为基本工资＋津贴
发工资	小数数据类型 decimal(7,2)	√	为基本工资＋津贴－三金扣款

2. 对各表输入以下数据,如表 6.11～表 6.13 所示。

表 6.11　职员表数据

员工号	姓名	性别	出生日期	手机号码	工龄	部门号	备注
001	刘裕	男	1970-9-8	13971234567	12	01	爱好书法
002	张建英	女	1976-8-4	13887654321	10	01	厨艺高超
003	余贺	男	1975-6-9	13882134567	11	02	<NULL>
004	李方梯	男	1965-7-5	13992365488	30	01	01 负责人
005	王紫	女	1983-5-28	15903698528	5	01	<NULL>
006	岳亮	男	1968-6-1	15991485216	25	02	02 负责人
007	袁弦	女	1985-9-3	13871524783	3	01	<NULL>
008	黎冰清	女	1980-12-5	13885643218	8	02	钢琴达人

表 6.12　部门表数据

部门号	部门名	电话
01	销售科	8004
02	采购科	8006

表 6.13 工资表数据

员工号	基本工资	津贴	三金扣款	应发工资	实发工资
001	1660	500	268.8	2160	1891.2
002	1560	380	300.5	1940	1639.5
003	1680	610	330.7	2290	1959.3
004	1730	680	380.8	2410	2029.2
005	1450	430	258.3	1880	1621.7
006	1850	710	480.3	2560	2079.7
007	1420	310	269.5	1730	1460.5
008	1520	380	263.8	1900	1636.2

3. 使用 T-SQL 语句建立一个含有 IDENTITY 列的工资发放记载表,表结构如表 6.14所示。

表 6.14 工资发放记载表

列名	数据类型	是否允许空值	说明
发放编号	整型 int	×	主键,为 IDENTITY 列,种子值为 200701,步长为 2
发放年月	日期型 smalldatetime	×	
员工号	定长字符型 char(3)	×	外键,且要参照职员表
实发工资	小数数据类型 decimal(7,2)	√	

4. 使用 T-SQL 语句对职员表任意插入一行数据,然后修改这条数据,最后再删除之。

5. 使用 T-SQL 语句对工资发放记载表任意插入一行数据,然后修改这条数据,最后再删除之。

第7章 数据查询与视图

7.1 SELECT 语句概述

在数据库应用中,最常用的操作是查询,它是数据库的其他操作如插入、删除及修改的基础,也是 DBMS 的核心功能之一。在 SQL Server 中,对数据库的查询使用 T-SQL 的 SELECT 语句,通过 SELECT 语句可以实现表的选择、投影及连接等操作,也可以实现数据的分析、统计、筛选和排序,其功能十分强大,使用灵活。

SELECT 语句是 SQL 中代表 Data Query Language(DQL)的命令,它有很多子句,可以完成各种功能。T-SQL 对标准 SQL 功能有所扩充,其语法格式如下:

```
SELECT select_list              --指定要选择的列或行及其限制
[INTO new_table]                --INTO 子句,指定结果存入新表
FROM table_source               --FROM 子句,指定表或视图
[WHERE search_condition]        --WHERE 子句,指定查询条件
[GROUP BY group_by_expression]  --GROUP BY 子句,指定分组表达式
[HAVING search_condition]       --HAVING 子句,指定分组统计条件
[ORDER BY order_expression[ASC|DESC]] --ORDER BY 子句,指定排序表达式和顺序
[COMPUTE clause]                --COMPUTE 子句,实现明细统计
```

下面将逐步讨论 SELECT 各子句的功能和用法。

7.2 单表查询

7.2.1 投影列

投影列是指查询语句对源表进行投影来查看想要的列数据。这是最基本的 SELECT 语句,语句仅有两个部分:要查询的数据列和这些列所在的表。

语法如下:

SELECT [ALL|DISTINCT] {*|列名[,…n]}
FROM 表名

1. 选择表中的指定列

【例 7.1】 查询 CJGL 数据库的 xs 表中各个同学的姓名、专业名和出生日期。

```
USE CJGL      /*打开数据库 CJGL,为后续 SQL 语句的
              当前数据库*/
SELECT 姓名,专业名,出生日期
FROM xs
```

执行结果如图 7.1 所示。

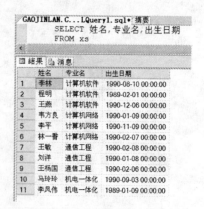

图 7.1 选择表中指定列

注意，当登录到 SQL Server 后，即被指定了一个默认数据库，通常是 master 数据库。应该使用 USE database_name 语句切换当前要操作的数据库，如本例的 USE CJGL。一旦选择了当前数据库后，其后的命令均是针对当前数据库中的表或视图进行的。

2. 使用"＊"指定所有列

当查询结果需要返回表中所有列的内容时，可以用"＊"来代替列名。

【例 7.2】　查询 CJGL 数据库中 kc 表的所有内容。

```
SELECT *
FROM kc
```

执行结果如下所示：

课程号	课程名	开课学	期学时	学分
101	计算机基础	1	48	3
102	程序设计语言	2	68	4
206	离散数学	4	68	4
208	数据结构	5	68	4
209	操作系统	6	68	4
210	计算机原理	3	85	5
212	数据库原理	3	68	4
301	计算机网络	2	51	3
302	软件工程	6	51	3

3. 使用别名修改查询结果中的列名

查询结果中的列名称可以用别名显示，其格式为＜列名＞[AS]＜别名＞。

注意：存储在表中的列名不会发生更改，只是在结果中暂时用别名作为列标题表示而已。

【例 7.3】　查询 xs 表中所有学生的学号、姓名、专业名。结果中各列的标题分别指定为 Sno，Sname 和 Sdept。

```
SELECT 学号 AS Sno,姓名 AS Sname,专业名 AS Sdept
FROM xs
```

执行结果如下所示：

Sno	Sname	Sdept
081101	李林	计算机软件
081102	程明	计算机软件
081103	王燕	计算机软件
081201	韦方良	计算机网络
081202	李平	计算机网络
081203	林一番	计算机网络
082101	王敏	通信工程
082102	刘洋	通信工程
082103	王杨国	通信工程

```
082201    马玲玲   机电一体化
082202    李凤伟   机电一体化
```

也可以用"="来实现上述同样功能,其格式为<别名>=<列名>。例如,上述 sql 语句也可写成:

```
SELECT  Sno=学号,Sname=姓名,Sdept=专业名
FROM xs
```

其结果和上例结果完全一致。

4. 使用计算表达式

查询时,在结果中可以输出对列值计算后的值,其格式为<别名>=<表达式>。

【例 7.4】 把成绩表中的成绩转换成按 150 分制来显示。

```
SELECT 学号,课程号,[成绩(150分制)]=成绩*1.5
FROM xs_kc
```

其执行结果如下所示:

```
学号     课程号 成绩(150分制)
------ ---- ---------------
081101 101   120.0
081101 102   117.0
081101 206   114.0
081103 101   93.0
081103 102   105.0
081201 101   126.0
081201 102   117.0
081201 206   103.5
081202 101   120.0
081202 301   127.5
081203 206   97.5
081203 208   130.5
```

注意:符号"("和")"是不能用于标识符的,如果想让其成为别名中的一部分,应该把该别名用[ ]括起来。

5. 使用 DISTINCT 消除结果集中的重复行

对表只选择其某些列时,可能会出现重复行。

例如,SELECT 专业名   FROM xs

结果如下所示:

```
专业名
----------
计算机软件
计算机软件
计算机软件
计算机网络
计算机网络
```

　　　　计算机网络

　　　　通信工程

　　　　通信工程

　　　　通信工程

　　　　机电一体化

　　　　机电一体化

　　显然结果中出现太多重复行,对于这种情况,可以使用 DISTINCT 关键字消除结果集中的重复行,其格式是:

```
SELECT DISTINCT column[,…n]
```

【例 7.5】 查询 xs 表中不同的专业名,消除结果集中的重复行。

```
SELECT DISTINCT 专业名
FROM xs
```

该语句的执行结果如下所示:

　　专业名

　　机电一体化
　　计算机软件
　　计算机网络
　　通信工程

6. 限制结果集的返回行数

　　如果 SELECT 语句返回的结果集的行数非常多,可以使用 TOP 选项限制其返回的行数。其格式为:

```
Select TOP n [percent] Column[,…n]
```

其中,n 是一个整数,表示返回结果集的前 n 行。若带有 percent 关键字,则表示返回结果集的前 n%行。

【例 7.6】 查询 xs 表中所有学生的姓名和性别,只返回前 6 行。

```
SELECT TOP 6 姓名,性别
FROM xs
```

其结果如下所示:

　　姓名　　　　性别
　　--------　----
　　李林　　　　男
　　程明　　　　男
　　王燕　　　　女
　　韦方良　　　男
　　李平　　　　男
　　林一番　　　女

7. 替换显示结果中的内容

　　在进行查询时,有时希望查询的某些列值是反映一种概念而不是具体的数据。例如,查询 xs_kc 的成绩时,希望得到的是学生的总体情况,这时就可以用等级来替换总学分的具体数字。

要替换查询结果中的数据，可以使用 CASE 函数（详见第 9 章），一种 CASE 格式为：

```
CASE
  WHEN 条件 1 THEN 表达式 1
  WHEN 条件 2 THEN 表达式 2
  .......
  [ELSE 表达式]
END
```

【例 7.7】 查询 xs_kc 表中每个学生每门课的成绩，对其成绩按以下规则进行替换。

如 90≤成绩≤100 将成绩替换为"优秀"

　　80≤成绩≤89 将成绩替换为"良好"

　　70≤成绩≤79 将成绩替换为"中等"

　　60≤成绩≤69 将成绩替换为"及格"

　　成绩<60 将成绩替换为"不及格"。

代码如下：

```
SELECT 学号,课程号,等级=
CASE
  WHEN 成绩<60 then'不及格'
  WHEN 成绩<=69 then'及格'
  WHEN 成绩<=79 then'中等'
  WHEN 成绩<=89 then'良好'
  ELSE'优秀'
END
FROM xs_kc
```

执行结果如下所示：

```
学号     课程号 等级
------ ---- ------
081101 101  良好
081101 102  中等
081101 206  中等
081103 101  及格
081103 102  中等
081201 101  良好
081201 102  中等
081201 206  及格
081202 101  良好
081202 301  良好
081203 206  及格
081203 208  良好
081203 209  优秀
```

7.2.2　选择行

选择行通过 SELECT 语句中的 WHERE 子句指定选择条件来实现。WHERE 子句也是 SELECT 语句最常用的子句之一,WHERE 子句必须紧跟 FROM 子句之后。其基本格式为:

```
WHERE< search_condition>
```

其中,search_condition 为查询条件。search_condition 既可以是单一的条件,也可以是由一个或多个逻辑运算符构成的复杂的条件。

1. 使用比较运算符

比较运算符用于比较两个表达式值,共有 9 个,分别是＝(等于)、<(小于)、<＝(小于等于)、>(大于)、>＝(大于等于)、<>(不等于)、!＝(不等于)、!<(不小于)、!>(不大于)。比较运算的格式为:

```
expression1<比较运算符> expression2
```

【例 7.8】　查询 xs 表中通信工程专业的学生情况。

```
SELECT*
FROM xs
WHERE 专业名='通信工程'
```

执行结果如下所示:

学号	姓名	性别	专业名	出生日期	身高	党员否	备注
082101	王敏	男	通信工程	1990-02-08 00:00:00	173.0	1	NULL
082102	刘洋	女	通信工程	1990-01-08 00:00:00	155.0	0	一门补考
082103	王杨国	男	通信工程	1990-02-06 00:00:00	158.5	0	NULL

【例 7.9】　查询身高在 170 cm 以上的学生情况。

```
SELECT*
FROM xs
WHERE 身高>=170
```

执行结果如下所示:

学号	姓名	性别	专业名	出生日期	身高	党员否	备注
081101	李林	男	计算机软件	1990-08-10 00:00:00	175.5	1	NULL
081102	程明	男	计算机软件	1989-02-01 00:00:00	172.0	0	NULL
081201	韦方良	男	计算机网络	1990-01-09 00:00:00	173.5	0	NULL
081202	李平	男	计算机网络	1990-11-09 00:00:00	180.0	0	提前获得 2 学分
082101	王敏	男	通信工程	1990-02-08 00:00:00	173.0	1	NULL
082201	马玲玲	女	机电一体化	1990-09-03 00:00:00	171.0	0	NULL
082202	李凤伟	男	机电一体化	1989-01-09 00:00:00	176.5	1	NULL

2. 使用逻辑运算符

常用的逻辑运算符有 AND,OR,NOT,分别对应逻辑"与"、"或"、"非"的运算,返回逻辑值 TRUE 或 FALSE。

【例 7.10】　查询 xs 表中通信工程和计算机网络专业的学生情况。

```
SELECT *
FROM  xs
WHERE 专业名='通信工程'  OR  专业名='计算机网络'
```

执行结果如下所示：

学号	姓名	性别	专业名	出生日期	身高	党员否	备注
081201	韦方良	男	计算机网络	1990-01-09 00:00:00	173.5	0	NULL
081202	李平	男	计算机网络	1990-11-09 00:00:00	180.0	0	提前获得 2 学分
081203	林一番	女	计算机网络	1990-02-07 00:00:00	160.5	0	提前得 10 学分
082101	王敏	男	通信工程	1990-02-08 00:00:00	173.0	1	NULL
082102	刘洋	女	通信工程	1990-01-08 00:00:00	155.0	0	一门补考
082103	王杨国	男	通信工程	1990-02-06 00:00:00	158.5	0	NULL

【例 7.11】 查询计算机网络专业的所有男生的情况。

```
SELECT  *
FROM  xs
WHERE 专业名='计算机网络'  AND 性别='男'
```

执行结果如下所示：

学号	姓名	性别	专业名	出生日期	身高	党员否	备注
081201	韦方良	男	计算机网络	1990-01-09 00:00:00	173.5	0	NULL
081202	李平	男	计算机网络	1990-11-09 00:00:00	180.0	0	提前获得 2 学分

3. 使用范围谓词

在 SQL 语句中，表示范围的谓词有两个：一个是 BETWEEN … AND …，另一个是 IN。

使用 BETWEEN … AND … 关键字，其格式为：

```
expression [NOT] BETWEEN expression1 AND expression2
```

当不使用 NOT 时，其含义为：若 expression 的值在 expression1 和 expression2 之间时（包括这两个值），则返回 TRUE，即整个表达式成立；否则返回 FALSE，即整个表达式不成立；

使用 NOT 时，情况刚好相反，即若 expression 的值不在 expression1 和 expression2 之间时（包括这两个值），则返回 FALSE；否则返回 TRUE。

【例 7.12】 查询 1990 年出生的学生情况。

```
SELECT *
FROM xs
WHERE 出生日期 BETWEEN '1990-1-1' AND '1990-12-31'
```

该语句等价于：

```
SELECT *
FROM xs
WHERE 出生日期>='1990-1-1' AND 出生日期<='1990-12-31'
```

两种写法的执行结果完全相同，如下所示：

学号	姓名	性别	专业名	出生日期	身高	党员否	备注
081101	李林	男	计算机软件	1990-08-10 00:00:00	175.5	1	NULL
081103	王燕	女	计算机软件	1990-12-06 00:00:00	162.5	0	NULL
081201	韦方良	男	计算机网络	1990-01-09 00:00:00	173.5	0	NULL
081202	李平	男	计算机网络	1990-11-09 00:00:00	180.0	0	提前获得2学分
081203	林一番	女	计算机网络	1990-02-07 00:00:00	160.5	0	提前得10学分
082101	王敏	男	通信工程	1990-02-08 00:00:00	173.0	1	NULL
082102	刘洋	女	通信工程	1990-01-08 00:00:00	155.0	0	一门补考
082103	王杨国	男	通信工程	1990-02-06 00:00:00	158.5	0	NULL
082201	马玲玲	女	机电一体化	1990-09-03 00:00:00	171.0	0	NULL

使用 IN 关键字的格式为：

expression [NOT] IN (expression1[,…n])

IN 关键字可以指定一个值表,值表中列出所有可能的值。

不使用 NOT 时,当 expression 与值表中的任一个匹配时,返回 TURE,否则返回 FALSE;

使用 NOT 时,情况刚好相反,即 expression 与值表中的任一个都不匹配时,结果返回 TRUE,否则与其中任一个匹配了,结果就返回 FALSE。

【例 7.13】 查询 xs 表中计算机网络、计算机软件、通信工程专业的学生情况。

```
SELECT *
FROM xs
WHERE 专业名 IN('计算机网络','计算机软件','通信工程')
```

该语句等价于：

```
SELECT *
FROM xs
WHERE 专业名='计算机网络' OR 专业名='计算机软件' OR 专业名='通信工程'
```

执行结果如下所示：

学号	姓名	性别	专业名	出生日期	身高	党员否	备注
081101	李林	男	计算机软件	1990-08-10 00:00:00	175.5	1	NULL
081102	程明	男	计算机软件	1989-02-01 00:00:00	172.0	0	NULL
081103	王燕	女	计算机软件	1990-12-06 00:00:00	162.5	0	NULL
081201	韦方良	男	计算机网络	1990-01-09 00:00:00	173.5	0	NULL
081202	李平	男	计算机网络	1990-11-09 00:00:00	180.0	0	提前获得2学分
081203	林一番	女	计算机网络	1990-02-07 00:00:00	160.5	0	提前得10学分
082101	王敏	男	通信工程	1990-02-08 00:00:00	173.0	1	NULL
082102	刘洋	女	通信工程	1990-01-08 00:00:00	155.0	0	一门补考
082103	王杨国	男	通信工程	1990-02-06 00:00:00	158.5	0	NULL

说明：IN 关键字最主要的作用是表达子查询,详见 7.3.2。

4. 模式匹配

模式匹配是指一个字符串是否与指定的字符串相匹配,在 SQL 语句中用 LIKE 关键字来描述。其运算对象可以是 char,varchar,text,ntext,datetime 和 smalldatetime 类型数据,返回逻辑值 TRUE 或 FALSE。LIKE 谓词的表达格式如下：

```
string_expression[NOT] LIKE string_expression
```

【例 7.14】 查询所有姓"王"的同学的情况。

```
SELECT *
FROM xs
WHERE 姓名 LIKE '王% '
```

执行结果如下所示：

学号	姓名	性别	专业名	出生日期	身高	党员否	备注
081103	王燕	女	计算机软件	1990-12-06 00:00:00	162.5	0	NULL
082101	王敏	男	通信工程	1990-02-08 00:00:00	173.0	1	NULL
082103	王杨国	男	通信工程	1990-02-06 00:00:00	158.5	0	NULL

从上例可以看出,使用 LIKE 进行模式匹配时,使用了通配符"％",即可以进行模糊查询。有关通配符的用法如表 7.1 所示。

表 7.1　LIKE 中通配符的含义

通配符	含　义
％	包含零个或更多字符的任意字符串
_	任何单个字符
[ ]	指定范围(例如[a—f])或集合(例如[abcdef])内的任何单个字符
[ˆ]	不在指定范围(例如[ˆa—f])或集合(例如[ˆabcdef])内的任何单个字符

请将通配符和字符串用单引号引起来,例如：

LIKE'Mc％'将搜索以字母 Mc 开头的所有字符串(如 McBadden,McBill)。

LIKE'％INger'将搜索以字母 INger 结尾的所有字符串(如 RINGER,STRINGer)。

LIKE'％en％'将搜索在任何位置包含字母 en 的所有字符串(如 Bennet,Green,McBadden)。

LIKE'_heryl'将搜索以任意一个字符开头,以字母 heryl 结尾的所有字符串(如 Cheryl,Sheryl)。

LIKE'[CK]ars[eo]n'将搜索下列字符串：Carsen,Karsen,Carson 和 Karson。

LIKE'[M-Z]INger'将搜索以字符串 INger 结尾,以从 M 到 Z 的任何单个字母开头的所有字符串(如 RINger)。

LIKE'M[ˆc]％'将搜索以字母 M 开头,并且第二个字母不是 c 的所有字符串(如 MacFeather)。

5. 空值比较

当需要判断一个表达式的值是否为空值时,使用 IS NULL 关键字,格式为：

expression IS [NOT] NULL

当不使用 NOT 时,若表达式 expression 的值为空值,返回 TRUE,否则返回 FALSE;当使用 NOT 时,结果刚好相反。

【例 7.15】 查询 xs 表中尚没有备注信息的学生情况。

```
SELECT *
FROM xs
WHERE 备注 IS  NULL
```

执行结果如下所示：

学号	姓名	性别	专业名	出生日期	身高	党员否	备注
081101	李林	男	计算机软件	1990-08-10 00:00:00	175.5	1	NULL
081102	程明	男	计算机软件	1989-02-01 00:00:00	172.0	0	NULL
081103	王燕	女	计算机软件	1990-12-06 00:00:00	162.5	0	NULL
081201	韦方良	男	计算机网络	1990-01-09 00:00:00	173.5	0	NULL
082101	王敏	男	通信工程	1990-02-08 00:00:00	173.0	0	NULL
082103	王杨国	男	通信工程	1990-02-06 00:00:00	158.5	0	NULL
082201	马玲玲	女	机电一体化	1990-09-03 00:00:00	171.0	0	NULL
082202	李凤伟	男	机电一体化	1989-01-09 00:00:00	176.5	1	NULL

7.2.3　汇总数据

在处理某些实际问题时我们需要解决诸如："目前有多少学生？"、"有多少人成绩在 80 分以上？"这类问题。简单的查询语句是无法表示的，这就需要使用 SQL Server 提供的内部函数及 SELECT 语句中的分组统计子句来提高系统的查询能力。

1. 使用聚合函数

聚合函数（又称为集函数）用于计算表中的数据，返回单个计算结果。SQL Server 中提供的聚合函数很多，部分函数如表 7.2 所示，详细信息可查阅帮助文档。

表 7.2　聚合函数

函数名	说明
AVG	求给定表达式中所有值的平均值
COUNT	求给定表达式中所有值的个数，返回 int 类型整数
COUNT_BIG	求给定表达式中所有值的个数，返回 bigint 类型整数
MAX	求给定表达式中所有值的最大值
MIN	求给定表达式中所有值的最小值
SUM	返回给定表达式中所有值的和
STDEV	返回给定表达式中所有值的统计标准偏差
STDEVP	返回给定表达式中所有值的填充统计标准偏差
VAR	返回给定表达式中所有值的统计方差
VARP	返回给定表达式中所有值的填充的统计方差

常用的聚合函数有以下 5 个，语法格式为：

```
SUM([ALL|DISTINCT]expression)
AVG([ALL|DISTINCT]expression)
MAX([ALL|DISTINCT]expression)
MIN([ALL|DISTINCT]expression)
COUNT({[ALL|DISTINCT]expression}|*)
```

其中,expression 通常是列名,也可以是常量、函数或表达式。ALL 表示对所有值进行运算,DISTINCT 表示去除重复值,默认为 ALL。除 COUNT 外,SUM,AVG,MAX 和 MIN 忽略 NULL 值。

各函数中 expression 对应的数据类型分别是:SUM 和 AVG 只能是数值类型;MAX 和 MIN 可以是数值、字符和时间日期类型;COUNT 的数据类型是除 uniqueidentifier, text,ntext,image 之外的任何类型。

COUNT 函数的使用有以下特点:COUNT(*)将统计总行数,包括 NULL 值和重复项;COUNT(ALL expression)返回组中 expression 全部非空值的数量;COUNT (DISTINCT expression)返回组中 expression 不相同非空值的数量。

【例 7.16】 查询选修 101 课程的最高分、最低分和平均成绩。

```
SELECT MAX(成绩)AS'最高分',MIN(成绩)AS'最低分',AVG(成绩)AS'平均成绩'
FROM xs_kc
WHERE 课程号='101'
```

执行结果如下所示:

```
最高分  最低分  平均成绩
----------- --------- --------
84        62        76
```

注意:因为成绩列定义的为整型,所以求平均值后仍然为整型。

【例 7.17】 求学号为 081203 学生所有课程的总分。

```
SELECT 总成绩=SUM(成绩)
FROM xs_kc
WHERE 学号='081203'
```

执行结果如下所示:

```
总成绩
-----------
242
```

【例 7.18】 求所有学生的总人数。

```
SELECT COUNT(*)AS'学生总数'
FROM xs
```

执行结果如下所示:

```
学生总数
-----------
11
```

【例 7.19】 求选修了课程的学生总人数。

```
SELECT COUNT(DISTINCT 学号) AS '选修人数'
FROM xs_kc
```

执行结果如下所示：

```
选修人数
-----------
5
```

【例 7.20】　统计 101 这门课程成绩在 80 分以上的人数。

```
SELECT COUNT(学号) AS '101 成绩在 80 分以上的人数'
FROM xs_kc
WHERE 课程号='101' and 成绩>80
```

执行结果如下所示：

```
101 成绩在 80 分以上的人数
--------------
4
```

2. 使用 GROUP BY 子句进行分组汇总

GROUP BY 子句用于对表或视图中的数据按列名的值分组，格式为：

```
[GROUP BY [ALL] 列名[,…n]]
[WITH{CUBE|ROLLUP}]
```

使用 GROUP BY 子句分组汇总的过程是：先按 GROUP BY 指定的列的不同值把数据分成若干组，再分别对每组数据使用聚合函数求值。

WITH ROLLUP 和 WITH CUBE，是 T-SQL 对标准 SQL 的扩展选项，可以丰富查询功能。

1) GROUP BY 子句的基本用法

【例 7.21】　求各专业的学生人数。

```
SELECT 专业名, COUNT(*) AS '学生人数'
FROM xs
GROUP BY 专业名
```

执行结果：

```
专业名        学生人数
----------- -----------
机电一体化      2
计算机软件      3
计算机网络      3
通信工程       3
```

【例 7.22】　求被选修的各门课程的平均成绩和选修该课程的人数。

```
SELECT 课程号, AVG(成绩) AS '平均成绩', COUNT(学号) AS '选修人数'
FROM xs_kc
GROUP BY 课程号
```

执行结果：

```
课程号  平均成绩    选修人数
----- ---------- -----------
101    76        4
```

```
102    75         3
206    70         3
208    87         1
209    90         1
301    85         1
```

说明:使用 GROUP BY 分组子句后,出现在 SELECT 子句中的列名必须是以下情形:要么出现在 GROUP BY 子句中,要么出现在聚合函数中。

假定有一表:test(学号,课程号,课程名,成绩)

对 test 实施以下查询是错误的:

```
SELECT 课程号,课程名,COUNT(*) AS '选修人数'
FROM test
GROUP BY 课程号
```

如果改成以下方式是可以的:

```
SELECT 课程号,课程名,COUNT(*) AS '选修人数'
FROM test
GROUP BY 课程号,课程名
```

2) 带 ROLLUP 或 CUBE 的 GROUP BY 子句

通过 WITH ROLLUP 和 WITH CUBE 选项,可以对 GROUP BY 分组汇总生成超级组。使用这两个选项时 GROUP BY 后通常不止一列,如 GROUP BY 专业名,性别。

ROLLUP 操作符指定在结果集内不仅包含由 GROUP BY 指定列的各种组合值提供的统计行,还包括 GROUP BY 指定列中第一列各种取值的汇总行。

CUBE 操作符比 ROLLUP 操作符功能更强,不仅包含由 GROUP BY 指定列的各种组合值提供的统计行,还包括 GROUP BY 指定列中每列各种取值的汇总行。

【例 7.23】 产生一个结果集,包括每个专业的男生人数,每个专业的女生人数,各专业人数以及总人数。

```
SELECT 专业名,性别,COUNT(*) AS '人数'
FROM xs
GROUP BY 专业名,性别
WITH ROLLUP
```

执行结果:

```
专业名          性别      人数
----------   ----   -----------
机电一体化       男       1
机电一体化       女       1
机电一体化       NULL    2          --ROLLUP 汇总行,机电一体化专业总人数
计算机软件       男       2
计算机软件       女       1
计算机软件       NULL    3          --ROLLUP 汇总行,计算机软件专业总人数
计算机网络       男       2
计算机网络       女       1
```

计算机网络	NULL	3	——ROLLUP 汇总行,计算机网络专业总人数
通信工程	男	2	
通信工程	女	1	
通信工程	NULL	3	——ROLLUP 汇总行,通信工程专业总人数
NULL	NULL	11	——ROLLUP 汇总行,学生总人数

结果中没有标注为"ROLLUP 汇总行"的行,均为不带 ROLLUP 选项时所产生的结果行。从上例可以看出,使用了 ROLLUP 后,不仅要根据专业名和性别的各种不同值对 xs 表分组统计,还要对 GROUP BY 子句中所指定的第一列"专业名"的不同值产生汇总行,所产生的汇总行中对应"性别"处将置为 NULL。

【例 7.24】 产生一个结果集,包括男生各专业人数,女生各专业人数,男生总人数,女生总人数以及总人数。

```
SELECT 性别,专业名,count(*) AS '人数'
FROM xs
GROUP BY 性别,专业名
WITH ROLLUP
```

执行结果为:

性别	专业名	人数	
男	机电一体化	1	
男	计算机软件	2	
男	计算机网络	2	
男	通信工程	2	
男	NULL	7	——男生总人数
女	机电一体化	1	
女	计算机软件	1	
女	计算机网络	1	
女	通信工程	1	
女	NULL	4	——女生总人数
NULL	NULL	11	——总人数

把 rollup 关键字换成 cube,将产生更多的汇总行,见例 7.25。

【例 7.25】 产生一个结果集,除包括每个专业的男生人数、女生人数、总人数,及所有专业的总人数,还要包括男生总数和女生总数。

```
SELECT 专业名,性别,COUNT(*) AS '人数'
FROM xs
GROUP BY 专业名,性别
WITH CUBE
```

执行结果:

专业名	性别	人数
机电一体化	男	1
机电一体化	女	1

机电一体化	NULL	2
计算机软件	男	2
计算机软件	女	1
计算机软件	NULL	3
计算机网络	男	2
计算机网络	女	1
计算机网络	NULL	3
通信工程	男	2
通信工程	女	1
通信工程	NULL	3
NULL	NULL	11
NULL	男	7 --和 rollup 相比,除专业名外,又增加对性别的汇总数据
NULL	女	4

3. 使用 COMPUTE 子句

COMPUTE 将在明细数据后产生额外的汇总行,格式为:

```
[COMPUTE{聚合函数名(expression)}[,…n][BY expression[,…n]  ]  ]
```

【例 7.26】 查找'计算机软件'专业学生的学号、姓名、出生日期,并产生一个学生总人数行。

```
SELECT 学号,姓名,出生日期
FROM xs
WHERE 专业名='计算机软件'
COMPUTE COUNT(学号)
```

执行结果:

```
学号     姓名      出生日期
------  --------  --------------------------------------------

081101  李林      1988-08-10 00:00:00
081102  程明      1990-02-01 00:00:00
081103  王燕      1987-12-06 00:00:00


cnt
===========

3
```

从上面结果可以看出,COMPUTE 子句在明细数据后产生了一个汇总行,其汇总行的列名是系统自定的,对于 COUNT 函数为 cnt,对于 AVG 函数为 avg,对于 SUM 函数为 sum,等等。

COMPUTE BY 子句往往是和 ORDER BY 子句一起使用,在对结果排序的同时还产生附加的汇总行,详见 7.2.5 节。

7.2.4 查询结果筛选

使用 GROUP BY 子句和聚合函数对数据进行分组后,还可以使用 HAVING 子句对分组统计后的数据进一步筛选。例如,在 xs_kc 表上查找平均成绩在 80 分以上的学生,就是先按学号分组求所有学生的平均成绩,然后筛选出平均成绩大于 80 分的学生。

HAVING 子句的格式为：

```
[HAVING<search condition>]
```

其中，search condition 为查询条件，在条件中可以使用聚合函数。

【例 7.27】 查找平均成绩在 80 分以上的学生学号和平均成绩。

```
SELECT 学号,AVG(成绩) AS '平均成绩'
FROM xs_kc
GROUP BY 学号
HAVING AVG(成绩)>=80
```

执行结果：

```
学号      平均成绩
------  -----------
081202    82
081203    80
```

在 SELECT 查询语句中，当 WHERE，GROUP BY 和 HAVING 同时使用时，要注意它们的作用和顺序：WHERE 用于筛选由 FROM 指定的源数据对象，GROUP BY 用于对 WHERE 筛选的一次结果进行分组，HAVING 则是对 GROUP BY 分组汇总后的二次结果数据进行过滤。

【例 7.28】 查找不及格超过 2 门的学生学号。

```
SELECT 学号,COUNT(*) as 不及格门数
FROM xs_kc
WHERE 成绩<60
GROUP BY 学号
HAVING COUNT(*)>2
```

【例 7.29】 查找学号以"0811"开头的平均成绩在 70 分以上的学生学号和平均成绩。

```
SELECT 学号,AVG(成绩) AS '平均成绩'
FROM xs_kc
WHERE 学号 like'0811%'
GROUP BY 学号
HAVING AVG(成绩)>=70
```

执行结果：

```
学号      平均成绩
------  -----------
081101    78
```

7.2.5　查询结果排序

在实际应用中经常要对查询的结果排序输出，例如学生成绩由高到低排序。排序 ORDER BY 子句的格式为：

```
ORDER BY{expression[ASC|DESC]}[,…n]
```

其中，expression 通常是列名，也可以是表达式或一个正整数，当 expression 是一个正整数时，表示按列号排序。ASC 表示升序排列，DESC 表示降序排列，默认为 ASC。

【例 7.30】 将所有学生按照出生日期先后排序输出。

```
SELECT *
FROM xs
ORDER BY 出生日期
```

执行结果：

学号	姓名	性别	专业名	出生日期	身高	党员否	备注
082202	李凤伟	男	机电一体化	1989-01-09 00:00:00	176.5	1	NULL
081102	程明	男	计算机软件	1989-02-01 00:00:00	172.0	0	NULL
082102	刘洋	女	通信工程	1990-01-08 00:00:00	155.0	0	一门补考
081201	韦方良	男	计算机网络	1990-01-09 00:00:00	173.5	0	NULL
082103	王杨国	男	通信工程	1990-02-06 00:00:00	158.5	0	NULL
081203	林一番	女	计算机网络	1990-02-07 00:00:00	160.5	0	提前得 10 学分
082101	王敏	男	通信工程	1990-02-08 00:00:00	173.0	1	NULL
081101	李林	男	计算机软件	1990-08-10 00:00:00	175.5	1	NULL
082201	马玲玲	女	机电一体化	1990-09-03 00:00:00	171.0	0	NULL
081202	李平	男	计算机网络	1990-11-09 00:00:00	180.0	0	提前获得 2 学分
081103	王燕	女	计算机软件	1990-12-06 00:00:00	162.5	0	NULL

【例 7.31】 将 101 这门课按成绩由高到低排列输出。

```
SELECT *
FROM xs_kc
WHERE 课程号='101'
ORDER BY 成绩 DESC
```

执行结果：

学号	课程号	成绩
081201	101	84
081202	101	80
081101	101	80
081103	101	62

ORDER BY 还可以和 COMPUTE BY 子句连用,在对结果排序的同时还产生附加的汇总行。

【例 7.32】 将学生按专业名排序,并汇总各专业人数和平均身高。

```
SELECT 专业名,学号,姓名,出生日期,身高
FROM xs
ORDER BY 专业名
COMPUTE COUNT(学号),AVG(身高) by 专业名
```

执行结果如图 7.2 所示。

注意:ORDER BY 和 COMPUTE BY 后面的列名要一致,如本例都是"专业名"。通常 COMPUTE 子句有 BY 选项就必有 ORDER BY,即 COMPUTE 会生成多个结果集,一类结果集包含每个分类的明细行,数据对应于选择列表中的表达式,另一类结果

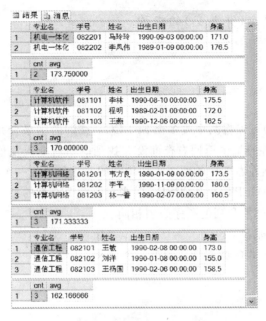

图 7.2　COMUPTE BY 与 ORDER BY 连用

集包含分类的子聚合,对应于 COMPUTE 中的聚合数据值。此时 SELECT 的选择列表中可以包含任何表达式,通常聚合函数在 COMPUTE 子句中指定,而不是在选择列表中指定。

7.2.6　将结果生成新表

在实际应用中,有时需要将查询的结果保存成一个新表,供以后直接使用。例如,把所有有不及格课程的学生信息保存成一个新表。该功能可以通过在 SELECT 语句中添加 INTO 子句来完成。其格式为:

```
[INTO new_table]
```

其中,new_table 是要创建的新表名。INTO 子句应紧跟 SELECT 子句后,新表的结构由 SELECT 查询的列所决定。新表的内容由查询的结果所决定。

若查询结果为空,则新表只有结构,没有内容。

【例 7.33】　由学生表创建"计算机软件专业学生"表,表结构包括学号、姓名、出生日期、专业名。

```
SELECT 学号,姓名,出生日期,专业名
INTO 计算机软件专业学生
FROM xs
WHERE 专业名='计算机软件'
```

执行该语句后,创建的新表内容如图 7.3 所示。

图 7.3　计算机软件专业学生表中的内容

7.2.7 表达集合概念(并差交)的查询

其基本格式为:

```
查询语句 1
{UNION [ALL]|EXCEPT|INTERSECT}
查询语句 2
```

使用 UNION(并)可以将两个或多个 SELECT 查询的结果合并成一个结果集,使用 EXCEPT(差)可以从左查询中返回右查询没有找到的所有非重复值成一个结果集,使用 INTERSECT(交)返回左右两边的两个查询均有的非重复值成一个结果集。

使用{UNION|EXCEPT|INTERSECT}来组合两个查询的结果集的基本规则是:

① 所有查询中的列数和列的顺序必须相同。

② 数据类型必须兼容。

如下列语句将两个表的数据合并到第一个表 xs 中。

```
SELECT *
FROM xs
UNION all
SELECT *
FROM 数学系学生表
```

7.3 多表查询

在实际应用中,很多时候要查询的数据不能从一个表中得到,而是需要同时在相关联的多张表中查询。例如,查询计算机软件专业所有学生的成绩。这时,需要先在 xs 表中找到计算机软件专业学生的学号,然后再通过这些学号在 xs_kc 表中来查询他们的成绩。

基于多表的查询,常用的方法有两种:连接查询和子查询。

7.3.1 连接查询

连接查询的方法主要有等值连接、非等值连接、自然连接、自身连接、内连接、外连接、交叉连接。

所有的连接查询都有两种表示形式,一种是连接谓词的表示形式,另一种是使用关键字 JOIN 的表示形式。

下面用两种表示形式介绍等值连接、非等值连接、自然连接、自身连接,对于内连接、外连接、交叉连接主要介绍 JOIN 的表示形式。

1. 等值连接、非等值连接与自然连接查询

在第 2 章关系运算中我们知道,当连接条件中连接运算符为"＝"时,称为等值连接,否则称为非等值连接,在两表同名列等值连接的基础上,去掉一个同名列后就是自然连接。

1) 使用连接谓词的表示形式

它是指在 FROM 子句中仅指明要连接的表名,在 WHERE 子句中给出连接的列名和连接条件。

【例 7.34】　查找 CJGL 数据库中每个学生的学号、姓名、所学课程的课程号及成绩。

```
SELECT xs.学号,姓名,课程号,成绩
FROM   xs,  xs_kc
WHERE  xs.学号=xs_kc.学号
```

执行结果：

学号	姓名	课程号	成绩
081101	李林	101	80
081101	李林	102	78
081101	李林	206	76
081103	王燕	101	62
081103	王燕	102	70
081201	韦方良	102	78
081201	韦方良	206	69
081202	李平	301	85
081202	李平	101	80
081201	韦方良	101	84
081203	林一番	206	65
081203	林一番	208	87
081203	林一番	209	90

说明：

① 在 SELECT 子句中，"学号"在两个表都出现了，因此引用时必须加上列前缀"xs."，用来说明该列来自哪个表，以消除歧义。当列名在所有表中都是唯一的，则列前缀可以省略。如本例中的姓名、课程号、成绩字段。

② 在 FROM 子句中，用于连接的表名之间用","隔开。

③ 在 WHERE 子句中，连接谓词中的两个列称为连接字段，它们必须是可比的。如本例中的 xs 表中的学号字段和 xs_kc 表中的学号字段。

连接查询实际上就是先把要连接的表作笛卡儿积，然后用 WHERE 子句选出满足条件的行，最后用 SELECT 子句投影出要返回的列。

【例 7.35】　查找选修了 206 课程且成绩在 75 分以上的学生姓名及成绩。

```
SELECT 姓名,成绩
FROM xs,xs_kc
WHERE xs.学号=xs_kc.学号 AND 课程号='206' AND 成绩>=75
```

执行结果：

姓名	成绩
李林	76

有时用户所需要的数据来自两个以上的表，那么就要对两个以上的表进行两两连接，称为多表连接。

【例 7.36】 查找选修了"计算机基础"课程且成绩在 80 分以上的学生学号、姓名、课程名、成绩。

```
SELECT xs.学号,姓名,课程名,成绩
FROM xs, kc, xs_kc
WHERE xs.学号=xs_kc.学号 AND kc.课程号=xs_kc.课程号
      AND 课程名='计算机基础'  AND 成绩>=80
                  --注意:本例中三个表连接有两个连接条件.
```

执行结果:

学号	姓名	课程名	成绩
081101	李林	计算机基础	80
081201	韦方良	计算机基础	84
081202	李平	计算机基础	80

2) 用 JOIN 关键字的表示形式

该用法与连接谓词表示不同,它不在 WHERE 子句中指定连接条件,而是通过 FROM 子句中使用关键字 JOIN…ON…形式来指定连接的表和连接条件,除连接条件以外的其他筛选条件都在 WHERE 子句指定,用法见下面的例子。

【例 7.37】 将例 7.34 的查询用 JOIN 形式实现。

```
SELECT xs.学号,姓名,课程号,成绩
FROM xs JOIN xs_kc ON xs.学号=xs_kc.学号
```

执行结果和例 7.34 一样。

【例 7.38】 将例 7.36 的多个表的连接查询用 JOIN 形式实现。

```
SELECT xs.学号,姓名,课程名,成绩
FROM xs JOIN xs_kc ON xs.学号=xs_kc.学号  JOIN kc ON kc.课程号=xs_kc.课程号
WHERE 课程名='计算机基础' AND 成绩>=80
```

2. 自连接查询

有些查询需要将一个表与它自身进行连接,称为自连接。使用自连接时需为表指定两个别名,且对所有列的引用均要用别名限定。在实际应用中,自连接应用相当广泛。

【例 7.39】 查找与李林同学在同一专业学习的学生姓名。

```
SELECT DISTINCT a.姓名
FROM xs a,xs b
WHERE a.专业名=b.专业名 and  b.姓名='李林'
    --此时 a 和 b 都是 xs 表的别名,也就是说把 xs 表看作不同的 a 表和 b 表分别查询
```

或者用 JOIN 表示成:

```
SELECT DISTINCT a.姓名
FROM xs a JOIN xs b ON a.专业名=b.专业名
WHEREb.姓名='李林'
```

执行结果:

```
姓名
------
程明
李林
王燕
```

3. 内连接、外连接与交叉连接

1) 内连接（INNER JOIN）

在通常的连接操作中，只有参与连接的两个表中满足条件的行才能作为结果输出，这就是内连接，前面所介绍的都属于这种情况。内连接按照 ON 关键字所指定的连接条件连接两个表，返回满足条件的行。

【例 7.40】　将例 7.35 的查询用 INNER JOIN 形式实现。

```
SELECT 姓名,成绩
FROM xs INNER JOIN xs_kc ON xs.学号=xs_kc.学号
WHERE  课程号='206' AND 成绩>=75
```

内连接是系统默认的，INNER 关键字可以省略。

2) 外连接（OUTER JOIN）

内连接有时并不能满足实际需求，如例 7.36 是一个内连接的例子，它只给出了选修过课程的学生情况，并没有给出所有学生的学习情况（包括那些没有选课的学生），也就是说，该查询不能以学生为主体显示出每个学生的基本情况和选课情况。若要求在选课为空值时，也要列出学生的基本情况，则需要使用外连接（OUTER JOIN）。外连接的结果表不仅包括满足条件的行，还包括相应表中的所有行。外连接又分为：

左外连接（LEFT OUTER JOIN）：除包括满足条件的所有行外，还包括左表中的所有行。

右外连接（RIGHT OUTER JOIN）：除包括满足条件的所有行外，还包括右表中的所有行。

全外连接（FULL OUTER JOIN）：除包括满足条件的所有行外，还包括两个表中的所有行。

其中，OUTER 关键字均可省略。

【例 7.41】　查找所有学生的选课情况，结果要包含学号、姓名、课程号。若学生未选修任何课，也要包括其学号、专业名。

```
SELECT xs.学号,姓名,课程号
FROM xs LEFT JOIN xs_kc ON xs.学号=xs_kc.学号
```

执行结果：

```
学号      姓名        课程号
------ --------- ----
081101   李林         101
081101   李林         102
081101   李林         206
081102   程明         NULL
```

081103	王燕	101
081103	王燕	102
081201	韦方良	102
081201	韦方良	206
081201	韦方良	101
081202	李平	301
081202	李平	101
081203	林一番	206
081203	林一番	208
081203	林一番	209
082101	王敏	NULL
082102	刘洋	NULL
082103	王杨国	NULL
082201	马玲玲	NULL
082202	李凤伟	NULL

其中,课程号为 NULL 的记录,表示该学生未选课。从查询结果不难看出,无论在 xs_kc表中有没有该学生的记录,结果中都包含了左表(xs 表)中的所有行。这样,哪些学生没有选课便一目了然。

【例 7.42】 查找被选修了的课程的情况。要求包含学号、课程号、课程名。若某门课没有人选,也要显示其课程号和课程名。

```
SELECT xs_kc.学号,kc.课程号,课程名
FROM xs_kc RIGHT JOIN kc ON xs_kc.课程号=kc.课程号
```

执行结果:

学号	课程号	课程名
081101	101	计算机基础
081103	101	计算机基础
081202	101	计算机基础
081201	101	计算机基础
081101	102	程序设计语言
081103	102	程序设计语言
081201	102	程序设计语言
081101	206	离散数学
081201	206	离散数学
081203	206	离散数学
081203	208	数据结构
081203	209	操作系统
NULL	210	计算机原理
NULL	212	数据库原理
081202	301	计算机网络
NULL	302	软件工程

其中，学号为 NULL 的行则表示该门课没有人选修。

注意：外连接只能对两个表进行。

3）交叉连接(CROSS JOIN)

交叉连接实际上是将两个表进行笛卡儿积运算，结果表是由第一个表的每行与第二个表的每行拼接后形成的表，因此结果表的行数是两个表行数之积。

【例 7.43】 列出学生所有可能的选课情况。

```
SELECT 学号,姓名,课程号,课程名
FROM xs CROSS JOIN kc
```

执行结果的一部分如图 7.4 所示。

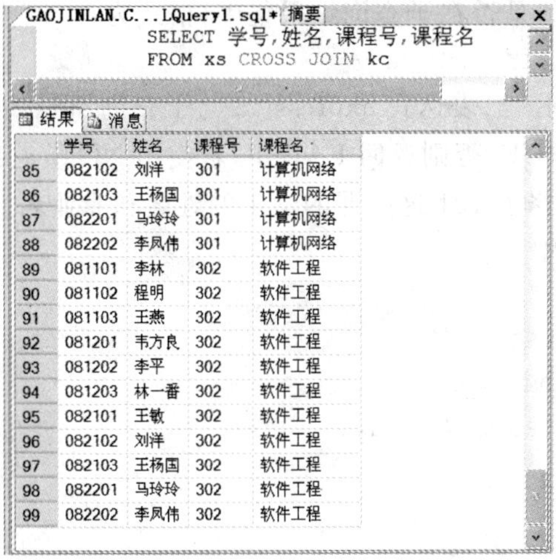

	学号	姓名	课程号	课程名
85	082102	刘洋	301	计算机网络
86	082103	王杨国	301	计算机网络
87	082201	马玲玲	301	计算机网络
88	082202	李凤伟	301	计算机网络
89	081101	李林	302	软件工程
90	081102	程明	302	软件工程
91	081103	王燕	302	软件工程
92	081201	韦方良	302	软件工程
93	081202	李平	302	软件工程
94	081203	林一番	302	软件工程
95	082101	王敏	302	软件工程
96	082102	刘洋	302	软件工程
97	082103	王杨国	302	软件工程
98	082201	马玲玲	302	软件工程
99	082202	李凤伟	302	软件工程

图 7.4

注意：交叉连接不能有连接条件，但可以带 WHERE 子句。

7.3.2　子查询

除了使用连接查询对多表进行查询外，子查询则是另一种对多表查询方法。

在 SQL 语言中，一个 SELECT-FROM-WHERE 语句称为一个查询块。将一个查询块嵌套在另一个查询块的 WHERE 子句或 HAVING 短语的条件中，这种查询称为子查询或嵌套查询。

例如，下面的查询完成了查找有不及格成绩的学生姓名：

```
SELECT 姓名
FROM XS              } 外层查询块
WHERE 学号 IN
      (SELECT 学号
       FROM XS_KC     } 内层查询块
       WHERE 成绩<60)
```

外层查询称为主查询，内层查询称为子查询。子查询的结果通常作为外层查询条件的一部分，例如，判断列值是否在某个查询的结果集中。

子查询按内层查询的返回值来分,可以分为单值和多值;按内层和外层查询的相关性来分,可分为相关子查询和不相关子查询。

1. 单值子查询与多值子查询

单值子查询是指子查询返回的结果明确肯定只有一个值,如子查询中返回的是某个聚合函数值的情况(如返回一个平均分或一个最大值)。若返回的结果值不能明确肯定只有一个,则称为多值子查询,如返回若干个 60 以上的分数。单值子查询的结果值可以直接提供给外层使用比较运算符(如 =、>、< 等)比较,多值查询通常是结合 IN,ALL,SOME,ANY 等谓词来使用。

1) 带 IN 谓词的子查询

用于判断一个给定值是否在子查询结果集中,格式为:

```
expression [NOT] IN (subquery)
```

其中,subquery 是子查询。当表达式 expression 与子查询 subquery 的结果表中的某个值相等时,IN 谓词返回 TRUE,否则返回 FALSE;若使用 NOT,返回值情况刚好相反。

【例 7.44】 查找选修了 101 这门课的学生的姓名和专业名。

```
SELECT 姓名,专业名
FROM xs
WHERE 学号 IN(SELECT 学号
              FROM xs_kc
              WHERE 课程号='101')
```

执行结果:

```
姓名        专业名
-------   ---------
李林        计算机软件
王燕        计算机软件
韦方良       计算机网络
李平        计算机网络
```

执行过程:

首先执行子查询,子查询执行完后,会得到一个只含有学号列的结果表:

```
学号
------
081101
081103
081202
081201
```

然后再把该结果作为外层查询的条件,执行外层查询:

```
SELECT 姓名,专业名
FROM xs
WHERE 学号 IN('081101','081103','081202','081201')
```

若 xs 表中某行的学号列值等于子查询结果表中的任一个值,则该行就被选择。

【例 7.45】 查找未选修 101 这门课的学生的姓名和专业名。

```
SELECT 姓名,专业名
FROM xs
WHERE 学号 NOT IN(SELECT 学号
                  FROM xs_kc
                  WHERE 课程号='101')
```

执行结果:

```
姓名       专业名
------- ----------
程明       计算机软件
林一番     计算机网络
王敏       通信工程
刘洋       通信工程
王杨国     通信工程
马玲玲     机电一体化
李凤伟     机电一体化
```

T-SQL 允许 SELECT 多层嵌套使用,用来表示更复杂的查询。

【例 7.46】 检索选修课程名为"计算机基础"的学生学号和姓名。

```
SELECT 学号,姓名
FROM xs
WHERE 学号 IN(SELECT 学号
              FROM xs_kc
              WHERE 课程号 IN (SELECT 课程号
                              FROM kc
                              WHERE 课程名='计算机基础'
                              )
              )
```

执行结果:

```
学号     姓名
----- -------
081101 李 林
081103 王 燕
081201 韦方良
081202 李 平
```

2) 带 ALL/SOME/ANY 等谓词的子查询

带 ALL/SOME/ANY 等谓词的子查询格式为:

```
expression{比较运算符}{ALL|SOME|ANY}(subquery)
```

其中,expression 为要进行比较的表达式,subquery 是子查询。ALL/SOME/ANY 用来说明对比较运算的限制。

ALL 指定表达式要与子查询结果集中的每个值都进行比较,当表达式与每个值都满足比较关系时,才返回 TRUE,否则返回 FALSE。

SOME 和 ANY 一样都是表示表达式只要与子查询结果集中的某一个值满足比较关

系时,就返回 TRUE,否则返回 FALSE。

【例 7.47】 查找比所有计算机软件专业的学生年龄都大的学生。

```
SELECT *
FROM xs
WHERE 出生日期<ALL(SELECT 出生日期
                  FROM xs
                  WHERE 专业名='计算机软件')
```

查询结果为:

学号	姓名	性别	专业名	出生日期	身高	党员否	备注
082202	李凤伟	男	机电一体化	1989-01-09 00:00:00	176.5	1	NULL

【例 7.48】 查找课程号 206 的成绩不低于课程号 101 的最低成绩的学生。

```
SELECT 学号
FROM xs_kc
WHERE 课程号='206' AND 成绩>=SOME
          (SELECT 成绩
           FROM xs_kc
           WHERE 课程号='101')
```

执行结果:

```
学号
------
081101
081201
081203
```

3) 带有比较运算符的子查询

当用户确切知道子查询的结果值是单值时,可以直接在外层使用=、>、>=、<、<=、!=等比较运算符。

【例 7.50】 查询 101 这门课的成绩在该课程平均分以上的学生姓名。

```
SELECT 姓名
FROM xs,xs_kc
  WHERE xs.学号= xs_kc.学号 AND 课程号='101'  AND 成绩>
          (SELECT AVG(成绩)
           FROM xs_kc
           WHERE 课程号='101')
```

执行结果:

```
姓名
---------
王林
王敏
```

事实上,有很多 ANY 或 ALL 子查询都可以用由比较运算符和集函数实现的子查询代替,后者通常比前者查询效率要高,ANY,ALL 与集函数及 IN 的等价关系如表 7.3

所示。

表 7.3　ANY，ALL 与集函数及 IN 的等价关系

	=	<>或！=	<	<=	>	>=
ANY	IN	—	<MIN	<=MIN	>MIN	>=MIN
ALL	—	NOT IN	<MAX	<=MAX	>MAX	>=MAX

【例 7.49】　改写例 7.47：查找比所有计算机软件专业的学生年龄都大的学生。

```
SELECT *
FROM xs
WHERE 出生日期<(SELECT MIN(出生日期)
              FROM xs
              WHERE 专业名='计算机软件')
```

2. 相关子查询与不相关子查询

不相关子查询是指内层查询是独立于外层查询的，可以单独执行。如前面讲的所有子查询都属于不相关子查询；而相关子查询的内层查询的条件要依赖于外层表，不能单独执行。

【例 7.50】　查找选修了 101 这门课程的学生姓名。

```
SELECT 姓名
FROM xs
WHERE '101' IN (SELECT 课程号
               FROM xs_kc
               WHERE 学号=xs.学号)
```

说明：该题最简单的方法是直接用一般子查询实现，这里只是为了说明相关子查询的处理过程。

执行结果：

```
姓名
--------
李林
王燕
韦方良
李平
```

不难看出，本例在内层查询的条件中使用了列前缀"xs.学号"，表示引用了外层的 xs 表的学号值，即内层子查询是与外层查询相关的子查询。对于相关子查询，内层查询不是像前面那些非相关查询那样只执行一次，而是要执行多次，因为内层查询的查询条件与外层 xs 表中的学号有关，而外层表中的学号有多个值，这时就需要把外层表中每个学号依次带入到内层查询的条件中来。具体的处理过程如下：

（1）在外层的 xs 表中取第一个记录，得到学号 081101。

（2）再在内层 xs_kc 表中找到 081101 所选的课程，即（'101'，'102'，'206'）。

（3）再检查外层 WHERE 条件中的'101'在不在其中，若在，则说明外层表的第一条记录满足条件，于是把该条记录的姓名放到结果集中；若不在，则丢弃之。

（4）再在外层的 xs 表中取第二条记录，得到学号 081102，做同样的处理，以此类推，直到取完 xs 表中的所有记录。

3. 带 EXISTS 谓词的子查询

EXISTS 谓词用于测试子查询的结果是否为空，若子查询的结果不为空，则 EXISTS 返回 TRUE，否则返回 FALSE。EXISTS 还可以与 NOT 连用，其返回值与 EXISTS 刚好相反。格式为：

```
[NOT] EXISTS(subquery)
```

【例 7.51】 查找没有选课的学生的姓名和专业。

```
SELECT 姓名,专业名
FROM xs
WHERE NOT EXISTS (SELECT *
                  FROM xs_kc
                  WHERE 学号=xs.学号)
```

执行结果：

姓名	专业名
程明	计算机软件
王敏	通信工程
刘洋	通信工程
王杨国	通信工程
马玲玲	机电一体化
李凤伟	机电一体化

说明：用 EXISTS 引出的通常都是相关子查询，该子查询的 SELECT 列表达式通常都是"*"，因为带 EXISTS 的子查询只返回 TRUE 或 FALSE，给出列名也无意义。

【例 7.52】 查找选修了全部课程的学生姓名。

该查询可以表示为：查找这样的学生姓名，对每一门课程都不选修的情况不存在。

```
SELECT 姓名
FROM xs
WHERE NOT EXISTS(
      SELECT *
      FROM kc
      WHERE NOT EXISTS(
            SELECT *
            FROM xs_kc
            WHERE 学号=xs.学号 AND 课程号=kc.课程号
            )
      )
```

当然，本题也可以有另一思路如下：

```
SELECT xs.学号,姓名
FROM xs,xs_kc
WHERE xs.学号=xs_kc.学号
GROUP BY xs.学号,姓名
HAVING count(*)=
               (SELECT count(*)
                FROM kc)
```

4. 在更新数据时使用查询

查询往往也是增加、修改和删除数据等操作的基础,下面的例子将在更新数据时使用 SELECT 查询语句。

【**例 7.53**】 将通信工程专业的学生成绩增加 10 分。

```
UPDATE xs_kc
  SET 成绩=成绩+10
  WHERE 学号 IN(SELECT 学号 FROM xs
             WHERE 专业名='通信工程')
```

【**例 7.54**】 将通信工程专业的学生成绩删除。

```
DELETE FROM xs_kc
WHERE 学号 IN (SELECT 学号 FROM xs
             WHERE 专业名='通信工程')
```

【**例 7.55**】 在成绩表中增加这样一些行,包含所有通信工程专业的学生学号和 101 课程号,对应成绩置为 NULL 值。

```
INSERT INTO xs_kc(学号,课程号,成绩)
  SELECT 学号,'101',NULL
  FROM xs
  WHERE 专业名='通信工程'
```

7.4 视图

7.4.1 视图概述

视图是从一个或多个表(或视图)导出的表,其结构和数据是建立在对表的查询(select 语句)基础上的。视图是数据库的用户使用数据库的观点,例如,对于一个学校,其学生的情况存于数据库的一个或多个表中,而作为学校的不同职能部门,所关心的学生数据的内容是不同的。即使是同样的数据,也可能有不同的操作要求,于是就可以根据他们的不同需求,在逻辑上定义他们对数据库所要求的数据结构,这种根据用户观点所定义的数据结构就是视图,它对应于数据库的外模式。

无论从表现形式还是使用方法上来说,视图和表都极其相似,但这是两种截然不同的概念。为了加以区别,有时把视图称为虚表,把表称为基本表(base table)。视图所对应的数据不进行实际的存储,数据库中只存储视图的定义,对视图进行数据操作时,系统根据视图的定义去操作与视图相关联的基本表。

视图一经定义后,就可以像表一样被查询、修改、删除和更新。使用视图有下列优点:

（1）为用户集中数据，简化用户的数据查询和处理，有时用户所需要的数据分散在多个表中，定义视图可以将它们集中在一起，从而方便用户的数据查询和处理。

（2）屏蔽数据库的复杂性。用户不必了解复杂的数据库中的表结构，并且数据库表的更改也不影响用户对数据库的使用。

（3）简化用户权限管理。只需授予用户使用视图的权限，而不必指定用户只能使用表的特定列，也增加了安全性。

（4）便于数据共享。各用户不必都定义和存储自己所需的数据，可共享数据库数据。同样的数据只需存储一次。

（5）可以重新组织数据以便输出到其他应用程序中。

使用视图时，要注意下列事项：

（1）只有在当前数据库中才能创建视图。

（2）视图的命名必须遵循标识符命名规则，不能与表同名，且对每个用户视图名必须是唯一的，即对不同的用户，即使是定义相同的视图，也必须使用不同的名字。

（3）不能把规则、默认值或触发器与视图相关联。

（4）不能在未经绑定到架构的视图上建立任何索引。

7.4.2　创建视图

视图在数据库中是作为一个对象来存储的。创建视图前，必须保证所涉及的表或其他视图已经存在，而且创建视图的用户有查询这些表和视图的权限（权限管理将在后面章节介绍）。在 SQL Server 中，既可在 SQL Server 管理平台中用界面方法创建视图，也可通过 T-SQL 的 CREATE VIEW 语句来创建。

1. 在 SQL Server 管理平台中创建视图

下面在 CJGL 数据库中创建视图 v_cjd（给出计算机软件学生的成绩单）。

（1）打开 SQL Server 管理平台，展开数据库 CJGL，在"视图"上单击右键，在弹出的快捷菜单上"新建视图"，如图 7.5 所示。接着出现"添加表"对话框，如图 7.6 所示。

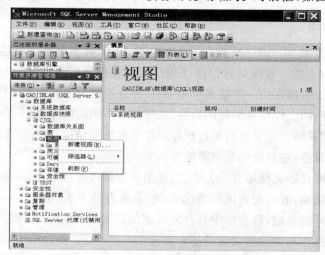

图 7.5　创建视图

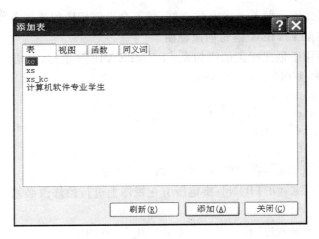

图 7.6 添加表

（2）在弹出的添加表对话框中选择与视图关联的表或视图，用 Ctrl 键多选，选择完毕后，单击"添加"，关闭添加对话框后如图 7.7 所示。

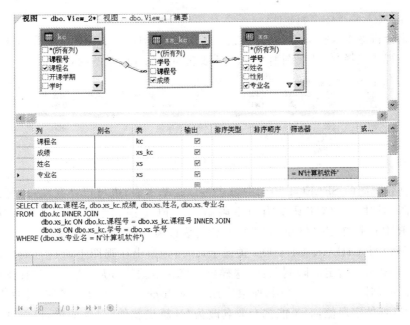

图 7.7 视图设计窗口

（3）在图 7.7 所示窗口中将出现新添加的表或视图，在列名前的小方框勾选要添加的列，在第 2 个子窗口中，可以设置列的别名、排序方式和筛选条件等（本例指定"专业名"字段的规则为"＝N'计算机软件'"）。为了去掉结果中的重复行，可以在第 3 个子窗口的 SELECT 后添加 DISTINCT 关键字。

说明：也可以直接在第 3 个子窗口中输入查询语句，视图内容将由该查询语句产生。

（4）最后单击"保存"按钮，在出现的对话框中输入视图名"v_cjd"，单击"确定"，便完成了视图的创建。

注意:若表间外键参照关系没有建立好,将不会出现相应的连接条件。

2. 通过 CREATE VIEW 语句创建视图

在 T-SQL 中用于创建视图的语句是 CREATE VIEW 语句,其语法格式为:

```
CREATE VIEW 视图名 [(列名[,…n])]
   [WITH  Encryption]
  AS select_statement
  [WITH CHECK OPTION]
```

其中,

[WITH Encryption]:在存储视图定义时使用加密。

[WITH CHECK OPTION]:指定所有在视图上进行的修改必须符合定义视图时的 where 限制条件。

例如,以下语句将创建"计算机软件专业学生"的视图 v_cs_xs:

```
CREATE VIEW v_cs_xs
  AS
SELECT *
FROM xs
WHERE 专业名=N'计算机软件'
```

在查询分析器中执行该语句后,将会在 CJGL 数据库的视图窗口中看到被创建的视图。右击该视图选择"打开视图",可以看到数据如图 7.8 所示的窗口。

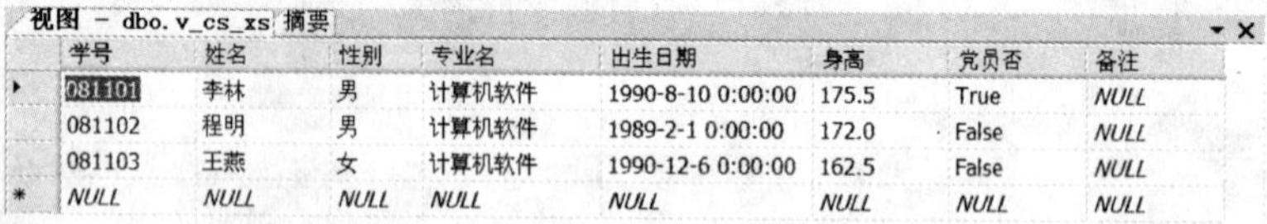

视图 - dbo.v_cs_xs 摘要

学号	姓名	性别	专业名	出生日期	身高	党员否	备注
081101	李林	男	计算机软件	1990-8-10 0:00:00	175.5	True	NULL
081102	程明	男	计算机软件	1989-2-1 0:00:00	172.0	False	NULL
081103	王燕	女	计算机软件	1990-12-6 0:00:00	162.5	False	NULL
NULL	NULL	NULL	NULL	NULL	NULL	NULL	NULL

图 7.8　打开视图

用来创建视图的 SELECT 语句中源表可以是基本表,也可以是视图,也可以查询多个表或视图,但对 SELECT 语句有以下限制:SELECT 语句中不能使用 COMPUTE 子句、ORDER BY 子句、INTO 子句;不能在临时表或表变量上创建视图。

添加 WITH CHECK OPTION 关键字,作用是指出在视图上所进行的修改都要符合 SELECT 语句所指定的限制条件,这样可以确保数据修改后,仍可通过视图看到修改的数据。例如,对于 v_cs_xs 视图,如果应用了 with check option 语句就只能修改除"专业名"字段以外的字段值,而不能把专业名改为"计算机软件"以外的值,以保证仍可通过 v_cs_xs 查询到修改后的数据。

【例 7.56】　创建计算机软件专业学生的平均成绩视图 v_cs_avg,包括学号(在视图中列名为 num)和平均成绩(在视图中列名为 score_avg)。

```
CREATE VIEW  v_cs_avg(num,score_avg)
AS
SELECT 学号,AVG(成绩)
FROM xs_kc
WHERE 学号 IN(SELECT 学号
              FROM xs
```

```
            WHERE 专业名='计算机软件')
   GROUP BY 学号
```

7.4.3　使用视图

视图创建后,基本上就可以把它当成基本表来进行查询了。但对视图进行更新数据时也会有些限制。

1. 查询视图

【例 7.57】　查找平均成绩在 75 分以上的学生学号和平均成绩。

本例首先创建学生平均成绩视图 v_avg,包括学号(在视图中列名为 num)和平均成绩(在视图中名为 score_avg)。

```
CREATE VIEW v_avg(num,score_avg)
AS
SELECT 学号,AVG(成绩)
FROM xs_kc
GROUP BY 学号
```

再对 v_avg 视图进行查询。

```
SELECT *
FROM v_avg
WHERE score_avg>=75
```

执行结果:

```
num     score_avg
-----   ---------
081101     78
081201     77
081202     82
081203     80
```

从上例可以看出,创建视图可以向最终用户隐藏复杂的表,简化了用户的 SQL 程序设计。

视图还可以通过在创建视图时指定限制条件和指定列来限制用户对基本表的访问。例如,对于计算机软件专业视图 v_cs_xs,若限制用户只能查询视图 v_cs_xs,实际上就是限制了只能访问 xs 表专业名为"计算机软件"的行;在创建视图时指定列,实际上也就是限制了用户只能访问这些列,从而视图也可看作数据库的安全设施。

使用视图时,若其关联的基本表中添加了新字段,则必须重新创建视图才能查询到新字段。若 xs 表中新增了"籍贯"字段,在其上创建的视图 v_cs_xs 若不重建,那么以下查询:

```
SELECT *FROM  v_cs_xs
```

结果将不包含"籍贯"字段。只有重建 v_cs_xs 视图后再对它进行查询,结果中才会有该字段。

如果与视图关联的表或视图被删除,则该视图将不能再使用。

2. 更新视图

通过更新视图数据(包括插入、修改和删除)可以修改与之关联的基本表数据。但并不是所有视图都可以更新,可更新的视图必须满足以下限制:

创建视图的 SELECT 语句中没有聚合函数(集函数),且没有 TOP,GROUP BY,UNION 子句及 DISTINCT 关键字。

创建视图的 SELECT 语句中不能包括经过计算得到的列。

创建视图的 SELECT 语句的 FROM 子句中至少要包含一个基本表。

满足以上条件的视图,对其进行更新和对基本表进行更新的语句是一样的,只需把表名换成视图名即可。

1) 插入数据

【例 7.58】 向 v_cs_xs 视图中插入一条记录:('081104','刘亮','计算机软件','男','1988-8-8',185.5,0,NULL)

```
INSERT INTO v_cs_xs
        VALUES('081104','刘亮','男','计算机软件','1988-8-8',185.5,0,NULL)
```

查看 xs 表时将会看到,该记录已经添加到 xs 表中。往视图中插入记录,实际上就是往与该视图相关联的基本表中插入数据。

注意:当视图依赖多个基本表时,不能向该视图执行插入操作。

2) 修改数据

【例 7.59】 将 v_cs_xs 视图中所有学生的备注列改成"提前获得 2 学分"。

```
UPDATE v_cs_xs
SET 备注='提前获得 2 学分'
```

该语句实际也是更改 xs 表中相应的字段值。若一个视图依赖于多个基本表,则一次只能变动一个基本表的数据。

【例 7.60】 先创建一个视图 v_cs_cj,包括计算机软件专业各学生的学号、选修课程号、成绩,再通过 v_cs_cj 视图将 081101 学生的 101 课程的成绩改为 90 分。

```
--创建视图 v_cs_cj
CREATE VIEW v_cs_cj
AS
SELECT xs.学号,课程号,成绩
FROM xs,xs_kc
WHERE xs.学号=xs_kc.学号 AND 专业名='计算机软件'
--修改数据,将 081101 学生的 101 课程的成绩改为 90 分
UPDATE v_cs_cj
SET 成绩=90
WHERE 学号='081101' AND 课程号='101'
```

本例中,视图 v_cs_cj 依赖于两个表:xs 和 xs_kc,因此对 v_cs_cj 视图的一次修改要么改变学号(源于 xs 表),要么改变课程号和成绩(源于 xs_kc 表)。以下的修改是错误的:

```
UPDATE v_cs_cj
SET 学号='081104',课程号='108'
```

```
WHERE 成绩=90
```

原因是一次 UPDATE 企图修改两个基本表中的数据。

3）删除数据

使用 DELETE FROM 语句来对视图进行操作时应注意，对于依赖多个基本表的视图，不能使用 DELETE FROM 语句。例如，不能通过对 v_cs_cj 视图执行 DELETE 语句而删除与之关联的基本表 xs 及 xs_kc 表的数据。

【例 7.61】 删除 v_cs_xs 视图中的女同学记录。

```
DELETE FROM  v_cs_xs
WHERE 性别='女'
```

上面介绍的插入、修改及删除也可以通过 SQL Server 管理平台的界面进行，操作方法与对表数据的操作方法基本相同，在此就不作介绍了。但要注意对视图更新的限制。

3. 修改视图定义及删除视图

修改视图定义可以通过 SQL Server 管理平台的界面进行，也可使用 T-SQL 的 ALTER VIEW 语句进行。

1）通过 SQL Server 管理平台来修改视图

第一步，在 SQL Server 管理平台中展开数据库和视图，在需修改的视图上单击鼠标右键，在弹出的快捷菜单上选择"修改"，又会出现图 7.7 所示的窗口。

第二步，在图 7.7 所示的窗口中对视图定义进行修改，修改完后单击"保存"按钮即可。

2）通过 ALTER VIEW 语句来修改视图

语法格式：

```
ALTER VIEW 视图名[(列名[,…n])]
     [WITH ENCRYPTION]
  AS select_statement
      [WITH CHECK OPTION]
```

【例 7.62】 将 v_cs_xs 视图修改为只包含学号和姓名字段。

```
ALTER VIEW  v_cs_xs
AS
SELECT 学号,姓名
FROM  xs
WHERE 专业名='计算机软件'
```

3）删除视图

删除视图同样也可以通过 SQL Server 管理平台和 T-SQL 语句两种方法来实现。其方法和删除基本表的方法类似。

在 SQL Server 管理平台中删除视图的操作方法是：展开数据库视图，在需删除的视图上单击鼠标右键，在弹出的快捷选单上选择"删除"，在出现的对话框中单击"确定"按钮即可删除指定的视图。

用 T-SQL 语句删除视图的语句格式为：

```
DROP VIEW {视图名}[,…n]
```

例如：

```
DROP VIEW v_cs_cj,v_cs_xs
```
将删除 v_cs_cj 和 v_cs_x 视图。

本章小结

数据库的查询是最重要的操作,SELECT 查询语句是 SQL 语言的核心,应多看多练,熟练掌握,精通 SELECT 语句等于攻克了 SQL 语言的半壁江山。T-SQL 的 SELECT 语句包含 SELECT,FROM,WHERE,GROUP,HAVING,ORDER 等许多子句,操作十分灵活方便,不仅可以实现选择、投影、连接等关系运算,而且还可以进行分组、统计和排序,查询多表的方法有连接查询和子查询。

视图是根据用户的需求而定义的从已有的表导出的虚表,它的本质是 SELECT 查询。它能够使用户集中精力于他所关心的数据上,而不必了解数据库的结构,简化了用户的数据查询操作,并且是一种安全保障机制。视图的操作包括视图的定义、查询、修改、删除以及视图数据的更新。

习题七

一、思考题

1. 试说明 SELECT 语句的作用。

2. 试说明 SELECT 语句中 FROM,WHERE,GROUP,HAVING,ORDER 子句的作用。

3. 简述对多表查询的常用方法。

4. 简述相关子查询的执行过程。

5. 视图和基本表有何区别?

二、设计题

以下各题在 CJGL 数据库中实现:

1. 查询"数据库原理"这门课程的学分和开课学期。

2. 查询身高在 175 cm 以上的男生信息。

3. 查询所有姓"李"的同学的基本情况。

4. 查询至少选修了两门课程的学生学号。

5. 将所有学生信息按身高递序输出。

6. 查询平均成绩在 75 分以上的学生姓名、性别和专业。

7. 查询"李林"同学没学过的课程号。

8. 查询有两门课以上不及格的学生姓名。

9. 检索选修课程包含"程明"同学所选课程之一的学生学号。

10. 检索同时选修了课程号为 101 和 102 这两门课程的学生学号。

11. 检索选修课程名为"数据库原理"的学生学号和姓名。

12*. 查询每门课得最高分的学生姓名。

13*. 检索选修课程包含学号为 081103 的学生所修全部课程的学生学号。

14. 创建一个名为 avg75 的视图,包含所有平均成绩在 75 分以上的学生信息。

注:＊表示题目涉及相关查询。

上机实验题

在职员管理数据库 ZYGL 中完成以下操作:

1. 查询每个雇员的所有数据。

```
USE ZYGL
SELECT *
FROM 职员表
GO
```

2. 查询每个雇员的姓名、手机号码和工龄。

```
USE ZYGL
SELECT 姓名,手机号码,工龄
FROM 职员表
GO
```

3. 查询员工号为 001 的雇员的手机号码和工龄。

```
USE ZYGL
SELECT 手机号码,工龄
FROM 职员表
WHERE 职员表='001'
GO
```

4. 查询职员表中女雇员的手机号码和出生日期。使用 AS 子句将结果中各列的标题分别指定为 phoneNo 和 birth_date。

```
USE ZYGL
SELECT 手机号码 AS phoneNo,出生日期 AS birth_date
FROM 职员表
WHERE 性别='女'
GO
```

5. 找出所有姓"王"的职员的姓名和出生日期。

```
USE ZYGL
SELECT 姓名,出生日期
FROM 职员表
WHERE 姓名 LIKE '王%'
GO
```

6. 查询手机号码中不含数字字符'4'的职员的姓名。

```
USE ZYGL
SELECT 姓名,手机号码
FROM 职员表
```

```
WHERE 手机号码 LIKE '[^4][^4][^4][^4][^4][^4][^4][^4][^4][^4][^4]'
```
或
```
SELECT 姓名,手机号码
FROM 职员表
WHERE 手机号码 not LIKE'%4%'
```

7. 找出所有收入在 2000～3000 元之间的雇员号。
```
USE ZYGL
SELECT 员工号,实发工资
FROM 工资表
WHERE 实发工资 BETWEEN 2000 AND 3000
GO
```

8. 查职员数超过 2 人的部门号。
```
USE ZYGL
SELECT 部门号,COUNT(员工号)as 职员数
FROM 职员表
GROUP BY 部门号
HAVING COUNT(员工号)>2
```

9. 查询每个雇员的情况以及其薪水的情况。
```
USE ZYGL
SELECT 职员表.*,工资表.*
FROM 职员表,工资表
WHERE 职员表.员工号=工资表.员工号
GO
```

10. 查找销售科收入在 2200 元以上的雇员姓名及其薪水详情。
```
USE ZYGL
SELECT 姓名,基本工资,津贴,三金扣款,应发工资,实发工资
FROM 职员表,工资表,部门表
WHERE 职员表.员工号=工资表.员工号 AND 职员表.部门号=部门表.部门号
      AND 部门名='销售科' AND 实发工资>2200
```

11. 按实际收入由低到高排列,显示各职员的姓名、性别、工龄、应发工资和实发工资情况。
```
USE ZYGL
SELECT 姓名,性别,工龄,应发工资,实发工资
FROM 职员表,工资表
WHERE 职员表.员工号=工资表.员工号
ORDER BY 实发工资 desc
GO
```

12. 查询销售科的职员的情况。
```
USE ZYGL
SELECT *
FROM 职员表
```

```
WHERE 部门号 IN
    (SELECT 部门号
      FROM 部门表
      WHERE 部门名 = '销售科')
GO
```

13. 求销售科雇员的平均实际收入。

```
USE ZYGL
SELECT AVG(实发工资)AS'销售科平均收入'
FROM 工资表
WHERE 员工号 IN
    (SELECT 员工号
      FROM 职员表
      WHERE 部门号 =
          (SELECT 部门号
            FROM 部门表
            WHERE 部门名 = '销售科'))
```

14. 求销售科雇员的总人数。

```
USE ZYGL
SELECT COUNT(员工号) AS '销售科总人数'
FROM 职员表
WHERE 部门号 IN
    (SELECT 部门号
      FROM 部门表
      WHERE 部门名 = '销售科')
GO
```

15. 查找销售科年龄不低于采购科雇员年龄的雇员的姓名。

```
USE ZYGL
SELECT 姓名
FROM 职员表
WHERE 部门号 IN
    (SELECT 部门号
      FROM 部门表
      WHERE 部门名 = '销售科')
AND
出生日期! > ALL(SELECT 出生日期
        FROM 职员表
        WHERE 部门号 IN
            (SELECT 部门号
              FROM 部门表
              WHERE 部门名 = '采购科'))
```

16. 查找比所有销售科的雇员收入都高的雇员的姓名。

```
USE ZYGL
SELECT 姓名
FROM 职员表
WHERE 员工号 IN
    (SELECT 员工号
     FROM 工资表
     WHERE 实发工资>
        (SELECT MAX(实发工资)
         FROM 工资表
         WHERE 员工号 IN
            (SELECT 员工号
             FROM 职员表
             WHERE 部门号=
                (SELECT 部门号
                 FROM 部门表
                 WHERE 部门名='销售科')))
```

17. 完成习题中的设计题。

第8章 索引与数据完整性

数据查询是用户对数据库进行的最频繁的操作,在数据库系统中,为了从庞大的数据库中找到所需要的数据,SQL Server 提供了类似目录作用的索引技术,使用索引可以有效地提高查询效率减少用户的等待时间,因此合理创建索引是改善数据库性能的重要方法。本章将介绍索引的概念、索引的类型、索引的创建和管理。

在第六章创建表的时候,我们不仅定义了表中各列的名称、数据类型、存储长度等属性,而且还在表中定义了各种约束以实现数据完整性,本章将介绍实施数据完整性的其他途径,介绍默认和规则的使用,同时对约束的使用作进一步的讨论。

8.1 索引

索引是数据库中一种特殊的对象,它是对数据表中一个或多个字段的值进行排序而创建的一种数据结构,主要是用于提高表中数据的查询速度。数据库中的索引与书籍中的目录类似,在一本书中,利用目录可以快速查找所需要的信息,而无须翻阅整本书。在数据库中,可以利用索引快速查找需要的数据,而无须对整个表进行扫描。

8.1.1 索引的概念

1. 索引的概念

简单地说,索引是表中某列(或某些列)的值以某种顺序(升/降)排列后与其行记录的存储位置的指向指针之间的对照表。假如我们有如下学生表,其各行的记录指针如表8.1所示。

表 8.1 学生表(XS)

记录指针号	学号	姓名	专业名	性别	出生日期	身高	党员否
1	081101	李林	计算机软件	男	1988-8-10	175.5	1
2	081102	程明	计算机软件	男	1989-2-1	172	0
3	081103	王燕	计算机软件	女	1987-12-6	162.5	0
4	081201	韦方良	计算机网络	男	1989-1-9	173.5	0
5	081202	李平	计算机网络	男	1987-11-9	180	0
6	081203	林一番	计算机网络	女	1989-2-7	160.5	0
7	082101	王敏	通信工程	男	1989-2-8	173	1
8	082102	刘洋	通信工程	女	1989-1-8	155	0

续表

记录指针号	学号	姓名	专业名	性别	出生日期	身高	党员否
9	082103	王杨国	通信工程	男	1989-2-6	158.5	0
10	082201	马玲玲	机电一体化	女	1988-9-3	171	0
11	082202	李凤伟	机电一体化	男	1989-1-9	176.5	1

我们将表中身高的值进行升序排列后与对应的记录指针号制作成表 8.2 的对照表，这个对照表即可看做一个身高索引。

表 8.2 身高的升序值与记录指针号的对照表

身高升序值	155	158.5	160.5	162.5	171	172	173	173.5	175.5	176.5	180
记录指针号	8	9	6	3	10	2	7	4	1	11	5

当我们需要查找身高为 171 cm 的学生记录时，可以不用逐行查找范围很大的无序的学生表，而只需要对表 8.2 扫描后找到该值所对应的指针，根据指针再找到 10 号记录即可，显然通过索引可以在较小的有序的数据范围内查找，从而快速定位到要找的数据记录上。

SQL Server 中一个表的存储是由数据页和索引页两个部分组成的，数据按照输入的时间顺序堆放到数据页上，而索引是一个树状数据结构被放置在索引页上，索引页上的指针指向数据页。

2. 创建索引的优缺点

使用索引可以极大地提高系统的性能，具有如下优点：

• 大大加快数据的检索速度，这也是创建索引的最主要的原因。

• 创建唯一性索引，保证数据库表中每一行数据的唯一性。

• 加速表和表之间的连接，特别是在实现数据的参考完整性方面。

• 在使用 GROUP BY 分组子句和 ORDER BY 排序子句进行数据检索时，可以显著减少查询中分组和排序的时间。

• 通过使用索引，可以在查询的过程中使用优化隐藏器，提高系统的性能。

虽然索引有许多优点，但是索引是需要付出代价的，增加索引也有如下缺点：

• 创建索引和维护索引要耗费时间，这种时间随着数据量的增加而增加。

• 索引需要占物理空间，除了数据表占数据空间之外，每一个索引还要占一定的物理空间。

• 当对表中的数据进行增加、删除和修改的时候，索引也要动态地维护，这样就增加了系统的负担，降低了数据的维护速度。

3. 选择创建索引的参考原则

一个索引在创建以后便由系统自动选择是否使用，不要用户指定，但是只有加快查询速度的索引才会被使用，否则，系统不予采纳。因此，不利的索引只会增加系统的维护成本。

一般来说,适合建立索引的列有:

- 作为主码的列和外码的列。
- 经常需要搜索的列。
- 经常用于连接的列。
- 经常用于 WHERE 子句的列。
- 经常需要排序的列。

一个表不宜建立太多的索引,因为增删改牵涉到调整索引,以下情形不适合建立索引:

- 对于那些在查询中很少使用或者参考的列。
- 对于那些只有很少非重复值的列,如只有 1 和 0,则大多数查询将不使用索引,因为此时直接进行表扫描更有效。
- 对于那些定义为 TEXT,NTEXT,IMAGE 或 BIT 等数据类型的列。
- 当列的更改操作远远多于检索操作时。

8.1.2　索引的类型

按照索引的列数是单列还是多列,可以这样划分。

- 单列索引:只有一列进行索引,如按照姓名进行索引。
- 组合索引:由多列组成的索引,如按照年龄和姓名的组合值进行索引。

按照索引关键字值是否有重复值,可以这样划分。

- 唯一(UNIQUE)索引:确保索引的列值没有重复值,如学号索引。
- 非唯一索引:索引的列值可以有重复值,如身高索引。

按照索引的顺序和数据库的物理存储顺序是否相同,可以这样划分。

- 聚集索引(CLUSTERED):也叫簇索引,会改变表中行数据的物理存储顺序,表的行数据不再按输入时的先后排列,而是按索引的顺序存放。
- 非聚集索引(NONCLUSTERED):表中行数据的物理存储顺序并不改变,系统将使用索引页来创建一个索引结构,用以表示行的逻辑顺序。

1. 聚集索引

聚集索引是将表中的行数据按索引顺序要求进行排序后,再重新存储到磁盘的数据页上。聚集索引类似于电话簿,后者按姓氏排列数据。由于聚集索引就是数据在表中的物理存储顺序,因此一个表只能包含一个聚集索引。不过该索引可以包含多个列(组合索引),就像电话簿按姓氏和名字进行组织一样。

索引的结构是一种树结构,索引中的每页称为一个索引节点。树的顶层节点称为根节点或根级,最底层节点称为叶节点或者叶级,在根节点和叶节点之间的是中间节点。中间或底层的每页都有指针指向前一页和后一页,形成双向链表。数据结构从根节点开始,以左右平衡方式排列数据,这种结构非常适合数据的检索,所以 SQL Server 的索引使用该结构。

在聚集索引中,表中的数据页也就是聚集索引的叶级,如图 8.1 所示。

聚集索引对于那些经常要搜索范围值的列特别有效。使用聚集索引找到包含第一个

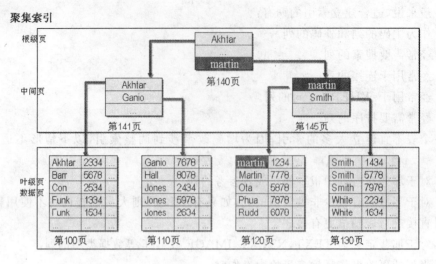

图 8.1　集索引的结构

值的行后,便可以确保包含后续索引值的行是物理相邻。例如,如果应用程序执行的一个查询经常检索某一日期范围内的记录,则使用聚集索引可以迅速找到包含开始日期的行,然后检索表中所有相邻的行,直到到达结束日期。这样有助于提高此类查询的性能。同样,如果对表中检索的数据进行排序时经常要用到某一列,则可以将该表在该列上聚集(物理排序),避免每次查询该列时都进行排序,从而节省成本。

当索引值唯一时,使用聚集索引查找特定的行也很有效率。如果表上尚未创建聚集索引,且在创建 PRIMARY KEY 约束时未指定非聚集索引,PRIMARY KEY 约束会自动创建唯一聚集索引。

2. 非聚集索引

非聚集索引与书本中的索引类似。数据存储在一个地方,索引存储在另一个地方,索引带有指针指向数据的存储位置。索引中的项目按索引键值的顺序以树状方式存储在索引页上,而表中的信息按另一种顺序(或录入顺序或聚集索引顺序)存储在数据页上。如果在表中未创建聚集索引,则这些行只是原始的录入顺序。

与使用书中索引的方式相似,SQL Server 在搜索数据值时,先对非聚集索引进行搜索,找到数据值在表中的位置,然后从该位置直接检索数据。这使非聚集索引成为精确匹配查询的最佳方法,因为索引包含描述查询所搜索的数据值在表中的精确位置的条目。如果基础表使用聚集索引排序,则该位置聚集键值;否则,该位置为包含行的文件号、页号和行号(RID),如图 8.2 所示。

有些书籍包含多个索引。例如,一本介绍园艺的书可能会包含一个植物通俗名称索引和一个植物学名索引,因为这是读者查找信息的两种最常用的方法。对于非聚集索引也是如此。可以为在表中查找数据时常用的每个列创建一个非聚集索引。

3. 聚集索引与非聚集索引的特点

非聚集索引由于使用索引页存储,因此它比聚集索引需要更多的存储空间,且检索效率较聚集索引要低。由于一个表只能按一种物理顺序存放,因此一个表只能建立一个聚集索

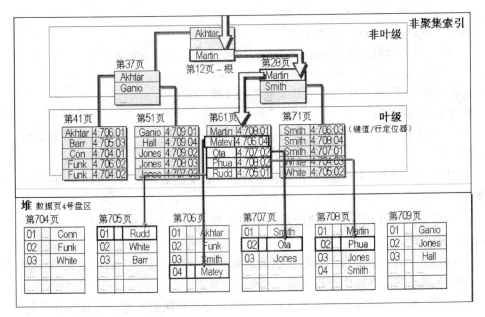

图 8.2　非聚集索引的结构示意图

引,但可以建立多个非聚集索引。在每一个表上,可以创建不多于 249 个非聚集索引。

当在已经有聚集索引的表上建立非聚集索引的时候,有以下特点:

① 每个非聚集索引的行指示器包含了行的聚集索引的键值。

② 当在同一张表上使用聚集索引和非聚集索引的时候,两类索引的 B 树结构都要被遍历,这产生了额外的 I/O 操作。

③ 由于聚集索引的键值通常大于堆使用的 8 字节的行标识符,建立在聚集索引上的非聚集索引通常比建立在堆上的要大。

注意:最好在创建表时创建聚集索引,以免引起数据的移动重组,最好在作好了聚集索引后再做非聚集索引,以免重建非聚集索引。

8.1.3　索引的创建与管理

创建索引有两种方法。

直接创建:用 CREATE INDEX 命令或者使用 SQL Server Management Studio 直接创建索引。

间接创建:用 CREATE TABLE 命令创建表时或者使用 ALTER TABLE 修改表时,指定 PRIMARY KEY 约束或者 UNIQUE 约束,SQL Server 自动创建唯一索引。

下面介绍直接创建的方法。

1. 使用 T-SQL 命令创建索引

只有表或者视图的所有者可以创建索引,无论表中是否有数据,都可以进行索引的创建。

CREATE INDEX 其语法如下:

```
CREATE[UNIQUE][CLUSTERED|NONCLUSTERED]
INDEX index_name ON{table|view}(column[ASC|DESC][,…n])
```

```
[WITH index_option [,…n]] [ON filegroup]
```

其中<index_option>定义为:

```
{PAD_INDEX|FILLFACTOR=fillfactor|IGNORE_DUP_KEY|DROP_EXISTING
|STATISTICS_NORECOMPUTE|SORT_IN_TEMPDB}
```

在缺省情况下,所创建的索引是非聚集的非唯一索引。

各参数说明如下:

• UNIQUE 创建一个唯一索引,即索引的键值不重复。在列包含重复值时,不能创建唯一索引。

• CLUSTERED 创建的索引为聚集索引。如果此选项缺省,则创建的索引为非聚集索引。

• NONCLUSTERED 创建的索引为非聚集索引。索引页中包含了指向数据库中表数据页的指针。

• index_name 指定所创建的索引的名称。索引名称在一个表中应是唯一的,但在同一数据库或不同数据库中可以重复。

• table 指定创建索引的表的名称。必要时还应指明数据库名称和所有者名称。

• view 指定创建索引的视图的名称。视图必须是使用 SCHEMABINDING 选项定义过的。

• ASC|DESC 指定索引列的排序方式。默认值是升序(ASC)。

• Column 指定被索引的列。如果使用两个或两个以上的列组成一个索引,则为组合索引。一个索引中最多可以指定 16 个列,但列的数据类型的长度和不能超过 900 个字节。

• FILLFACTOR=fillfactor 指定在 SQL Server 创建索引的过程中,各索引页叶级的填满程度。如果某个索引页填满,SQL Server 就必须花时间拆分该索引页,以便为新行留出空间,这需要很大的开销。用户指定的 FILLFACTOR 值可以从 1 到 100。默认值为 0(等效于 100),则填满叶级页。如果 FILLFACTOR 值较小(0 除外),就会使 SQL Server 创建叶级页不完全填充的新索引。例如,如果已知某个表包含的数据只是该表最终要包含的数据的一小部分,那么为该表创建索引时,FILLFACTOR 为 10 会是合理的选择。当然 FILLFACTOR 值较小会使索引占用较多的存储空间。

• PAD_INDEX 指定索引中间级中每个页(节点)上保持开放的空间。PAD_INDEX 选项只有在指定了 FILLFACTOR 时才有用,因为 PAD_INDEX 使用由 FILLFACTOR 所指定的百分比。

• IGNORE_DUP_KEY 向属于唯一聚集索引的列插入重复的键值时,如果指定了 IGNORE_DUP_KEY,并且执行了创建重复键的 INSERT 语句,SQL Server 将发出警告消息并忽略重复的行。如果没有指定 IGNORE_DUP_KEY,SQL Server 会发出一条警告消息,并回滚整个 INSERT 语句。

• DROP_EXISTING 指定应除去并重建已命名的先前存在的聚集索引或非聚集索引。指定的索引名必须与现有的索引名相同。

• STATISTICS_NORECOMPUTE 指定过期的索引统计不会自动重新计算。若要恢复自动更新统计,可执行没有 NORECOMPUTE 子句的 UPDATE STATISTICS。

- SORT_IN_TEMPDB　指定用于生成索引的中间排序结果将存储在 tempdb 数据库中。
- ON filegroup 指定存放索引的文件组。

注意:数据类型为 TEXT、NTEXT、IMAGE 的列不能作为索引的列。

【例 8.1】　为 XS 表的姓名列创建索引。

```
--使用简单索引
USE CJGL
IF EXISTS(SELECT name FROM sysindexes WHERE name='XS_xm_ind')
    DROP INDEX XS. xm_ind
GO
CREATE INDEX XS_xm_ind ON XS (姓名)
GO
```

提示:可以使用存储过程 sp_helpindex 检查索引创建情况。如:

```
sp_helpindex XS
```

执行结果为:

index_name	index_description	index_keys
PK_xs	clustered,unique,primary key located on PRIMARY	学号
XS_xm_ind	nonclustered located on PRIMARY	姓名

【例 8.2】　根据 KC 表的课程号列创建唯一聚集索引,并且为降序排列。因为指定了索引为 CLUSTERED,所以该索引将对磁盘上的数据进行物理排序。

```
USE CJGL
CREATE UNIQUE CLUSTERED INDEX kc_id_ind ON KC(课程号 DESC)
GO
```

【例 8.3】　根据 XS_KC 表的学号列和课程号列创建简单组合索引,并使用填充因子 FILLFACTOR 为 30%。

```
--使用简单组合索引,并使用填充因子
--在成绩表中会频繁地进行基于学号和课程号的查询操作,因此在学号列和课程号列上建立
组合索引可以有效提高查询效率.
USE CJGL
CREATE INDEX xs_kc_ind ON XS_KC (学号,课程号) WITH FILLFACTOR=30
GO
```

【例 8.4】　根据 XS 表中学号列创建唯一聚集索引。如果输入了重复的键,将忽略该 INSERT 或 UPDATE 语句。

```
--使用 IGNORE_DUP_KEY
USE XSCJ
CREATE UNIQUE CLUSTERED INDEX xs_ind ON XS(学号)
    WITH IGNORE_DUP_KEY
GO
```

2. 使用 SQL Server Management Studio 创建索引

具体步骤如下:

（1）打开 SQL Server Management Studio，在【对象资源管理器】窗口中，依次选择【数据库】节点→【CJGL】节点→【表】节点。

（2）在 XS 表节点上，在弹出的快捷菜单中，如图 8.3 所示，选择【修改】命令。出现表设计器。

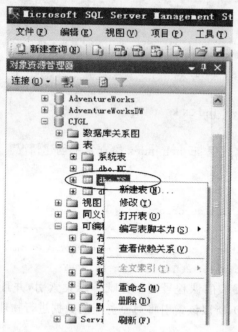

图 8.3　XS 表的快捷菜单

（3）在表设计器的空白处右击，在弹出的快捷菜单中选择【索引/键】命令项，如图 8.4 所示。或者，在表设计器的菜单条上，依次选择【表设计器】→【索引/键】菜单命令，弹出【索引/键】对话框。

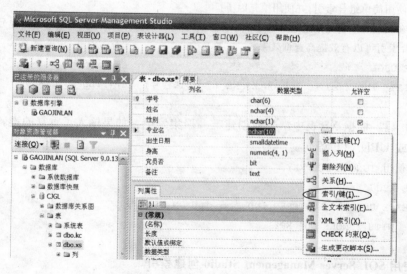

图 8.4　表设计器上的快捷菜单

（4）【索引/键】对话框的左边窗格，显示索引列表；右边窗格，设置索引的属性，如图 8.5 所示。单击【添加】按钮，创建新索引，在【名称】属性处修改索引名为 IX_ZY，单击 【列】属性的【…】按钮，将出现【索引列】对话框，如图 8.6 所示，选择索引列为"专业名"。排序顺序为"升序"。设置完成后，单击【索引列】对话框中的【确定】按钮。

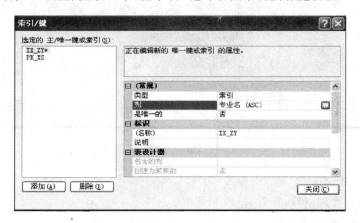

图 8.5　【索引/键】对话框

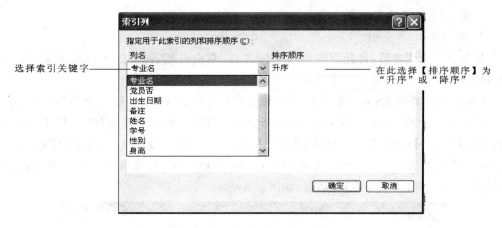

图 8.6　【索引列】对话框

（5）因为在一个专业可以有多名学生，因此该索引不是唯一的，所以指定该属性值为 "否"。

（6）如果要创建聚集索引，设置【创建为聚集】的属性为"是"，由于已经关于学生表创建了一个聚集索引 PK_XS，所以这一项变灰不可用。

（7）指定索引的存储位置，展开【数据空间规范】节点，如图 8.7 所示，在【文件组或分区方案名称】下拉列表中指定 PRIMARY 文件组。

（8）如果想忽略重复的键，设置选项【忽略重复值】为"是"，这个选项在创建唯一索引时使用，当插入违反唯一索引的行时会以带警告的失败告终。

（9）完成索引的配置后，单击【关闭】按钮，选择【文件】菜单的【保存】命令来保存表，继而保存了所创建的索引。

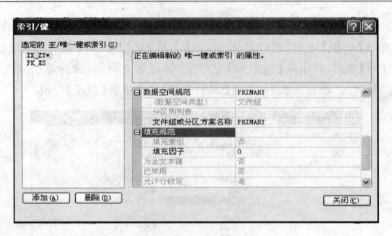

图 8.7 【索引/键】对话框

3. 管理索引

对于索引的管理，包括查看、修改和删除。

1）查看索引

命令格式：Sp_helpindex[@objname＝]'表或视图的名称'

功能：报告有关表或视图上索引的信息。

2）修改索引

在创建了索引之后，可能需要更改它的属性、重命名或者删除，可以在 SQL Server Management Studio 中处理这些任务。

【例 8.5】 修改 XS 表的索引 IX_ZY，修改后索引基于"专业名"和"姓名"（组合索引）。

首先，打开 SQL Server Management Studio，在【对象资源管理器】窗口中，依次选择【数据库】节点→【CJGL】节点→【表】节点→【XS】节点→【索引】节点。在【索引】对象节点里，列出了在表 XS 上创建的所有索引，右击索引 IX_ZY，在弹出的快捷菜单中，选择【属性】命令，出现【索引属性】对话框，如图 8.8 所示。

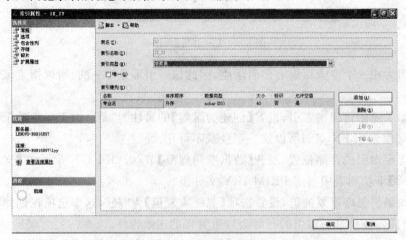

图 8.8 【索引属性】窗口

然后,在【索引属性】对话框中的【常规】属性页上,列出了表名、索引名、索引类型和索引键列,单击【添加】按钮,在弹出的表列窗口中,加选"姓名"字段,如图 8.9 所示,单击【确定】按钮,完成修改后,单击【索引属性】窗口上的【确定】按钮。

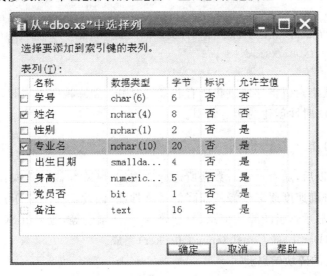

图 8.9　选择列窗口

3) 删除索引

方法一,使用 SQL Server Management Studio,操作步骤如下:

打开 SQL Server Management Studio,在【对象资源管理器】窗口中,依次选择【数据库】节点→【CJGL】节点→【表】节点→【XS_KC】节点→【索引】节点。

出现学生选课数据表 XS_KC 的所有索引,在【IX_cj】节点上右击,在弹出的快捷菜单中选择【删除】命令,如图 8.10 所示。在弹出的【删除对象】对话框中单击【确定】按钮,则该索引被删除。

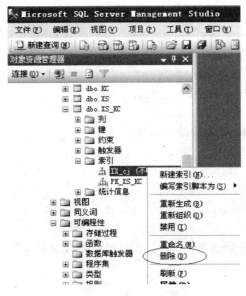

图 8.10　索引快捷菜单

方法二,使用 T-SQL 语句删除索引,语法如下:

```
DROP INDEX 表名.<索引名> [,…n]
```

【例 8.6】 删除 CJGL 数据库中表 XS 的一个索引名为 st_id_ind 的索引。

```
USE CJGL
IF EXISTS(SELECT name FROM sysindexes WHERE name='st_id_ind')
    DROP INDEX XS.st_id_ind
GO
```

注意:除去聚集索引将导致重建所有非聚集索引。删除视图或表时,自动删除在视图或表上永久性和临时性创建的所有索引。

8.1.4 索引的维护与优化

在索引创建以后,随着日常对数据所进行的增加、删除和修改等操作,索引页会产生一些碎块,使得查询速度逐渐变慢从而降低系统性能,因此需要对索引进行维护,这些维护工作主要包括显示索引的碎块信息、整理碎片、重建索引等,通常由 SQL Server 的一致性检查器 DBCC(DataBase Consistency Checker)完成。

1. 显示索引的碎块信息

其语法如下:

```
DBCC SHOWCONTIG [({表名|视图名}[,索引名])]
```

DBCC SHOWCONTIG 可以测定表或指定索引是否产生了大量碎片,数据和索引页是否已满,当扫描密度低于 100%时,说明存在碎块。

【例 8.7】 测定 CJGL 数据库中表 XS 的碎块信息。

```
USE CJGL
DBCC SHOWCONTIG ('XS')
GO
```

执行结果如下:

```
DBCC SHOWCONTIG 正在扫描'XS'表...
表:'XS'(2073058421);索引 ID:1,数据库 ID:7
已执行 TABLE 级别的扫描.
-扫描页数........................................:1
-扫描区数........................................:1
-区切换次数......................................:0
-每个区的平均页数................................:1.0
-扫描密度[最佳计数:实际计数].......:100.00% [1:1]
-逻辑扫描碎片....................:0.00%
-区扫描碎片.................:0.00%
-每页的平均可用字节数.........................:6325.0
-平均页密度(满)......................:21.86%
DBCC 执行完毕.如果 DBCC 输出了错误信息,请与系统管理员联系.
```

2. 整理碎片

其语法如下:

```
DBCC INDEXDEFRAG
```

　　({数据库名|0},{'表名'|'视图名'},{索引名})

　　DBCC INDEXDEFRAG 语句作用是对表的索引整理碎片,整理表和视图的叶级以及非叶级节点上的碎片,重新排布页,使得它们的物理顺序匹配叶节点的从左到右的逻辑顺序。如果指定 0 表示当前数据库。

3. 重建索引

　　对于索引的重建主要有两种方法:

　　一种方法是通过 CREATE INDEX 语句的 DROP_EXISTING 参数,删除并重建索引。

　　另一种方法是使用 DBCC DBREINDEX 语句重建表的一个或多个索引。其语法如下:

```
DBCC DBREINDEX
```

　　(['数据库名.所有者名.表名'[,索引名 [,fillfactor]]])

　　PRIMARY KEY 和 UNIQUE 约束自动创建的索引也能够被重建,而不用先删除然后重新创建约束。

　　索引碎片整理和索引重建的比较:

- 碎片不多的情况下,碎片整理比重建快。但如果碎片很多,则碎片整理比重建慢。
- 碎片整理期间,索引是可用的,而索引重建则不然。

4. 索引的优化

　　建立索引的目的是为了提高数据检索性能,如果建立了索引却没有提高查询速度,就可能是索引没有被使用。如何设计索引是决定系统性能的一个重要的问题。

　　索引优化向导可以帮助选择并且创建一个最优化的索引组合。它可以:

- 根据给定的工作负荷或跟踪文件,通过使用查询优化器分析该工作负荷中的查询,为数据库推荐或检验最佳索引配置。
- 分析所建议的更改将会产生的影响。
- 推荐为执行一个小型的问题查询集而对数据库进行优化的方法。
- 当评估工作负荷的时候,允许指定"将要抽样的工作负荷查询的数目"、"建议索引的最大空间"、"每个索引的最大列数"等选项。

8.1.5　全文索引

　　使用全文搜索可以快速、灵活地为数据库中基于关键字的文本数据的查询创建索引。与仅适用于字符模式的 like 谓词不同,全文查询将根据特定语言的规则对词和短语进行操作,从而针对此数据执行语言搜索。

　　在 Microsoft SQL Server 2005 中,全文搜索用于提供企业级搜索功能。由于在性能、可管理性和功能方面的显著增强,全文搜索可为任意大小的应用程序提供强大的搜索功能。

　　对大量非结构化的文本数据进行查询时,使用全文搜索获得的性能优势会得到充分的表现。对数百万行文本数据执行的"like"查询可能需要花费几分钟时间才能返回结果;但对同样的数据,全文查询只需要几秒或更少的时间,具体取决于返回的行数。

可以对包含 char、varchar 和 nvarchar 数据的列创建全文索引。也可以对包含格式化二进制数据(如存储在 varbinary(max)或 image 列中的 microsoft word 文档)的列创建全文索引。不能使用"like"谓词来查询格式化的二进制数据。

全文索引与普通的索引不同,普通的索引是以 B-tree 结构来维护的,而全文索引是一种特殊类型的基于标记的功能性索引,是由 Microsoft SQL Server 全文引擎服务创建和维护的。与 like 语句不同,like 语句的搜索适用于字符模式的查询,而全文索引是根据特定语言的规则对词和短语的搜索,是针对语言的搜索。

全文索引涉及两个功能:对字符数据发出查询的能力和创建及维护基础索引以简化这些查询的能力。全文索引在许多地方与普通的 SQL 索引不同。如表 8.3 所示。

表 8.3　全文索引和普通的 SQL 索引的区别

普通 SQL 索引	全文索引
存储时受定义它们所在的数据库的控制	存储在文件系统中,但通过数据库管理
每个表允许有若干个普通索引	每个表只允许有一个全文索引
当对作为其基础的数据进行插入、更新或删除时,它们自动更新	将数据添加到全文索引称为填充,全文索引可通过调度或特定请求来请求,也可以在添加新数据时自动发生
不分组	在同一个数据库内分组为一个或多个全文目录

在使用全文索引进行数据查询时,SQL Server 将检索条件发给 Microsoft Search 服务。Microsoft Search 服务将找出所有符合全文检索条件的值,并将它们返回给 SQL Server 数据库管理系统,SQL Server 数据库管理系统就根据这些值来决定将处理表的哪些数据行。因此,只有启动 Microsoft Search 服务后才能使用全文索引功能。

由于全文索引与普通索引不同,全文索引并不是存储在数据表中,而是存储在全文目录中,所以在使用全文索引来搜索数据时,其运行的流程和普通索引也不一样。

SQL Server 的全文索引包含在全文目录中,必须在基表上定义,而不能在视图、系统表或临时表上定义。通常,一个数据库可以有若干个全文索引目录,一个全文索引目录又包含同一个数据库中的若干个全文索引,每个表只允许有一个全文索引。一个服务器上可以创建 256 个全文索引目录,如图 8.11 所示。

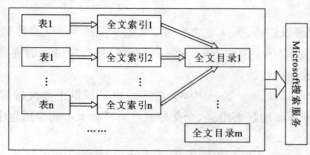

图 8.11　全文索引的过程

全文搜索的索引组件负责全文索引的初始填充,以及当全文索引表中的数据被修改时该索引的后续更新。为了提升全文索引过程的效率,SQL Server 2005 改进了全文收集机制的体系结构,从而大大增强了性能。

下面介绍全文索引的使用方法。

1. 启动 Microsoft Search 服务

SQL Server 的全文索引是由 SQL Server FullText Search 服务来维护的,该服务可以在 Windows 操作系统的【管理工具】→【服务】里找到,在此可以启动、停止、暂停、恢复和重新启动该服务。只有 SQL Server FullText Search 服务在启动状态时,才能使用全文索引。

SQL Server FullText Search 服务由两个部分组件支持:一个是 Microsoft Full-Text Engine for SQL Server(MSFTESQL),也就是 SQL Server 全文搜索引擎;另一个是 Microsoft Full-Text Engine Filter Deamon(MSFTEFD),也就是全文搜索引擎过滤器。

2. 创建全文目录

(1) 启动【SQL Server Management Studio】,连接到本地默认实例,在【对象资源管理器】窗口里,选择【数据库】节点→【CJGL】→【存储】→【全文目录】。

(2) 右击【全文目录】,在弹出的快捷菜单里选择【新建全文目录】选项。

(3) 弹出的【新建全文目录】对话框,在该对话框的【全文目录名称】文本框内可以输入全文目录的名称;在【目录位置】文本框内可以输入全文目录的存储路径,单击其后的【…】按钮可以选择路径,如果不输入的话,默认存储在"Program Files\Microsoft SQL Server\MSSQL.1\MSSQL\FTData"目录下;在【文件组】下拉列表框里可以选择全文目录所属的文件组;在【所有者】文本框里可以输入全文目录的所有者;选中【设置为默认目录】复选框可以将此目录设置为全文目录的默认目录;【区分重音】单选框用于指明目录是否区分标注字符。

(4) 设置完毕后单击【确定】按钮完成操作。

3. 创建全文索引

(1) 启动【SQL Server Management Studio】,连接到本地默认实例,在【对象资源管理器】窗口里,选择本地数据库实例【数据库】→【CJGL】→【表】→【XS】。

(2) 右击【XS】数据表,在弹出的快捷菜单里选择【全文索引】→【定义全文索引】。

(3) 在【全文索引向导】对话框中显示的是全文索引向导的介绍,单击【下一步】按钮。

(4) 弹出【选择索引】对话框,此时可以选择要创建全文索引的数据表的唯一索引,使用该索引作为全文索引的唯一索引。在【唯一索引】下拉列表框里,列出该表中所有的唯一索引。在该对话框里选择唯一索引后,单击【下一步】按钮。

(5) 弹出【选择表列】对话框,此时可以选择要加入全文索引的字段。在该对话框里可以选择一个或多个字段加入全文索引。SQL Server 2005 可以对存储在 image 类型的字段中的文件进行全文搜索。image 类型的字段中可以存入各种文件,但是 SQL Server 2005 只支持 Word,Excel,PowerPoint,网页和纯文本文件类型。如果要对 image 类型的字段里的文件进行全文搜索,必须还要有一个字符串类型的字段用于指明存储在 image 字段中的文件的扩展名。选择完毕后单击【下一步】按钮。

(6)弹出【选择更改跟踪】对话框,在该对话框里可以定义全文索引的更新方式,一共有三种更新方式。

自动:选中此单选按钮后,当基础数据发生更改时,全文索引将自动更新。

手动:如果不希望基础数据发生更改时自动更新全文索引,请选中此单选按钮。对基础数据的更改将保留下来。不过,若要将更改应用到全文索引,必须手动启动或安排此进程。

不跟踪更改:如果不希望使用基础数据的更改对全文索引进行更新,请选中此单选按钮。设置完毕后单击【下一步】按钮。

(7)在【选择目录】对话框中可以选择全文索引所存储的全文目录。如果没有要选择的全文目录,也可以在此新建一个全文目录。创建全文目录的方法与上节中所说的一样。选择完毕后单击【下一步】按钮。

(8)弹出【定义填充计划】对话框,在此可以创建全文索引和全文目录的填充计划,也可以单击【下一步】,在创建完全文索引后再创建填充计划。

(9)弹出【全文索引向导说明】对话框,在该对话框里可以看到全文索引要完成的工作说明,如果有不正确的设置,可以单击【上一步】按钮返回去重新设置,如果完全正确则单击【完成】按钮完成操作。

4. 使用全文索引

创建了全文索引后,就可以使用它来进行全文搜索了。方法是在 SELECT 命令的 WHERE 子句中使用 CONTAINS 或 FREETEXT 谓词。被搜索的字符串只能是存储在数据类型为 char,varchar,Text 及其双字节类型 Nchar,Nvarchar,Ntext 的列中。

1) 使用 CONTAINS 谓词

若需要在表中搜索指定的单词、短语或近义词等,可以使用 CONTAINS 谓词。语法格式为:

```
CONTAINS({列名|*},'搜索条件')
```

【例 8.8】 在 CJGL 数据库的表 XS 中的找出备注中含有"获得"字眼的学生信息。

```
USE CJGL
SELECT *
FROM XS
WHERE CONTAINS(备注,'获得')
```

2) 使用 FREETEXT 谓词

使用 FREETEXT 谓词搜索单词或短语时指定的搜索条件将被拆成若干个词条,并赋予每个词条不同的加权,然后查找匹配。语法格式如下:

```
FREETEXT({列名|*},'搜索条件')
```

【例 8.9】 在 CJGL 数据库的表 KC 中找出名称含有"原理"的课程信息。

```
USE CJGL
SELECT *
FROM KC
WHERE FREETEXT(课程名,'原理')
```

8.2　数据完整性

数据库的数据是从外界输入的,而数据的输入由于种种原因,会输入无效或错误信息。数据库完整性就是指数据库中的数据的一致性和正确性。保证数据库完整性是数据库系统关注的重要问题。

8.2.1　SQL Server 数据完整性及其实现途径

如图 8.12 所示,数据的完整性分为如下类型:

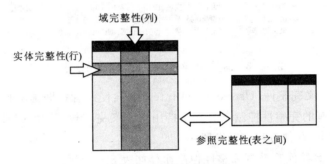

图 8.12　完整性示意图

(1) 实体完整性(Entity Integrity):是为了确保数据表中的行记录是唯一的,每一行代表唯一的实体。实体完整性强制表的标识符列或主键的完整性(通过索引、UNIQUE约束、PRIMARY KEY 约束或 IDENTITY 属性)。

(2) 域完整性(Domain Integrity):是为了确保每一列的数据在其允许的范围内。强制域有效性的方法有:限制类型(通过数据类型)、格式(通过 CHECK 约束和规则)或可能值的范围(通过 FOREIGN KEY 约束、CHECK 约束、DEFAULT 定义、NOTNULL 定义和规则)。

(3) 参照完整性(Referential Integrity):是为了确保相关联数据表间的数据一致,避免因一个数据表的记录改变时,造成另一个数据表的数据变成无效的值。也就是说在输入、修改或删除记录时,所有从表(被参照表)的外键值与相参照的主表的主键值在库中一致,这样的一致性要求不能引用不存在的值,如果主键值更改了,那么在整个数据库中,对该键值的所有引用要进行一致的更改。

如果定义了两个表的参照完整性,SQL Server 禁止用户进行下列操作:

• 当主表中没有关联的记录时,将记录添加到从表中。

• 更改主表中的值并导致从表中的记录孤立。

• 从主表中删除记录,但仍存在与该记录匹配的相关记录。

如果要删除主表的某一记录,应先删除从表中相应记录。

如图 8.13 所示,反映了 CJGL 数据库中 xs_kc 表学号参照主表 xs 表学号的对应关系。

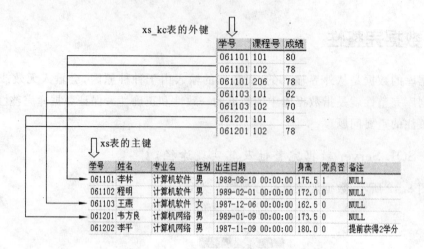

图 8.13　xs_kc 表学号参照 xs 表学号的示意图

(4) 用户自定义完整性(User-defined Integrity):使用者根据具体业务需要自定义的完整性限制。所有的完整性控制方法都支持用户定义完整性(CREATE TABLE 中的所有列级和表级约束、存储过程和触发器)。

SQL Server 系统实现数据完整性控制途径如表 8.4 所示。

表 8.4　SQL Server 实现数据完整性控制的途径

完整性类型	实施途径
实体完整性	主键约束,唯一(索引/约束),标识列(identity)
域完整性	数据类型,检查约束,外键约束,默认,规则,NOTNULL 定义
参照完整性	外键约束,触发器,存储过程
用户自定义完整性	所有列级和表级约束,规则,触发器,存储过程

从表中可以看到,数据完整性控制主要有数据类型、约束、规则、默认、触发器和存储过程等途径,在创建数据表的时候,我们介绍了约束的使用方法,本节将对约束作进一步的讨论,同时介绍默认和规则,关于触发器和存储过程的概念我们将在后面的章节中介绍。

8.2.2　约束

约束是自动强制数据完整性机制,可以使用 CREATE TABLE 在创建表时创建约束,也可以使用 ALTER TABLE 在一个已有的表上增加约束。也就是说约束与表定义一起存储,并自动强制实施,一个表被删除时其上的约束也一同删除。

系统检查数据时约束优先于触发器、规则和默认执行。在 SQL Server 中约束包括:

- 主键约束(PRIMARY KEY);
- 外键约束(FOREIGN KEY);
- 唯一约束(UNIQUE);

- 检查约束(CHECK);
- 为空性([NOT] NULL);
- 默认值(Default)。

在 6 种约束中,除列级约束涉及为空性([NOT] NULL)外,其他 5 种约束既可以是表级约束也可以是列级约束。

下面将 ALTER TABLE 命令中有关约束部分的语法重申如下:

```
ALTER TABLE 表名
{[[WITH CHECK|WITH NOCHECK]ADD<表级约束>[,…n]          --增加约束
|DROP [CONSTRAINT]约束名}[,…n]                         --删除约束
|{CHECK|NOCHECK}CONSTRAINT {ALL|约束名[,…n]}          --启用或暂停约束
}
```

其中表级约束部分的语法为:

```
[CONSTRAINT 约束名]
{[{PRIMARY KEY|UNIQUE}[CLUSTERED|NONCLUSTERED]
    {(列名[,…n])}
    ]
 |FOREIGN KEY[(列名[,…n])]
      REFERENCES 参照表名[(参照列名[,…n])]
      [ON DELETE{CASCADE|NO ACTION}]
      [ON UPDATE{CASCADE|NO ACTION}]
      [NOT FOR REPLICATION]          --不用于复制
 |DEFAULT 常量表达式[FOR 列名][WITH VALUES]
 |CHECK [NOT FOR REPLICATION]   (逻辑表达式)
    }
```

约束是数据完整性控制首选的方式,从上面可以看到,通过修改表命令可以添加、删除、启用或暂停各种约束。下面我们对约束的使用作进一步讨论。

1. PRIMARY KEY 约束与 UNIQUE 约束

每一张表都应该有一个列或列的组合,其值能唯一标识表中的每一行。这个列或列的组合就是主键,要用 PRIMARY KEY 约束实现其值既不能为空也不能重复的控制要求。对于由多列组成的主键,其列的组合必须唯一。一个表中只能有一个主键,如果要确保表中的非主键列不输入重复值,应该在该列上定义唯一约束(UNIQUE 约束)。例如,数据库中 XS 表的"学号"是主键,当增加"身份证号"列时,可以对"身份证号"列定义 UNIQUE 约束。

【例 8.10】 先在 CJGL 数据库中创建表 XS1,然后通过修改表,对学号字段创建 PRIMARY KEY 约束,对身份证号字段创建 UNIQUE 约束。

```
USE CJGL
CREATE TABLE xs1
(学号 char(6)NOT NULL,
 姓名 char(8)NOT NULL,
 性别 char(2)NOT NULL,
```

```
    身份证号 char(20),
    专业名 char(10)NULL,
    入学日期 smalldatetime NULL
)
GO
ALTER TABLE xs1
  ADD CONSTRAINT xs1_pk PRIMARY KEY CLUSTERED(学号),
    CONSTRAINT xs1_uk UNIQUE NONCLUSTERED(身份证号)
GO
```

需要说明的是,在表中定义 PRIMARY KEY 约束时,SQL Server 会自动为主键创建一个名为"PK_"且后跟表名的 UNIQUE 索引,以实现唯一性,而且主键的唯一索引默认为聚集索引(CLUSTERED)。在查询中使用主键列时,该索引可以对数据进行快速访问。

当表中定义 UNIQUE 约束时,SQL Server 也自动产生一个 UNIQUE 索引,而且默认为非聚集索引(NOCLUSTERED)。一个表中可以定义多个 UNIQUE 约束。

定义为 PRIMARY KEY 约束的列的值不允许为 NULL。定义为 UNIQUE 约束的列上的值可以为 NULL。

PRIMARY KEY 约束与 UNIQUE 约束的相同点在于二者都不允许列中存在重复值。

2. 默认约束 DEFAULT 与空值约束 NULL

如果一个列的值在 INSERT 语句中没有指定,DEFAULT 约束将自动输入一个值,可以是预先指定的常量、NULL 或者一个系统函数运行时的值。

可能会有这种情况,当向表中插入新行时并不知道某一列的值,或该值尚不存在。如果该列允许空值,就可以将该列赋予空值,如果该列不能为空,解决办法就是将该列定义为 DEFAULT 约束。

在添加一个默认约束时,可以使用参数 WITH VALUES,它表示用默认值填充表中已有行的新列。

【例 8.11】 修改表 XS1,为"入学日期"设置默认值约束为系统当前日期。

```
USE CJGL
ALTER TABLE xs1
 ADD CONSTRAINT date_dflt        --date_dflt 为默认值约束名
    DEFAULT getdate() FOR 入学日期 WITH VALUES   /*WITH VALUES 用默认值当前日
                                          期填充表中已有行的新列*/
```

在添加的新列允许空值情况下,如果指定了 WITH VALUES,则现有行的新列中使用默认值,如没有指定 WITH VALUES 则在现有行的新列中存储 NULL 值。若新列不允许空值,那么不论是否指定 WITH VALUES,都将在现有行的新列中存储默认值。

使用 DEFAULT 约束应注意:

• DEFAULT 约束创建时将检查表中的现存数据;

• DEFAULT 约束只对 INSERT 语句有效;

- 每列只能定义一个 DEFAULT 约束；
- 为具有 PRIMARY KEY 或 UNIQUE 约束的列指定默认值是没有意义的。

3. FOREIGN KEY 约束

FOREIGN KEY 约束用于强制表之间单列或多列的参照完整性。

如果一表中某列与另一个表(或同一表)已有 PRIMARY KEY 约束或 UNIQUE 约束的列相关联,则可向表添加 FOREIGN KEY 约束。

FOREIGN KEY 约束包含一个[CASCADE|NO ACTION]选项,NO ACTION 是默认值。它们的作用如下:

CASCADE 表示允许对一个定义了 UNIQUE 或者 PRIMARY KEY 约束的列的值的修改自动传递到引用它的外键上,这个动作称为级联参照完整性。例如,当定义了 XS_KC 表的外键学号参照 XS 表的主键学号时,我们希望在 XS 表中改变学号值时 XS_KC 表的学号值也相应改变,就可以使用 CASCADE 选项。

NO ACTION 表示任何企图删除(ON DELETE)或者更新(ON UPDATE)被外键所引用的主键的操作都将引发一个错误,对数据的改变会被回滚。

【例 8.12】 在创建 xs_kc 表时对学号的 UPDATE 使用级联选项,即在 xs 表的学号上的修改将传递到 xs_kc 的学号上。

```
CREATE TABLE xs_kc (
学号 char(7) FOREIGN KEY REFERENCES xs(学号) ON UPDATE CASCADE,
课程号 char(4) FOREIGN KEY REFERENCES kc(课程号),
成绩 int CHECK (成绩>=0 and 成绩<=100),
PRIMARY KEY(学号,课程号)
)
GO
```

使用 FOREIGN KEY 约束还应注意如下几个问题:

- FOREIGN KEY 子句中指定的列的个数和数据类型必须和 REFERENCES 子句中指定的列的个数和数据类型匹配。
- FOREIGN KEY 约束中,只能参照同一个数据库中的表,而不能参照其他数据库中的表。
- FOREIGN KEY 约束不能自动创建索引。
- 参照列与被参照列都在同一表中时,只能使用 REFERENCES 子句,而不能使用 FOREIGN KEY 子句。
- 当 PRIMARY KEY 约束由另一表的 FOREIGN KEY 约束引用时,不能删除 PRIMARY KEY 约束;要删除它,必须先删除 FOREIGN KEY 约束。

4. 检查约束 CHECK

有关 CHECK 约束的注意事项说明如下:

- 一个列级检查约束只能与限制的字段有关。
- 一个表级检查约束只能与限制的表中字段有关。在多个字段上定义检查约束,必须将检查约束定义为表级约束。

- 每个 CREATE TABLE 语句中每个列字段只能定义一个检查约束。
- 当执行 INSERT 语句或者 UPDATE 语句时，检查约束将验证数据。
- 检查约束中不能包含子查询。

8.2.3 默认

我们知道所有约束是依附于表而存在，是在创建表和修改表时定义的。删除一个表也就删除了相应的表中所有的约束。在约束中我们介绍了默认约束 DEFAULT 与检查约束 CHECK，前者表示在列数据没有输入时，该列数据将获得默认值，后者表示所有输入的列数据的值必须符合该列检查约束的规定。假如有 10 张表都有"年龄"列，默认值都是 18，取值范围都是 18~25，我们能否只设定一次默认值和一个取值规则，就把所有 10 张表的相关要求实现呢？回答是肯定的，这就是默认对象与规则对象的引入。

在 SQL Server 中，默认对象 DEFAULT 不依附于表而存在，它是单独存储的数据库对象。可以说，默认对象是将默认约束从表定义中分离出来，将应用面扩大，即同一个默认对象可以通过绑定操作与多个表的不同列对应，当某个默认对象改变时，所有与它绑定的列或与它绑定的用户自定义的数据类型的默认值都将改变，这非常适合于多张表的不同列使用同一默认值的情况。

使用默认对象的方法：创建默认对象后必须将其绑定到表中的某个列或用户自定义的数据类型上，不用时解除绑定，一个默认对象完全无用时可以被删除。

1. 默认对象的创建

创建默认对象可以使用 CREATE DEFAULT 语句。其语句的语法格式如下：

```
CREATE DEFAULT 默认名
    AS 常量表达式
```

其中，默认名必须符合标识符的规则。常量表达式不能包含任何列或其他数据库对象的名称，可以使用任何常量、内置函数或数学表达式。默认值必须与列数据类型兼容。常量使用方法如下：

- 字符和日期常量　用单引号（'）引起来；
- 整数和浮点常量　不需要使用引号；
- 二进制数据　必须以 0x 开头；
- 货币数据　必须以美元符号（＄）开头。

2. 默认对象的绑定

创建了默认对象后，必须将其绑定到某列或用户自定义的数据类型上，才可以使用。绑定操作是使用系统存储过程 sp_bindefault 完成的，其调用过程的语句格式如下：

```
sp_bindefault[@defname=]'默认名',
        [@objname=]'object_name'
      [,[@futureonly=]'futureonly_flag']
```

各参数的含义如下：

- [@defname＝]'默认名'　指出一个由 CREATE DEFAULT 语句创建的默认名称。其数据类型为 nvarchar(776)，无默认值。

• [@objname＝]'object_name'　指出一个要绑定默认值的表和列名称,或用户定义的数据类型。object_name 的数据类型为 nvarchar(517),无默认值。如果 object_name 没有采取 table.column 格式,则认为它属于用户定义数据类型。

• [@futureonly＝]'futureonly_flag'　仅在将默认值绑定到用户定义的数据类型时才使用。将此参数在设置为 futureonly 时,它会防止用户定义数据类型的现有列继承该默认值。

【例 8.13】　默认对象的创建与绑定使用举例。

```
USE CJGL
GO
CREATE DEFAULT dfo_zym AS '计算机'   /*创建一个名为 dfo_zym 默认值为'计算机'的默
                                       认对象*/
Go
CREATE DEFAULT dfo_cj AS 0      --创建一个名为 dfo_cj 默认值为 0 的默认对象
Go
CREATE DEFAULT dfo_date As cast('1980-01-01' as smalldatetime)
                            --创建一个 dfo_date 默认值为 1980 年 1 月 1 日的默认对象
Go
--以下将默认对象 dfo_zym 绑定到 xs 表的专业名列上
EXEC sp_bindefault dfo_zym,'xs.专业名'
--以下将默认对象 dfo_cj 绑定到 xs_kc 表的成绩列上
EXEC sp_bindefault dfo_cj,'xs_kc.成绩'
Go
```

3. 默认对象绑定的解除

解除列上的绑定,使用存储过程 sp_unbindefault,语法如下:

```
sp_unbindefault [@objname=]'object_name'
     [,[@futureonly=]'futureonly_flag']
```

4. 默认对象的删除

删除一个默认对象之前,首先要确认默认对象已经没有被某个列或自定义数据类型绑定。删除默认对象的语句格式如下:

```
DROP DEFAULT 默认名[,…n]
```

【例 8.14】　默认对象的解除与删除使用举例。

```
USE CJGL
GO
EXEC sp_unbindefault 'xs.专业名'     --解除 xs 表的专业名列上默认对象的绑定
EXEC sp_unbindefault 'xs_kc.成绩'    --解除 xs_kc 表的成绩列上默认对象的绑定
GO
DROP DEFAULT dfo_zym,dfo_cj          --删除名为 dfo_zym 和 dfo_cj 的默认对象
GO
```

8.2.4　规则

规则也是单独存储的数据库对象,可以说,规则是将 CHECK 约束从表定义中分离

出来,将应用面扩大,即规则对象可以应用于多个表的具有同样要求的列中。当规则绑定到列或用户定义数据类型时,规则将指定可以插入到列中的可接受的值。规则是一种向后兼容的功能,执行一些与 CHECK 约束相同的功能。CHECK 约束是使用 CREATE TABLE 或 ALTER TABLE 的 CHECK 关键字创建的,是对列中的值进行限制的首选标准方法。列或用户定义数据类型只能有一个绑定的规则。但是,列可以同时具有规则和一个或多个与其关联的检查约束。在这种情况下,系统将检查所有限制。

使用规则的方法也和默认对象相似:创建规则对象后必须将其绑定到某个列或用户定义数据类型,不用时解除绑定,无用时可以被删除。

1. 创建规则对象

创建规则对象可以使用 CREATE RULE 语句。其语句的语法格式如下:

CREATE RULE 规则名 AS 条件表达式

其中:

"规则名"必须符合标识符的规定。

"条件表达式"是定义规则的条件,规则可以是 WHERE 子句中任何有效的表达式,并且可以包含诸如算术运算符、关系运算符和谓词(如 IN,LIKE,BETWEEN)之类的元素。规则不能引用列或其他数据库对象,可以包含不引用数据库对象的内置函数。

"条件表达式"包含一个局部变量,每个局部变量的前面都有一个@符号。该表达式引用是通过 UPDATE 或 INSERT 语句输入的值。

【例 8.15】 创建一个名为 rage 的规则,限定输入的值必须在 18～20 之间。

```
USE CJGL

GO

CREATE RULE rage AS @age BETWEEN 18 AND 20

GO
```

2. 绑定规则

绑定规则是使用系统存储过程 sp_bindrulet 完成的,其调用过程的语句格式如下:

```
sp_bindrule[@rulename=]'规则名',

[@objname=]'object_name'

[,[@futureonly=]'futureonly_flag']
```

其中,[@rulename=]'规则名' 指出要绑定的规则名,其他参数的含义与 sp_bindefault 中相同。

【例 8.16】 为 XS 表增加一个"联系电话"列,要求号码格式为:027+"-"+8 位本地号码,如"027-88123456"。分别用 CHECK 约束方法和创建规则的方法实现以上限制条件。

方法 1. 用建立 CHECK 约束的方法:

```
USE CJGL

GO

ALTER TABLE XS ADD 联系电话 char(12)

  CHECK (联系电话 LIKE '027-[0-9][0-9][0-9][0-9][0-9][0-9][0-9])[0-9]')

GO
```

方法 2. 用建立规则的方法：

```
USE CJGL
GO
ALTER TABLE XS ADD 联系电话 char(12)
GO
CREATE RULE RL-DH AS @LXDH LIKE '027-[0-9][0-9][0-9][0-9][0-9][0-9][0-9][0-9]'
GO
EXEC sp_bindrule RL-DH,'XS.联系电话'
GO
```

【**例 8.17**】　创建一个规则，用以限制输入到 KC 表中课程名的值只能是该规则中列出的值。

```
USE CJGL
CREATE RULE list_rule
    AS @list IN('数据结构','离散数学','微机原理')
GO
EXEC sp_bindrule 'list_rule','KC.课程名'
GO
```

3. 解除规则绑定

解除列上规则的绑定，使用存储过程 sp_unbindrule，语法如下：

```
sp_unbindrule[@objname=]'object_name'
    [,[@futureonly=]'futureonly_flag']
```

4. 删除规则

```
DROP RULE 规则名 [,…n]
```

本章小结

　　正确地使用索引可以极大地提高系统的查询性能，按照索引的顺序和数据库的物理存储顺序是否相同，索引分为聚集索引和非聚集索引，用 CREATE INDEX 命令或者 SQL Server 管理平台可以直接创建索引。

　　在索引创建以后，也需要进行维护，维护工作主要包括显示索引的碎块信息、整理碎片、重建索引等。索引优化向导可以帮助选择并且创建一个最优化的索引组合。

　　SQL Server 2005 提供了全文索引功能，可以完成对表数据中字符串的复杂检索。

　　数据完整性控制主要有数据类型、约束、规则、默认、触发器和存储过程等途径，约束可以使用 CREATE ABLE 或 ALTER TABLE 命令和表一起定义，默认和规则作为独立的对象来实现数据完整性，可以通过绑定与一个或多个表的列关联。使用约束优先于使用触发器、规则和默认值，性能更好。

　　默认对象可以为多个表的列设置同样的默认值。规则对象用于执行一些与 CHECK 约束相同的功能。CHECK 约束是用来限制列值的首选标准方法。CHECK 约束比规则更简明，一个列只能应用一个规则，但是却可以应用多个 CHECK 约束。

习题八

一、思考题

1. 聚集索引与非聚集索引之间有哪些区别？在一个表中可以建立多少个聚集索引和非聚集索引？

2. 在哪些情况下，SQL Server 会自动创建索引？

3. 什么是数据完整性？如果数据库不实施数据完整性会产生什么结果？

4. 数据完整性有哪几类？SQL Server 通过哪些途径实施？

5. 主键约束和唯一约束的区别是什么？

6. 创建 PRIMARY KEY 约束或 UNIQUE 约束时 SQL Server 分别创建了什么索引？作用是什么？

7. 默认与规则在使用方法上有哪些异同点？

二、设计题

对于数据库 scd，库中包含以下系、学生、班级各表：

    student(学号,姓名,年龄,班号)
    class(班号,专业名,系名,入学年份)
    department(系号,系名)

请使用 T-SQL 语言完成以下各题。

1. 将 student 表的班号与姓名这两列组合创建一个升序的非聚集索引。

2. 为 department 表的系名建立一个唯一索引，如果输入了重复的键，将忽略该 INSERT 或 UPDATE 语句，并使用填充因子 FILLFACTOR 为 50%。

3. 为数据库 scd 建立一个默认对象，使其对应于年龄为 18，将其绑定到 student 表的年龄列上。

4. 为数据库 scd 建立一个规则对象，并将其绑定到学生表的专业名列上，规定专业名的取值只能为'护理学'、'地质勘探'和'考古学'之一。

5. 修改 class 表为其建立一个 CHECK 约束，检查入学年份是否小于 2009。

上机实验题

1. 将职员表的部门号与姓名这两列组合创建一个升序的非聚集索引。

```
USE ZYGL
CREATE INDEX zyb_ind ON 职员表 (部门号,姓名)
GO
```

2. 为部门表的部门名建立一个唯一索引，如果输入了重复的键，将忽略该 INSERT 或 UPDATE 语句，并使用填充因子 FILLFACTOR 为 80%。

```
USE ZYGL
CREATE UNIQUE INDEX bm_ind ON 部门表(部门名)
    WITH IGNORE_DUP_KEY,FILLFACTOR=80
GO
```

3. 建立一个规则对象,输入 3 个数字,每一位的范围分别为[0-1][0-9][0-9],将它绑定到职员表和工资表的员工号列上。

```
USE ZYGL
GO
CREATE RULE rnum as @num LIKE'[0-1][0-9][0-9]'
GO
EXEC sp_bindrule'rnum','职员表.员工号'
EXEC sp_bindrule 'rnum','工资表.员工号'
GO
```

在职员表和工资表中各输入一条违反规则的数据以检查规则的作用。

4. 建立一个默认对象,默认值为 0,并将其绑定到职员表的工龄列上。

```
USE ZYGL
GO
CREATE DEFAULT dfo_gl as 0
Go
EXEC sp_bindefault dfo_gl,'职员表.工龄'
Go
```

在职员表中输入一条不含工龄的数据以检查默认的作用。

5. 将职员表的员工号列上的规则解除,改为在员工号列上建立约束,要求每一位数字的范围分别为[0-1][0-9][0-9]。

```
USE ZYGL
EXEC sp_unbindrule '职员表.员工号'
ALTER TABLE 职员表
  ADD CONSTRAINT ck_ygh CHECK(员工号 LIKE'[0-1][0-9][0-9]')
GO
```

思考:如何将 1、2 题中所建立的规则和默认删除?

第 9 章　Transact-SQL 程序设计

Transact-SQL 语言是 SQL Server 对标准 SQL 语言的扩充,如引入了程序设计的思想,增强了程序的流程控制语句等。因此,在 Transact-SQL 语言中,不仅可以使用标准的 SQL 语句,而且能够设计在后台服务器上执行的程序,如自定义函数、存储过程和触发器等,这是 Transact-SQL 语言最主要的用途。Transact-SQL 语言元素中的数据类型、常量、运算符、表达式已在第 6 章中介绍,本章主要介绍变量、函数、流程控制语句、存储过程和触发器。

9.1　变量

在任何一种编程语言中,变量都是不可缺少的重要角色,Transact-SQL 语言使用两种变量:局部变量和全局变量。在 Transact-SQL 语言的全局变量名称有前缀符号"@@",由系统定义和维护。局部变量前面有前缀符号"@",由用户定义和使用。

9.1.1　局部变量的定义与使用

局部变量用于保存单个数据值。例如,保存查询的中间结果,作为循环计数变量等。局部变量只具有局部作用范围,只在定义它的批处理、存储过程或触发器中有效。

1. 局部变量的定义

定义一个变量就是由系统按照指定的数据类型分配合适的空间。一个变量在使用之前必须使用 DECLARE 语句定义,其语法格式为:

```
DECLARE {@变量名 类型} [,…n]        --一次可以定义多个变量
```

说明:变量名要符合标识符规定,数据类型不能为 text、ntext、image。定义一个变量时其初始值为 NULL。

2. 局部变量的使用

1) 赋值操作

在 Transact-SQL 中局部变量的赋值不同于一般程序语言的形式:变量=变量值,而必须使用 SELECT 或 SET 命令来给局部变量赋值。

语法 1 使用 SET 赋值:

```
SET @变量名={表达式|select 语句}            --一次只给一个变量赋值
```

语法 2 使用 SELECT 赋值:

```
SELECT {@变量名={表达式|select 语句}} [,…n]  ---一次可以给多个变量赋值
```

说明:对变量可以用一个表达式进行赋值,也可以用一个查询语句的结果返回值进行赋值。如果使用后者,应该使用括弧将查询语句括起来。

2) 显示变量值

方法1:SELECT {@ 变量名[AS 显示标题]}[,…n]   /* 无源数据查询语句,可以将变量的值

以列表的形式显示出来*/

　　方法2:PRINT　{@ 变量名}　　　　　　/*以消息的形式显示变量的值,这里变量的类型必须是 char,nchar 或 varchar,nvarchar,或者能够隐式转换为这些数据类型*/

【**例 9.1**】　创建局部变量@cvar 和@datevar,赋值后显示变量的值。

```
DECLARE @cvar char(10),@datevar datetime    --定义 2 个变量
SET DATEFORMAT mdy        --改变日期的接受顺序为 mdy
SET @cvar='hello!'        --为第 1 个变量赋值
SET @datevar='2/9/12'        --为第 2 个变量赋值
SELECT @cvar,@datevar        --显示变量的值
SET DATEFORMAT ymd        --改变日期的接受顺序为 ymd
SET @datevar='2/9/12'        --重新为第 2 个变量赋值
SELECT @cvar,@datevar        --显示变量的值
GO
```

执行结果为:

```
------- --------------------------------------
hello!   2012-02-09 00:00:00.000
(1 行受影响)
------- --------------------------------------
hello!   2002-09-12 00:00:00.000
(1 行受影响)
```

【**例 9.2**】　定义两个变量并赋值,要求在查询语句的 WHERE 中使用这两个变量,查询 xs_kc 表中课程号为"206"且成绩高于 75 的行记录。

```
USE CJGL
DECLARE @f tinyint,@cn char(3)
SELECT @f=75,@cn='206'        --为 2 个变量赋值
SELECT * FROM xs_kc WHERE 成绩>@f AND 课程号=@cn
                --利用 2 个变量所赋值进行查询
GO
```

执行结果为:

```
学号   课程号   成绩
---- ---- ----
081101 206   76
(1 行受影响)
```

【**例 9.3**】　使用查询语句的结果给变量赋值,查询的返回值为单值。

```
USE CJGL
DECLARE @count_kc int,@avgxf_kc decimal(4,1)
SET @count_kc=(SELECT count(*) FROM kc)        --给 count_kc 赋值
SET @avgxf_kc=(SELECT avg(学分) FROM kc)        --给 avgxf_kc 赋值
SELECT @count_kc AS 课程门数,@avgxf_kc AS 平均学分
                --显示 count_kc 和 avgxf_kc 的值
GO
```

执行结果为：

```
课程门数  平均学分
- - - - - - - - - - - -
9          3.0
```

(1 行受影响)

实际上,以上程序中的两个赋值 SET 可以改写为一个以下形式的 SELECT 进行赋值,这样是允许的而且是经常的：

```
SELECT @count_kc=count(*),@avgxf_kc=avg(学分)
FROM kc
```

改写后执行结果同上。要注意,以上的赋值 SELECT 仅仅用于赋值,并不能完成显示变量值的作用。要显示变量的值还必须再使用无源查询语句,如：

```
SELECT @count_kc AS 课程门数,@avgxf_kc AS 平均学分
```

【例 9.4】 使用查询语句的结果给变量赋值,查询的返回值为多值。

```
USE CJGL
DECLARE @sname char(20)
SELECT @sname=姓名 FROM XS
PRINT @sname
GO
```

执行结果为：

李凤伟

例 9.4 的第三条语句是将查询姓名的结果进行赋值,由于在 XS 表中无条件查询姓名将返回多个值,其结果是将最后一个姓名值"林琳"赋给了 @sname,而不是所有的返回值。

需要说明的是,对于使用查询语句来给局部变量赋值,一般有以下三种情况：

若查询返回多个值,其结果是将最后一个值赋给了局部变量；

若查询无返回值,变量保持原值；

若查询语句有一个嵌套子查询,且没有返回值,变量被置为 NULL。

9.1.2 全局变量

全局变量记录了 SQL Server 的各种状态信息,由 SQL Server 系统提供并赋值。全局变量名由@@符号开始。用户不能建立全局变量,也不能修改全局变量的值。可以将全局变量直接作为函数引用或将全局变量的值赋给在同一批中的局部变量后使用。全局变量有以下几种：

• 系统变量：提供最近对表操作的信息,如 T-SQL 语句执行后的错误号@@error。

• 设置变量：提供 SQL Server 当前各种特性和参数的设置信息。如与连接有关的全局变量@@connections,系统版本信息有关的全局变量@@version。

• 统计变量：提供 SQL Server 自启动后的运行信息,如启动 SQL Server 以来 CPU 的工作时间@@CPU_BUSY。

SQL Server 的全局变量如表 9.1 所示。

表 9.1　SQL Server 的全局变量

变量名称	说　明
@@CONNECTIONS	返回当前连接到本服务器的数目
@@CPU_BUSY	返回自上次启动 SQL Server 以来 CPU 的工作时间,单位为毫秒(基于系统计时器的分辨率)
@@CURSOR_ROWS	返回连接上最后打开的游标中当前存在的合格行的数量
@@DATEFIRST	返回 SET DATEFIRST 参数的当前值,SET DATEFIRST 参数指明所规定的每周第一天:1 对应星期一,2 对应星期二,依次类推,用 7 对应星期日
@@DBTS	为当前数据库返回当前 timestamp 数据类型的值
@@ERROR	返回上一条 T-SQL 语句执行后的错误号
@@FETCH_STATUS	返回被 FETCH 语句执行的最后游标的状态,而不是任何当前被连接打开的游标的状态
@@IDLE	返回 SQL Server 自上次启动后闲置的时间,单位为毫秒(基于系统计时器的分辨率)
@@IDENTITY	返回上次 INSERT 操作中使用的 INDENTITY 值
@@IO_BUSY	返回 SQL Server 自上次启动后用于执行输入和输出操作的时间,单位为毫秒(基于系统计时器的分辨率)
@@LANGID	返回当前所使用语言的本地语言标识符(ID)
@@LANGUAGE	返回当前 SQL Server 服务器的语言
@@LOCK_TIMEOUT	返回当前会话的当前锁超时设置,单位为毫秒
@@MAX_CONNECTIONS	返回 SQL Server 上允许的同时用户连接的最大数,返回的数不必为当前配置的数值
@@MAX_PRECISION	返回 decimal 和 numeric 数据类型所用的精度级别,即该服务器中当前设置的精度
@@NESTLEVEL	返回当前存储过程执行的嵌套层次(初始值为 0)
@@OPTIONS	返回当前 SET 选项的信息
@@PACK_RECEIVED	返回 MicrosoftR SQL Server™ 自上次启动后从网络上读取的输入数据包数目
@@PACK_SENT	返回 SQL Server 自上次启动后写到网络上的输出数据包数目
@@PROCID	返回当前存储过程的 ID 号
@@REMSERVER	返回登录记录中远程服务器的名字
@@ROWCOUNT	返回上一条 T-SQL 语句影响的数据行数
@@SERVICENAME	返回 SQL Server 正在其下运行的注册表键名
@@SERVERNAME	返回运行 SQL Server 的本地服务器名称

变量名称	说　明
@@SPID	返回当前服务器进程的 ID 标识
@@TEXTSIZE	返回 SET 语句 TEXTSIZE 选项的当前值,它指定 SELECT 语句返回的 text 或 image 数据的最大长度,以字节为单位
@@TIMETICKS	返回每个时钟周期的微秒数
@@TOTAL_ERRORS	返回 SQL Server 自上次启动后,所遇到的磁盘读入错误数
@@TOTAL_READ	返回 SQL Server 自上次启动后读取磁盘(不是读取高速缓存)的次数
@@TOTAL_WRITE	返回 SQL Server 自上次启动后写入磁盘的次数
@@TRANCOUNT	返回当前连接的活动事务数
@@VERSION	返回当前 SQL Server 服务器的版本和处理器类型

【例 9.5】　使用 SELECT 语句查询全局变量。

```
select @@SERVERNAME as 服务器名,@@language as 语言
```

执行结果为:

```
服务器名                                 语言
--------------------------------- --------------------

ICAN                                     简体中文
(1 行受影响)
```

9.2　SQL Server 的常用语句

9.2.1　批处理与注释

1. 批处理

批处理是包含一个或多个 Transact-SQL 语句的组。批结束的符号是"GO",它向 SQL Server 实用工具发出一批 Transact-SQL 语句结束的信号。

GO 不是 Transact-SQL 语句,而是 sqlcmd 和 osql 实用工具以及 SQL Server Management Studio 代码编辑器识别的命令,SQL Server 实用工具将 GO 解释为应该向 SQL Server 实例发送当前批 Transact-SQL 语句的信号,这就是应将当前的 Transact-SQL 批处理语句发送给 SQL Server。当前批处理语句是自上一 GO 命令后输入的所有语句,若是第一条 GO 命令,则是从特殊会话或脚本的开始处到这条 GO 命令之间的所有语句。GO 命令和 Transact-SQL 语句不能在同一行中。

这些语句从应用程序一次性提交给服务器并作为一个组来执行。SQL Server 将批处理编译成一个可执行单元称为执行计划。批处理在执行时有如下特点:

假定在批处理中有 10 条语句。如果第五条语句有一个语法错误,则不执行批处理中的任何语句。如果编译了批处理,而第二条语句在执行时失败,则第一条语句的结果不受影响,因为它已经执行。

使用批处理必须遵照使用批处理的规则：

• 批处理如果以 CREATE 语句开始，所有跟在 CREATE 后的其他语句将被解释为第一个 CREATE 语句定义的一部分，所以一般一个批中只包括一个 CREATE。

• 一条 CREATE 语句不能在批处理中与其他 CREATE 语句组合使用。如 CREATE VIEW，CREATE DEFAULT，CREATE PROCEDURE，CREATE RULE，CREATE TRIGGER 等。

• 在同一个批中不能改变一个表再立即引用其新列。

• 如果 EXECUTE 语句是批处理中的第一条语句，则不需要 EXECUTE 关键字。如果 EXECUTE 语句不是批处理中的第一条语句，则需要 EXECUTE 关键字。

以下示例创建两个批。第一个批只包含一条 USE CJGL 语句，用于设置数据库上下文。其余的语句使用局部变量。因此，所有局部变量声明必须组成一个批。为此，必须在最后一条引用此变量的语句之后才使用 GO 命令。

```
USE CJGL
GO
DECLARE @Nmbrstudents int
SELECT @Nmbrstudents=COUNT(*)
FROM XS
SELECT @Nmbrstudents as 'The number of students'
GO
```

2. 注释

在程序中往往要增加很多注释以增加其可读性。注释有两种，一个是单行注释，指注释内容在一行内表述完毕；另一个是多行注释，注释内容要分多行表述。

－－（双连字符）

单行注释，用于单行或嵌套的注释。用－－插入的注释由换行字符终止。

/ ＊ … ＊ /（正斜杠－星号对）

多行的注释，规则是，第一行用/＊开始，最后用＊/结束注释。多行注释不能跨越批处理。

以下示例对每条语句进行了注释：

```
USECJGL        --选择 CJGL 数据库
SELECT * FROM  XS  /*Choose all columns and
all rows from the XS table.*/
```

9.2.2　消息显示语句

1. PRINT 语句

将字符数据所表示的消息返回客户端，通常在用户的屏幕上显示。

语法格式：

```
PRINT '字符串'|@字符变量|@@字符函数|字符串表达式
```

说明：PRINT 后面所使用的只能是字符类型的常量、局部变量、全局变量（函数）和表达式。消息的字符串最长可达 8000 个字符，超过 8000 个的任何字符均被截断。

下面的例子显示一条消息,消息的内容由字符表达式构成,其中"+"为串联运算符。

```
PRINT'当前使用的语言是:'+@@LANGUAGE
```

结果是:

```
当前使用的语言是:简体中文
```

2. 错误消息处理

可使用系统存储过程 sp_addmessage、全局变量@@ERROR 或 RAISERROR 命令返回出错信息。

1) 系统过程 sp_addmessage 的使用

将新的错误信息添加到 sysmessages 表。语法如下:

```
sp_addmessage [@msgnum=]msg_id,
              [@severity=]severity,
              [@msgtext=]'msg'
              [,[@lang=]'language']
```

参数说明:

msg_id   错误的 ID 号,用户定制的错误号应从 50 001 开始。

severity   错误等级,从 1~25。

'msg'   提示给用户的错误信息。

'language'   错误信息所使用的语言。

例如,以下语句可以将用户定制的提示信息'insert or update?…'添加到 sysmessages 表,以备后用:

```
USE master
EXEC sp_addmessage 50001,16,N'insert or update?…',@lang='us_english'
```

2) RAISERROR 语句

RAISERROR 语句的功能是返回用户定义的错误信息并设置系统标志,记录发生错误。通过使用 RAISERROR 语句,客户端可以从 sysmessages 表中检索条目,或者使用用户指定的严重度和状态信息动态地生成一条消息。这条消息在定义后就作为服务器错误信息返回给客户端。

RAISERROR 语句的语法如下:

```
RAISERROR({msg_id|msg_str}{,severity,state}
```

其中各参数说明如下:

• msg_id   存储于 sysmessages 表中的用户定义的错误信息编号。用户定义错误信息的错误号应大于 50 000。由特殊消息产生的错误是第 50 000 号。

• msg_str   是一条信息字符串,此信息最多可包含 400 个字符。如果该信息包含的字符超过 400 个,则只能显示前 397 个并将添加一个省略号以表示该信息已被截断。

• severity   用户定义的与消息关联的严重级别。用户可以使用从 0~18 之间的严重级别。

• state   从 1~127 的任意整数,表示有关错误调用状态的信息。state 默认为 1。

例如以下语句:

```
RAISERROR('学号必修以 06开头,操作已经撤消!',16,10)
```

其结果如下：

> 服务器:消息 50000,级别 16,状态 10,行 1
>
> 学号必修以 06 开头,操作已经撤消!

3) @@ERROR

返回最近一次系统的错误信息编号。例如在上面的 RAISERROR 示例后再执行：

```
SELECT @@ERROR
```

其结果为：

```
50000
```

9.2.3 流程控制语句

设计程序时常常需要用到各种流程控制语句以改变程序的执行走向,流程控制语句主要有：

- BEGIN…END 语句块；
- IF…ELSE 条件语句；
- CASE 多分支选择函数；
- GOTO 无条件转移语句；
- WHILE 循环语句；
- CONTINUE 用于重新开始下一次循环；
- BREAK 用于退出最内层的循环；
- RETURN 无条件返回；
- WAITFOR 为语句的执行设置延迟。

1. BEGIN…END 语句块

BEGIN…END 语句块用于将多个 T-SQL 语句组合为一个逻辑块,执行时该逻辑块将作为一个整体被执行。有着语句括号的作用,类似于 C 语言的{}。在 WHILE 循环、CASE 语句、IF 或 ELSE 子句中都需要包含语句块。

语法格式：

```
BEGIN
{语句|语句块}
END
```

2. IF…ELSE 条件语句

使用 IF…ELSE 语句可以按条件的成立与否选择执行相应的语句。如图 9.1(a)所示,根据条件选择执行 A 语句块或 B 语句块。

语法格式如下：

```
IF 条件
  {语句|语句块}
[ELSE
  {语句|语句块}]
```

说明:IF…ELSE 语句的执行方式是:如果条件表达式的值为 TRUE,则执行 IF 语句后面的语句块,然后跳出执行 IF 的下一条语句。如果条件表达式的值为 FALSE 则执行

ELSE 后的语句块,然后跳出执行 IF 的下一条语句。其中,ELSE 子句是可选的,最简单的 IF 语句没有 ELSE 子句部分,当无 ELSE 部分时执行过程如图 9.1(b)所示。SQL Server 允许嵌套使用 IF…ELSE 语句,而且嵌套层数没有限制。

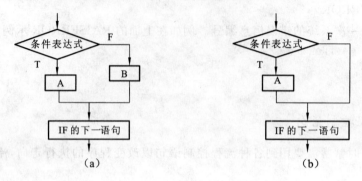

图 9.1　IF…ELSE 语句示意图

【例 9.6】　如果课程号为 212 这门课程的平均成绩高于 80 分,显示"数据库课程的平均成绩高于 80 分",否则显示"数据库课程的平均成绩低于 80 分"。

```
USE CJGL
IF(SELECT AVG(成绩) FROM XS_KC WHERE XS_KC.课程号='212')>80
  BEGIN
      PRINT  '课程号:212'
      PRINT  '平均成绩高于80分'
   END
ELSE
   BEGIN
      PRINT  '课程号:212'
      PRINT  '平均成绩低于80分'
   END
GO
```

执行结果为:

课程号:212

平均成绩高于 80 分

3. CASE 函数

多分支选择在 SQL Server 中是以函数的形式出现的,即 CASE 函数,而不是语句。CASE 函数通常在查询语句的 SELECT 子句中使用,它有两种格式,简单格式和搜索格式。

1) CASE 简单格式语法:

```
CASE 测试表达式
    WHEN 值1 THEN 结果表达式1
    WHEN 值2 THEN 结果表达式2
    ……
    [ELSE 结果表达式 n+1]
END
```

（2）CASE 搜索格式语法：

```
CASE
    WHEN 条件 1 THEN 表达式 1
    WHEN 条件 2 THEN 表达式 2
    ……
    [ELSE 表达式 n+1]
END
```

以上两种格式的执行过程示意图分别如图 9.2(a)和图 9.2(b)所示。

从语法示意图可以看出：

简单格式是以测试表达式值的不同选择执行其中一个分支，如果测试表达式的值等于 1，则执行完对应的 THEN 部分后跳出 CASE 语句，不再判断以后的所有值。如果值 1 不满足则判断值 2，依次类推，如果都不满足，则执行 ELSE 所对应的部分后跳出。

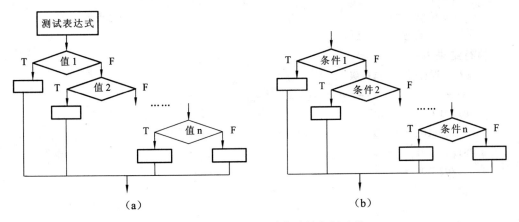

图 9.2　CASE 函数两种格式的执行过程

搜索格式是以条件的不同选择执行其中一个分支，如果条件 1 为 TRUE，则执行条件 1 对应的 THEN 部分后跳出 CASE 语句，不再判断以后的所有条件。如果条件 1 不满足则判断条件 2，依次类推，如果都不满足，则执行 ELSE 所对应的部分后跳出。

以上两种格式的 ELSE 部分都是可选的。

【例 9.7】　查找数据库原理这门课程的开课学期。

```
SELECT 课程号,课程名,开课学期情况=
    CASE   开课学期
        WHEN   1   THEN'第一学期'
        WHEN   2   THEN'第二学期'
        WHEN   3   THEN'第三学期'
        ELSE   '非前三学期'
    END
FROM KC
WHERE 课程名='数据库原理'
```

执行结果为：

```
课程号   课程名      开课学期情况
----  ---------  --------
212   数据库原理    第三学期
```
(1行受影响)

【例 9.8】 对课程号为 101 的课程,按成绩的分数段显示 A、B、C、D、E 五个等级。

```
SELECT 学号,课程号,成绩等级=
    CASE
        WHEN 成绩>=90  THEN'A'
        WHEN 成绩>=80  THEN'B'
        WHEN 成绩>=70  THEN'C'
        WHEN 成绩>=60  THEN'D'
        ELSE'E'
    END
    FROM XS_KC
    WHERE 课程号='101'
```

执行结果为:

```
学号    课程号   成绩等级
----  -----  -----
081101 101      B
081103 101      D
081201 101      B
081202 101      B
```

(4行受影响)

4. WHILE 循环语句

WHILE 语句通常和 BEGIN…END 共同构成循环执行的结构,WHILE 用于设置重复执行 SQL 语句或语句块的条件,BEGIN…END 组成的语句块形成循环体。只要指定的条件为真,就重复执行循环体。可以使用 BREAK 和 CONTINUE 关键字在循环体内部控制 WHILE 循环的中断与继续执行。

其语法格式如下:

WHILE 条件表达式

　　{语句|语句块}

说明:

WHILE 语句的执行过程是:首先判断条件表达式,如果为 TRUE,则反复执行 WHILE 后面的语句块,如果为 FALSE,则跳过 WHILE 后面的语句块,执行 END 后的语句即 WHILE 的下一条语句。如图 9.3 所示。

在语句块中可以包含有 BREAK 和 CONTINUE 语句。BREAK 能够使程序从最内层的 WHILE 循环中退出,执行语句块 END 后面的语句。遇到 CONTINUE,执行程

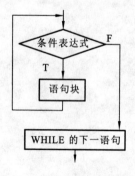

图 9.3　WHILE 语句示意图

序将跳过 CONTINUE 后的所有语句而继续下一轮循环。如果嵌套了两个或多个 WHILE 循环,内层的 BREAK 将导致退出到下一个外层循环。

需要说明的是,在 WHILE 循环中必须要有使循环停止的条件或命令,否则循环将陷于死循环。

【例 9.9】 使用 WHILE 循环计算:$1+2+3+\cdots+100$。

```
DECLARE @i int, @s int
SELECT @i=1,@s=0
 WHILE @i<=100
   BEGIN
     SET @s=@s+@i
     SET @i=@i+1
   END
 PRINT'1+2+3+...+100='+CAST(@s AS char(10))
             /*函数 CAST 将数值转换为字符,详细介绍参见下一节.*/
```

执行结果为:

```
1+2+3+...+100=5050
```

【例 9.10】 假定某单位有一工资数据表,表名为 GZ,部分数据如下:

工号	姓名	基本工资	岗位津贴	公积金	养老保险	失业保险	医疗保险
1001	程鑫	1,200.00	100.00	10.00	30.00	20.00	20.00
1002	李倩如	1,100.00	123.00	12.00	23.00	23.00	21.00
1103	张大宏	1,111.00	121.00	12.00	21.00	21.00	12.00
1104	赵楠欣	1,212.00	211.00	13.00	31.00	31.00	32.00

对以上数据表要做如下处理:如果平均岗位津贴低于 150 元,则使用 WHILE 循环将所有人的岗位津贴加 10 元,如果最高岗位津贴超过 300 元,则退出 WHILE 循环。

```
USE TEST
GO
DECLARE @avgjt decimal(4,1)
WHILE (SELECT AVG(岗位津贴)FROM  GZ)<150
BEGIN
     UPDATE GZ
      SET 岗位津贴=岗位津贴+10
     IF(SELECT MAX(岗位津贴)FROM GZ)>300
     BEGIN
      PRINT'最高岗位津贴超过 300 元'
      BREAK           --中途退出 WHILE 循环
     END
END
SELECT @avgjt=AVG(岗位津贴) FROM GZ
PRINT '岗位津贴增加完毕,平均岗位津贴为:' + STR(@avgjt,4,1)
             /*函数 STR 将数值转换为字符,详细介绍参见下一节.*/
```

执行结果为:

(16 行受影响)

(16 行受影响)

岗位津贴增加完毕,平均岗位津贴为:180.5

注意:该题退出循环应有两种情况,或平均岗位津贴不小于 150 元,或最高岗位津贴超过 300 元。

5. GOTO 跳转语句

GOTO 语句可以实现无条件跳转到指定处。

其语法格式是:

GOTO 标签

说明:

遇到 GOTO 语句,将不执行它后面的语句,而是跳转到标签标出的位置执行。标签是一个标识符,用于指出跳转位置。

尽量少使用 GOTO 语句。过多使用 GOTO 语句可能会使 Transact-SQL 批处理的逻辑难于理解。使用 GOTO 实现的逻辑几乎完全可以使用其他控制流语句实现。

【例 9.11】 查询学号为 081101 的平均成绩,如果没有该生的成绩,则显示提示信息。

```
USE CJGL
DECLARE @avg decimal(4,1)
IF NOT EXISTS(SELECT * FROM xs_kc WHERE 学号='081101')
  GOTO lable1
SELECT @avg=AVG(成绩) FROM xs_kc WHERE 学号=081101'
PRINT '该生平均成绩为'+STR(@avg,4,1)
RETURN --结束程序的运行
lable1: --标签处
PRINT  '该生没有成绩'
```

执行结果为:

该生平均成绩为 78.0

6. WAITFOR 延时语句

使用 WAITFOR 语句,可以在程序中延时等待一定时间。其语法格式是:

```
WAITFOR{DELAY 'time'|TIME 'time'}
```

说明:

DELAY 指示等到指定的时间长度过去,即间隔,最长可达 24 小时。

TIME 指示等到指定的某一时间点。

'time'为要等待的时间参数。例如,数据'1:3:40',可以表示为间隔(共 3600+180+20 秒),也可以表示为某时间点(1 点 3 分 40 秒)。

WAITFOR 的用法示例如下:

WAITFOR DELAY '0:2:30' --等 2 分半钟过去

WAITFOR TIME '3:20:0' --等到 3 点 20 分这个时间点

【例 9.12】 每隔半小时显示活动用户的信息

```
DECLARE @start datetime
SET @start=GETDATE()          --将起始时间赋值保存
WHILE datediff(hh,@start,GETDATE())<24
BEGIN
  WAITFOR DELAY '0:30:0'      --延时等待 30 分
  EXEC sp_who                 --执行系统的程序,显示当前用户活动信息
END
```

7. RETURN 返回语句

RETURN 的作用是无条件退出所在的批、存储过程和触发器。退出时,可以返回状态信息。在 RETURN 语句后面的任何语句不被执行。RETURN 语句,有时用在 IF 语句中,根据条件决定是否结束当前批处理。

RETURN 语句的语法形式:RETURN[整型表达式]

说明:

一般情况下,RETURN 后不需要任何表达式,但在一个存储过程中可以用整型表达式作为返回值,以便向上一级进程报告本进程的执行状态。所有系统存储过程返回 0 值表示成功,返回非 0 表示失败。

9.3　系统内置函数

在 T-SQL 编程语言中函数可分为系统内置函数和用户自定义函数。如同其他编程语言一样,T-SQL 语言提供了丰富的系统内置函数以完成各种数据管理工作,在程序设计过程中,常常要调用这些函数。

9.3.1　系统内置函数简介

Transact-SQL 编程语言提供的内置函数,可分为三大类。

聚合函数:对一组值操作后返回单一的汇总值。如 COUNT,SUM,AVG,MAX 和 MIN 等,它们在第 7 章查询语句中已经介绍。

表值函数:可以像 SQL 语句中表引用一样使用。读者可以参考联机帮助文档。

标量函数:即输入参数的类型为基本类型,返回值也为基本类型。标量函数可分为以下几种。

- 数学函数:进行一些数学运算。
- 日期和时间函数:对日期和时间进行操作。
- 字符串函数:进行字符型数据的处理。
- 系统函数:用于对 SQL Server 中的值、对象和设置进行操作并返回有关信息。
- 系统统计函数:返回系统的统计信息。
- 元数据函数:返回有关数据库和数据库对象的信息。
- 安全函数:返回有关用户和角色的信息。
- 配置函数:用于返回当前配置选项设置的信息,配置函数实际上都是全局变量。

- 游标函数:用于返回有关游标的信息。
- 文本和图像函数:对文本或图像操作,返回有关这些值的信息。

9.3.2 常用系统内置函数的使用

下面介绍常用的标量函数。

1. 数学函数

数学函数对作为函数参数提供的输入值进行计算,返回一个数字值。算术函数(如 ABS,CEILING,FLOOR,POWER,RADIANS 和 SIGN)返回与输入值相同数据类型的值。三角函数和其他函数(包括 EXP,LOG,LOG10,SQUARE 和 SQRT)将输入值投影到 float 并返回 float 值。SQL Server 2000 中定义了 23 种数学函数,表 9.2 列出了一些常用的数学函数。

表 9.2 部分数学函数

函　数	功　能
ABS(数字表达式)	返回给定数字表达式的绝对值
CEILING(数字表达式)	返回不小于所给数字表达式的最小整数
FLOOR(数字表达式)	返回不大于所给数字表达式的最大整数
ROUND(数字表达式,小数位数)	返回数字表达式并四舍五入为指定的长度或精度
RAND([seed])	返回 0 到 1 之间的随机 float 值。seed 为随机种子,可选
SIN(浮点表达式)	返回给定角度(以弧度为单位)的三角正弦值
COS(浮点表达式)	返回给定角度(以弧度为单位)的三角余弦值
EXP(浮点表达式)	返回所给的 float 表达式的指数值
LOG(浮点表达式)	返回给定 float 表达式的自然对数
LOG10(浮点表达式)	返回给定 float 表达式的以 10 为底的对数
PI()	返回 PI 的常量值:3.14 159 265 358 979
POWER(数字表达式,y)	返回给定表达式乘指定次方的值
SIGN(数字表达式)	返回给定表达式的正(+1)、零(0)或负(−1)号
SQRT(float_expression)	返回给定表达式的平方根

【例 9.13】 算术函数举例。

```
SELECT FLOOR(13.5), CEILING(13.5), FLOOR(-13.5), CEILING(-13.5)
```
结果是:
```
13     14     -14     -13
SELECT ROUND(123.567,2), ROUND(123.456,0), ROUND(123.567,-1)
```
结果是:
```
123.570   123.000   120.000
SELECT RAND(),RAND()
```

结果是：

```
0.9505775676294651    0.53325099088839767
```

【例 9.14】　如下程序通过 RAND 函数产生一个 0～100 之间的随机值。

```
DECLARE @count int
SET @count=5
SELECT RAND(@count)
SELECT ROUND(100*RAND(@count),0)
GO
```

结果是：

```
--------------------------------

0.71372242401173092

(1 行受影响)

--------------------------------

71.0

(1 行受影响)
```

2. 日期和时间函数

对日期和时间输入值进行操作，返回一个字符串、数字或日期和时间值，如表 9.3 所示。

表 9.3　部分日期和时间函数

函　　数	功　　能
GETDATE()	返回当前系统时钟的日期时间
YEAR(日期型表达式)	取日期的年份值
MONTH(日期型表达式)	取日期的月份值
DAY(日期型表达式)	取日期的日值
DATEPART(日期参数,日期型表达式)	取日期的部分参数
DATEADD(日期参数,数值,日期)	按给定日期参数作日期加
DATEDIFF(日期参数,日期1,日期2)	计算日期2与日期1的差值

其中，日期参数指出向日期中的哪一部分操作。可以是 year(或 yyyy,yy),quarter(或 qq,q),month(或 mm),dayofyear,day(或 dd),week,weekday,hour(或 hh),minute(或 n),second(或 s),milisecond。

DAY,MONTH 和 YEAR 函数分别是 DATEPART(dd,date),DATEPART(mm,date)和 DATEPART(yy,date)的同义词,可以替换使用。

【例 9.15】　日期和时间函数举例。

```
SELECT GETDATE(), YEAR('2009-5-6'), MONTH('2009-5-6'), DAY(GETDATE())
```

结果是：

```
2009-09-05 00:24:09.373 2009        5          5
SELECT GETDATE(),DATEADD(MONTH,-1,GETDATE()),DATEADD(DAY,300,GETDATE())
```

结果是：

```
2009-09-05 00:25:12.543 2009-08-05 00:25:12.543 2010-07-02 00:25:12.543
SELECT DATEDIFF(DAY,'2010-9-5',GETDATE())        --查询两个时间之间的天数
```

结果是：

```
-365
```

【例 9.16】 根据学生的出生日期显示相应年龄信息。

```
USE CJGL
SELECT 学号,姓名,年龄=YEAR(GETDATE())-YEAR(出生日期)
FROM XS
GO
```

结果是：

```
学号     姓名     年龄
-----  -----  -------
081101  李林    19
081102  程明    20
081103  王燕    19
081201  韦方良  19
081202  李平    19
081203  林一番  19
082101  王敏    19
082102  刘洋    19
082103  王杨国  19
082201  马玲玲  19
082202  李凤伟  20
(11 行受影响)
```

【例 9.17】 判断今天是星期几,如为周六、周日,则显示休息日,否则显示工作日。
(提示:星期日~星期六,weekday 值 1~7)

```
DECLARE @WD INT
SET @WD=datepart(weekday,getdate())
if @wd>1 and @wd<7
select @wd,'今天是工作日'
else
select @wd,'今天是休息日'
GO
```

结果是：

```
-------- --------
7          今天是工作日
(1 行受影响)
```

3. 字符串函数

字符串函数是使用频率很高的函数,字符串函数对字符串输入值执行操作,返回一个字符串或数字值。部分常用字符函数如表 9.4 所示。

表 9.4 部分常用字符函数

函 数	功 能
LEFT(字符表达式,长度 n)	从左开始截取长度为 n 的子字串
RIGHT(字符表达式,长度 n)	从右开始截取长度为 n 的子字串
SUBSTRING(字符表达式,起始点 m,长度 n)	从起始点 m,截取长度为 n 的中间字串
LTRIM(字符表达式)	剪去字符串左边空格
RTRIM(字符表达式)	剪去字符串右边空格
REPLICATE(字符表达式,n)	重复字串 n 次
REVERSE(字符表达式)	倒置字串
STR(数字表达式[,长度[,小数位数]])	将浮点数值转换成字串
ASCII(字符表达式)	返回与字符对应的 ASCII 码
CHAR(数字表达式)	返回与 ASCII 码对应的字符
UNICODE(字符表达式)	返回与字符对应的统一编码
NCHAR(数字表达式)	返回与统一编码对应的字符
LOWER(字符表达式)	返回字符串的小写形式
UPPER(字符表达式)	返回字符串的大写形式
LEN(字符表达式)	返回字符串的长度
SPACE(数字表达式)	按给定数字产生空格数

【例 9.18】 字符串函数举例。

```
SELECT ASCII('A'),ASCII('汉字'),UNICODE('汉'),UNICODE('ENGLISH')
```
结果为:
```
65          186        27721        69
SELECT CHAR(65),CHAR(97),NCHAR(27721)
```
结果为:
```
A     a     汉
SELECT LEN('数据库 SQL SERVER'),LOWER('ABCDEFG'), UPPER('AbcdeFG')
```
结果为:
```
13        abcdefg        ABCDEFG
SELECT STR(2.347,6,1), STR(12.376,8,1), STR(-1.732,6,2)
```
结果为:
```
2.3     12.4   -1.73
SELECT LEFT('ABCD',2), RIGHT('ABCD',2),SUBSTRING('ABCD',2,2)
```
结果为:
```
AB      CD    BC
```
【例 9.19】 给定一个身份证号,返回其中的省份编码和生日数据。

```
DECLARE @sfzh char(18)
SET @sfzh='420103198909081725'
PRINT'省份编码是:'+LEFT(@sfzh,2)
PRINT'生日数据是:'+SUBSTRING(@sfzh,7,8)
GO
```

结果为:

省份编码是:42

生日数据是:19890908

【例9.20】 如下程序在一列中返回 XS 表中的姓,在另一列中返回表中学生的名。

```
USE CJGL
SELECT SUBSTRING(姓名,1,1) AS 姓,SUBSTRING(姓名,2,LEN(姓名)-1) AS 名
FROM XS WHERE 专业名 LIKE '计算机%'
ORDER BY 姓名
```

结果为:

姓	名
程	明
李	林
李	平
林	一番
王	燕
韦	方良

(6行受影响)

4. 数据类型转换函数 CAST 和 CONVERT

数据类型转换有两种,即隐性转换和显式转换。隐性转换是指 SQL Server 能自动将数据从一种数据类型转换成另一种数据类型。例如,如果一个 smallint 变量和一个 int 变量相比较,这个 smallint 变量在比较前即被隐性转换成 int 变量。显式转换使用 CAST 函数或 CONVERT 函数,用于 SQL Server 不能自动转换的情况。

例如,下面的 CAST 函数将数值 $157.27 转换成字符串'$157.27':

```
CAST($157.27 AS VARCHAR(10))
```

常用的类型转换有以下几种情况。

日期时间型与字符型的相互转换:如将 datetime 或 smalldatetime 数据转换为 char, nchar,varchar 或 nvarchar 数据,或者反之。

数值型与字符型的相互转换:如将 float,real,decimal,money,int,smallint 等数据转换为 char,varchar,nchar 或 nvarchar 数据,或者反之。

语法格式:

```
CAST(表达式 AS 数据类型[(长度)])
CONVERT(数据类型[(长度)],表达式[,STYLE])
```

说明:两个函数都是将表达式转换成指定数据类型,转换成字符型时可以指定长度。

CAST 函数基于 SQL-92 标准,而 CONVERT 函数可以使用 style 选项以不同的格式显示转换结果。

【例 9.21】　利用数据转换函数,查找学生成绩以数字 8 开头的记录。

```
USE CJGL
SELECT * FROM xs_kc
WHERE CAST(成绩 AS char(3))LIKE '8%'
```

结果是:

学号	课程号	成绩
081101	101	80
081201	101	84
081202	101	80
081202	301	85
081203	208	87

(5 行受影响)

将上例中的 CAST(成绩 AS char(3))改写成 CONVERT(char(3),成绩)也可以得到同样结果。

使用 CONVERT 函数将日期时间型转换成字符型时,style 选项在日期格式样式的取值及作用如表 9.5 所示。

表 9.5　日期时间型转换成字符型时 style 的常用取值及其作用

Style 取值 不带世纪数位	Style 取值 带世纪数位	标　　准	输入/输出
无	0 或 100	默认值	mm dd yyyy hh:miAM(或 PM)
1	101	美国	mm/dd/yyyy
2	102	ANSI	yy. mm. dd
	9 或 109	默认值＋毫秒	mm dd yyyy hh:mi:ss:mmmAM(或 PM)
10	110	美国	mm-dd-yy
12	112	ISO	yymmdd

默认情况下,SQL Server 根据截止年份 2049 解释两位数字的年份。即两位数字的年份 49 被解释为 2049,而两位数字的年份 50 被解释为 1950。许多客户端应用程序(如那些基于 OLE 自动化对象的客户端应用程序)都使用 2030 作为截止年份。SQL Server 提供一个配置选项("两位数字的截止年份"),借以更改 SQL Server 所使用的截止年份并对日期进行一致性处理。然而最安全的办法是指定 4 位数字年份。

【例 9.22】　使用 CONVERT 函数将日期时间型转换成字符型时 style 选项应用举例。

```
SELECT CONVERT (CHAR, GETDATE ()), CONVERT (CHAR, GETDATE (), 1), CONVERT (CHAR,
GETDATE(),10)
```

结果是:

```
09 5 2009 12:31AM 09/05/09 09-05-09
```

使用 CONVERT 函数将 float 或 real 转换成字符型时,style 选项的取值及作用如表 9.6 所示。

表 9.6　float 或 real 转换为字符数据时 style 的取值

style 值	输　　出
0(默认值)	根据需要使用科学记数法,长度最多为 6
1	使用科学记数法,长度为 8
2	使用科学记数法,长度为 16

使用 CONVERT 函数将 money 或 smallmoney 转换成字符型时,style 选项的取值及作用如表 9.7 所示。

表 9.7　从 money 或 smallmoney 转换为字符数据时 style 的取值

值	输　　出
0(默认值)	小数点左侧每三位数字之间不以逗号分隔,小数点右侧取两位数,如 4235.98
1	小数点左侧每三位数字之间以逗号分隔,小数点右侧取两位数,如 3,510.92
2	小数点左侧每三位数字之间不以逗号分隔,小数点右侧取四位数,如 4235.9819

9.4　自定义函数与自定义数据类型

上一节我们介绍了系统提供的常用内置函数,这些函数完成了许多功能,用户可以反复调用,系统函数往往还不能满足用户的一些特殊要求,因此,SQL Server 允许用户自定义函数。在第 6 章我们介绍了各种系统数据类型,为了更加方便管理,SQL Server 还允许在系统数据类型的基础上自定义数据类型。

9.4.1　用户函数的定义与调用

自定义函数是由一个或多个 T-SQL 语句组成的子程序,这个子程序被封装起来,并以一个函数名命名,以便今后反复调用。根据用户定义函数返回值的类型,可将用户定义函数分为如下三个类别。

- 标量函数:返回结果为一个系统类型的数据值。
- 内嵌表值函数:返回结果为表,它是一条 SELECT 语句的结果集。
- 多语句表值函数:返回结果为表。可用 BEGIN...END 语句块定义函数主体,这些在函数体中的语句可生成行并将行插入将返回的表中。

函数的使用包括两个方面,一是定义,二是调用。函数定义就是规定函数的求值方法,函数调用就是提供参数具体求值。例如,规定 $x - x^3/3! + x^5/5! - x^7/7! + \cdots$ 为

sin(x)的求值方法,sin(3.14/2)就是调用。函数定义有三个要素:函数名,参数,函数值。例如,y＝sin(x)的三要素是 sin 为函数名,x 为参数,y 为所求的值。

使用 CREATE FUNCTION 命令完成自定义函数的定义,用 ALTER FUNCTION 命令对用户定义函数进行修改,用 DROP FUNCTION 命令来删除。

1. 标量函数

1) 标量函数的定义形式

```
CREATE FUNCTION [所有者名.]函数名
({@参数[AS]类型[=默认值]}[,…n])
RETURNS 返回值类型
[WITH ENCRYPTION|SCHEMABINDING[[,]…n]]
[AS]
BEGIN
    函数体
RETURN 标量表达式
END
```

说明:

函数体由一个或多个 T-SQL 语句组成,由它规定求值方法;函数值由语句 RETURN 标量表达式将求值结果返回。

选项 ENCRYPTION:表示要 SQL Server 加密系统表 syscomments 表中包含 CREATE FUNCTION 语句文本的内容。使用 ENCRYPTION 可以避免将函数作为 SQL Server 复制的一部分发布。

选项 SCHEMABINDING:指定将函数绑定到它所引用的数据库对象。如果函数是用 SCHEMABINDING 选项创建的,则不能更改或除去该函数引用的数据库对象。

2) 标量函数的调用

调用方式可以有两种。

① 在 SELECT 语句中调用,调用形式为

所有者名.函数名(实参[,…n])

② 利用 EXEC 语句把函数当命令执行,调用形式为

形式一:所有者名.函数名 实参[,…n]

形式二:所有者名.函数名 形参名 1＝实参 1,…,形参名 n＝实参 n

当调用用户定义的标量函数时,必须提供至少由两部分组成的名称(所有者名.函数名),实参可为已赋值的局部变量或表达式。在使用形式二时,提供了形参名,参数的标识次序与函数定义中的参数标识次序可以不同。

【例 9.23】　创建计算全体学生某门功课的平均成绩的函数,函数名为 average,参数为@cnum,用于接收课程号。

```
USE CJGL
GO
CREATE FUNCTION AVERAGE(@CNUM CHAR(4))RETURNS INT
AS
```

```
BEGIN
  DECLARE @AVER INT
  SELECT @AVER=AVG(成绩)
    FROM xs_kc
    WHERE 课程号=@CNUM
  RETURN @AVER
END
GO
```

【例 9.24】 调用上例自定义函数 average,显示 206 号课程的平均分。

```
SELECT DBO.average('206')AS '206课程的平均成绩'   /*调用用户函数显示值*/
```

结果为:

```
206课程的平均成绩
-----------
70
(1行受影响)
```

【例 9.25】 用 T-SQL 的 EXECUTE 语句调用上述计算平均成绩的函数。

```
DECLARE @COURSE1 CHAR(4)
DECLARE @AVER1 INT
SELECT @COURSE1='101'
EXEC @AVER1=dbo.average @COURSE1   /*通过 EXEC 调用用户函数,实参为变量@
                                     COURSE1,将返回值赋给局部变量@AVER1*/
SELECT @AVER1 AS'101课程的平均成绩'
GO
```

结果为:

```
101课程的平均成绩
-------------
76
(1行受影响)
```

【例 9.26】 在 CJGL 数据库中建立一个 course 表,在建表的定义中调用自定义函数 average 将一个字段定义为计算列。

```
USE CJGL       --假定用户函数 average 在此数据库中已定义
CREATE TABLE course
(CNO CHAR(4),
CNAME NCHAR(20),
CREDIT INT,
AVER AS DBO.aneage(CNO)     --调用自定义函数 average 将此列定义为计算列
  )
```

2. 内嵌表值函数

内嵌表值函数可以实现参数化视图,增加所编程序的通用性。例如,任意提供一个具体专业名称参数,给出该专业的学生视图。但是,在视图定义语句 CREATE VIEW 中不支持参数,使用内嵌表值函数可以解决这个问题。

如下内嵌表值函数定义,它可以按任意专业建立视图:

```
CREATE FUNCTION FN_VIEW1(@ZYPARA NVARCHAR(3)) RETURNS TABLE
AS RETURN
(SELECT 学号,姓名 FROM CIGL.DBO.XS WHERE 专业名=@ZYPARA)
Go
```

下面对以上内嵌表值函数进行调用,从计算机专业视图查询:

```
SELECT * FROM  FN_VIEW1(N'计算机')
Go
```

1) 内嵌表值函数的定义

语法格式:

```
CREATE FUNCTION [所有者名.]函数名
({@参数[AS]类型[=默认值]}[,…n])
RETURNS TABLE
[WITH ENCRYPTION|SCHEMABINDING[[,]…n]]
[AS]
RETURN[(]SELECT 语句[)]            --通过 SELECT 语句返回内嵌表
```

说明:

RETURNS TABLE,表示此函数返回一个表。函数体中的 RETURN 只能包含一个 SELECT 语句。

选项 ENCRYPTION 和 SCHEMABINDING 与标量函数中的含义一样。

2) 内嵌表值函数的调用

内嵌表值函数只能通过 SELECT 语句的 FROM 子句调用,也就是在可以使用表名或视图名的地方调用,在调用内嵌表值函数时,可以仅仅使用函数名而不带所有者名。

【例 9.27】 在数据库中创建内嵌表值函数,它可以按任意课程显示成绩信息。

```
CREATE FUNCTION FNCJ_VIEW(@KCMPARA CHAR(24)) RETURNS TABLE
AS RETURN
(SELECT 学号,成绩 FROM CJGL.DBO.KC X JOIN CJGL.DBO.XS_KC Y ON X.课程号=Y.课程号
WHERE X.课程名=@KCMPARA)
GO
```

下面通过 SELECT 查询的 FROM 子句对以上内嵌表值函数进行调用,查询数据库应用课程的成绩单:

```
SELECT * FROM FNCJ_VIEW('数据库应用')
GO
```

3. 多语句表值函数

内嵌表值函数和多语句表值函数都是返回表,二者不同之处在于:内嵌表值函数没有函数主体,返回的表是单个 SELECT 语句的结果集;而多语句表值函数在 BEGIN…END 块中定义的函数主体可以包含多条 T-SQL 语句,这些语句可以定义局部变量或局部游标,对数据进行处理后生成若干行数据插入到表中,再返回表。

1) 多语句表值函数定义

语法格式:

```
CREATE FUNCTION [所有者名.]函数名          --定义函数名部分
```

```
({@参数[AS]类型[=默认值]}[,…n])        /*定义函数参数部分*/
RETURNS @表变量 TABLE  ({列定义|表约束}[,…n])     --定义作为返回值的表
  [WITH[ENCRYPTION|SCHEMABINDING[,]…n]]        --定义函数的可选项
[AS]
BEGIN
    函数体
    RETURN
END
```

说明：

@表变量用于存储作为函数值返回的记录集；

函数体为 T-SQL 语句序列，可以对数据进行一些处理。

选项 ENCRYPTION 和 SCHEMABINDING 与标量函数中的含义一样。

【例 9.28】 在数据库中创建返回 table 的多语句表值函数，它可以以学号为参数，显示某学生各门功课的成绩和学分。

```
CREATE FUNCTION score_table(@sno char(6))
RETURNS @score TABLE(xs_ID char(6),xs_Name char(8),kc_Name char(16),
   cj  tinyint,  xf tinyint)
AS
BEGIN
 INSERT @score
    SELECT S.学号,S.姓名,P.课程名,O.成绩,P.学分
    FROM CJGL.DBO.XS AS S INNER JOIN CJGL.DBO.XS_KC AS O
      ON(S.学号=O.学号) INNER JOIN CJGL.DBO.KC AS P
      ON(O.课程号=P.课程号)
    WHERE S.学号=@sno
RETURN
END
```

2) 多语句表值函数的调用

多语句表值函数的调用与内嵌表值函数的调用方法相同。也是在 SELECT 查询语句的 FROM 子句中调用。

如下例子是上述多语句表值函数 score_table()的调用。

【例 9.29】 如下语句查询学号为"081101"学生的各科成绩和学分。

```
SELECT *FROM  cjgl.dbo.score_table('081101')
```

结果为：

```
xs_ID   xs_Name kc_Name         cj   xf
----- -------- ---------------- ---- ----
081101   李林     计算机基础        80   3
081101   李林     程序设计语言      78   4
081101   李林     离散数学          76   4

(3行受影响)
```

需要说明的是,函数中的语句只能对函数上的局部对象(如局部游标或局部变量)进

行更改。不能在函数中执行的操作包括：对数据库表的修改，对不在函数上的局部游标进行操作，发送电子邮件，尝试修改目录，以及生成返回至用户的结果集。

4. 用户函数的建立

使用 SQL Server 2005 管理平台创建用户定义函数。例如，在 CJGL 数据库中要建立前面自定义函数 score_table()。

在 SQL Server 管理平台中，打开指定的服务器和数据库项，选择并展开"可编程性→函数"项，接下来用右键单击"内联表值函数"选项，从弹出的快捷菜单中选择"新建内联表值函数"命令，如图 9.4 所示。在右边的查询窗口中输入"例 9.28"中的语句，并执行查询。

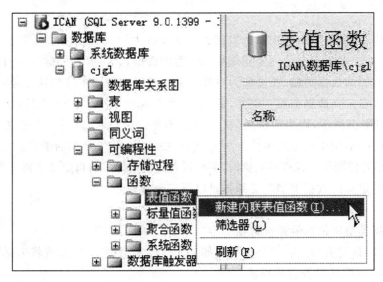

图 9.4　在 SQL Server 管理平台中建立函数

在 SQL Server 管理平台的目录树中 CJGL 数据库对应的函数子目录图标上右击，选择"刷新"，即可看到函数 score_table()对象的图标，如图 9.5 所示。

图 9.5　在 SQL Server 管理平台中建立的函数

9.4.2 用户定义函数的删除

对于一个已创建的用户定义函数,可有两种方法删除:

(1) 利用 T-SQL 语句 DROP FUNCTION 删除,下面介绍其语法格式。

语法格式:

```
DROP FUNCTION{[所有者名.]函数名}[,…n]
```

(2) 通过 SQL Server 2005 管理平台删除,这非常简单,请读者自己练习。

9.4.3 用户定义数据类型

用户可以在 SQL Server 中系统数据类型的基础上定义自己的数据类型。在多表操作的情况下,往往多个表中的列要存储相同类型的数据,如主键和外键对应的数据。这些列具有完全相同的数据类型、长度和为空性。为了确保在各列中这些属性是一致的,最好的办法是引入自定义数据类型。例如,在 CJGL 数据库中,学号在 XS 表与 XS_KC 表中具有完全相同的数据类型,均为字符型,长度为 6,不允许为空,这时可以先定义一个数据类型,命名为 st_num,用于描述这些属性,然后将表 XS 和表 XS_KC 中的学号定义为 st_num 类型。这样凡是要使用学号这样的数据时,都可以直接使用统一的自定义的数据类型。

创建用户定义的数据类型时必须提供以下三个参数:

- 名称。
- 新数据类型所依据的系统数据类型。
- 为空性(数据类型是否允许空值),如果为空性未明确定义,系统将依据数据库或连接的 ANSI Null 默认设置进行指派。

如果用户定义数据类型是在 model 数据库中创建的,它将作用于所有用户定义的新数据库中。如果数据类型在用户定义的数据库中创建,则该数据类型只作用于此用户定义的数据库。

1. 使用 SQL Server 管理平台创建用户自定义数据类型

在 SQL Server 管理平台中,打开指定的服务器和数据库项,选择并展开"可编程性→类型"项,接下来用右键单击"类型",从弹出的快捷菜单中选择"新建→用户自定义数据类型"命令,如图 9.6 所示,出现用户定义的数据类型属性对话框,进入新建用户定义数据类型窗口,如图 9.7 所示。

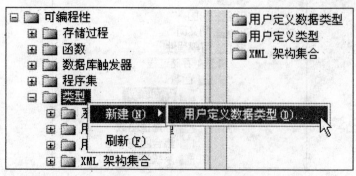

图 9.6 用户定义的数据类型快捷菜单

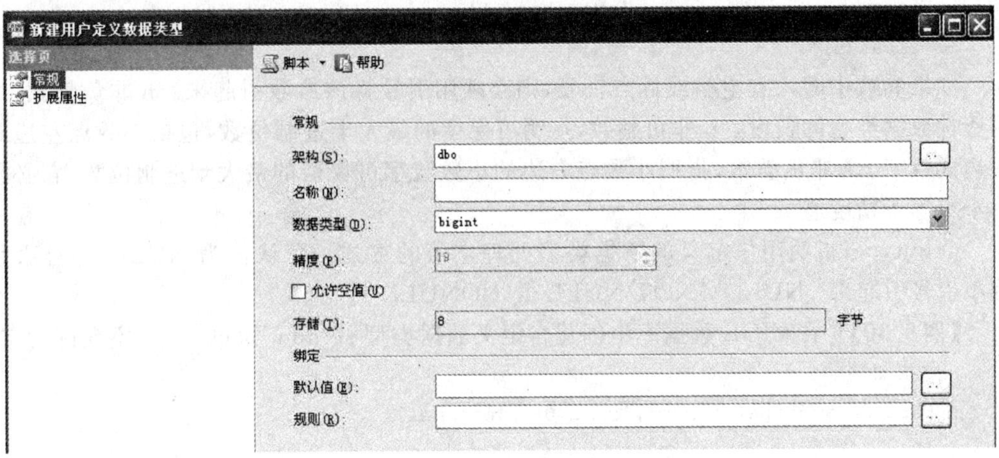

图 9.7　用户定义数据类型窗口

在图 9.7 中各位置输入相应内容：

- 在"数据类型"列表中，选择所依赖的系统数据类型。
- 键入允许的最大长度。长度可变的数据类型有：binary，char，nchar，nvarchar，varbinary 和 varchar。
- 若允许此数据类型接受空值，则在"允许空值"处打勾。
- 如果希望将数据库中已有的规则对象或默认对象绑定到自定义数据类型，则在相应的规则和默认值下拉列表框中选择。
- 选择"确定"，这样数据类型即定义好了。

2. 使用命令定义数据类型

在 SQL Server 中，通过系统存储过程 sp_addtype 建立用户自定义数据类型，关于系统存储过程的概念详见下一节。具体语法格式如下：

```
sp_addtype [@typename=] type,       --定义自定义类型名称
[@phystype=] system_data_type        --定义自定义类型的基类型
[,[@nulltype=][null_type]            --定义为空性
[,[@owner=] [owner_name]             --定义新类型的创建者或所有者
```

参数说明如下：

type，数据类型名必须遵照标识符的规则，而且在每个数据库中必须是唯一的。type 必须用单引号括起来。

system_data_type，是用户定义的数据类型所基于 SQL Server 提供的数据类型。可能是这些值之一：

'binary(n)'	image	smalldatetime
Bit	int	smallint
'char(n)'	'nchar(n)'	text
Datetime	ntext	tinyint
Decimal	numeric	uniqueidentifier
'decimal[(p[,s])]'	'numeric[(p[,s])]'	'varbinary(n)'

```
Float                    'nvarchar(n)'            'varchar(n)'
'float(n)'               real
```

如果参数中嵌入有空格或标点符号,则必须用引号将该参数引起来。n 非负整数,指明所选数据类型的长度。p 非负整数,指明可保留的最大十进制位数,包括小数点左边和右边的数字。s 非负整数,指明小数点右边的小数数字可保留的最大十进制位数,它必须小于或等于精度值。

null_type,指明用户定义的数据类型处理空值的方式。默认值为 NULL,并且必须用单引号引起来('NULL','NOT NULL '或' NONULL')。

【例 9.30】 在 CJGL 数据库中创建自定义数据类型 st_num 为 char(6) 不允许为空。

```
USE CJGL
EXEC sp_addtype'st_num','char(6)','not null'
GO
```

3. 删除用户自定义数据类型

在 SQL Server 管理平台中删除自定义数据类型方法比较简单,只要选择需删除的自定义数据类型右击,在快捷菜单中选择"删除"菜单项,然后选择"确定"即可。如果要查看删除此数据类型对数据库的影响,可以选择"显示相关性"。

使用命令删除自定义数据类型的语法格式如下:

```
sp_droptype  [@typename=] type
```

注意:type 是用户自定义数据类型的名称,应用单引号括起来。

例如,删除前面定义的 st_num 类型的语句为:

```
USE CJGL
EXEC sp_drop type 'st_num'          --调用存储过程
GO
```

4. 执行权限

自定义数据类型的执行权限默认授予 sysadmin 固定服务器角色、db_ddladmin 和 db_owner固定数据库角色成员以及数据类型所有者。

5. 利用自定义类型定义字段

在表定义 CREATE TABLE 语句中或表设计器中都可以使用用户自定义类型。

例如,在 SQL Server 管理平台中,对于 XS1 表的学号列选择用 st_num 的定义如图 9.8 所示。

也可以利用语句定义 XS1 表结构如下:

```
USE CJGL
CREATE TABLE XS1
(学号 st_num,           --将学号定义为 st_num 类型
姓名 char(8) NOT NULL,
性别 bit NOT NULL,
身份证号 char(18)NULL,
专业名 char(10)NULL,
入学日期 smalldatetime )
GO
```

图 9.8　在 XS1 表的学号列选择用 st_num

9.5　存储过程

如果有一项任务包含一系列操作,而这项任务是经常要做的,我们可以用存储过程来完成。存储过程是封装重复性任务的方法,是存储在服务器上经过预编译的由一个或多个 T-SQL 语句组成的子程序,这个子程序封装起来以后以一个名称存储并作为一个单元处理。存储过程使数据库的管理、显示数据库及其用户信息的工作容易得多。

SQL Server 中的存储过程与其他编程语言中的过程类似,它可以:

• 接受输入参数。

• 在单个存储过程中执行一系列数据库操作(包括调用其他过程)的语句。

• 以输出参数的形式将多个值返回至调用过程或批处理。

• 向调用过程或批处理返回状态值,以表明成功或失败以及失败原因。

存储过程具有许多优点:

• 存储过程封装了商务逻辑。若规则或策略有变化,则只需要修改服务器上的存储过程,所有的客户端就可以直接使用。

• 提高了系统性能。存储过程执行一次后,其执行计划就驻留在服务器的高速缓存中,在以后的操作中,只需要从高速缓存中调用已编译好的代码执行。

• 提供了安全性机制。用户可以被赋予执行存储过程的权限,而不必在存储过程所引用的对象上都有权限。

• 减少网络通信负担。客户端只需要用一条语句调用存储过程,就可以完成可能需要大量语句才能完成的任务,这样减少了客户端和服务器之间的请求/回答包。

9.5.1 存储过程的类型

在 Microsoft SQL Server 2005 中的存储过程主要有三类。

1) 系统存储过程

SQL Server 2005 中的许多管理活动都是通过一种特殊的存储过程执行的,这种存储过程被称为系统存储过程。如 sys.sp_help 就是一个系统存储过程。从物理意义上讲,系统存储过程存储在源数据库中,并且带有 sp_前缀,可以在任何数据库中使用。从逻辑意义上讲,系统存储过程出现在每个系统定义数据库和用户定义数据库的 sys 构架中。在 SQL Server 2005 中,可将 GRANT,DENY 和 REVOKE 权限应用于系统存储过程。它们为系统管理员的许多管理活动提供了方便快捷的方法。

2) 用户定义的存储过程

指用户在数据库中创建的存储过程,这种存储过程完成特定数据库操作任务,其名称不能以 sp_为前缀。

在 SQL Server 2005 中,用户定义的存储过程有两种类型:Transact-SQL 或 CLR。

Transact-SQL 存储过程:是指保存的 Transact-SQL 语句集合,可以接受和返回用户提供的参数。例如,存储过程中可能包含根据用户提供的信息在一个或多个表中插入新行所需的语句。存储过程也可能从数据库向用户返回数据。例如,电子商务 Web 应用程序可能使用存储过程根据联机用户指定的搜索条件返回有关特定产品的信息。

CLR 存储过程:是指对 Microsoft.NET Framework 公共语言运行时(CLR)方法的引用,可以接受和返回用户提供的参数。它们在.NET Framework 程序集中是作为类的公共静态方法实现的。

3) 扩展存储过程

扩展存储过程(extended stored procedure)是指 Microsoft SQL Server 的实例可以动态加载和运行的 DLL。使用时需要先加载到 SQL Server 系统中,按照使用存储过程的方法执行。

重要说明:后续版本的 Microsoft SQL Server 将删除该功能。请避免在新的开发工作中使用该功能,并应着手修改当前还在使用该功能的应用程序,请改用 CLR 集成。CLR 集成提供了更为可靠和安全的替代方法来编写扩展存储过程。

9.5.2 用户存储过程的创建与执行

1. 命名存储过程

Microsoft 强烈建议不要以 sp_为前缀创建任何存储过程。sp_前缀是 SQL Server 用来指定系统存储过程的。用户选择的名称可能会与以后的某些系统过程发生冲突。这将导致应用程序中断。

2. 临时存储过程

临时存储过程可以通过向该过程名称添加 ♯ 和 ♯ ♯ 前缀的方法进行创建。♯ 表示本地临时存储过程,♯ ♯ 表示全局临时存储过程。SQL Server 关闭后,这些过程将不复存在。

3. 创建存储过程

使用 CREATE PROCEDURE 语句创建存储过程。

语法格式:

```
CREATE PROC [EDURE] 过程名              --定义过程名
[{@参数 数据类型}[VARYING][=默认值][OUTPUT]][,…n]
--定义参数的类型和属性
[WITH {RECOMPILE|ENCRYPTION|RECOMPILE,ENCRYPTION}]
                                --定义存储过程的选项
AS sql 语句[…n]                  --多条 sql 语句指出在存储过程中执行的操作
```

说明:

过程名:必须符合标识符规则,且对于数据库及其所有者必须唯一。

@参数:可以声明一个或多个参数。用户在执行过程时必须提供每个所声明参数的值(除非定义了该参数的默认值)。每个过程的参数仅用于该过程本身,相同的参数名称可以用在不同的过程中。

VARYING:仅适用于游标参数。指定作为输出参数支持的结果集(由存储过程动态构造,内容可以变化)。

默认值:如果定义了默认值,不必指定该参数的值即可执行过程。默认值必须是常量或 NULL。如果过程将对该参数使用 LIKE 关键字,那么默认值中可以包含通配符(%、_、[]和[^])。

OUTPUT:表明参数是返回参数。使用 OUTPUT 参数可将信息返回给调用过程。

RECOMPILE:表明 SQL Server 不会缓存该过程的计划,该过程将在运行时重新编译。在使用非典型值或临时值而不希望覆盖缓存在内存中的执行计划时,可使用 RECOMPILE 选项。

ENCRYPTION:表示 SQL Server 加密 syscomments 表中包含 CREATE PROCEDURE 语句文本的内容。

下面使用 CREATE　PROCEDURE 定义一个很简单的存储过程,查询 XSCJ 数据库中每个同学各门功课的成绩:

```
--创建存储过程
USE CJGL
GO
CREATE PROCEDURE student_grade
AS
SELECT XS.学号,XS.姓名,KC.课程名,XS_KC.成绩
FROM XS,XS_KC,KC
WHERE XS.学号=XS_KC.学号 AND XS_KC.课程号=KC.课程号
GO
```

对于存储过程的创建要注意下面几点:

(1) 用户定义的存储过程只能在当前数据库中创建(临时过程除外,临时过程总是在 tempdb 中创建)。

（2）不能将 CREATE PROCEDURE 语句与其他 SQL 语句如 CREATE VIEW，CREATE DEFAULT，CREATE RULE，CREATE PROCEDURE，CREATE TRIGGER 组合到单个批处理中。

（3）成功执行 CREATE PROCEDURE 语句后，过程名称存储在 sysobjects 系统表中，而 CREATE PROCEDURE 语句的文本存储在 syscomments 中。

（4）自动执行存储过程。SQL Server 启动时可以自动执行一个或多个存储过程。这些存储过程必须由系统管理员在 master 数据库中创建，并在 sysadmin 固定服务器角色下作为后台过程执行。

（5）除了 SET SHOWPLAN_TEXT 和 SET SHOWPLAN_ALL 外，其他 SET 语句均可在存储过程内使用。

（6）权限。CREATE PROCEDURE 的权限默认授予 sysadmin 固定服务器角色成员、db_owner 和 db_ddladmin 固定数据库角色成员。这些成员可以将权限再授给其他人。

4. 存储过程的执行

通过 EXEC 命令可以执行一个已定义的存储过程。

语法格式：

```
[EXEC[UTE]]
{ [@整型变量名=]        --用于接收返回是否成功的变量,要事先声明
{过程名|@过程变量名}
[[@参数名称=]{值|@变量[OUTPUT]|[DEFAULT]}
[,…n]
[WITH RECOMPILE]}
```

说明：

"@参数名称"是在 CREATE PROCEDURE 语句中定义过的形式参数，"值"或"@变量"是执行过程时提供的实在参数。如果使用"@参数名称="形式调用过程，参数顺序可以不按照 CREATE PROCEDURE 语句中定义的顺序出现。如果有一个参数使用该格式，则其他所有参数都必须使用这种格式。如果不使用这种格式，参数值必须以 CREATE PROCEDURE 语句中定义的顺序给出。如果在 CREATE PROCEDURE 语句中定义了默认值，用户执行该过程时可以不必指定参数值。

@变量：作为输入参数使用时已经被赋值，作为输出参数使用时在定义和执行时都有 OUTPUT 关键字。

OUTPUT：指出是一个输出参数。使用游标变量作参数时必须使用该关键字。

DEFAULT：指定某参数使用在过程定义中提供的相应参数的默认值。

下面通过 EXEC 命令调用前面创建的存储过程 student_grade：

```
--调用存储过程
USE CJGL
EXEC student_grade
GO
```

存储过程的执行要注意以下几点：

（1）如果存储过程名的前三个字符为 sp_，SQL Server 会在 Master 数据库中寻找该

过程。如果没能找到合法的过程名,SQL Server 会寻找所有者名称为 dbo 的过程。

（2）执行存储过程时,若语句是批处理中的第一个语句,则不一定要指定 EXECUTE 关键字。

5. 存储过程应用举例

1）设计简单的存储过程（不使用任何参数）

【例 9.31】　创建 stu_info 存储过程,从 CJGL 数据库中查询所有学生的学号、姓名、课程名、成绩、学分。

```
USE CJGL
--检查是否已存在同名的存储过程,若有,删除.
IF EXISTS(SELECT name FROM sysobjects
          WHERE name='stu_info' AND type='P')
  DROP PROCEDURE stu_info
GO
--创建存储过程
CREATE PROCEDURE stu_info
AS
SELECT a.学号,姓名,课程名,成绩,学分
FROM xs a INNER JOIN xs_kc b ON a.学号=b.学号
INNER JOIN kc t ON b.课程号=t.课程号
     ORDER BY 姓名
GO
```

通过下述 SQL 语句执行该过程:

```
USE CJGL
--检查该存储过程是否已存在,若有,执行.
IF EXISTS(SELECT name FROM sysobjects
    WHERE name='stu_info' AND type='P')
EXEC stu_info      --执行存储过程
GO
```

结果是:

学号	姓名	课程名	成绩	学分
081101	李林	计算机基础	80	3
081101	李林	程序设计语言	78	4
081101	李林	离散数学	76	4
081202	李平	计算机基础	80	3
081202	李平	计算机网络	85	3
081203	林一番	离散数学	65	4
081203	林一番	数据结构	87	4
081203	林一番	操作系统	90	4
081103	王燕	计算机基础	62	3
081103	王燕	程序设计语言	70	4

081201	韦方良	计算机基础	84	3
081201	韦方良	程序设计语言	78	4
081201	韦方良	离散数学	69	4

(13 行受影响)

2) 使用带参数的存储过程

【例 9.32】 从数据库中查询某人指定课程的成绩和学分。该存储过程接收与传递参数精确匹配的值。如果没有提供课程参数,则使用预设的默认值"离散数学"。

```
USE CJGL
GO
CREATE PROCEDURE stu_info1
    @sname char(8),@cname char(16)='离散数学'
AS
SELECT a.学号,姓名,课程名,成绩,学分
    FROM XS a INNER JOIN XS_KC b
        ON a.学号=b.学号  INNER JOIN KC t
        ON b.课程号=t.课程号
    WHERE 姓名=@sname and 课程名=@cname
GO
```

下面分别使用不同方式调用存储过程三次:

```
EXEC stu_info1 '李林'          --未提供课程名参数,使用默认课程名
EXEC stu_info1 '李林','计算机基础'         --提供课程名参数
EXEC stu_info1 @cname='程序设计语言',@sname='李林'          --改变参数顺序
GO
```

执行结果为:

学号	姓名	课程名	成绩	学分
-----	-----	----------	----	----
081101	李林	离散数学	76	4

(1 行受影响)

学号	姓名	课程名	成绩	学分
-----	-----	----------	----	----
081101	李林	计算机基础	80	3

(1 行受影响)

学号	姓名	课程名	成绩	学分
-----	-----	----------	----	----
081101	李林	程序设计语言	78	4

(1 行受影响)

(3) 使用带有通配符参数的存储过程

【例 9.33】 该存储过程在参数中使用了模式匹配,如果没有提供参数,则使用预设的默认值。

```
CREATE PROCEDURE st_info
        @name varchar(30)='李%'
```

```
AS
SELECT a.学号,a.姓名,c.课程名,b.成绩
    FROM XS a INNER JOIN XS_KC b
    ON a.学号=b.学号 INNER JOIN KC c
    ON c.课程号=b.课程号
    WHERE 姓名 LIKE @name
GO
```

下面分别使用不同方式调用存储过程:

```
EXEC st_info
EXEC st_info '汪_'
EXEC st_info '[林王]% '
GO
```

结果为:

学号	姓名	课程名	成绩
081101	李林	计算机基础	80
081101	李林	程序设计语言	78
081101	李林	离散数学	76
081202	李平	计算机基础	80
081202	李平	计算机网络	85

(5行受影响)

学号	姓名	课程名	成绩

(0行受影响)

学号	姓名	课程名	成绩
081103	王燕	计算机基础	62
081103	王燕	程序设计语言	70
081203	林一番	离散数学	65
081203	林一番	数据结构	87
081203	林一番	操作系统	90

(5行受影响)

(4) 使用带 OUTPUT 参数的存储过程

【例 9.34】 用于计算指定学生的总学分,存储过程中使用了一个输入参数和一个输出参数。

```
USE CJGL
GO
CREATE PROCEDURE totalcredit
 @sname varchar(20),@total int OUTPUT
AS
```

```
SELECT @total=SUM(学分)
    FROM XS,XS_KC,KC
    WHERE XS.学号=XS_KC.学号 AND XS_KC.课程号=kc.课程号
AND 姓名=@sname AND XS_KC.成绩>=60
GO
```

下面首先定义一个变量用于接收存储过程的返回值,再调用存储过程:

```
Declare @c_total   int       --定义的变量数据类型必须与过程中的参数类型匹配
EXEC totalcredit '王燕',@c_total OUTPUT
SELECT @c_total AS 王燕已得到学分
GO
```

结果为:

```
王燕已得到学分
- - - - - - - - - - -
7
(1 行受影响)
```

5) 使用 WITH ENCRYPTION 加密选项隐藏存储过程的文本

【例 9.35】 创建加密过程。

```
CREATE PROCEDURE encrypt_p  WITH ENCRYPTION
AS
SELECT * FROM XS
GO


EXEC sp_helptext encrypt_p
GO
```

结果显示为:对象' encrypt_p '的文本已加密。

使用 sp_helptext 系统存储过程获取关于加密过程的信息,然后尝试直接从 syscommtnts 表中获取关于该过程的信息。

6) 使用存储过程的返回值

存储过程在执行后都会返回一个整型值。如果执行成功,返回 0,否则返回 $-1\sim$ -99 之间的一个整数。也可以用 RETURN 语句来指定一个返回值。

【例 9.36】 本例创建 test_rt 根据输入的参数来判断返回值。

```
USE test
GO
CREATE PROC test_rt  @input_1  int=0
AS
  IF @input_1=0  RETURN0
  IF @input_1>0  RETURN99
  IF @input_1<0  RETURN-99
GO
```

执行该存储过程:

```
DECLARE @ret_int int
PRINT'返回值如下'
EXEC @ret_int=test_rt 1
PRINT @ret_int
EXEC @ret_int=test_rt 0
PRINT @ret_int
EXEC @ret_int=test_rt -1
PRINT @ret_int
```

结果为：

```
返回值如下
99
0
-99
```

（7）创建用户定义的系统存储过程

【例 9.37】　创建一个过程，显示表名以 xs 开头的所有表及其对应的索引。如果没有指定参数，该过程将返回表名以 kc 开头的所有表及对应的索引。

```
USE master    --将存储过程建立在系统 master 库中,以便在任何地方都可以调用
GO
CREATE PROCEDURE sp_showtable @TABLE varchar(30)='kc%'
AS
SELECT tab.name AS TABLE_NAME,
    inx.name AS INDEX_NAME,
    indid AS INDEX_ID
    FROM sysindexes inx INNER JOIN sysobjects tab ON tab.id=inx.id
    WHERE tab.name LIKE @TABLE
GO
USE CJGL
EXEC sp_showtable 'xs%'
GO
```

6. 在 SQL Server 管理平台中创建存储过程的方法

在 SQL Server 管理平台中可以按以下步骤创建存储过程：

（1）展开“服务器”。

（2）展开“数据库”，展开“可编程性”，右击“存储过程”。

（3）在快捷菜单上选择“新建存储过程”，如图 9.9 所示。

（4）在对象资源管理器的右边打开可编程窗格，在可编程空格中已给出了新建存储过程的语法结构，可以根据需要进行修改或增加 Transact-SQL 语句。

（5）单击“检查语法”按钮，检查语法是否正确。

（6）单击“执行”按钮，即可创建该存储过程。

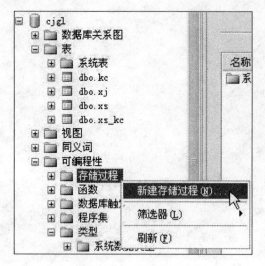

图 9.9 存储过程的快捷菜单   图 9.10 "新建查询"按钮

另外,也可以通过单击"新建查询"按钮,如图 9.10 所示,来打开可编程窗格,如图 9.11所示。

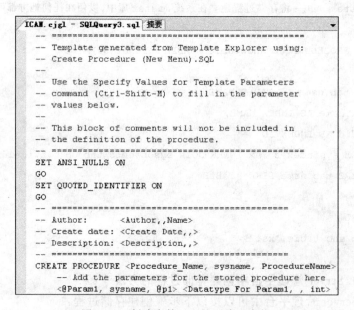

图 9.11 创建存储过程的可编程窗格

9.5.3 存储过程修改和删除

1. 存储过程的修改

(1) 存储过程的修改可以通过 ALTER PROCEDURE 命令进行,其语法格式为:

```
ALTER PROC[EDURE]过程名
    [{@参数 数据类型} [VARYING][=默认值][OUTPUT]][,…n]
```

```
[WITH {RECOMPILE|ENCRYPTION|RECOMPILE,ENCRYPTION}]
   AS sql 语句[…n]
```

说明：各参数含义与 CREATE PROCEDURE 相同，如果原来的过程定义使用了 WITH RECOMPILE 或 WITH ENCRYPTION，那么修改时也要包含这些选项才有效。

（2）在 SQL Server 管理平台中修改存储过程的方法。

第一步：在 SQL Server 管理平台中展开数据库，展开可编程性，展开存储过程。

第二步：选定要修改的存储过程，如选定 st_info，然后右击鼠标，在快捷菜单中选择"修改"，如图 9.12 所示。在对象资源管理器的右边打开可编程窗格，在可编程空格中已打开了 st_info 存储过程，可以根据需要进行修改，如图 9.13 所示。

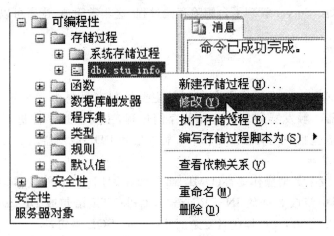

图 9.12　存储过程的修改

第三步："检查语法"后，选择"运行"按钮。

```
ICAN.cjgl - SQLQuery6.sql    ICAN.cjgl - SQLQuery5.sql*
    set ANSI_NULLS ON
    set QUOTED_IDENTIFIER ON
    GO
    /*创建存储过程*/
    ALTER PROCEDURE [dbo].[stu_info]
    AS
    SELECT a.学号，姓名，课程名，成绩，学分
    FROM  xs  a  INNER JOIN  xs_kc  b  ON a.学号 = b.学号
    INNER  JOIN  kc  t   ON b.课程号 = t.课程号
           ORDER BY 姓名
```

图 9.13　修改 st_info 存储过程

2. 存储过程的删除

（1）利用 T-SQL 语句 DROP PROCEDURE 删除，下面介绍其语法格式。

语法格式：

```
DROP PROCEDURE {过程名}[,…n]
```

例如，从服务器上删除存储过程 test_rt 和 encrypt_p 的语句是：

```
DROP PROCEDURE test_rt,encrypt_p
```

如果另一个存储过程调用了某个已经删除的存储过程，则 SQL Server 会在执行该过程调用时显示一条错误信息。如果定义了一个新的同名同参数的存储过程来代替被删除的存储过程，则仍然可以调用执行。

例如，如果存储过程 pro1 调用了 pro2，而 pro2 被删除，但随后又创建了一个新的 pro2，则 pro1 仍然可以执行，且不必重新编译。

(2) 通过 SQL Server 管理平台删除存储过程，这非常简单，读者可以自行操作。

9.6 触发器

Microsoft SQL Server 2005 提供了两种主要机制来强制执行业务规则和数据完整性：约束和触发器。触发器是一种特殊的存储过程，主要通过事件进行触发而被执行。SQL Server 2005 包括两大类触发器：DML 触发器和 DDL 触发器。

1) DML 触发器

当数据库中发生数据操作语言(DML)事件时将调用 DML 触发器。DML 事件包括在指定表或视图中修改数据的 INSERT 语句、UPDATE 语句或 DELETE 语句。DML 触发器可以查询其他表，还可以包含复杂的 Transact-SQL 语句。

2) DDL 触发器

DDL 触发器是 SQL Server 2005 的新增功能，它是一种特殊的触发器，它在响应数据定义语言(DDL)语句时触发。它们可以用于在数据库中执行管理任务。例如，审核以及规范数据库操作。

像常规触发器一样，DDL 触发器将激发存储过程以响应事件。但与 DML 触发器不同的是，它们会为响应多种数据定义语言(DDL)语句而触发。这些语句主要是以 CREATE、ALTER 和 DROP 开头的语句。

触发器不能被直接调用执行，也不能传送和接收参数。

9.6.1 DML 触发器的创建

DML 触发器与表或视图是不能分开的，触发器定义在一个表或视图中，当表或视图被删除时与它关联的触发器也一同被删除。

DML 触发器的分类：

• 按触发动作语句可分为三种类型——INSERT,UPDATE 和 DELETE 触发器；
• 按触发时刻可分为两种——AFTER 触发器和 INSTEAD 触发器。

AFTER 触发器是在执行触发操作(INSERT,UPDATE 或 DELETE)和处理完约束之后激发，为默认触发器。所以，若执行 INSERT,UPDATE 或 DELETE 语句违犯约束条件时，将不执行 AFTER 触发器。

　　INSTEAD 触发器是由触发器的程序代替 INSERT,UPDATE 或 DELETE 语句执行,在处理约束之前激发,而不执行这些数据操作语句本身。

　　利用触发器可以方便地实现表中数据的完整性、多个表之间数据的一致性。例如,对于 CJGL 数据库的 XS 表、KC 表和 XS_KC 表,当向 XS_KC 表插入一个成绩时,要求该成绩对应的学号和课程号是已存在的,此时就可以在 XS_KC 表上定义一个 INSERT 触发器,在触发器程序中去检查 XS 表、KC 表的学号和课程号是否存在,从而实现上述功能。又如在销售系统中,通过 DELETE 触发器可以控制有显著订货量的产品信息不能被删除。

　　利用触发器可以使公司的处理任务自动进行。例如,在销售系统中,通过 UPDATE 触发器可以检测什么时候库存下降到了需要再进货的量,就自动生成给供货商的订单。

　　约束与触发器作为 SQL Server 实现数据完整性的两种主要机制,在特殊情况下各有优势:触发器的主要优点是可以包含复杂的 T-SQL 程序代码以完成复杂的处理逻辑。约束优先于触发器,只有当通过约束无法满足应用程序的功能要求时,触发器就变得极为有用了。

　　因此触发器可以:

- 强制比 CHECK 约束更复杂的数据完整性。
- 显示用户定制的错误信息,维护非标准数据。
- 比较数据修改前后的状态,并根据其差异采取对策。

　　使用触发器的注意事项:

- 大部分触发器在动作后执行(AFTER 是默认触发器),而约束和 INSTEAD OF 触发器是在动作前执行的。
- 一个表可以有多个触发器,即使是同一动作的触发器也可以有多个。触发器类型和触发顺序存储在系统表 sysobjects 的 status 列中。

1. 通过 T-SQL 的 CREATE TRIGGER 创建 DML 触发器

其语法格式如下:

```
CREATE TRIGGER 触发器名
ON 表名|视图名
{[FOR|AFTER]|[INSTEADOF]}
{[INSERT][,][UPDATE][,][DELETE]}
AS
[ IF UPDATE(列名 1)[{AND|OR}UPDATE(列名 2)][…n]]
|IF(COLUMN_UPDATE() 位操作符 更新位掩码)
比较运算符 列的位掩码[…n]
 ]
SQL 语句
```

以上 CREATE TRIGGER 语句定义了如下内容:

- 触发器名称:触发器名。
- 何处触发:表名或视图名。
- 何时激发:FOR 和 AFTER 都是指定为 AFTER 触发器,INSTEAD OF 指定为

INSTEAD 触发器。

AFTER 指定触发器只有在引起触发的 SQL 语句(即 INSERT,UPDATE,DELETE)所指定的操作已成功执行后才激发。所有的引用级联操作和约束检查也必须在成功完成后,才能执行此触发器。不能在视图上定义 AFTER 触发器。

INSTEAD OF 指定执行触发器中规定的 SQL 语句而不是执行触发动作,从而替代触发语句的操作。在表或视图上,每个 INSERT,UPDATE 或 DELETE 语句最多可以定义一个 INSTEAD OF 触发器。

• 何种操作语句触发:INSERT 指定为 INSERT 触发器;UPDATE 指定为 UPDATE 触发器;DELETE 指定为 DELETE 触发器,必须至少指定一个选项。在触发器定义中允许以任意顺序组合这些操作关键字。

• 何列数据被修改时触发:是两个可选项,IF UPDATE(列名)子句和 IF COLUMNS_UPDATE()子句。都是用于判定某个或某些列上的数据是否被修改。仅用于 INSERT 或 UPDATE 触发器,不能用于 DELETE 触发器。

可选项 IF UPDATE(列名)子句,通过指定列名来判别是否插入或更新了指定的列,如果测试到在这些列上进行了 INSERT 或 UPDATE 操作,则激发触发器。

可选项 IF COLUMNS_UPDATE()子句,通过指定"位掩码"与"测试结果数"的运算来判定是否插入或更新了指定的列。COLUMNS_UPDATED()函数返回一个二进制的测试结果数据,每位对应一列,1 表示更新,0 表示没有更新,二进制数的最低位对应表中的左边第一列,二进制数从右到左的顺序依次对应表中从左到右的列。如返回二进制数据 00000101 表示表上第一列和第三列被修改了。在 INSERT 操作中 COLUMNS_UPDATED()函数将对所有列返回 TRUE 值,因为这些列插入了显式值或隐性(NULL)值。

其中,位操作符包括:按位与(&)、按位或(|)、按位非($\sim$)和按位异或($^$)。更新位掩码为整型位掩码,用于标志关心的那些列。例如,表 t1 包含列 C0,C1,C2,C3 和 C4。假定表 t1 上有 UPDATE 触发器,若要检查列 C0,C2 和 C4 是否都有更新,可以指定更新位掩码值为 0x15=00010101;若要检查是否只有列 C1 有更新,指定掩码值为 2=00000010。

触发后如何动作:SQL 语句指定触发器触发时所需要的条件和所作的操作。触发器条件指定其他准则,以确定 DELETE,INSERT 或 UPDATE 语句是否导致执行触发器操作。当尝试 DELETE,INSERT 或 UPDATE 操作时,Transact-SQL 语句中指定的触发器操作将生效。

注意:在 CREATE TRIGGER 语句中,[DELETE]选项不能与 IF 子句选项同时选中。

【例 9.38】 创建一个 table8 表,在该表上创建一个触发器,当新增和修改记录时,触发显示该表的内容。

```
USE CJGL
GO
--创建 table8 表
CREATE TABLE table8
(c1 int,c2 char(20)
```

```
)
GO
--创建触发器 trig1
CREATE TRIGGER trig1 ON table8
FOR INSERT,UPDATE
AS
   SELECT * FROM table8
GO
```

执行如下操作：

```
INSERT table8 VALUES(1,'张飞')
```

结果会显示如下：

```
c1          c2
----- -----
1           张飞
```

执行如下操作：

```
UPDATE table8 SET c2='周瑜'  WHERE c1=1
```

结果会显示如下：

```
c1          c2
----- -----
1           周瑜
```

2. 触发器的工作过程及其两个特殊表

触发器运行时 SQL Server 会在内存中自动创建两个临时表：deleted 表和 inserted 表，它们用于在触发器内部测试某些数据修改的效果及设置触发器操作的条件，用户不能直接对 deleted 表和 inserted 表中的数据进行更改。

inserted 逻辑表：用于保存插入到触发器表的数据记录。当向表中插入数据时，INSERT 触发器触发执行，新的记录插入到触发器表同时被记录到 inserted 表中。

deleted 逻辑表：用于保存已从表中删除的数据记录，当触发一个 DELETE 触发器时，被删除的记录存放到 deleted 逻辑表中。

执行 update 更新操作时，先从表中删除旧行（存放到 deleted 逻辑表中），再插入新行到触发器表并复制到 inserted 表中。

【例 9.39】 在 XS 表上创建一个触发器显示 deleted 表和 inserted 表中内容。

```
USE CJGL
GO
  Create trigger trig2 on xs
   for insert,update,delete
    as
      print'inserted 表:'
      Select 学号,姓名 from inserted
    Print'deleted 表:'
      Select 学号,姓名 from deleted
```

分别执行 INSERT，UPDATE 和 DELETE 这三个动作，看结果如何，有兴趣的读者不妨一试。

3. 创建触发器的权限与限制

使用触发器的权限：CREATE TRIGGER 权限默认授予定义触发器的表所有者、sysadmin 固定服务器角色成员、db_owner 和 db_ddladmin 固定数据库角色成员，并且不可转让。

使用触发器有下列限制：

(1) CREATE TRIGGER 必须是批处理中的第一条语句，并且只能应用到一个表中。

(2) 触发器只能在当前的数据库中创建，但触发器可以引用当前数据库的外部对象。

(3) 如果指定触发器所有者名限定触发器，要以相同的方式限定表名。

(4) 一个表的外键在 DELETE，UPDATE 操作上定义了级联，不能在该表上定义 INSTEAD OF DELETE，INSTEAD OF UPDATE 触发器。

(5) 在触发器内可以指定任意的设置环境的 SET 语句，所选择的 SET 选项在触发器执行期间有效，并在触发器执行完后恢复到以前的设置。

(6) DML 触发器中不允许包含以下 T-SQL 语句：

CREATE DATABASE，ALTER DATABASE，LOAD DATABASE，RESTORE DATABASE，DROP DATABASE，LOAD LOG，RESTORE LOG，DISK INIT，DISK RESIZE 和 RECONFIGURE。

4. 使用 SQL Server 管理平台创建触发器

在 SQL Server 管理平台中可以按以下步骤创建触发器：

(1) 展开要操作的"服务器"。

(2) 展开"数据库"，展开要创建触发器的表，在触发器上单击右键，在快捷菜单上选择"新建触发器"，如图 9.14 所示。

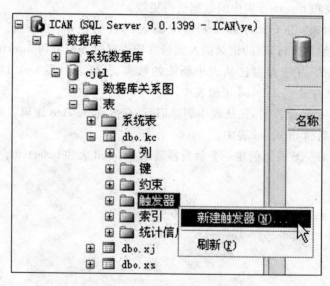

图 9.14　定义触发器快捷菜单

(3) 在对象资源管理器的右边打开可编程窗格，在可编程空格中已给出了新建触发器的语法结构,可以根据需要进行修改或增加 Transact-SQL 语句,如图 9.15 所示。

（4）单击"检查语法"按钮,检查语法是否正确。

（5）单击"执行"按钮,即可创建该触发器。

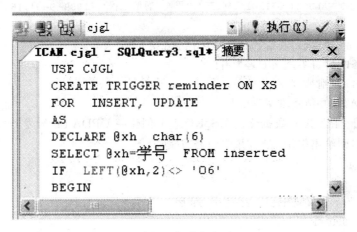

图 9.15　创建触发器

9.6.2　使用 DML 触发器

1. INSERT,UPDATE 和 DELETE 触发器

当向表中插入或更新数据记录时,INSERT 和 UPDATE 触发器被执行。一般情况下,这两种触发器用来检查插入或修改后的数据是否满足要求。

为了防止那些确实要删除,但是可能会引起数据一致性问题的情况,通常要使用 DELETD 触发器。

【例 9.40】　对于 CJGL 数据库,如果在 XS 表中添加或修改的学生学号不是以"08"开头,则使用 RAISERROR 语句向客户端显示一条信息"学号必修以 08 开头"。

```
USE CJGL
IF EXISTS(SELECT name FROM sysobjects
        WHERE name='reminder' AND type='TR')
    DROP TRIGGER reminder
GO
CREATE TRIGGER reminder ON XS
FOR INSERT,UPDATE
AS
DECLARE @xh char(6)
SELECT @xh=学号 FROM inserted
IF LEFT(@xh,2)<> '08'
BEGIN
    ROLLBACK TRANSACTION --撤消插入操作
    RAISERROR('学号必修以 08 开头,操作已经撤消！',16,10) /*返回一个错误信息,有关
        RAISERROR 语句的使用请参见本章第 9.2.3 节*/
```

```
END
GO
```

执行以下插入语句：

```
INSERT XS VALUES('071201','张三','男','通信工程','1989-9-9',163,1,NULL)
```

结果如下：

消息 50000,级别 16,状态 10,过程 reminder,第 9 行

学号必修以 08 开头,操作已经撤消！

消息 3609,级别 16,状态 1,第 1 行

事务在触发器中结束.批处理已中止.

【例 9.41】 在 CJGL 数据库的 XS_KC 表上创建一 UPDATE 触发器,若对学号列和课程号列修改,则给出提示信息,并取消修改操作。

```
USE CJGL
GO
CREATE TRIGGER update_trig1 ON XS_KC
    FOR UPDATE
AS
--检查学号列(C0)和课程号列(C1)是否被修改,如果有某些列被修改了,则取消修改操作
IF(COLUMNS_UPDATED()&3)>0
    BEGIN
        RAISERROR('违背数据的一致性.',16,1)
        ROLLBACK TRANSACTION     --撤消修改操作
    END
GO
```

执行以下更新语句：

```
UPDATE XS_KC SET 学号='081111' WHERE 学号='081101'
```

结果如下：

消息 547,级别 16,状态 0,第 1 行

UPDATE 语句与 FOREIGN KEY 约束"FK_xs_kc_xs"冲突.该冲突发生于数据库"CJGL",表"dbo.xs",column'学号'.

语句已终止.

【例 9.42】 在 CJGL 数据库的 XS_KC 表上创建一 UPDATE 触发器,若成绩列被修改了,就显示修改前后的变化。

```
USE CJGL
GO
CREATE TRIGGER update_trig2 ON XS_KC
    FOR UPDATE
AS
--检查成绩是否被修改
IF UPDATE(成绩)
BEGIN
--显示学号,课程号,原成绩,新成绩
```

```
SELECT inserted.学号,inserted.课程号,deleted.成绩 AS 原成绩,
inserted.成绩 AS 新成绩
FROM inserted,deleted
WHERE inserted.学号=deleted.学号
END
GO
```

执行以下语句：

```
UPDATE XS_KC SET 成绩=成绩*1.05 WHERE 课程号='206'
```

结果如下：

```
学号     课程号   原成绩   新成绩
-----  -----  -----  -----
081203   206    65     68
081201   206    69     72
081101   206    76     79
```

(3 行受影响)

【例 9.43】 在 CJGL 数据库的 XS 表上创建一个 DELETE 触发器,如果删除一个学生记录,则在 XS_KC 表上也删除相应的成绩记录,即实现级联删除,同时返回一条消息。

```
USE CJGL
GO
CREATE TRIGGER delete_trig ON XS
    FOR DELETE
AS
DELETE xs_kc where 学号 in (
   SELECT 学号 FROM deleted )
   RAISERROR('请注意,该生成绩也同时删除了！',16,1)
GO
```

以上触发器效果读者可以自行操作检测。

说明,该级联操作也可以用外键约束级联删除实现。

2. INSTEAD OF 触发器的设计

INSTEAD OF 触发器的特点是：

· 引发触发器的动作本身不发生作用。

· 允许更新原先不可更新的视图。

如果视图的数据来自于多个基表(分区视图除外),则必须使用 INSTEAD OF 触发器支持引用表中数据的插入、更新和删除操作。

如果视图的列为以下几种情况之一,则需要使用 INSTEAD OF 触发器。

(1) 基表中的计算列。

(2) IDENTITY INSERT 为 OFF 的基表中的标识列。

(3) 具有 timestamp 数据类型的基表列。

由于视图的 INSERT 语句要求为这些列指定值,而指定它们的值是错误的,因为它

们的值是自动生成的。但插入到基表的 INSERT 语句可以对这些列不指定值,使用 INSTEAD OF 触发器就可以解决视图的这个冲突。INSTEAD OF 触发器可以在构成插入基表的 INSERT 语句的插入值时忽略指定的值。

【例 9.44】 在测试数据库 test 中创建表、视图和触发器,以说明 INSTEAD OF INSERT 触发器的使用。

```
USE test
--建立一个 books 表
CREATE TABLE books
(BookKey int IDENTITY(1,1),        --定义为标识列
 BookName nvarchar(10)NOT NULL,
 Color nvarchar(10)NOT NULL,
 ComputedCol AS(BookName+Color),       --定义为计算列
 Pages int
)
GO
--建立一个视图 ViewB,包含基表 books 的所有列
CREATE VIEW ViewB
AS
SELECT BookKey,BookName,Color,ComputedCol,Pages
    FROM books
GO
--下面在 ViewB 视图上创建一个 INSTEAD OF INSERT 触发器,以避免对不能插入的列操作
CREATE TRIGGER InsteadTrig on ViewB
    INSTEAD OF INSERT
AS
BEGIN
INSERT INTO books
SELECT BookName,Color,Pages FROM inserted
--从 inserted 表中找到除了 BookKey 字段和.ComputedCol.字段以外的其他列的值插入到视图
END
GO
```

3. 嵌套触发器

如果一个触发器在执行操作时引发了另一个触发器,而这个触发器又接着引发下一个触发器,这些触发器就是嵌套触发器。

触发器可嵌套至 32 层。若从嵌套链中的一个触发器开始出现了一个无限循环,则超出嵌套层限,触发器将终止,并回滚事务。

可使用嵌套触发器执行一些有用的日常工作,如保存前一触发器所影响行的一个备份。

使用嵌套触发器的前提:

• 嵌套触发器配置选项默认是打开的。

- 一个嵌套触发器在同一触发器事务中不会被触发两次。
- 由于触发器在事务中执行,如果在一系列嵌套触发器的任意层中发生错误,则整个事务都将取消,且所有的数据修改都将回滚。

9.6.3　DML 触发器的修改和删除

1. 触发器的修改

(1) 触发器的修改可以通过 ALTER TRIGGER 命令进行,其语法格式为:

```
ALTER TRIGGER trigger_name
ON(table|view)
[WITH ENCRYPTION]
{{FOR|AFTER|INSTEAD OF}{[INSERT][,][DELETE][,][UPDATE]}
    [NOT FOR REPLICATION]
    AS
    [{IF UPDATE(column)
      [{AND|OR}UPDATE(column)]
      […n]
      |IF(COLUMNS_UPDATED(){bitwise_operator}updated_bitmask)
          {comparison_operator}column_bitmask[…n]
    }]
    sql_statement[…n]
    }
```

说明:

trigger_name:指要更改的现有触发器。

如果原来的触发器定义是用 WITH ENCRYPTION 或 RECOMPILE 创建的,那么只有在 ALTER TRIGGER 中也包含这些选项时,这些选项才有效。

[DELETE]选项不能与 IF 选项同时使用。

其他参数的含义与创建触发器命令相同。

【例 9.45】　修改 CJGL 数据库中在 XS 表上定义的触发器 reminder。

```
ALTER TRIGGER reminder ON XS
    FOR UPDATE
    AS RAISERROR("执行的操作是修改",16,10)
GO
```

(2) SQL Server 管理平台中修改触发器的方法:

进入 SQL Server 管理平台,修改触发器的步骤与创建的步骤相同,进入如图 9.9 所示的界面后在"名称"对应的下拉表中选择要修改的触发器名即可进入触发器修改状态。

2. 触发器的删除

(1) 利用 T-SQL 语句 DROP TRIGGER 删除,下面介绍其语法格式。

```
DROP TRIGGER{trigger}[,…n]
```

【例 9.46】　删除触发器 reminder。

```
USE CJGL
IF EXISTS(SELECT name FROM sysobjects
      WHERE name='reminder' AND type='TR')
    DROP TRIGGER reminder
GO
```

（2）通过 SQL Server 管理平台删除触发器，方法与存储过程也是类似的，读者可以自行操作。

9.6.4　DDL 触发器

1. DDL 触发器和 DML 触发器的用处不同

DML 触发器在 INSERT，UPDATE 和 DELETE 语句上操作，并且有助于在表或视图中修改数据时强制业务规则，扩展数据完整性。

DDL 触发器在 CREATE，ALTER，DROP 和其他 DDL 语句上操作。它们用于执行管理任务，并强制影响数据库的业务规则。它们应用于数据库或服务器中某一类型的所有命令。

2. 设计 DDL 触发器时，请从下列几个方面考虑它们与 DML 触发器的不同

（1）只有在完成 Transact-SQL 语句后才运行 DDL 触发器。DDL 触发器无法作为 INSTEAD OF 触发器使用。

（2）DDL 触发器不会创建插入的和删除的表。

3. DDL 触发器和 DML 触发器的相似

可以使用相似的 Transact-SQL 语法创建、修改和删除 DML 触发器和 DDL 触发器。

与 DML 触发器相同，DDL 触发器可以运行在 Microsoft . NET Framework 中创建的以及在 SQL Server 中上载的程序集中打包的托管代码。

与 DML 触发器相同，可以为同一个 Transact-SQL 语句创建多个 DDL 触发器。同时；DDL 触发器和激发它的语句运行在相同的事务中。可从触发器中回滚此事务。严重错误可能会导致整个事务自动回滚。

与 DML 触发器相同，可以嵌套 DDL 触发器。

4. 通过 T-SQL 的 CREATE TRIGGER 创建 DDL 触发器

其语法格式如下：

```
CREATE TRIGGER trigger_name
ON{ALL SERVER|DATABASE}
[WITH<ddl_trigger_option>[,…n]]
{FOR|AFTER}{event_type|event_group}[,…n]
AS{sql_statement [;][…n]|EXTERNAL NAME<method specifier> [;]}
<ddl_trigger_option>::=
    [ENCRYPTION]
    [EXECUTE AS Clause]
<method_specifier> ::=
        assembly_name.class_name.method_name
```

用于激发 DDL 触发器的事件组、事件组所涵盖的 Transact-SQL 语句以及可以在其中对事件组进行编程的作用域(ON SERVER 或 ON DATABASE)。注意事件组的包含性,例如,指定 FOR DDL_TABLE_EVENTS 的 DDL 触发器涵盖 CREATE TABLE,ALTER TABLE 和 DROP TABLE Transact-SQL 语句,而指定 FOR DDL_TABLE_VIEW_EVENTS 的 DDL 触发器涵盖 DDL_TABLE_EVENTS,DDL_VIEW_EVENTS,DDL_INDEX_EVENTS 和 DDL_STATISTICS_EVENTS 下的所有 Transact-SQL 语句。

1) 具有数据库作用域的 DDL 触发器

【例 9.47】　每当数据库中发生 DROP TABLE 事件或 ALTER TABLE 事件,都将触发 DDL 触发器 safety。

创建 DDL 触发器:

```
USE CJGL
IF EXISTS(SELECT * FROM sys.triggers
     WHERE parent_class=0 AND name='safety')
DROP TRIGGER safety
ON DATABASE
GO


CREATE TRIGGER safety
ON DATABASE
FOR DROP_TABLE,ALTER_TABLE
AS
  PRINT 'You must disable Trigger "safety" to drop or alter tables!'
  ROLLBACK
```

当执行以下 SQL 语句时,会启动 safety 触发器:

```
ALTER TABLE xs
     ALTER COLUMN 姓名 char(10)
```

执行结果:

```
You must disable Trigger "safety" to drop or alter tables!
```

消息 3609,级别 16,状态 2,第 1 行

事务在触发器中结束.批处理已中止.

2) 运用具有服务器作用域的 DDL 触发器

【例 9.48】　如果当前服务器实例出现任何 CREATE LOGIN,ALTER LOGIN 或 DROP LOGIN 事件,则将使用 DDL 触发器来打印消息。

```
IF EXISTS(SELECT * FROM sys.server_triggers
     WHERE name='ddl_trig_login')
DROP TRIGGER ddl_trig_login
ON ALL SERVER
GO
```

```
CREATE TRIGGER ddl_trig_login
ON ALL SERVER
FOR DDL_LOGIN_EVENTS
AS
    PRINT'Login Event Is sued.'
GO
```

本章小结

Transact-SQL 语言使用两种变量:局部变量和全局变量。全局变量名称有前缀符号"@@",由系统定义和维护。局部变量前面有前缀符号"@",由用户定义和使用。

自定义函数、存储过程和触发器,它们都是一组 SQL 语句集,但它们有各自的使用特点:

自定义函数用来补充和扩展系统内置函数的功能,对一个标量函数的求值可以直接放置到查询语句的 SELECT 列表中,对内嵌表值函数和多语句表值函数只能通过查询语句的 FROM 子句调用,也就是在可以使用表名或视图名的地方调用。而存储过程的返回值不能用于查询的 SELECT 列表内。

存储过程用于设计用户所需的各种功能程序,它提高了应用程序的执行效率,其优点还在于封装了复杂性,节省了程序的开发时间,并且在网络环境中极大地降低数据流量,提供了安全性机制。设计并利用好存储过程是开发高性能程序的一个关键。在 SQL Server 中有大量的系统存储过程,可以由用户直接调用执行,这对于维护系统、改善性能有很大的帮助。

触发器是一种特殊的存储过程,但触发器不能直接调用,DML 触发器只能通过 DML 语言(UPDATE,INSERT 或 DELETE 语句)操作触发,DDL 触发器只能通过数据定义语言(DDL)语言而触发,这些语句主要是以 CREATE,ALTER 和 DROP 开头的语句。

存储过程和触发器在数据库开发过程中,在对数据库的维护和管理等任务中,特别是在维护数据完整性等方面具有不可替代的作用。

习题九

一、思考题

1. T-SQL 变量分为哪几种? 各自有什么特点?
2. 系统内置函数分为哪几类? 各类函数有什么特点?
3. 自定义函数与存储过程的区别是什么?
4. 自定义内嵌表值函数与视图的使用有什么不同?
5. 存储过程与触发器有什么不同?
6. 存储过程在第二次执行时通常比第一次执行要快,为什么?
7. 表与触发器有什么关系?

8. 触发器有哪几种?

二、写出下列函数的结果:

(1) select round(13.4567,3),round(13.4382,2),round(−18.4562,3)

(2) select floor(13.5),ceiling(13.5),floor(−13.5),ceiling(−13.5)

(3) select datediff(month,'2004-3-2','2004-4-6')

(4) select dateadd(day,10,'2005-12-22'),dateadd(month,−1,'2004-4-6')

(5) select reverse(12345),reverse('计算中心')

(6) select str(2.347,6,1),str(12.376,8,1)

(7) select cast(getdate()AS char(20)),convert(char(20),getdate(),1)

三、设计题:

1. 使用流程控制语句编写程序:

(1) 在 CJGL 数据库中,使用 case 函数处理:如果课程的学时在 80 以上显示学习时间长,学时在 54~80 显示学习时间一般,否则显示学习时间短。

(2) 在 CJGL 数据库中,使用 case 函数处理:如果学生的专业是"计算机",显示热门,是"通信工程"显示一般,否则显示冷门。

(3) 计算 18!＝18 * 17 * 16… * 2 * 1。

(4) 计算 S＝1!＋2!＋3!＋……＋10!

2. 以下各题在 CJGL 数据库中实现:

(1) 创建一个自定义函数名为 f_nl,根据一个出生日期计算年龄。并用'1989-8-8'调用该函数求年龄。

(2) 创建一个自定义函数,可以求解任意数 n 的阶乘,即 n!。并用 n＝10 调用该函数。

(3) 创建一个名为"某学期开课一览表"的内嵌表值函数,实现输入某个学期,输出该学期所开课程的课程名,学时和学分的功能;调用该函数检索第一学期的开课情况。

(4) 分别用函数或存储过程实现以下功能:给定输入参数课程名,统计该课程成绩介于 58~59 分的学生人数。使用输入参数"数据库原理"调用该函数或该存储过程。

(5) 创建存储过程来完成求解给定某个学生的学号返回该生的姓名和平均分的功能。

(6) 分别使用约束和触发器实现以下功能:检查在课程表中插入或修改的课程号是否在 101~108 之间。

3. 以下各题在第六章习题(设计题)给出的数据库 SCD 中实现:

(1) 创建一个自定义函数用于统计各班级的人数,将 class 表增加一个人数字段,然后调用该函数将人数定义为计算列。

(2) 创建一个可以按给定学号输出学生的姓名、系名信息的存储过程。

(3) 创建一个触发器,当插入或更新某个学生的记录时,检查该班级的学生是否超过 50 人,如果超过,就发出警告信息同时撤消所作的插入或更新操作。

(4) 创建一个触发器,当执行 CREATE TABLE,ALTER TABLE 和 DROP TABLE 开头的语句时,就发出相应的信息。

上机实验题

在职员管理数据库 ZYGL 中完成以下操作：

1. 创建一个自定义数据类型 ID_type,用于描述员工号,执行如下程序：

```
USE ZYGL
EXEC sp_addtype'ID_type','char(3)','not null'
GO
```

2. 在 SQL Server 管理平台中通过表设计器修改职员表和工资表,对它们的"员工号"的数据类型使用自定义数据类型 ID_type。

3. 创建一个自定义函数用于统计某部门的人数,部门名为函数的输入参数,如果没有该部门,则返回 -1 值。

```
USE ZYGL
GO
CREATE FUNCTION total_rs(@name_bm char(10))
RETURNS int AS
BEGIN
DECLARE @num int
IF not EXISTS(SELECT * FROM 部门表 WHERE 部门名=@name_bm)
  SELECT @num=-1
ELSE
  SELECT @num=count(*) FROM 职员表,部门表
     WHERE 职员表.部门号=部门表.部门号 and 部门名=@name_bm
RETURN @num
END
```

4. 分别以部门名"办公室"和"销售科"调用函数 total_rs：

```
USE ZYGL
SELECT dbo.total_rs('销售科') AS 部门人数
```

上述语句执行完后,请记录结果。

```
SELECT dbo.total_rs('办公室') AS 部门人数
```

上述语句执行完后,请记录结果。

5. 创建一个可以按给定员工姓名,输出其姓名、部门名及其工资信息的存储过程。

```
USE ZYGL
IF EXISTS(SELECT name FROM sysobjects
          WHERE name='yg_info' AND type='P')
  DROP PROCEDURE yg_info
GO
/*创建存储过程*/
CREATE PROCEDURE yg_info @name char(8)
AS
```

```
SELECT a.员工号,姓名,部门名,应发工资,实发工资
FROM 职员表 a INNER JOIN 部门表 b ON a.部门号=b.部门号
INNER JOIN 工资表 t ON a.员工号=t.员工号
WHERE 姓名=@name
GO
```

6. 调用 yg_info 存储过程查询员工"岳亮"的信息。

```
USE ZYGL
EXEC yg_info'岳亮'
```

7. 创建一个触发器,当插入或更新某个员工的工资记录时,检查该员工的基本工资是否超过平均基本工资的三倍,如果超过,就发出警告信息同时撤消插入或更新。执行如下程序:

```
USE ZYGL
IF EXISTS(SELECT name FROM sysobjects
        WHERE name='reminder_gz' AND type='TR')
    DROP TRIGGER reminder_gz
GO
CREATE TRIGGER reminder_gz ON 工资表
FOR INSERT,UPDATE
AS
DECLARE @jbgz decimal(7,2),@pjgz decimal(7,2)
SELECT @jbgz=基本工资 FROM inserted
SELECT @pjgz=avg(基本工资)FROM 工资表
IF @jbgz>@pjgz*3
BEGIN
ROLLBACK TRANSACTION        --撤消插入操作
RAISERROR('该工资数据有误,超过平均值三倍,操作已经撤消!',16,10)
--返回一个错误信息
END
GO
```

8. 在 SQL Server 管理平台中打开 ZYGL 库的工资表,将 001 号员工的基本工资分别修改为 2600 与 8600,看触发器的触发反应。

9. 完成习题中的设计题。

第 10 章　游标、事务与锁

10.1　游标

10.1.1　概述

关系数据库中的操作会对整个行集产生影响。SQL 语句是一种非过程性语句,所操作的对象和运行的结果都是面向集合的。而我们常用的高级编程语言都是面向过程的,每次只能处理一个数据,不能直接处理集合。所以,当我们需要对数据库中的数据做更细致的操作时,非过程性语言 SQL 的面向集合的操作方式与高级程序设计语言的面向单个数据的操作方式之间产生了不协调的显现,俗称"阻抗失配"。不过 SQL Server 的 Transact-SQL 对标准的 SQL 语言进行了扩充,加入了游标机制,以便于每次处理一行或一部分数据,特别是在交互式联机应用的程序中。

游标有类似 C 语言指针一样的结构,通过游标的引导可以识别数据表内指定的行,从而可以有选择地按行操作。

游标提供了以下几种处理结果集的方式:

- 定位在结果集中的特定行;
- 从结果集的当前位置检索一行或多行;
- 修改结果集中当前位置的行;
- 为由其他用户对显示在结果集中的数据所做的更改提供不同级别的可见性支持。
- 供脚本、存储过程和触发器等 Transact-SQL 语句使用。

SQL Server 有两种方法支持游标请求:

(1) 根据 SQL-92 标准语法定制的游标,Transact-SQL 语言支持使用它们的语法。

(2) 数据库应用程序访问接口 API,包括 ADO(Microsoft ActiveX 数据对象),ADO.Net,OLEDB,ODBC(开放式数据库连接),DB-Library。

由于 API 游标与具体应用程序有关,本章主要讲解 Transact-SQL 支持的游标。

10.1.2　游标类型及其操作

1. 静态游标

静态游标有如下特点:

(1) 静态游标的完整结果集在游标打开时,建立在 SQL Server 的系统数据库 tempdb 中。

(2) 静态游标总是按照游标打开时的原样显示结果集。

(3) 静态游标并不反映在数据库中所做的任何更改。

(4) 静态游标不会显示游标打开以后在数据库中新插入的行,即使它们符合游标 SELECT 语句的查询条件时也是如此。

（5）静态游标不显示其他游标对相同的连接所做的修改。

（6）静态游标不显示 UPDATE，INSERT 或者 DELETE 操作（除非关闭游标重新打开）。

（7）静态游标仍会显示在游标打开以后删除的行。

2．动态游标

动态游标有如下特点：

（1）当滚动游标时，动态游标反映数据库中所做的所有更改。

（2）结果集中的行数据值、顺序和成员在每次提取时都会改变。

（3）所有用户做的全部 UPDATE，INSERT 和 DELETE 语句均通过游标可见。

（4）在游标外部所做的更新直到提交时才可见，除非将游标的事务隔离级别设为未提交读取。

3．只进游标

只进游标有如下特点：

（1）不支持滚动，它只支持游标从头到尾顺序提取。

（2）行只有从数据库中提取出来后才能检索。

（3）所有用户对结果集产生影响的操作，如 INSERT，UPDATE 和 DELETE 语句，都在游标提取时可见。

（4）在行提取后，再对行的更改对于游标是不可见的。

4．键集驱动游标

键集驱动游标有如下特点：

（1）键集驱动游标中的成员和行顺序在打开游标时固定。

（2）键集驱动游标由一套被称为键集的唯一标识符（键）控制。

（3）键集驱动游标的键集在游标打开时建立在 tempdb 中。

（4）对非键集列中的数据值所做的更改，在游标滚动时是可见的。

（5）在游标外对数据值所做的插入在游标内是不可见的，除非关闭后重新打开游标。

（6）如果试图提取一个在打开游标后被删除的行，则@@FETCH_STATUS 将返回一个"行缺少"状态。

（7）对键值的更新操作近似于删除旧键值并插入新键值。如果没有通过游标进行更新，则新键值不可见；如果是对游标进行更新，则新键值在游标的尾部可见。

（8）检索旧键值的操作将得到与检索删除行相同的行丢失提取状态。

5．对游标主要有以下几种操作：

（1）DECLARE，声明游标。

（2）OPEN，打开游标，游标指针指向首行记录的前面。

打开游标后，@@cursor_rows 返回本次连接中打开游标取回的数据行的数目。

（3）FETCH，从一个游标中取数。全局变量@@FETCH_STATUS 返回 FETCH 语句的执行状态，O 表示成功，－1 表示失败，－2 表示提取的行不存在。

（4）利用游标修改数据：

更新:UPDATE 表名{SET 列名=表达式}[,…n]
　　WHERE CURRENT OF 游标名
删除:DELETE FROM 表名
　　WHERE CURRENT OF 游标名

(5) CLOSE,关闭游标。

(6) DEALLOCATE,释放游标即删除游标。

10.1.3 声明 T-SQL 游标

首先我们先介绍如何声明游标。通常我们使用 DECLARE 来声明一个游标,DECLARE 语句接受基于 SQL-92 标准的语法和基于 Transact-SQL 扩展的语法。

1. SQL-92 标准的语法

```
DECLARE cursor_name [INSENSITIVE] [SCROLL] CURSOR
FOR select_statement
[FOR {READ ONLY|UPDATE[OF column_name [,…n]]}]
```

参数说明如下:

(1) cursor_name:指游标的名字。

(2) INSENSITIVE:表明 SQL Server 会将游标定义所选取出来的数据记录存放在一临时表内(建立在 tempdb 数据库下)。对该游标的读取操作皆由临时表来应答。因此,对基本表的修改并不影响游标提取的数据,即游标不会随着基本表内容的改变而改变,同时也无法通过游标来更新基本表。如果不使用该保留字,那么对基本表的更新、删除都会反映到游标中。

另外应该指出,当遇到以下情况发生时,游标将自动设定 INSENSITIVE 选项:

• 在 SELECT 语句中使用 DISTINCT,GROUP BY,HAVING UNION 语句;

• 使用 OUTER JOIN;

• 所选取的任意表没有索引;

• 将实数值当作选取的列。

(3) SCROLL:表明所有的提取操作(如 FIRST,LAST,PRIOR,NEXT,RELATIVE,ABSOLUTE)都可用。如果不使用该保留字,那么只能进行 NEXT 提取操作。由此可见,SCROLL 极大地增加了提取数据的灵活性,可以随意读取结果集中的任一行数据记录,而不必关闭再重开游标。

(4) select_statement:是定义结果集的 SELECT 语句。应该注意的是,在游标中不能使用 COMPUTE、COMPUTE BY 和 INTO 语句。

(5) READ ONLY:表明不允许游标内的数据被更新,而且在 UPDATE 或 DELETE 语句的 WHERE CURRENT OF 子句中,不允许对该游标进行引用。在缺省状态下游标是允许更新的。

(6) UPDATE [OF column_name[,…n]]:定义可被更新的列,如果不指出要更新的列,那么所有的列可被更新。

2. Transact-SQL 扩展的语法

上面介绍的是 SQL-92 的游标语法规则。下面介绍 SQL Server 提供的扩展了的游标声明语法,通过增加另外的保留字,使游标的功能进一步得到了增强。

```
DECLARE cursor_name CURSOR
[LOCAL|GLOBAL]
[FORWARD_ONLY|SCROLL]
[STATIC|KEYSET|DYNAMIC|FAST_FORWARD]
[READ_ONLY|SCROLL_LOCKS|OPTIMISTIC]
[TYPE_WARNING]
FOR select_statement
[FOR UPDATE [OF column_name[,…n]]]
```

在扩展语句中增加的参数说明如下(与 SQL-92 相同的参数不再赘述):

(1) LOCAL:定义游标的作用域仅限在其所在的存储过程、触发器或批处理中,为默认选项。

(2) GLOBAL:定义游标的作用域是整个会话层,它包括从用户登录到 SQL Server,再到离开数据库的整段时间。只有当用户离开数据库时该游标才会被自动释放。

(3) FORWARD_ONLY:提取数据记录时,只能按照从第一行到最后一行的顺序,此时只能选用 FETCH NEXT 操作。

(4) STATIC:选项的含义与 INSENSITIVE 选项一样,表示静态游标,无法通过游标来更新基本表。

(5) KEYSET:指出当游标被打开时,游标中列的顺序是固定的,并且 SQL Server 会在 tempdb 内建立一个表,该表即为 KEYSET,KEYSET 的键值可唯一识别游标中的某行数据。当游标拥有者或其他用户对基本表中的非键值数据进行修改时,这种变化能够反映到游标中,所以游标用户或所有者可以通过滚动游标提取这些数据。当其他用户增加一条新的符合该游标范围的数据时,无法由此游标读到该数据。

如果在游标中的某一行被删除掉,那么当通过游标来提取该删除行时,@@FETCH_STATUS 的返回值为 -2。@@FETCH_STATUS 是用来判断读取游标是否成功的系统全局变量。

由于更新操作包括两部分:删除原数据插入新数据,所以如果读取原数据,@@FETCH_STATUS 的返回值为 -2;而且无法通过游标来读取新插入的数据。但是如果使用了 WHERE CURRENT OF 子句时,该新插入行数据便是可见的。

注意:如果基础表未包含唯一的索引或主键,则一个 KEYSET 游标将恢复成 STATIC 游标。

(6) DYNAMIC:指明基础表的变化将反映到游标中,使用这个选项会在最大程度上保证数据的一致性。然而,与 KEYSET 和 STATIC 类型游标相比较,此类型游标需要大量的游标资源。

(7) FAST_FORWARD:指明一个 FORWARD_ONLY,READ_ONLY 型游标。此选项已为执行进行了优化。如果 SCROLL 或 FOR UPDATE 选项被定义,则 FAST_FORWARD 选项不能被定义。

(8) SCROLL_LOCKS:指明锁被放置在游标结果集所使用的数据上,当数据被读入游标中时,就会出现锁。这个选项确保对一个游标进行的更新和删除操作总能被成功执行。如果 FAST_FORWARD 选项被定义,则不能选择该选项。另外,由于数据被游标锁定,所以当考虑到数据并发处理时,应避免使用该选项。

(9) OPTIMISTIC:指明在数据被读入游标后,如果游标中某行数据已发生变化,那么对游标数据进行更新或删除可能会导致失败。如果使用了 FAST_FORWARD 选项,则不能使用该选项。

(10) TYPE_WARNING:指明若游标类型被修改成与用户定义的类型不同时,将发送一个警告信息给客户端。

10.1.4 打开游标

语法格式:OPEN[GLOBAL]cursor_name

说明:

当游标被打开时,行指针会指在第一行之前。

打开游标后,如果@@error=0 表示游标打开成功。

打开游标后,@@cursor_rows 返回游标记录数,其值若为 -m,游标被异步填充,-m 是游标中当前的行数;若为 -1,游标为动态,符合条件的记录行数不断变化;若为 0,没有符合的记录,或游标没有打开、已关闭或已释放;若为 n,游标已完全填充,n 为游标中的总行数。

【例 10.1】 用游标查询记录数。

```
USE cjgl
DECLARE kc_cursor CURSOR KEYSET FOR
    SELECT * FROM KC
OPEN kc_cursor
IF @@error=0 PRINT'课程门数为:'+convert(char(5),@@cursor_rows)
CLOSE kc_cursor
DEALLOCATE kc_cursor
```

运行结果如下:

课程门数为:11

10.1.5 滚动和提取游标

声明一个游标以后就可以使用它了。使用方法是先打开游标,然后滚动和提取记录中的数据。从 Transact-SQL 服务器游标中检索特定的一行可以用 FETCH 指令。FETCH 指令的完整格式为:

```
FETCH[[NEXT|PRIOR|FIRST|LAST|ABSOLUTE{n|@nvar}|RELATIVE{n|@nvar}]FROM]
    {{[GLOBAL]cursor_name}|@cursor_variable_name}[INTO @variable_name[,…n]]
```

下面是其参数的说明:

(1) NEXT:返回紧跟当前行之后的一行,并将返回行作为当前行。如果 FETCH NEXT 是对游标的第一次提取操作,则返回结果集中的第一行。NEXT 为默认的游标提取选项。

(2) PRIOR:返回紧临当前行之前的一行,并将返回行作为当前行。如果 FETCH

PRIOR 是对游标的第一次提取操作,则没有行返回,并且游标置于第一行之前。

(3) FIRST:返回游标中的第一行,并将其作为当前行。

(4) LAST:返回游标中的最后一行,并将其作为当前行。

(5) ABSOLUTE [n|@nvar]:如果 n 或@nvar 为正数,返回从游标开始的第 n 行,并将返回行作为当前行。如果 n 或@nvar 为负数,返回游标末尾之前的第 n 行,并将返回行作为当前行。如果 n 或@nvar 为 0,则没有返回行。n 必须为整型常量,且@nvar 必须为 smallint,tinyint 或 int。

(6) RELATIVE [n|@nvar]:如果 n 或@nvar 为正数,返回当前行之后的第 n 行,并将返回行作为当前行。如果 n 或@nvar 为负数,返回当前行之前的第 n 行,并将返回行作为当前行。如果 n 或@nvar 为 0,则返回当前行。如果对游标进行第一次提取操作时将 n 或@nvar 指定为负数或 0,则没有返回行。n 必须为整型常量且@nvar 必须为 smallint,tinyint 或 int。

10.1.6　全局游标和局部游标

全局游标的名称可由任何位于同一连接上的批处理、存储过程或触发器引用。局部游标名称不能在声明游标的批处理、存储过程或触发器之外被引用。

局部游标为存储过程和触发器中执行的游标提供了重要的保护作用。全局游标可以在声明它们的存储过程或触发器的外部被引用,因此,存储过程或触发器的外部语句可能会在无意中更改它们。因为不能在存储过程以外引用局部游标,因此局部游标比全局游标更安全,除非故意将局部游标作为游标输出参数返回调用方。

因为可以在存储过程或触发器的外部引用全局游标,所以全局游标可能会在无意中影响其他语句。例如,在存储过程中创建了一个名为 xyz 的全局游标,在存储过程结束时此游标是打开的。当此时存储过程完成后若要使用 xyz 来声明另一个全局游标,则会因为使用重复的名称错误而导致失败。

10.1.7　游标应用举例

【例 10.2】 将数据存入变量。

```
DECLARE @name varchar(20),@credit varchar(20)      --声明局部变量
DECLARE kc_cursor CURSOR FOR
   SELECT 课程名,学分 FROM kc
   WHERE 课程名 LIKE'计%'
   ORDER BY 课程号
OPEN kc_cursor
FETCH NEXT FROM kc_cursor
    INTO @name,@credit
WHILE @@FETCH_STATUS=0
BEGIN
   PRINT'课程名:'+@name+'学分:'+@credit  --打印记录
   FETCH NEXT FROM kc_cursor     --将下一行的数据存入局部变量中
```

```
    INTO @name,@credit
END
CLOSE kc_cursor
DEALLOCATE kc_cursor
GO
```

运行结果如图 10.1 所示。

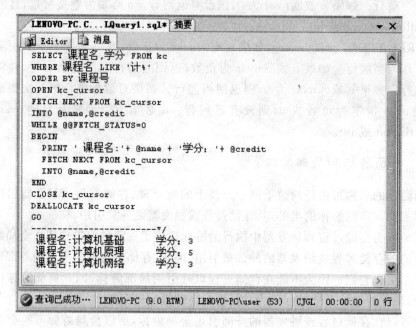

图 10.1　运行结果

【例 10.3】　声明 SCROLL 游标并使用其他 FETCH 选项。

```
DECLARE xs_kc_cursor SCROLL CURSOR FOR
SELECT 学号,课程号,成绩 FROM xs_kc
ORDER BY 学号,课程号
OPEN xs_kc_cursor
FETCH LAST FROM xs_kc_cursor            --提取最后一条记录
FETCH PRIOR FROM xs_kc_cursor           --提取倒数第二条记录
FETCH ABSOLUTE 2 FROM xs_kc_cursor      --提取第二条记录
FETCH RELATIVE 3 FROM xs_kc_cursor      --提取第五条记录
FETCH RELATIVE -2 FROM xs_kc_cursor     --提取第三条记录
CLOSE xs_kc_cursor
DEALLOCATE xs_kc_cursor
GO
```

运行结果如图 10.2 所示。

【例 10.4】　利用游标修改数据，在过渡表 XS1 中操作，如果身高大于 180 cm，写入备注栏"身高超过 180 cm"，如果低于 170 cm 则删除该行。

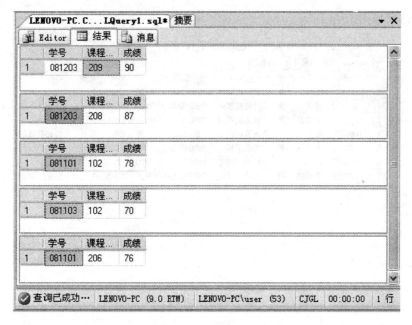

图 10.2　运行结果

```
USE CJGL        --使用 CJGL 数据库
GO
Select * into XS1 FROM XS
DECLARE xs_cursor CURSOR FOR       --声明游标
   SELECT 身高 FROM XS1 FOR UPDATE OF 备注
DECLARE @sg numeric(4,1)
OPEN xs_cursor       --打开游标
FETCH NEXT FROM xs_cursor into @sg       --使用 FETCH NEXT
WHILE @@FETCH_STATUS=0        --@@FETCH_STATUS=0 表示游标中还有数据
BEGIN
IF @sg<170
   DELETE FROM XS1
   WHERE CURRET OF xs _cursor
IF @sg>180
   UPDATE XS1
      SET 备注='身高大于 180'
      WHERE CURRET OF xs _cursor
   FETCH NEXT FROM xs_cursor  into @sg       --获取游标的下一行
END
CLOSE xs_cursor     --关闭游标
DEALLOCATE xs_cursor     --释放游标资源
GO
   Select * FROM XS1
    GO
```

运行结果如图 10.3 所示。

图 10.3　运行结果

10.2　事务处理

10.2.1　事务的概念

在数据库中对数据进行插入、删除、修改时,要用到 INSERT,UPDATE 和 DELETE 语句,这一条或一组语句在执行过程中若因意外故障被中断了语句的执行,就会出现数据插入、删除或修改只完成了一部分的情况,即半途而废。引入事务就是为了防止这种情形的出现。

对于事务的理解,可以看一个银行转账的例子,从王紫账户转账 100 万到岳亮账户:完整的操作是先从王紫账户减去 100 万,再对岳亮账户加上 100 万。假如只完成了王紫账户的减去操作,而未完成岳亮账户的增加操作就出现电脑故障,这时故障修复后首先应该撤销对王紫账户的操作。也就是说,要么王紫和岳亮账户的操作都完成(已转账),要么都没有完成(未转账)才是正确的数据状态。

事务是单个的工作单元。如果某一事务成功,则在该事务中进行的所有数据更改均会提交,成为数据库中的永久组成部分。如果事务遇到错误且必须取消或回滚,则所有数据更改均被清除。

事务具有 ACID 特性,即:

(1) Atomic 原子性:即一个事务中的操作(数据修改)要么都完成,要么都取消。

(2) Consistent 一致性:事务在完成时,必须使所有的数据都保持一致的状态,保持所有的数据完整性。

（3）Isolated 隔离性：并发的多个事务间各个事务所作的数据修改与其他并发事务所作的修改保持隔离，即一个事务只能看到另一个事务修改之前或之后的数据，而不能看到另一个事务修改之中（未完）的数据。

（4）Durable 永久性：指一个事务完成后，对数据所作的所有修改都已经保存到数据库中。

以下为使用事务的指导方针：

- 事务应尽可能短，并避免嵌套事务。
- 为了尽量减少事务所花费的时间，小心使用特定的 Transact-SQL 语句。
- 在事务期间不应该等待用户输入，用户输入应该在事务开始前进行。
- INSERT，UPDATE 和 DELETE 应该是事务中的主要语句，且应该尽可能少地改变数据行。
- 若可能的话，在浏览数据之前不要开始事务，事务应该在初步数据分析结束后开始。
- 在事务中尽量减少对数据的访问，这可以减少锁定表的数目，减少数据争用。

10.2.2　事务分类

按事务的启动和执行方式，可以将事务分为三类。

- 显式事务：也称为用户定义或用户指定事务，该事务的语句在 BEGIN TRANSACTION 和 COMMIT TRANSACTION 子句间组成一组，即可以显式地定义启动和结束的事务。
- 隐性事务：在隐性事务中，每个 SQL Server 语句（如 INSERT，UPDATE 或 DELETE）都作为一个事务执行。无需描述事务的开始，只需提交或回滚每个事务。
- 自动提交事务：自动提交模式是 SQL Server 的默认事务管理模式。每个 Transact-SQL 语句在完成时，都被提交或回滚。如果一个语句成功地完成，则提交该语句；如果遇到错误，则回滚该语句。只要自动提交模式没有被显式或隐性事务替代，SQL Server 就以该默认模式进行操作。

10.2.3　显式事务

显式事务需要显式地定义事务的启动和结束。它是通过 BEGIN TRANSACTION，COMMIT TRANSACTION，COMMIT WORK，ROLLBACK TRANSACTION，ROLLBACK WORK，SAVE TRANSACTION 等 Transact-SQL 语句来完成的。

1. 启动事务

启动事务使用 BEGIN TRANSACTION 语句，该语句将使@@TRANCOUNT（一个全局变量，记录当前系统中正在执行的事务的个数）加 1。其语法格式如下：

```
BEGIN TRAN [SACTION] [transaction_name | @ tran_name_variable [WITH MARK
['description']]]
```

各参数含义如下：

（1）transaction_name 是用户定义的事务名；@tran_name_variable 是用户定义的、

含有一个事务名称的变量名。必须用 char，varchar，nchar 或 nvarchar 数据类型声明该变量。

(2) WITH MARK ['description']指定在日志中标记事务。"description"是描述该标记的字符串。

BEGIN TRANSACTION 连接引用的数据在该点是逻辑和物理上都一致的。它使事务执行直到它无误地完成并且用 COMMIT TRANSACTION 对数据库作永久的改动，或者遇上错误并且用 ROLLBACK TRANSACTION 语句擦除所有改动。

2. 结束事务

如果没有遇到错误，可以使用 COMMIT TRANSACTION 语句成功地结束事务。该事务中所有的数据修改在数据库中都将永久有效。事务占用的资源将被释放。COMMIT TRANSACTION 语句的语法格式如下：

```
COMMIT[TRAN[SACTION][transaction_name|@tran_name_variable]]
```

各参数含义参见 BEGIN TRANSACTION 语句。

也可以使用 COMMIT WORK 来结束事务，该语句没有参数。

3. 回滚事务

如果事务中出现错误，或者用户决定取消事务，可回滚事务。回滚事务是通过 ROOLBACK 语句来完成的。其语法格式如下：

```
ROLLBACK[TRAN[SACTION]

 [transaction_name|@tran_name_variable|savepoint_name|@savepoint_variable]]
```

部分参数含义参见 BEGIN TRANSACTION 语句，其他参数含义如下：

savepoint_name 是来自 SAVE TRANSACTION 语句中的"savepoint_name"。savepoint_name 必须符合标识符规则。当条件回滚只影响事务的一部分时使用 savepoint_name；@savepoint_variable 是用户定义的、含有保存点名称的变量的名称。必须用 char，varchar，nchar 或 nvarchar 数据类型声明该变量。

回滚事务也可以使用 ROLLBACK WORK 语句。

【例 10.5】 启动一个事务向 student 表中插入记录，然后回滚该事务：

```
USE CJGL        --使用 CJGL 数据库
GO
BEGIN TRANSACTION        --启动事务
  INSERT INTO kc VALUES('408','面向对象编程技术',5,64,4)
  INSERT INTO kc VALUES('501','多媒体技术',6,48,2)
  INSERT INTO kc VALUES('509','汇编语言程序设计',5,54,3)
  INSERT INTO kc VALUES('610','数据挖掘',5,45,2)
ROLLBACK        --回滚事务
GO
SELECT * FROM kc
GO
```

运行结果如图 10.4 所示。

通过查看查询结果，可以发现由于回滚了事务，student 表中没有插入记录。

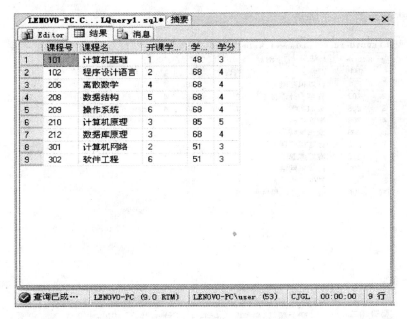

图 10.4　运行结果

注意：在定义事务的时候，BEGIN TRANSACTION 语句要和 COMMIT TRANSACTION 或者 ROLLBACK TRANSACTION 语句成对出现。

4. 在事务内设保存点

设置保存点使用 SAVE TRACSACTION 语句，其语法格式为：

```
SAVE TRAN[SACTION][savepoint_name|@savepoint_variable]
```

各参数含义参见 ROOLBACK 语句。

用户可以在事务内设置保存点或标记。保存点是有条件地取消事务的一部分，且事务可以返回的位置。如果将事务回滚到保存点，则必须（如果需要，使用更多的 Transact-SQL 语句和 COMMIT TRANSACTION 语句）继续完成事务，或者必须（通过将事务回滚到其起始点）完全取消事务。若要取消整个事务，请使用 ROLLBACK TRANSACTION transaction _name 格式。这将撤消事务的所有语句和过程。

【例 10.6】 设置了保存点的事务：

```
USE CJGL
GO
BEGIN TRANSACTION Mytran        --启动事务
    INSERT INTO kc VALUES('408','面向对象编程技术',5,64,4)
SAVE TRANSACTION Mytran         --保存点
    INSERT INTO kc VALUES('501','多媒体技术',6,48,2)
ROLLBACK TRANSACTION Mytran     --回滚事务
COMMIT TRANSACTION       --提交事务
GO
SELECT* FROM kc
GO
```

运行结果如图 10.5 所示。

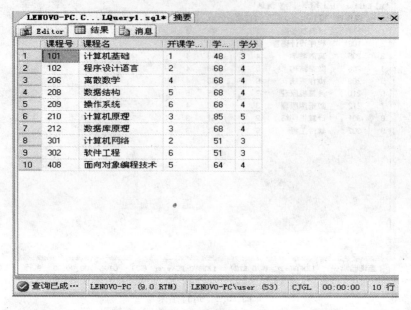

图 10.5   运行结果

通过查看查询结果,可以发现事务只回滚了第二个插入语句,所以 kc 表中只保存了第一个插入的记录。

注意:如果回滚到事务开始的位置,则记录事务个数的全局变量@@TRANCOUNT 的值减去 1;如果回滚到指定的保存点,则全局变量@@TRANCOUNT 的值不变。

5. 标记事务

WITH MARK 选项使事务名置于事务日志中。将数据库还原到早期状态时,可使用标记事务替代日期和时间。

另外,若要将一组相关数据库恢复到逻辑上一致的状态,必须使用事务日志标记。标记可由分布式事务置于相关数据库的事务日志中。将这组相关数据库恢复到这些标记将产生一组在事务上一致的数据库。在相关数据库中放置标记需要特殊的过程。

6. 不能用于事务的操作

在事务处理中,并不是所有的 Transact-SQL 语句都可以取消执行,一些不能撤消的操作,即使 SQL Server 取消了事务执行或者对事务进行了回滚,这些操作对数据库造成的影响也是不能恢复的。因此,这些操作不能用于事务处理。如表 10.1 所示。

表 10.1   不能用于事务的操作

操 作	相应的 SQL 语句
• 创建数据库	• CREATE DATABASE
• 修改数据库	• ALTER DATABASE
• 删除数据库	• DROP DATABASE

操　作	相应的 SQL 语句
• 恢复数据库	• RESTORE DATABASE
• 加载数据库	• LOAD DATABASE
• 备份日志文件	• BACKUP LOG
• 恢复日志文件	• RESTORE LOG
• 更新统计数据	• UPDATE STATISTICS
• 授权操作	• GRANT
• 复制事务日志	• DUMP TRANSACTION
• 磁盘初始化	• DISK INIT
• 更新使用 sp_configure 系统存储过程更改的配置选项的当前配置	• RECONFIGURE

10.2.4　自动提交事务

在没有使用显式事务或隐性事务的情况下,SQL Server 默认使用自动提交事务模式。在该模式下,一条 SQL 语句就是一个事务。有时看起来 SQL Server 好像回滚了整个批处理,而不是仅仅一个 SQL 语句。这种情况只有在遇到的错误是编译错误而不是运行错误时才会发生。编译错误将阻止 SQL Server 建立执行计划,这样批处理中的任何语句都不会执行。尽管看起来好像是产生错误之前的所有语句都被回滚了,但实际情况是该语法错误的批处理中的任何语句都没有执行。

【例 10.7】 编译错误案例。

```
USE CJGL
GO
CREATE TABLE table1(c1 INT PRIMARY KEY,c2 CHAR(3))
GO
INSERT INTO table1 VALUES(1,'aaa')
INSERT INTO table1 VALUES(2,'bbb')
INSERT INTO table1 VALUSE(3,'ccc')          --语法错误,VALUSE 应该为 VALUES
GO
SELECT * FROM table1
GO
```

上面的例子中,由于编译错误,第三个批处理中的任何 INSERT 语句都没有执行。

【例 10.8】 运行错误案例。

```
USE CJGL
GO
CREATE TABLE table1(c1 INT PRIMARY KEY,c2 CHAR(3))
GO
```

```
INSERT INTO table1 VALUES(1,'aaa')
INSERT INTO table1 VALUES(2,'bbb')
INSERT INTO table1 VALUES(1,'ccc')          --运行错误,码重复
GO
SELECT * FROM table1
GO
```

上面的例子中,由于出现的不是编译错误,而是执行错误(码重复),所以前面两个 INSERT 语句成功地执行并提交,因此它们在运行错误之后被保留下来。

10.2.5 隐式事务

当连接以隐性事务模式进行操作时,SQL Server 将在提交或回滚当前事务后自动启动新事务。无需描述事务的开始,只需提交或回滚每个事务。隐性事务模式生成连续的事务链。在将隐性事务模式设置为打开之后,当 SQL Server 首次执行下列任何语句时,都会自动启动一个事务:

ALTER TABLE	INSERT	CREATE	OPEN
DELETE	REVOKE	DROP	SELECT
FETCH	TRUNCATE TABLE	GRANT	UPDATE

在发出 COMMIT 或 ROLLBACK 语句之前,该事务将一直保持有效。在第一个事务被提交或回滚之后,当下次连接执行这些语句中的任何语句时,SQL Server 都将自动启动一个新事务。SQL Server 将不断地生成一个隐性事务链,直到隐性事务模式关闭为止。

隐性事务模式可以通过使用 SET 语句来打开或者关闭,或通过数据库 API 函数和方法进行设置。其语法格式为:

```
SET IMPLICIT_TRANSACTIONS[ON|OFF]
```

当参数为 ON 时,SET IMPLICIT_TRANSACTIONS 将设置为隐性事务模式;当参数是 OFF 时,则返回到自动提交事务模式。

对于因为设置为 ON 而自动打开的事务,用户必须在该事务结束时将其显式提交或回滚。否则当用户断开连接时,事务及其所包含的所有数据更改将回滚。在事务提交后,执行上述任一语句即可启动新的事务。

下面的例子演示了在将 SET IMPLICIT_TRANSACTIONS 设置为 ON 时,显式或隐式启动的事务。其中用全局变量@@TRANCOUNT 反映当前有效的事务个数。

【例 10.9】 隐性事务案例。

```
USE CJGL
GO
SET NOCOUNT ON        --不显示受影响的行数
CREATE TABLE table2(a INT)
GO
INSERT INTO table2 VALUES(1)
GO
```

```
PRINT '使用显式事务'
BEGIN TRAN
INSERT INTO table2 VALUES(2)
PRINT '有效事务数目:'+CAST(@@TRANCOUNT AS CHAR(5))
COMMIT TRAN
PRINT '有效事务数目:'+CAST(@@TRANCOUNT AS CHAR(5))
GO
PRINT '设置 SET IMPLICIT_TRANSACTIONS 为 ON'
GO
SET IMPLICIT_TRANSACTIONS ON
GO
PRINT '使用隐性事务'
GO
INSERT INTO table2 VALUES(3)       --不需要 BEGIN TRAN 语句来启动事务
PRINT '有效事务数目:'+CAST(@@TRANCOUNT AS CHAR(5))
COMMIT TRAN          --隐性事务必须显式提交
PRINT '有效事务数目:'+CAST(@@TRANCOUNT AS CHAR(5))
GO
```

运行结果如图 10.6 所示。

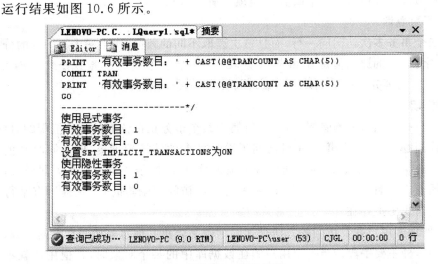

图 10.6　运行结果

10.3　数据的锁定

10.3.1　SQL Server 锁机制

　　各种大型数据库所采用的锁的基本理论是一致的,但在具体实现上各有差别。SQL Server 更强调由系统来管理锁。在用户有 SQL 请求时,系统分析请求,自动在满足锁定条件和系统性能之间为数据库加上适当的锁,同时系统在运行期间常常自动进行优化处理,实行动态加锁。对于一般的用户而言,通过系统的自动锁定管理机制就可以基本满足使用要求,但如果对数据安全、数据库完整性和一致性有特殊要求,就需要了解 SQL Server 的锁机制,掌握数据库锁定方法。

10.3.2 锁防止的并发问题

锁是数据库中的一个非常重要的概念,它主要用于在多用户环境下保证数据库完整性和一致性。我们知道,多个用户能够同时操纵同一个数据库中的数据,会发生数据不一致现象。如果没有锁定且多个用户同时访问一个数据库,则当他们的事务同时使用相同的数据时可能会发生问题。这些问题包括:丢失更新、读脏数据、不可重复读和幻像读。

1. 丢失更新

当两个或多个事务选择同一行,然后基于最初选定的值更新该行时,会发生丢失更新问题。例如,现在有事务 A 和事务 B,它们都要修改字段 d1,当事务 A 刚刚将 d1 设置为 3 后,事务 B 立即将 d1 设置为 4,这时对于事务 A 来说,它的更新已经不存在了,当它再对 d1 进行处理时可能就会出错。

2. 读脏数据

当第二个事务选择其他事务正在更新的行时,会发生未确认的相关性问题。例如,字段 d1 的原始值是 3,事务 A 将字段 d1 设置为 4,当新的值还没有保存到数据库中,这时事务 B 读取 d1,它得到的是一个旧值 3,也就是脏的数据。

3. 不可重复读

当第二个事务多次访问同一行,而且每次读取不同的数据时,会发生不一致的分析问题。例如,字段 d1 的原始值是 3,事务 A 读取 d1 进行处理,这时事务 B 修改了 d1 的值,将其设置为 4,当事务再次读取 d1 时,发现与其第一次读取的值不一致了。

4. 幻像读

当对某行执行插入或删除操作,而该行属于某个事务正在读取的行的范围的时候,会发生幻像读问题。例如,当事务 A 对访问了满足某个条件的记录集,但是同时其他事务删除了其中的某行,当事务 A 再次访问该记录集时,系统提示某行不存在。同样,由于其他事务的插入满足条件的新行,使得事务 A 第二次访问记录集时,系统提示有某行在原始读取的记录集中不存在。

所以,处理多用户并发访问的方法是加锁。锁是防止其他事务访问指定的资源、实现并发控制的一种主要手段。当一个用户锁住数据库中的某个对象时,其他用户就不能再访问该对象。

10.3.3 可锁定的资源

SQL Server 具有多粒度锁,允许一个事务锁定不同类型的资源。为了使锁定的成本减至最少,SQL Server 自动将资源锁定在适合任务的级别上。如果锁被定在较小的粒度(例如行)上,就可以增加并发性,但需要较大的开销,因为如果锁定了许多行,则需要控制更多的锁。如果锁被定在较大的粒度(例如表)上,就并发而言是相当昂贵的,因为锁定整个表限制了其他事务对表中任意部分进行访问,但其开销较低,因为需要维护的锁较少。SQL Server 可以锁定行、页、扩展盘区、表、库等资源,如表 10.2 所示。

表 10.2　可锁定的资源

项目	描述
RID	行标识符,用于单独锁定表中的一行
键	索引中的行锁,用于保护可串行事务中的键的范围
页	8 KB 的数据页或索引页
扩展盘区	相邻的 8 个数据页或索引页构成的一组,在空间分配中使用
表	包括所有数据和索引在内的整个表
数据库	整个数据库,在数据库的还原中使用

　　行级锁是一种最优锁,因为行级锁不可能出现数据既被占用又没有使用的浪费现象。但是,如果用户事务中频繁对某个表中的多条记录操作,将导致对该表的许多记录行都加上了行级锁,数据库系统中锁的数目会急剧增加,这样就加重了系统负荷,影响系统性能。因此,在 SQL Server 中,还支持锁升级(lock escalation)。所谓锁升级是指调整锁的粒度,将多个低粒度的锁替换成少数的更高粒度的锁,以此来降低系统负荷。在 SQL Server 中当一个事务中的锁较多,达到锁升级门槛时,系统自动将行级锁和页面锁升级为表级锁。特别值得注意的是,在 SQL Server 中,锁的升级门槛以及锁升级是由系统自动来确定的,不需要用户设置。

10.3.4　锁的类型

　　在 SQL Server 数据库中加锁时,除了可以对不同的资源加锁,还可以使用不同程度的加锁方式,SQL Server 中锁类型包括基本锁和特殊情况锁:

1. 基本锁

基本锁包括共享锁和排它锁,总的来说,读操作获得共享锁,写操作获得排它锁。

1) 共享锁

SQL Server 中,共享锁用于所有的只读数据操作。共享锁是非独占的,允许多个并发事务读取其锁定的资源。默认情况下,数据被读取后,SQL Server 立即释放共享锁。共享锁用于不更改或不更新数据的操作(只读操作),如 SELECT 语句。

　　需要考虑以下有关共享锁的事项:

- 共享锁用于只读操作,数据不能修改;
- 只要一开始读取下一条记录,SQL Server 就释放前一条记录的共享锁;
- 共享锁一直存在,直到满足查询的所有行返回给客户为止。

2) 排他锁

排他锁是为修改数据而保留的。由它锁定的资源,其他事务不能读取也不能修改。排他锁用于数据修改操作,如 INSERT,UPDATE 或 DELETE。

　　需要考虑以下有关排他锁的事项:

- 只有一个事务能够获得某一资源的排他锁;
- 事务不能在拥有排他锁的资源上获得共享锁;

- 直到释放某一资源的所有共享锁,事务才能获得该资源的排他锁。

2. 特殊情况锁

特殊情况锁包括更新锁、架构锁、大容量更新锁。

1)更新锁

更新锁在修改操作的初始化阶段用来锁定可能要被修改的资源,这样可以避免使用共享锁造成的死锁现象。因为使用共享锁时,修改数据的操作分为两步,首先获得一个共享锁,读取数据,然后将共享锁升级为排他锁,再执行修改操作。这样如果同时有两个或多个事务同时对一个对象申请了共享锁,在修改数据的时候,这些事务都要将共享锁升级为排他锁。这时,这些事务都不会释放共享锁,而是一直等待对方释放,这样就造成了死锁。如果一个数据在修改前直接申请更新锁,在数据修改的时候再升级为排他锁,就可以避免死锁。

需要考虑以下有关更新锁的事项:

- 当第一次读取页时,在更新操作的最初部分需要获得更新锁;
- 与共享锁兼容。

2)意向锁

意向锁说明 SQL Server 有在资源的低层获得共享锁或排他锁的意向。例如,表级的共享意向锁说明事务意图将排他锁放置到表中的页或者行中。意向锁又可以分为共享意向锁、独占意向锁和共享式独占意向锁。共享意向锁说明事务意图在共享意向锁所锁定的低层资源上放置共享锁来读取数据。独占意向锁说明事务意图在共享意向锁所锁定的低层资源上放置排他锁来修改数据。共享式排他锁说明事务允许其他事务使用共享锁来读取顶层资源,并意图在该资源低层上放置排他锁。

3)架构锁

在执行依赖于表架构的操作时使用,确保表或索引在被另外的会话引用时不被删除或更改架构。架构锁包括架构稳定性(Sch-S)锁和架构修改(Sch-M)锁。

4)大容量更新锁

当数据大容量的复制到表中时,且指定了 TABLOCK 提示或者使用 sp_tableoption 设置了 table lock on bulk 表选项时,将使用大容量更新锁。大容量更新锁允许进程将数据并发的大容量复制到同一表,同时防止其他不进行大容量复制数据的进程访问该表。大容量更新锁是向表中大容量复制数据并指定了 TABLOCK 提示时使用。

10.3.5 自定义事务隔离级别

SQL Server 允许通过设置事务隔离级别在会话上控制锁定选项。隔离级别保护的事务不受其他事务的干扰,隔离级别越高,持有锁的时间越长,这些锁的限制性就越多。ANSI 99 定义了 4 种事务隔离级别,SQL Server 2005 能够完全支持这些级别,如表10.3所示。

在默认情况下,SQL Server 在提交(READ COMMITTED)的一个隔离级别上操作。但是,应用程序可能运行于不同的隔离级别。应用程序可以通过使用 SET TRANSACTION ISOLATION LEVEL 语句设置会话的隔离级别,其语法格式如下:

```
SET TRANSACTION ISOLATION LEVEL
[READ UNCOMMITTED|READ COMMITTED|REPEATABLE READ|SERIALIZABLE]
```

其中,一次只能设置这些选项中的一个,而且设置的选项将一直对那个连接保持有效,直到显式更改该选择为止。

表 10.3　隔离级别

选项	描述
READ UNCOMMITTED	未提交读。不使用共享锁,忽略排他锁,允许脏读
READ COMMITTED	提交读。在读取时使用共享锁,不允许脏读
REPEATABLE READ	可重复读。不可能发生脏读和不可重复读取,保持读锁直到事务结束
SERIALIZABLE	可串行读。防止其他用户更新或插入符合本事务中 WHERE 子句条件的行,不可能发生幻像读

【例 10.10】　脏读举例。

```
--创建一个销售表
CREATE TABLE SALES
    (客户代号 char(3) PRIMARY KEY,数量 int null)
GO
--插人数据行
INSERT INTO SALES VALUES('A01',1000)
--创建两个存储过程 dirt_w 和 dirt_r
CREATE PROCEDURE dirt_w as
DECLARE @I INT,@SL INT
SET TRANSACTION ISOLATION LEVEL READ UNCOMMITTED
SELECT @I=1
WHILE (@I<=1600)      --1600 可调节
  BEGIN
  SELECT @I=@I+1
  BEGIN TRAN
  SELECT @SL=数量 FROM SALES WHERE 客户代号='A01'
  UPDATE SALES SET 数量=@SL+1 WHERE 客户代号='A01'
  WAITFOR DELAY'00:00:00.01'      --时间可调节
  ROLLBACK TRAN
  END
GO
CREATE PROCEDURE dirt_r as
DECLARE @I INT,@SL INT
SET TRANSACTION ISOLATION LEVEL READ UNCOMMITTED
SELECT @I=1
WHILE(@I<=60000)      --60000 可调节
  BEGIN
  SELECT @I=@I+1
    BEGIN TRAN
```

```
SELECT@SL=数量 FROM SALES WHERE 客户代号='A01'
IF(@SL<>1000)
    RAISERROR('发生了脏读！',16,1)
COMMIT TRAN
END
```

当分别在两个查询窗口中运行 dirt_w 和 dirt_r 时,即并发了两个事务,由于隔离级别为 READ UNCOMMITTED,可以发现执行 dirt_r 提示脏读,如图 10.7 所示。当修改 dirt_w 和 dirt_r 的隔离级别为 READ COMMITTED 或更高级别时,问题就得到解决。

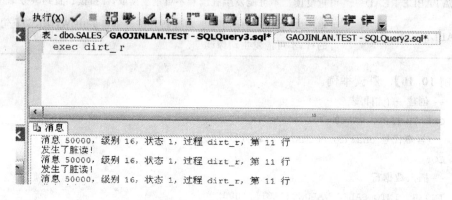

图 10.7   运行结果

10.3.6   表级锁定选项

可以使用 SELECT,INSERT,UPDATE 和 DELETE 语句指定表级锁定提示的范围,以引导 SQL Server 使用所需的锁类型。当需要对对象所获得锁类型进行更精细控制时,使用表级锁定更改默认的锁定行为,指定的表级锁定有如表 10.4 所示。

表 10.4   表级锁定选项

表级锁定选项	描述
HOLDLOCK SERIALIZABLE REPEATABLEREAD READCOMMITTED READUNCOMMITTED NOLOCK	控制对表的锁定行为,覆盖当前事务中用来强制隔离级别的锁
ROWLOCK PAGLOCK TABLOCK TABLOCKX	指定表使用的锁的大小和类型
READPAST	跳过锁定行
UPDLOCK	使用更新锁代替共享锁

【例 10.11】　将事务隔离级别设置为 SERIALIZABLE,并且在 SELECT 语句中使用表级锁定提示 NOLOCK。

```
USE CJGL
GO
SET TRANSACTION ISOLATION LEVEL SERIALIZABLE
GO
BEGIN TRANSACTION
SELECT 姓名 FROM xs WITH(NOLOCK)
GO
```

10.3.7　死锁问题

若两个事务各自拥有不同对象上的锁,每个事务都向对方所拥有的对象发出锁请求,每个事务都在等待对方释放锁,则发生死锁。例如,在同一时间内有两个事务 A 和 B,事务 A 有两个操作:锁定表 t1 和请求访问表 t2;事务 B 也有两个操作:锁定表 t2 和请求访问表 t1。结果,事务 A 和事务 B 之间发生了死锁。在 SQL Server 中,有两种类型的死锁:循环死锁和转换死锁。

1. SQL Server 结束死锁的方法

（1）SQL Server 通过自动终结一个事务来结束死锁。处理过程如下:

- 回滚作为死锁的受害者的事务。

在死锁中,SQL Server 把优先权给处理时间最长的事务,则该事务奏效。SQL Server 用最少的时间回滚事务。

- 通知死锁受害者的应用程序。
- 取消死锁受害者的当前请求。
- 允许其他事务继续进行。

（2）理解了死锁的概念,在应用程序中就可以采用下面的一些方法来尽量避免死锁。

- 合理安排表访问顺序。
- 尽量避免用户在事务中交互干预。
- 保持事务简短并在一个批处理中。
- 使用尽可能低的隔离性级别。
- 使用绑定连接。

2. 死锁减至最少的方法

- 在所有事务中用同一顺序使用资源。
- 尽量减少事务中的步骤,以缩短事务。
- 避免使用读取大量行的查询,以缩短事务时间。

3. 自定义锁超时设置的方法

- 若事务在等待资源时被锁定且导致了死锁,则 SQL Server 将终止其中参与的一个事务(不涉及超时)。
- 如果没有出现死锁,则在其他事务释放锁之前,请求锁的事务被阻塞。

• LOCK_TIMEOUT 设定允许应用程序设置语句对被阻塞资源的最大等待时间。超过最大等待时间,语句自动取消。

• KILL 命令可基于服务器进程 ID(spid)中止用户进程

以下是使用 LOCK_TIMEOUT 语句设置允许应用程序设置语句等待阻塞资源的最长时间。当语句等待的时间大于 LOCK_TIMEOUT 设置时,系统将自动取消阻塞语句,并给应用程序返回"以超过了锁请求超时时段"的 1222 号错误信息。

若要查看当前 LOCK_TIMEOUT 的值,可以使用 @@LOCK_TIMEOUT 全局变量。

【例 10.12】 设置 LOCK_TIMEOUT 的值为 1200 毫秒。

```
SET LOCK_TIMEOUT 1200
GO
PRINT @@LOCK_TIMEOUT
GO
```

运行结果如图 10.8 所示。

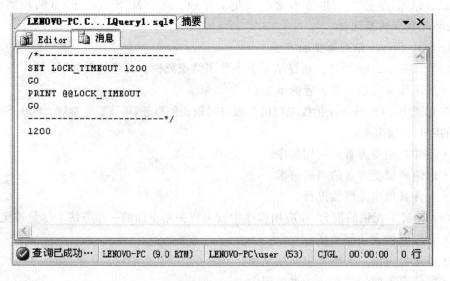

图 10.8 运行结果

本章小结

本章的知识点较多,分别介绍了游标、事务与锁这三个重要概念。游标主要解决了非过程性语言 SQL 的面向集合的操作方式与高级程序设计语言的面向单个数据的操作方式之间的不协调显现,使我们可以更加细致地处理数据库中的数据。事务是保证数据库始终处于一致状态的重要概念,事务的 ACID 特性可以使数据库从各种故障中恢复过来。事务不仅是恢复的基本单位,也是并发控制的基本单位,当然并发控制也离不开数据的锁定。为了保证并发操作中,用户与用户、操作与操作之间互不干扰,数据库必须提供各种语义和粒度的锁以及各种封锁协议。通过以上三种概念,数据库可以运行得更加可靠和安全。

习题十

一、思考题

1. 简述游标的概念。

2. 什么是局部游标和全局游标,它们有什么优缺点?

3. 试述事务的概念及事务的 4 个特性。

4. 按事务的启动和执行方式,事务分为哪几种?

5. 试举例说明在自动提交事务中,由于编译错误造成事务不能执行和由于运行错误造成事务回滚两种情况。

6. 什么是事务保存点,试举一例说明事务保存点的工作原理。

7. 数据库中为什么需要并发控制?

8. 并发操作可能产生哪几类数据不一致? 用什么方法能够避免各种不一致的情况?

9. 简述锁的模式。

10. 什么是锁的粒度? 不同粒度的锁会对数据库系统产生什么样的影响?

11. 什么是死锁? 如何解决死锁问题?

二、设计题

1. 创建一个 SCROLL 游标,使其通过 LAST,PRIOR,RELATIVE 和 ABSOLUTE 选项支持所有滚动能力,然后把它关闭和删除。

2. 在成绩管理数据库 CJGL 中,采用游标的方式计算“数据库原理”这门课的平均成绩。

3. 在成绩管理数据库 CJGL 中,启动一个事务,删除“李林”同学的所有信息,然后回滚该事务,并验证事务是否回滚。注意该事务涉及 xs 和 xs_kc 这两个表的操作,并注意这两个表的操作顺序。

上机实验题

在职员管理数据库 ZYGL 中完成以下操作:

1. 采用游标的方式将每位员工的津贴提高 20%。注意津贴的变化对实发工资和应发工资的影响。

方法一:游标的非 CURRENT 形式的 UPDATE 语句

```
USE ZYGL
GO
DECLARE @id char(3)
DECLARE salary_cursor CURSOR
    FOR SELECT 员工号 FROM 工资表
```

```
    OPEN salary_cursor
    FETCH NEXT FROM salary_cursor
    INTO @ id
    WHILE @@FETCH_STATUS=0
    BEGIN
        UPDATE 工资表 SET 津贴=津贴*1.2 WHERE 员工号=@id
        FETCH NEXT FROM salary_cursor
        INTO @ id
    END
    CLOSE salary_cursor
    DEALLOCATE salary_cursor
    SELECT * FROM 工资表
    GO
```

方法二:游标的 CURRENT 形式的 UPDATE 语句

```
    USE ZYGL
    GO
    DECLARE salary_cursor CURSOR
        FOR SELECT 津贴 FROM 工资表
    OPEN salary_cursor
    FETCH NEXT FROM salary_cursor
    WHILE @@FETCH_STATUS=0
    BEGIN
        UPDATE 工资表 SET 津贴=津贴*1.2 WHERE CURRENT OF salary_cursor
        FETCH NEXT FROM salary_cursor
    END
    CLOSE salary_cursor
    DEALLOCATE salary_cursor
    SELECT * FROM 工资表
    GO
```

2. 采用游标的方式查找每月实发工资最多的员工的姓名。

```
    USE ZYGL
    GO
    DECLARE @ id char(3)
    DECLARE @ temp_id char(3)
    DECLARE @ salary decimal(9,2)
    DECLARE @ temp_salary decimal(9,2)
    DECLARE @ name char(8)
    DECLARE salary_cursor CURSOR
        FOR SELECT 员工号,实发工资 FROM 工资表
    OPEN salary_cursor
    FETCH NEXT FROM salary_cursor
```

```
INTO @id,@salary
SET @temp_id=@id
SET @temp_salary=@salary
WHILE @@FETCH_STATUS=0
BEGIN
    if @salary>@temp_salary
    BEGIN
        SET @temp_salary=@salary
        SET @temp_id=@id
    END
    FETCH NEXT FROM salary_cursor
    INTO @id,@salary
END
CLOSE salary_cursor
DEALLOCATE salary_cursor
DECLARE staff_cursor CURSOR
    FOR SELECT 员工号,姓名 FROM 职员表
OPEN staff_cursor
FETCH NEXT FROM staff_cursor
INTO @id,@name
WHILE @@FETCH_STATUS=0
BEGIN
    if @id=@temp_id
    BEGIN
        PRINT'实发工资最高的员工是'+@name
        BREAK
    END
    FETCH NEXT FROM staff_cursor
    INTO@id,@name
END
CLOSE staff_cursor
DEALLOCATE staff_cursor
GO
```

3. 启动一个事务,向数据库中插入一名新的员工信息,然后回滚该事务,并验证事务是否回滚。注意该事务涉及职员表和工资表这两个表的操作,并注意这两个表的操作顺序。

```
USE ZYGL
GO
BEGIN TRANSACTION
    INSERT INTO 职员表 VALUES ('009','李靖','男','1976-9-11','13343356789',10,'02','')
    INSERT INTO 工资表 (员工号,基本工资,津贴,三金扣款) VALUES ('009',1 800,720,490.5)
```

```
        SELECT * FROM 职员表
        SELECT * FROM 工资表
    ROLLBACK
    GO
    SELECT * FROM 职员表
    SELECT * FROM 工资表
    GO
```

4. 完成习题中的设计。

第 11 章　SQL Server 管理与维护

SQL Server 管理与维护主要介绍:数据的安全性管理、数据备份与恢复、数据的导入导出、SQL Server 代理服务以及数据复制等内容。

数据的安全性是数据库应用系统非常重要的方面,SQL Server 2005 采用了复杂的安全保护措施,通过身份认证和权限许可的安全机制实现其安全管理功能。

数据库恢复能把数据库从故障状态恢复到正常状态,SQL Server 2005 的备份与恢复组件为数据库提供了重要的保护手段。

为了实现不同数据库平台间的数据交换,SQL Server 2005 提供了强大、丰富的数据导入导出功能,并且在导入导出的同时可以对数据进行灵活的处理。

在日常运行时往往需要常规管理的自动化,以减轻数据库管理员的工作负担,SQL Server 2005 代理服务功能,可以让管理员将精力集中于那些缺乏预见响应的数据库管理上。

数据复制可以将一个数据库的数据复制和分发到另一个数据库上,让这两个数据库的信息保持同步,利用复制技术可物理分隔数据,或者跨越多个服务器实现分布式数据库。

11.1　SQL Server 数据库的安全性

数据库中存储有大量的数据,这些数据可能是一个组织的财务数据、产品工艺数据、客户数据、人力资源数据等,这些大都是组织的机密资料,未经授权是不能查看或使用的,否则将会造成极大的社会危害甚至犯罪。试想一个人的存款账户是否可以让其他人查看和取用修改呢?

数据的安全性是指保护数据以防止因不合法的使用而造成数据的泄密和破坏。Microsoft SQL Server 建立了一种既灵活又强大的安全管理机制,它能够对服务器的访问和数据库的安全进行全面的管理。

11.1.1　SQL Server 2005 的安全机制

每个用户在访问 SQL Server 数据库时,都必须经过两道安全检查,即身份认证和权限许可。SQL Server 的安全机制主要体现在这两个方面:

1) 对用户登录服务器进行身份认证(Authentication)

身份认证就是检查该用户是否具有对服务器的"连接登录权"。

对于任何可以访问 SQL Server 的用户,SQL Server 在 master 数据库的 sysxlogins 系统表中为其建立登录账户和口令等数据。当用户登录到数据库系统时,系统对该用户的账号和口令进行认证。如身份认证成功,用户就可以连接到 SQL Server 服务器。

2）对用户进行的数据操作实行权限许可控制

权限许可就是检查用户对数据库中数据进行的操作是否在允许的权限范围内。

若用户能够连接到服务器，并不一定能使用服务器上数据库中的数据，还必须拥有相应的权限。这种权限有两个层次的要求：一个服务器的登录者还必须是某个数据库的用户（或者是某一数据库角色的成员），才能访问该数据库；一个数据库的用户还必须拥有该数据库中某个对象的某种操作权限，才能操作该对象。这里某个对象包括表、视图、存储过程、自定义函数，以及表中哪些列等，某种操作包括插入、删除、修改、查询和程序的执行等。

因此用户如果要对某一数据库中的数据进行操作，必须满足以下三个条件：

• 登录 SQL Server 服务器时必须通过身份验证；

• 必须是该数据库的用户，或者是某一数据库角色的成员；

• 必须有执行该操作的权限。

SQL Server 的安全机制可以用图 11.1 示意。

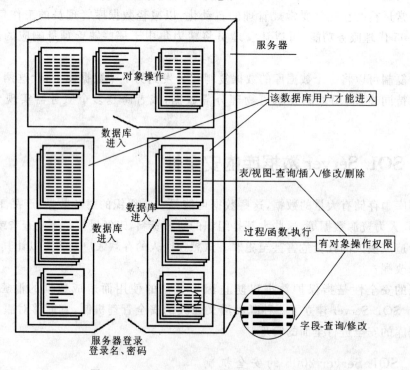

图 11.1　SQL Server 的安全访问机制示意图

11.1.2　服务器的登录

服务器登录规定了哪些用户能够连接到 SQL 服务器上——这不是某个特定的数据库，而是整个服务器。服务器登录有两种不同的方式。

（1）Windows 集成的登录：它授权特定的 Windows 用户或者组，使用它们的 Windows 信任书进行连接。使用这种方式的前提是：①必须将 Windows 网络账号加入到 SQL

Server 2005 中,才能采用 Windows 网络账号登录 SQL Server 2005。②如果使用 NT 网络账号登录到另一个网络的 SQL Server 2005,必须在 Windows 网络中设置彼此的托管权限。

(2) SQL Server 2005 服务器登录:它授权用户使用由 SQL Server 2005 服务器保存的用户名和密码进行连接。

以上两种方式中,Windows 集成登录要比 SQL 服务器登录更加高效和更安全。一方面因为用户只需要登录一次——在网络这一层,使用 Windows 网络账号就可以完成到服务器的登录。另一方面,这种身份验证方式将与 Windows NT 或者 Windows 2000 及以上操作系统级别的安全系统集成在一起,从而具有以下优点:

• 高级的安全功能:因为 Windows NT 4.0 和 Windows 2000 安全系统提供更多的功能,如安全验证和密码加密、审核、密码过期、最短密码长度,以及在多次登录请求无效后锁定账户。

• 像添加一个账户一样添加组。

• 快速访问。

在安装 SQL Server 2005 后,系统默认创建两个登录账号。一个是 SQL Server 登录方式的名称为 sa(系统管理员),允许 SQL Server 的系统管理员登录;另一个是 Windows 集成登录方式的名称为 BUILTIN\Administrators,凡是 Windows NT Server/2000 管理员组的账号都允许登录。

注意:sa 是 SQL Server 2005 数据库服务器系统管理员登录账户,不可删除、不能更改。该账户拥有最高的管理权限。

1. 设置安全认证模式

SQL Server 2005 使用了两种安全认证模式以实现两种登录方式,即混合认证模式(允许以 SQL Server 2005 和 Windows 两种登录方式登录)和仅 Windows 认证模式(只允许以 Windows 登录方式登录)。即 SQL Server 2005 服务器登录方式只有在混合模式下才可用。

【例 11.1】　在 SQL Server Management Studio 中查看或设置 SQL Server 的安全认证模式。

操作步骤如下:

(1) 在 SQL Server Management Studio 中的【对象资源管理器】窗口中,选择【服务器名称】。

(2) 在选择的服务器上,右击,在快捷菜单中选择【属性】,在弹出的【服务器属性】窗口中选择【安全性】选项卡,即可打开如图 11.2 所示的窗口。

(3) 可在【安全性】选项组中设置身份验证模式。

(4) 在【登录审核】区域中选择用户访问 SQL Server 的级别,如果选择【无】,表示不执行审核;如果选择【仅限失败的登录】,表示只审核失败的连接事件;如果选择【仅限成功的登录】,表示只审核用户连接成功的事件;如果选择【失败和成功的登录】,表示审核用户所有的事件。

(5) 单击【确定】按钮,关闭窗口。重启服务器后,用户设置的安全模式生效。

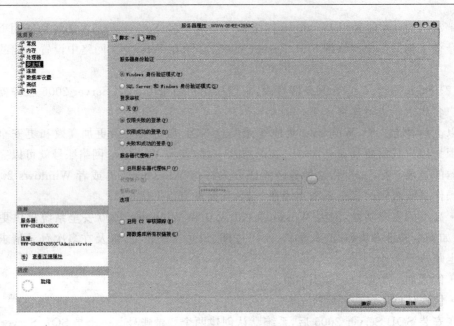

图 11.2 【服务器属性】窗口的【安全性】选项卡

2. 创建服务器登录账户

下面介绍如何创建 SQL Server 登录账户和 Windows 登录账户的方法。

如果要使用 SQL Server 账号连接 SQL Server 服务器，首先应将 SQL Server 的认证模式设置为混合模式。

1）在 SQL Server Management Studio 中创建一个 SQL Server 登录账户

步骤如下：

① 在 SQL Server Management Studio 中选择目前连接的服务器，依次展开【安全性】节点→【登录名】节点，如图 11.3 所示。右击，在快捷菜单上选择【新建登录名】，弹出【登录名-新建】窗口。

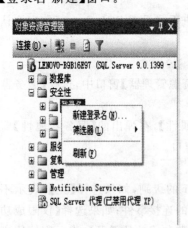

图 11.3 在快捷菜单中选择
【新建登录名】命令

② 在打开的【登录名-新建】窗口中，选择【常规】选项卡，在【登录名】文本框中输入"teacher"，如图 11.4 所示。

③ 选择身份验证的方式为【SQL Server 身份验证】。

④ 选择默认数据库，选择允许访问的数据库 CJGL。

⑤ 切换到【用户映射】选项卡，选择允许访问的数据库 CJGL。

⑥ 切换到【安全对象】选项卡。

⑦ 切换到【状态】选项卡，设置账户的状态。

2）建立 Windows 登录

第 1 步：创建 Windows 的用户。

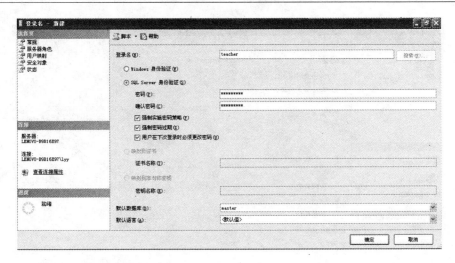

图 11.4　【登录名-新建】窗口中的常规选项卡

以管理员身份进入到 Windows，在桌面"我的电脑"→"管理"→"计算机管理"→"本地用户和组"→"用户"→"新用户"，输入用户名如"test"及相应密码，选择"创建"按钮。如图 11.5 所示。

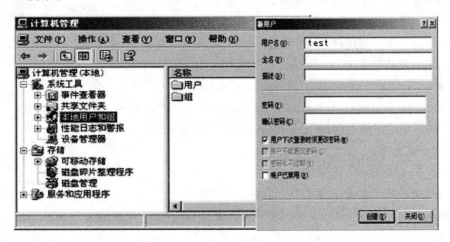

图 11.5　创建 Windows 的用户

第 2 步：将 Windows 的用户（NT 网络账号）加入到 SQL Server 2005 中。

① 以管理员的身份登录到 SQL Server 2005，进入 SQL Server Management Studio，依次选择【安全性】节点→【登录名】节点，见图 11.3，右击，在快捷菜单中选择【新建登录名】命令，弹出【登录名－新建】窗口，如图 11.6 所示。

② 在【登录名-新建】窗口中，切换到【常规】选项卡，输入或选择账户 test。

③ 单击【确定】按钮，退出。

3）利用系统存储过程 sp_addlogin 创建 SQL Server 登录

语法格式如下：

```
sp_addlogin 'login' [,'password'][,'database'] [,'language']
```

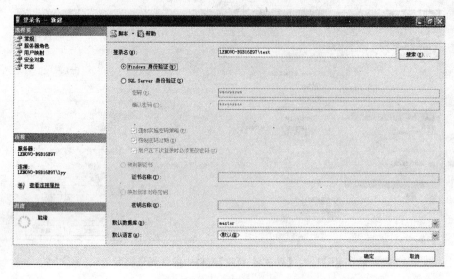

图 11.6 【登录名-新建】窗口中的【常规】选项卡

其中,'login'指出登录名,'password'指出登录密码,'database'指出默认登录的数据库名,'language'指出使用的默认语言。

【例 11.2】 创建一个 SQL Server 登录,登录名为"wang",密码为"dong823",并指定默认数据库为 CJGL。为用户 cheng 创建一个 SQL Server 登录名,密码为"chocolate",默认数据库为 pubs,默认语言为 us_english。

```
EXEC sp_addlogin 'wang','dong823','CJGL'
EXEC sp_addlogin 'cheng','chocolate','pubs','us_english'
```

4) 利用系统存储过程 sp_grantlogin 创建 Windows 登录

语法格式如下:

```
sp_grantlogin 'login'
```

注意:此处登录名要求使用"域名\用户名"格式

【例 11.3】 将 Windows NT 域 Nfang 中的 fangming 用户加入到 SQL Server 中。

```
EXEC sp_grantlogin 'Nfang\fangming'
```

5) 利用系统存储过程 sp_revokelogin 删除 Windows 登录

语法格式如下:

```
sp_revokelogin[@loginame=]'login'
```

6) 利用 sp_droplogin 系统存储过程删除 SQL Server 登录

语法格式如下:

```
sp_droplogin[@loginame=]'login'
```

11.1.3 服务器角色

角色是一种 SQL Server 安全账户,在管理权限时可以将一些安全账户的集合视为一个整体单元,如有一组人需要在 SQL Server 中执行一组相同的活动,则可以将他们加入到某种角色中,再将权限一次性授予角色,利用角色可以简化授权操作。例如,可以在自己的采购数据库里定义一个"销售"角色,并让所有的产品销售人员都成为这个角色的成员。如果随后赋予这个"销售"角色许可,那么这些许可会自动地应用于该角色的所有成员上。

角色可以包含 SQL Server 登录、其他角色以及 Windows 登录或组。角色分为两个级别:服务器角色和数据库角色。下面介绍服务器角色。

服务器角色是负责管理和维护 SQL Server 的服务器的,那些需要管理服务器的登录者被指定为服务器角色。SQL Server 已经预定义了 8 个固定的服务器角色,这些角色是预先定义的,角色的名称和每个角色的权限都是固定的、不可更改或删除,只允许为其添加或删除成员。这些角色的名称及具体权限如下。

sysadmin:系统管理员,可对 SQL Server 服务器进行所有的管理工作,为最高管理角色。

securityadmin:安全管理员,可以管理登录和 CREATE DATABASE 权限,还可以读取错误日志和更改密码。

serveradmin:服务器管理员,具有对服务器进行设置及关闭服务器的权限。

setupadmin:设置管理员,添加和删除链接服务器,并执行某些系统存储过程(如 sp_serveroption)。

processadmin:进程管理员,可以管理磁盘文件。

dbcreator:数据库创建者,可以创建、更改和删除数据库。

bulkadmin:可执行 BULK INSERT 语句,但是这些成员对要插入数据的表必须有 INSERT 权限。BULK INSERT 语句的功能是以用户指定的格式复制一个数据文件至数据库表或视图。

Diskadmin:可以管理磁盘文件。

1. 通过 SQL Server Management Studio 添加服务器角色成员

① 以管理员的身份登录到 SQL Server 2005,打开 SQL Server Management Studio,在【对象资源管理器】窗口中依次展开【服务器名称】节点→【数据库】→【安全性】节点→【登录】节点,右击【登录】节点,在快捷菜单中选择【新建登录】命令。

② 在【登录-新建】对话框中输入账号"teacher",选择【SQL Server 2005 身份验证】方式,单击【确定】按钮,退出。

③ 以系统管理员的身份登录到 SQL Server 2005 服务器,展开【登录】节点,双击登录账号"teacher"。

④ 在弹出的【登录属性-teacher】窗口中选择【服务器角色】选项卡,选择 dbcreator 服务器角色。

⑤ 单击【确定】按钮,退出,如图 11.7 所示。

2. 利用 sp_addsrvrolemember 添加服务器角色成员

语法格式:

```
sp_addsrvrolemember[@loginame=]'login',[@rolename=]'role'
```

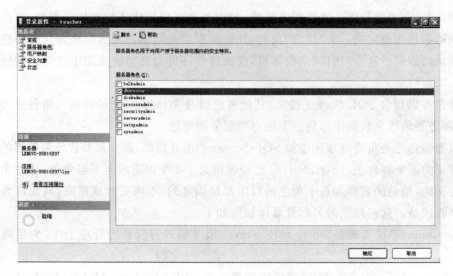

图 11.7 添加服务器角色成员

参数含义:

login:添加到服务器角色的登录名,login 可以是 SQL Server 登录或 Windows NT 用户,对于 Windows NT 登录,如果还没有授予 SQL Server 访问权限,将自动对其授予访问权限。服务器角色名 role 必须为 sysadmin,securityadmin,serveradmin,setupadmin,processadmin,diskadmin,dbcreator,bulkadmin 之一。

【例 11.4】 将 Windows NT 域 Nfang 中的 fangming 用户加入到服务器角色 dbcreator 中。将 SQL Server 登录名为 cheng 的用户加入到服务器角色 sysadmin 中。

```
EXEC sp_addsrvrolemember 'Nfang\fangming','dbcreator'
EXEC sp_addsrvrolemember 'cheng','sysadmin'
```

3. 利用 sp_dropsrvrolemember 删除服务器角色成员

语法格式:

```
sp_dropsrvrolemember[@loginame=]'login',[@rolename=]'role'
```

11.1.4 SQL Server 数据库用户

登录名属于服务器级账户,而用户名则属于数据库级账户。如果需要访问 SQL Server,首先必须有一个服务器登录名,然后必须有某一数据库的用户名,才能访问 SQL Server 的数据。登录名存储在 master 库的 sysxlogins 系统表中,用户名存储在各个数据库的 sysusers 系统表中。

在数据库里创建一个用户,就是将一个特定的登录名同这个用户名关联起来。每个登录名可以在不同的数据库中有各自相应的用户名。在新建登录的过程中,若指定对某个数据库具有存取权限,则该数据库中将自动创建一个与该登录同名的用户名。

安装 SQL Server 之后,数据库中有两个特殊的用户名:dbo 和 guest。这里 dbo 是数据库创建者的用户账户,具有在某数据库中执行所有活动的权限。而 guest 是来宾用户名,如果某数据库允许没有本数据库用户账户的登录者访问本数据库时,那么在数据库里没有相关联的用户名的登录者可采用 guest 用户账户来标识。默认的情况下新建一个数据库中没有 guest 用户。

1. 通过 SQL Server Management Studio 添加数据库用户

在 CJGL 中创建一个用户名,将其关联到登录名为 teacher 上,步骤如下:

打开 SQL Server Management StudioSQL Server 管理平台,展开 CJGL 数据库【用户】节点,右击【用户】节点,在弹出的快捷菜单中选择【新建数据库用户】命令,弹出【数据库用户-新建】窗口的【常规】选项卡,选择账户"teacher",单击【确定】按钮退出,如图11.8 所示。

图 11.8　【数据库用户-新建】窗口中的【常规】选项卡

"登录名"后面的权限按钮是"灰色"的,说明创建用户的时候不能够设置权限,但是在创建之后可以设置。

再次进入 CJGL 数据库,在"用户"右边窗格右击"user"用户名,选择"属性",打开"数据库用户属性"对话框。单击"权限",打开"权限设置对话框",在其中设置用户对数据库对象所具有的权限。

2. 使用 T-SQL 语句添加用户

利用系统存储过程 sp_grantdbaccess 可将一个登录名添加为当前数据库的用户。

语法格式:

    sp_grantdbaccess[@loginame=]'login' [,[@name_in_db=]'name_in_db']

其中,'name_in_db'为数据库用户名,如果没有指定,则使用登录名作为数据库用户名。

说明:

(1) 数据库用户名可含有字母、符号和数字。但不能包含反斜线(\),不能为 NULL,也不能为空字符串(' ')。

(2) sp_grantdbaccess 仅可以在当前数据库中添加用户(账户)。

(3) 如果当前数据库中没有 guest 账户,而且 login 为 guest,则可将 guest 添加为当前数据库的账户。

（4）sa 登录不能添加到数据库中。

（5）不能从用户定义的事务中执行 sp_grantdbaccess。

（6）只有 sysadmin 固定服务器角色、db_accessadmin 和 db_owner 固定数据库角色的成员才能执行 sp_grantdbaccess。

（7）存储过程 sp_adduser 的功能与 sp_grantdbaccess 的功能相同。

【例 11.5】 将 Windows NT 登录名"ADMIN\cxj"添加为当前数据库的账户，并取名为 Dong。将 SQL Server 登录名为 cheng 的用户加入到数据库 CJGL 中，用户名为 cheng。

```
USE CJGL
EXEC sp_grantdbaccess'ADMIN\cxj','Dong'
GO
EXEC sp_grantdbaccess 'cheng'
GO
```

3. 删除数据库用户

在 SQL Server 管理平台中删除数据库用户很简单，直接在目录树的某一数据库节点下，选中需删除的用户项目，按"Del"键即可。

T-SQL 语句语法格式：

```
sp_revokedbaccess[@name_in_db=]'name'
```

其中，'name'：指要删除的数据库用户名。

说明：

① 在用户定义事务内部不能执行 sp_revokedbaccess。

② 只有 sysadmin 固定服务器角色成员及 db_accessadmin 和 db_owner 固定数据库角色成员才能执行 sp_revokedbaccess。

11.1.5　SQL Server 数据库角色

角色是一个强大的工具，将用户集中到一起，以利于更简单的管理。就像用户一样，数据库角色也是数据库的对象。例如，所有的教师用户执行的活动相同，则可以建立一个教师角色，而学生角色可以包含所有的学生用户。此外，一个用户可以是多个角色的成员。

数据库角色是对某个数据库具有相同访问权限的用户账户和组的集合。数据库角色应用于单个数据库。

数据库角色分为标准角色和应用程序角色。标准角色又分为固定数据库角色和自定义数据库角色。这里只介绍标准角色。

1. 固定数据库角色

数据库创建时，系统预定义了 10 个固定数据库角色，除 public 角色以外，每个角色的权限都是固定的、不可更改或删除，只能为其添加或删除成员。

（1）db_owner：数据库所有者，可执行数据库的所有管理操作。

（2）db_accessadmin：数据库访问权限管理者，具有添加、删除数据库使用者、数据库角色和组的权限。

（3）db_securityadmin：数据库安全管理员，管理数据库中的权限，如设置数据库表的增加、删除、修改和查询等存取权限。

（4）db_ddladmin：数据库 DDL 管理员，增加、修改或删除数据库中对象。

（5）db_backupoperator：数据库备份操作员，执行数据库备份的权限。

（6）db_datareader：数据库数据读取者。

（7）db_datawriter：数据库数据写入者，拥有对表进行增加、删除、修改的权限。

（8）db_denydatareader：数据库拒绝数据读取者，不能读取数据库中任何表加的内容。

（9）db_denydatawriter：数据库拒绝数据写入者，不能对任何表进行增加、删除、修改操作。

（10）public：是一个特殊的数据库角色，每个数据库用户都是 public 角色的成员。

2．创建自定义数据库角色

1）通过 SQL Server Management Studio 创建数据库角色并添加成员

以系统管理员身份登录 SQL Server 2005，并启动 SQL Server Management Studio，在【对象资源管理器】中，依次展开【服务器名称】节点→【CJGL】数据库节点→【安全性】节点。右击【角色】节点，在弹出的快捷菜单中选择【新建数据库角色】命令，如图 11.9 所示，打开【数据库角色-新建】窗口，切换到【常规】选项卡。

在【角色名称】文本框中输入新角色的名称"student"，单击【添加】按钮，将成员添加到【标准角色】列表中，然后选择要添加的一个或多个用户，如"zhangsan"，设置完毕后，单击【确定】按钮，在数据库中增加了"student"角色。

图 11.9　创建数据库角色"student"

2）通过 SQL 命令创建数据库角色

语法格式：

```
sp_addrole[@rolename=]'role' [,[@ownername=]'owner']
```

参数含义：

'role'：新的数据库角色名，role 必须是有效标识符，并且不能已经存在于当前数据库中。

'owner'：新角色的所有者，默认值为 dbo。owner 必须是当前数据库中的某个用户或角色。当指定 Windows NT 用户时，应指定该 Windows NT 用户在数据库中可被识别的名称（用 sp_grantdbaccess 添加）。

说明：

① 角色名可以包括字母、符号及数字。但是不能含有反斜线(\)。

② 不能在用户定义的事务内使用 sp_addrole。

③ 只有 sysadmin 固定服务器角色及 db_securityadmin 和 db_owner 固定数据库角色的成员才能执行 sp_addrole。

【例 11.6】 在 CJGL 数据库中创建名为 ROLE1 的新角色。

```
USECJGL
EXEC sp_addrole 'ROLE1'
```

3）通过 SQL 命令给数据库角色添加成员

语法格式：

```
sp_addrolemember[@rolename=]'role', [@membername=]'security_account'
```

参数含义：

'role'：当前数据库中角色名。

'security_account'：添加到角色的数据库用户名，可以是所有有效的 SQL Server 用户、当前数据库角色。

【例 11.7】 将 Windows NT 登录者 ADMIN\cxj 添加为 CJGL 数据库的用户，用户名为 cheng，然后再将 cheng 添加到 CJGL 库的自定义数据库角色"教师"角色中。

```
USE CJGL
EXEC sp_grantdbaccess'ADMIN\cxj','cheng'        /*cheng 为数据库用户名*/
EXEC sp_addrolemember'教师','cheng'
```

【例 11.8】 将 SQL Server 登录名"WANGP"添加到 CJGL 数据库，其用户名为"WANGP"，然后再将"WANGP"添加到当前库 CJGL 的固定数据库角色 db_datareader 中，可以读取所有数据。

```
USE CJGL
EXEC sp_grantdbaccess'WANGP','WANGP'
EXEC sp_addrolemember'db_datareader','WANGP'
GO
```

4）删除数据库角色成员及自定义数据库角色

要删除用户自定义的数据库角色，首先应删除该角色的所有成员，下面介绍删除数据库角色成员及删除数据库角色的系统存储过程。

删除角色成员语法格式：

```
sp_droprolemember[@rolename=]'role',[@membername=]'security_account'
```

参数含义：

'role'：当前数据库的一个角色名。

'security_account'：指将要从'role'所指角色中删除的用户名，security_account 可以

是当前数据库用户或另一个角色。

删除角色语法格式：

```
sp_droprole[@rolename=]'role'[,@ownername=]'owner']
```

11.1.6　SQL Server 权限管理

权限管理就是设置是否允许用户或角色访问数据库资源，是否允许用户或角色对其中的数据对象执行相应操作的语句或存储过程。

权限分为语句权限、对象权限两种。

语句权限是指用户能否在当前服务器上进行创建数据库，能否在当前数据库上创建表、视图、用户定义函数、存储过程、规则和默认等对象，能否执行备份数据库。即用户能否执行以下语句：create database，create table，create view，create procedure，create function，create rule，create default，backup database，backup log。

对象权限是指用户能否在当前数据库中的各种对象（包括表或视图、用户定义函数、存储过程、表或视图的列）上进行相应的操作，如 select，insert，update，delete 和 execute。

如果将用户加入到某角色的成员中，系统自动将角色的权限传递给成员，特别是预定义角色，如固定服务器角色成员和固定数据库角色成员所具有的权限，这种权限也叫暗示性权限。暗示性权限是由添加或删除角色成员实现的。

1. 为用户或角色设置对象权限

【例 11.9】　通过 SQL Server Management Studio 管理对象权限。

（1）依次展开【CJGL】数据库节点→【安全性】节点→【用户】节点→【角色】节点→【数据库角色】节点，在 public 上双击，打开【数据库角色属性－public】窗口，切换到【安全对象】选项卡，如图 11.10 所示。

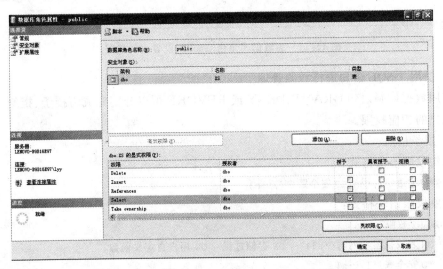

图 11.10　为用户或角色设置对象权限

（2）在【数据库角色属性-public】窗口中的【安全对象】选项卡中，单击【添加】按钮，选择要设置权限的安全对象。

（3）由于只允许对表的部分字段进行查询操作,因此需要设置列操作权限。单击【列】按钮,在弹出的【列权限】对话框中设置相应的权限。

（4）单击"确定"完成。

2. 为用户或角色设置语句权限

【例 11.10】 使 SQL Server Management Studio 设置语句权限。

（1）依次展开【CJGL】数据库节点→【属性】节点。

（2）单击【权限】选项,如图 11.11 所示。

（3）在【用户或角色】对话框中选择需要设置权限的用户或角色。

（4）在下方的文本框中选择相应的显示权限,选择【授予】或者【具有授予权限】或者【拒绝】。

（5）设置完毕后,单击"确定",使设置生效。

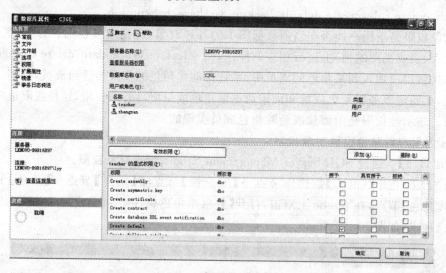

图 11.11 为数据库角色 teacher 设置语句权限

3. 使用 T-SQL 语句进行权限管理

使用数据控制语句 GRANT、DENY 或 REVOKE 可以分别完成为授予、拒绝或撤消安全账户的相应权限。

1）授予权限

语句权限语法格式:

    GRANT 语句[,…n]TO 安全账户[,…n]

对象权限语法格式:

    GRANT 权限[,…n]

      ON 表或视图[(列[,…n])] | ON 存储过程 | ON 用户自定义函数

      TO 安全账户[,…n]

功能:授予当前数据库中的数据库用户、数据库角色或 windows 登录账户能够在当前数据库中有相应的语句或对象权限。对应于界面操作时在交叉点的方框内打勾。

这里安全账户指的是:当前数据库用户、当前数据库角色或服务器的 windows 登录

账户。

若安全账户指定的是 Windows 登录账户,则先以 Windows 登录账户名相同的名字在当前数据库中创建数据库用户,并与 Windows 登录账户同名关联,然后授予指定语句执行权。

【例 11.11】 给用户 zhang 和 wang 以及 Windows NT 组 ADMIN\cxj 授予执行 T-SQL语句的权限。

```
GRANT CREATE DATABASE,CREATE TABLE TO zhang,wang,[ADMIN\cxj]
GO
```

【例 11.12】 首先在当前数据库 CJGL 中给 public 角色授予 SELECT 权限。然后,将特定的权限授予用户 liu,zhang 和 Gong,使用户有对 XS 表拥有增加、删除和修改操作权限。

```
USE CJGL
GO
GRANT SELECT ON XS TO public
GO
GRANT INSERT, UPDATE, DELETE ON XS TO liu,zhang,Gong
GO
```

【例 11.13】 将 CREATE TABLE 权限授予 role1 角色的所有成员。

GRANT   CREATE TABLE   TO   role1

2) 拒绝权限

语句权限语法格式:

```
DENY 语句[,…n] TO 安全账户[,…n]
```

对象权限语法格式:

```
DENY 权限[,…n]
  ON 表或视图[(列[,…n])] | ON 存储过程 | ON 用户自定义函数
  TO 安全账户[,…n]
```

功能:使当前数据库中的指定账户不能执行相应的语句或对象权限。对应于界面操作时在交叉点的方框内打叉。

拒绝用户账户上的权限即:删除以前授予用户、组或角色的权限;停用从其他角色继承的权限;确保用户、组或角色将来不继承更高级别的组或角色的权限。

3) 撤消权限(废除权限)

语句:

```
REVOKE 语句 [,…n]FROM 安全账户[,…n]
```

对象:

```
REVOKE 权限 [,…n]
  ON 表或视图[(列[,…n])]|ON 存储过程|ON 用户自定义函数
  FROM 安全账户 [,…n]
```

功能:撤消当前数据库中指定账户曾经被授予或被拒绝的权限。对应于界面操作时在交叉点的方框内取消打勾或打叉。

注意:在同一级别上撤消类似于拒绝,因为二者都是删除已授予的权限。但是,撤消权限是删除已授予的权限,并不妨碍用户、组或角色从更高级别继承已授予的权限。因

此,如果撤消用户查看表的权限,不一定能防止用户查看该表,因为已将查看该表的权限授予了用户所属的角色。

【例 11.14】 综合举例 1。

以管理员身份在 SQL Server 中添加一个 Windows NT 用户,登录名为"JXL-1\doris",权限为:固定服务器角色——数据库创建者;在创建了一个"教学"数据库后,将登录名为"JXL-1\gjl"的 Windows NT 账户添加为"教学"数据库的用户,用户名为"高老师";在"教学"数据库中自定义一个数据库角色:角色名为"教师";将"高老师"加入到"教师"角色中去。

```
USE master
EXEC sp_grantlogin 'JXL-1\doris'
GO
EXEC sp_addsrvrolemember 'JXL-1\doris','dbcreator'
EXEC sp_grantlogin 'JXL-1\gjl'
……
USE 教学
EXEC sp_grantdbaccess 'JXL-1\gjl','高老师'
EXEC sp_addrole '教师'
GO
EXEC sp_addrolemember '教师','高老师'
```

【例 11.15】 综合举例 2。

以管理员身份设置一个 SQL Server 身份验证的用户账户:登录名为"主任",密码为"abc888",在 CJGL 数据库中的用户名为"读者 zr",权限有三个:

① 固定数据库角色——数据库数据读取者,可查询本数据库中所有表、视图、内嵌表值函数的数据,执行所有的存储过程;

② 可以创建视图;

③ 可以对 XS 表和 KC 表进行查询和修改。

```
USE master
EXEC sp_addlogin '主任','abc888','CJGL'
GO
USE CJGL
EXEC sp_grantdbaccess '主任','读者 zr'
EXEC sp_addrolemember 'db_datareader','读者 zr'
GO
GRANT create view to 读者 zr
GRANT select,update on XS,KC to 读者 zr
```

11.2 SQL Server 的数据备份与恢复

相信大多数人都会同意数据库里的数据要比数据库本身要重要得多,但是因为种种原因,如磁盘故障、计算机硬件故障、用户操作失误等,都有可能会损坏数据。为了保证在发生这些意外的时候可以最大限度地挽救数据,数据库管理员必须要经常备份数据库里的数据。SQL Server 2005 提供了强大的备份和还原的功能。SQL Server 备份和还原组件提供了重要的保护手段,以保护存储在 SQL Server 数据库中的关键数据。

11.2.1　备份概述

数据库备份就是创建完整数据库(数据文件、日志文件)的副本,以便用于以后重新创建数据库的需要。数据备份是为了防"万一",所以即使硬件既可靠又有冗余,数据备份和还原永远都是保护数据的重要手段之一。

1. 备份操作权限

在 SQL Server 2000 中,具有下列角色的成员可以做备份操作:

(1) 固定的服务器角色 sysadmin(系统管理员);

(2) 固定的数据库角色 db_owner(数据库所有者);

(3) 固定的数据库角色 db_backupoperator。

2. 备份介质

(1) 硬盘:是最常用的备份介质。硬盘用于备份本地文件,也用于备份网络文件。

(2) 磁带:是大容量的备份介质,磁带仅可用于备份本地文件。

(3) 命名管道(Named Pipe):它是一种逻辑通道,SQL Server 2005 允许将备份的文件放在命名管道上,从而可以允许利用第三方软件包的备份和恢复能力。

3. 备份方法

在 SQL Server 2005 中,备份有下列几种方法:

(1) 完全数据库备份:是创建完整数据库的副本,可用于重新创建数据库。如果数据库只存在完全数据库备份,那么数据库只能恢复到服务器或数据库发生故障前最后一次数据库备份时的状态。

(2) 事务日志备份:事务日志是自上次备份事务日志后对数据库执行的所有事务的一系列记录。可以使用事务日志备份将数据库恢复到特定的时间点或恢复到故障点。日志文件备份本身不能用于还原数据库。

例如,某站点在星期天晚上执行数据库备份,而在其他每个晚上执行日志备份。如果数据库的某个数据磁盘在星期二 2:30 出现故障,则该站点可以:

• 备份当前事务日志。

• 还原星期天晚上所做的数据库备份。

• 还原星期一晚上所做的日志备份,以将数据库前滚至星期一晚上。

• 还原故障之后所做的日志备份。

这将使数据库前滚到故障发生的那一刻。事务日志恢复需要从数据库备份的那一刻到磁盘丢失那一刻之间所进行的一连串不间断的事务日志备份。

(3) 差异备份:只备份数据库中自上一次数据库完全备份之后修改过的所有数据页的副本。差异备份主要用于使用频繁的系统,一旦这类系统中的数据库发生故障,必须尽快使其重新联机。差异备份比完全数据库备份小,因此对正在运行的系统影响较小。

例如,某个站点在星期天晚上执行完全数据库备份。在白天每隔 4 小时制作一个事务日志备份集,并用当天的备份刷新前一天的备份。每晚则进行差异备份。如果数据库的某个数据磁盘在星期四上午 9:12 出现故障,则该站点可以:

- 备份当前事务日志。
- 还原从星期天晚上开始的完全数据库备份。
- 还原从星期三晚上开始的差异备份,将数据库前滚到这一时刻。
- 还原从早上 4 点到 8 点的事务日志备份,以将数据库前滚到早上 8 点。
- 还原故障之后的日志备份,这将使数据库前滚到故障发生的那一刻。

(4) 数据库文件或文件组备份:当数据被分割在多个不同磁盘的文件中时,可增加调度和处理上的灵活性。通常用在具有较高可用性要求的超大型数据库中。如果可用的备份时间不足以支持完全数据库备份,则可以在不同的时间备份数据库的子集。

例如,某站点需要花三小时备份数据库,并且每天只能用两个小时执行备份。该站点可在一个晚上备份一半文件或文件组,并在第二个晚上备份另一半。如果包含数据库文件或文件组的磁盘出现故障,那么该站点可以只还原丢失的文件或文件组。

该站点还必须进行事务日志备份,并且在备份文件或文件组之后必须还原所有事务日志备份。还可以从完整数据库备份集中还原文件和文件组。这将加快恢复速度,因为在第一步只还原已损坏的文件或文件组,而不是整个数据库。

4. 备份策略与三种恢复模型

备份策略包括确定备份类型、备份频率、何时备份、备份哪些内容、备份到何处以及如何备份等。设计备份策略的指导思想是:以最小的代价恢复数据。

SQL Server 提供了三种数据库恢复模型以确定如何备份数据以及能承受何种程度的数据丢失。这三种恢复模型是简单恢复模型、完全恢复模型和大容量日志记录恢复模型。

在 SQL Server Management Studio 里设置恢复模式的方法如下:

(1) 启动【SQL Server Management Studio】,在【对象资源管理器】窗口里展开树形目录,定位到要设置恢复模式的数据库上。

(2) 右击数据库名,在弹出的快捷菜单里选择【属性】选项,在弹出的【数据库属性】对话框里选择【选项】标签。

(3) 在如图 11.12 所示对话框中的【恢复模式】下拉列表框里可以选择恢复模式。

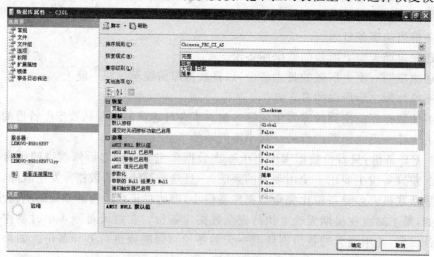

图 11.12　设置故障还原模式

（4）选择完毕后，单击【确定】按钮完成操作。

下面分别介绍这三种恢复模型。

1）简单恢复模型

支持的备份包括：数据库完全备份、数据库差异备份。

特点：只能将数据库还原到最后一次备份的时间点的状态，占用很少的日志空间。

恢复过程是：还原最新的完全备份，还原最新的那个差异备份。

注意：简单恢复模型不支持事务日志备份和数据库文件或文件组备份。

2）完全恢复模型

支持的备份包括：数据库的完全备份、差异备份、事务日志备份、数据库文件或文件组备份。

特点：使用数据库备份和所有日志信息来还原数据库，支持命名标记插入，可以将数据库还原到任意时间点，占用大量的日志空间。

恢复过程：还原最新的数据库的完全备份，还原最新的那个差异备份，按顺序用日志备份还原数据库。

3）大容量日志记录恢复模型

支持的备份同完全恢复模型。

特点：如果可能出现某些大容量操作（如大容量复制，select into，文本处理等），可以不完全记录这些操作，这样可以占用较少的日志空间，其他同完全恢复模型。

恢复过程：还原最新的数据库的完全备份，还原最新的那个差异备份，按顺序用日志备份还原数据库，并要手工重做最新日志备份后的所有更改。

11.2.2　备份数据库

对数据库进行备份，可以使用 SQL Server 提供的功能，或者使用第三方的备份工具，这里主要介绍 SQL Server 在本地机上进行数据库备份。

1. 创建备份设备

在进行备份以前首先必须创建或指定备份设备。备份设备可以是硬盘、磁带或管道（微软专门为第三方软件供应商提供的一个备份和恢复方式）。

备份设备在硬盘中就是文件名。可以使用物理备份设备名称即在操作系统中用来标识备份设备的名称，也可以使用逻辑备份设备名称，它是物理备份设备的别名或公用名称，使用逻辑备份设备名可以简化引用。

1）使用系统存储过程创建命名备份设备

语法格式：

```
sp_addumpdevice[@devtype=]'device_type',
[@logicalname=]'logical_name',
[@physicalname=]'physical_name'
```

【例 11.16】　在 e:\gjl\bak 文件夹中创建一个逻辑名为 mybackfile 的备份设备，物理文件名为 xsbak1.bak。

```
Exec sp_addumpdevice 'disk','mybackfile','e:\gjl\bak\xsbak1.bak'
```

2) 使用 SQL Server Management Studio 创建命名备份设备

在 SQL Server Management Studio 中创建命名备份设备,步骤是:

(1) 启动【SQL Server Management Studio】,在【对象资源管理器】窗口里展开树型目录,【数据库实例】→【服务器对象】→【备份设备】。

(2) 右击【备份设备】,在弹出的快捷菜单里选择【新建备份设备】选项,弹出如图 11.13 所示【新建备份设备】对话框。

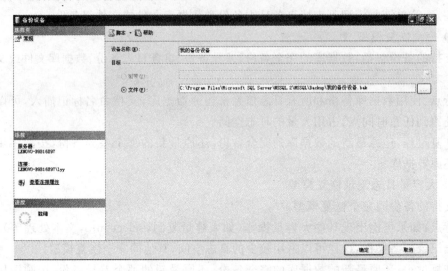

图 11.13 【新建备份设备】对话框

(3) 在【设备名称】文本框里可以输入备份设备的名称,在本例中输入"我的备份设备";在【文件】文本框里可以输入备份设备的路径和文件名。由此可见,SQL Server 2005 中的备份设备事实上也只是一个文件而已。

(4) 设置完毕后,单击【确定】按钮完成创建备份设备操作。

2. 备份数据库

在创建备份设备后就可以进行备份了。

1) 在 SQL Server Management Studio 中备份数据库

第一步:打开 SQL Server Management Studio,在【对象资源管理器】窗口中,依次展开【服务器名称】节点→【数据库】节点。

第二步,右击 CJGL 节点,在快捷菜单中,依次选择【任务】→【备份】命令,在出现的【备份数据库】窗口中,选择【常规】选项卡,如图 11.14 所示。

第三步,在【常规】选项卡中,设置需要备份的【源】的【数据库】为 CJGL,【备份类型】选择【完整】,【备份组件】选择为【数据库】,在【备份集】的名称文本框中输入为 CJGLBackup,【备份集过期时间】选择【在以下天数后】,设置为 0 天。单击【添加】按钮,在出现【选择备份目标】对话框中,添加备份设备。单击【确定】按钮,完成数据库的备份。

第四步,单击【选项】选项卡,可以查看或设置高级选项,选择【追加到现有备份集】命令,设置后单击【确定】按钮。

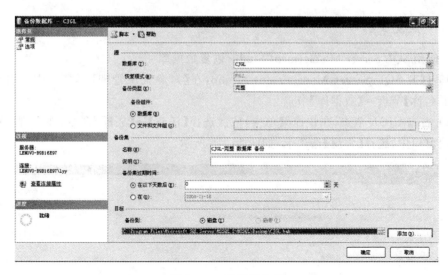

图 11.14　数据库备份

2) 使用 T-SQL 语句创建数据库备份

完全备份、差异备份、文件或文件组备份语句的简洁格式如下：

```
BACKUP DATABASE 数据库名 [文件或文件组[,…n]] TO 备份设备[,…n]
     [WITH DIFFERENTIAL]
```

其中，有选项[WITH DIFFERENTIAL]时表示进行差异备份，有选项[文件或文件组[,…n]]时表示进行文件或文件组备份。

注意，文件或文件组备份和日志备份不能在简单恢复模型下使用。

日志备份语句的简洁格式如下：

```
BACKUP LOG 数据库名 TO 备份设备[,…n]
```

假定以下三个例子，已经在 CJGL 库的"属性－选项"下设置了完全恢复模型。

【例 11.17】　使用逻辑名 cjglbak1 创建一个命名的备份设备，并将数据库 CJGL 完全备份到该设备上。

```
USE master
EXEC sp_addumpdevice 'disk','cjglbak1','e:\gjl\cjglbak1.bak'
BACKUP DATABASE CJGL TO cjglbak1
```

【例 11.18】　使用逻辑名 cjglbak2 创建一个命名的备份设备，并将数据库 CJGL 差异备份到该设备上。

```
USE master
EXEC sp_addumpdevice 'disk','cjglbak2','e:\gjl\cjglbak2.bak'
BACKUP DATABASE CJGL TO cjglbak2 WITH DIFFERENTIAL
```

【例 11.19】　创建一个命名的备份设备 cjgllogbak，并备份 CJGL 数据库的事务日志。

```
USE master
EXEC sp_addumpdevice 'disk','cjgllogbak','e:\gjl\cjgllog.bak'
BACKUP LOG CJGL TO cjgllogbak
```

11.2.3 恢复数据库

1. 使用 SQL Server Management Studio 恢复数据库

（1）打开 SQL Server Management Studio，在【对象资源管理器】窗口中，依次展开【服务器名称】节点→【数据库】节点。

（2）右击 CJGL 节点，在快捷菜单中，依次选择【任务】→【还原】命令，在出现的【还原数据库】窗口中，选择【常规】选项卡，如图 11.15 所示。

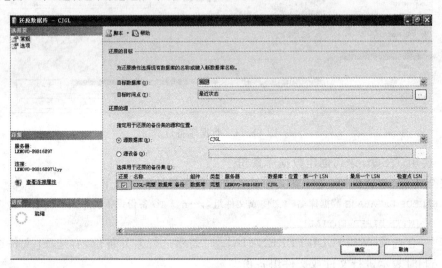

图 11.15　还原数据库【常规】选项卡

（3）在【常规】选项卡上，在目标数据库文本框中输入 CJGL，目标数据库名称可以与源数据库名称不同，但不能与系统数据库名同名。

（4）在【目标时间点】文本框中，默认值为"最近状态"，表示欢迎到最近状态，单击【…】按钮，打开【时点还原】窗口，选择还原到指定日期和时间的数据状态。

（5）选择备份设备，在列表中出现源设备所对应的备份集。选择位置为 1 的备份，表示将数据库完整还原到备份 1 数据状态。

（6）选择【选项】选项卡，列出了原始数据库文件名，可以单击【…】按钮，修改数据文件名及路径，系统将数据库还原为指定的数据文件。

（7）单击【确定】按钮，开始还原数据库。

2. 使用 T-SQL 语句恢复数据库

使用 RESTORE 语句可以恢复用 BACKUP 命令所做的备份。

1）恢复整个数据库、恢复数据库的部分内容、恢复特定的文件或文件组

简洁语法格式为：

```
RESTORE DATABASE 数据库名[FROM 备份设备[,…n]]

[WITH NORECOVERY|RECOVERY|STANDBY=undo_file_name]
```

2）恢复事务日志

简洁语法格式为：

```
RESTORE LOG 数据库名[FROM 备份设备[,…n]]
    [WITH NORECOVERY|RECOVERY|STANDBY=undo_file_name]
```

其中,NORECOVERY 指示还原操作不回滚任何未提交的事务。当还原多个数据库备份
和多个事务日志时,或在需要多个 RESTORE 语句时(例如在还原完整数据库备份后要
还原差异数据库备份),SQL Server 要求在除最后的 RESTORE 语句外的所有其他语句
上使用 WITH NORECOVERY 选项。

RECOVERY 指示还原操作回滚任何未提交的事务。在恢复进程后即可随时使用数
据库。

STANDBY 允许将数据库设定为在事务日志还原期间只能读取,并且可用于备用服
务器情形,或用于需要在日志还原操作之间检查数据库的特殊恢复情形。

如果 NORECOVERY、RECOVERY 和 STANDBY 均未指定,则默认为 RECOVERY。

注意:在一个数据库尚在使用的时候,是不允许对它进行恢复的。

【例 11.20】 依次用【例 11.7】~【例 11.9】所作的完全备份、差异备份和事务日志备
份来恢复 CJGL 数据库。

```
USE master
RESTORE DATABASE CJGL FROM cjglbf1 WITH NORECOVERY
RESTORE DATABASE CJGL FROM cjglbak2 WITH NORECOVERY
RESTORE LOG CJGL FROM cjgllogbak
```

执行结果为:

```
已处理 112 页,这些页属于数据库'CJGL'的文件'CJGL_Data'(位于文件 1 上).
已处理 1 页,这些页属于数据库'CJGL'的文件'CJGL_Log'(位于文件 1 上).
RESTORE DATABASE 操作成功地处理了 113 页,花费了 0.110 秒(8.359MB/秒).
已处理 16 页,这些页属于数据库'CJGL'的文件'CJGL_Data'(位于文件 1 上).
已处理 1 页,这些页属于数据库'CJGL'的文件'CJGL_Log'(位于文件 1 上).
RESTORE DATABASE 操作成功地处理了 17 页,花费了 0.047 秒(2.810MB/秒).
RESTORE LOG 操作成功地处理了 0 页,花费了 0.495 秒(0.000MB/秒).
```

11.3 SQL Server 的数据导入与导出

当建立了一个数据库时,想将分散在各处的不同系统中的数据如 Access,Excel 电子
表格等数据转移到这个新建的数据库中时,尤其是在进行数据检验、净化和转换时,将会
面临很大的挑战。

实际应用中,用户使用的可能是不同的数据库平台如 ORACLE,Microsoft Access,
FoxPro 等,往往需要将其他数据库的数据转移到 SQL Server 中,或者将 SQL Server 中
的数据转移到其他数据库中,SQL Server 2005 为我们提供了强大、丰富的数据导入导出
功能,用以实现不同数据库平台间的数据交换,并且在导入导出的同时可以对数据进行灵
活的处理。

SQL Server 导入导出的数据源可以是:文本文件、ODBC 数据源、OLE DB 数据源、
ASCII 文本文件和 Excel 电子表格等。

在 SQL Server 2005 中主要有三种方式导入导出数据：使用 Transact-SQL 对数据进行处理；调用命令行工具 bcp 处理数据；使用数据转换服务（DTS）对数据进行处理。

下面介绍使用数据转换服务（DTS）来进行处理的方式。

1. 将 SQL Server 数据库导出

将 CJGL 数据库导出为 Excel 电子表格数据文件的具体步骤如下：

（1）启动 SQL Server Management Studio，选中目的数据库，点击鼠标右键，选"任务"→"导出数据"→弹出数据转换服务"导入/导出向导"窗口，如图 11.16 所示。各选项选择如下：

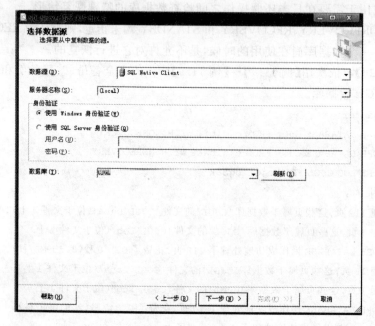

图 11.16   选择数据源

• 数据源：选择为"用于 SQL Server 的 Microfost OLE DB 提供程序"；

• 服务器：可选择局域网内能访问到的所有 SQL Server 服务器，或者直接输入 IP 地址，此处选择本地（local）；

• 身份验证：选择使用 Windows 身份验证还是使用 SQL Server 身份验证，根据登录数据库是否需要用户名和密码来决定；

• 数据库：可选择上面选中 SQL Server 服务器上所有权限范围内的数据库，如 CJGL。

（2）单击下一步，选择导出数据的目的地。如图 11.17 所示。各选项选择如下：

• 目的：对于 SQL Server 2005 可以选择为"Microsoft Excel 97-2005"。

• 文件名：选择要存储的文件夹路径并输入要导出的文件名。

（3）单击下一步，指定表复制或查询，选择源数据库复制表和视图（也可以选择用一条查询指定要传输的数据），如图 11.18 所示。

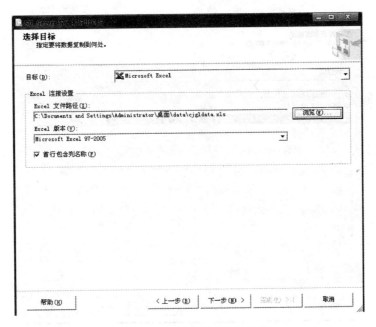

图 11.17　选择数据导出目的地

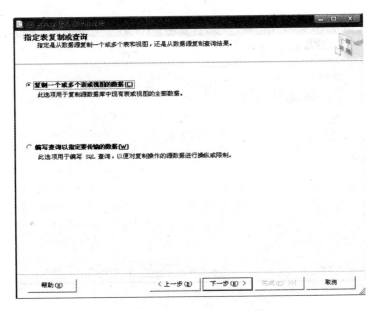

图 11.18　指定表复制或查询

　　(4) 单击下一步,选择源表和视图,在"表/工作表/excel 命名区域"选择要导出的表和视图,目的处会出现同样的表名(可以手工修改成别的表名)。如图 11.19 所示。

　　(5) 单击下一步,保存、调度和复制包,如图 11.20 所示。

　　• 时间:立即运行,完成各步后即运行。如果要实现隔一段时间自动导出导入数据,选择调度 SSIS 包以便以后执行。

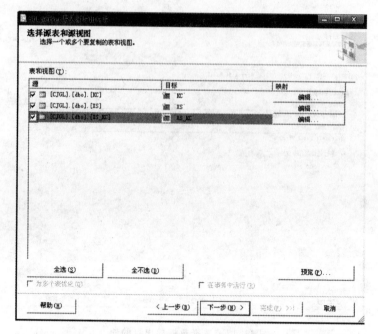

图 11.19　选择源表和视图

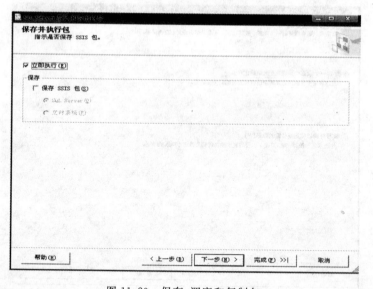

图 11.20　保存、调度和复制包

•保存:保存 SSIS 包,如果以后还要转移这批相同的数据,可以把本次导出导入的内容和步骤保存起来,存到 SQL Server 即可,保存的时候要输入 SSIS 的包名及详细描述。

(6) 单击下一步,出现将要导出信息的摘要,提示用户确认,如图 11.21 所示。

(7) 单击完成,开始执行包,图形界面显示创建表及插入记录的步骤和状态。执行后点击完成,如图 11.22 所示。

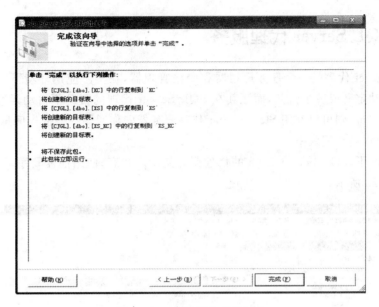

图 11.21　摘要提示确认导出

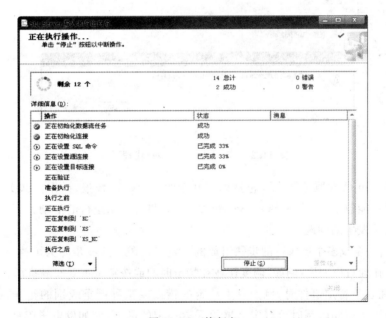

图 11.22　执行包

2. 将其他数据库导入到 SQL Server

在 SQL Server Management Studio 中，在"数据库"处鼠标右键，选"任务"→"导入数据"→打开数据转换服务"导入/导出向导"窗口，见图 11.20。只要在数据源处选择相应类型的驱动程序即可，操作方式与导出类似。

读者可以将前面所导出的 Excel 电子表格数据文件导入到 CJGL 数据库中来，这里不再赘述。

11.4　SQL Server 代理服务

SQL Server 代理是一个任务规划器和警报管理器,在实际应用环境下,可以将那些周期性的活动定义成一个任务,而让其在 SQL Server 代理的帮助下自动运行;假如你是一名系统管理员,则可以利用 SQL Server 代理服务器向你通知一些警告信息来定位出现的问题,从而提高管理效率。

一般情况下,SQL Server 2005 的代理服务是禁用状态,使用前需要手动来启动该服务,如图 11.23 所示。

图 11.23　启动 SQL Server 代理服务

SQL Server 代理服务器主要包括以下几个组件:作业、警报、操作。SQL Server 代理程序支持的功能包括:允许在 SQL Server 2005 上调度定期执行的活动,以及通知系统管理员服务器所发生的问题。

作业:由一个或多个要执行的步骤组成的已定义对象。这些步骤为可执行的 Transact-SQL 语句。作业可以调度,例如,调度作业在特定时间或按特定重复间隔执行。

警报:在发生特定事件时,例如发生特定的错误或某种严重级别的错误,或者数据库达到定义的可用空间限制时可以定义警报采取一定的措施,例如发电子邮件、寻呼操作员或运行一个作业来处理问题。

操作员:由网络账户或电子邮件标识符(ID)标识的人员,这些人员可以处理服务器发生的问题。他们可以是通过电子邮件、寻呼机或 net send 网络命令发出警报的目标。

SQL Server 将这些定义存储在 msdb 系统数据库中。SQL Server 代理服务启动时,它将查询 msdb 数据库中的系统表以确定启用哪些作业和警报。SQL Server 代理程序按调度的时间执行作业。将所有发生的事件传递给 SQL Server 代理程序。SQL Server 代理程序执行所有警报,或向 SQL Server 发送 SQL 邮件请求,或向 Windows 发送 net send

命令。SQL Server 2005 的自动化程度很高,并能更高效地优化自身以满足不同的处理需要。这些特点降低了发生触发警报的异常情况的可能性。调度作业对于处理要反复执行的任务(例如备份过程)仍是一个很好的办法。

1. 在 SQL Server Managent Studio 中配置 SQL Server 代理

主要步骤如下:

(1) 启动 SQL Server Managent Studio 管理平台,在对象资源管理器中,启动 SQL Server 代理。

(2) 右击 SQL Server 代理图标,在弹出菜单中选择"属性"选项。打开 SQL Server 代理服务属性对话框,选中"常规"标签页,如图 11.24 所示。

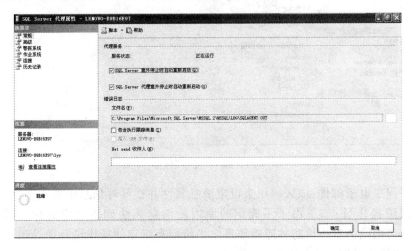

图 11.24　SQL Server 代理服务的属性选项卡

(3) 选中"高级"标签页,如图 11.25 所示。

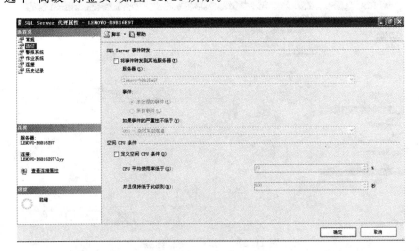

图 11.25　"高级"标签

• 向另一个服务器转发事件:表示将事件转寄给其他服务器。在 Server 旁的下拉列表中选择接收服务器。

• 如果事件具有等于或者高于以下值的严重度：表示只有在错误等级大于或等于给定值时，才将事件转寄给所选服务器。

• CPU 闲置条件：定义了 CPU 空闲状态的属性值，即 CPU 平均使用率低于给定值且该状态持续的时间超过给定时间，则认为 CPU 处于空闲状态。

（4）选中"警报"标签页，如图 11.26 所示。

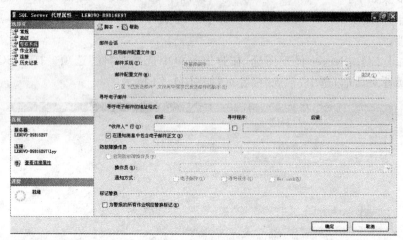

图 11.26 "警报"标签

• 寻呼程序电子邮件：该区域用来设定消息属性并在寻呼信息中加入错误信息。

• 防故障操作员：如果由于不确定的原因使消息无法到达指定的操作员，则 SQL Server 代理会把该消息传给防故障操作员。当给所有指定的操作员发送寻呼通知都失败后，将通知防故障操作员。

（5）选中"作业系统"标签页，如图 11.27 所示。

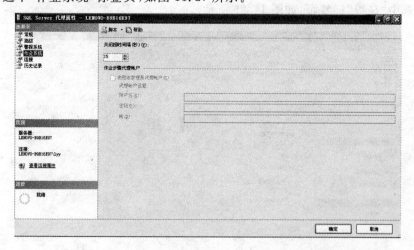

图 11.27 "作业系统"标签

（6）选中"连接"标签页，如图 11.28 所示。

• SQL Server 连接：该区域定义了将 SQL Server 代理连接到 SQL Server 时使用的认证模式。

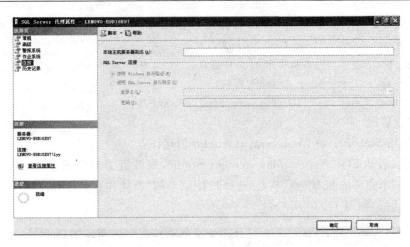

图 11.28　"连接"标签

• 本地服务器别名：本地 SQL Server 服务器的别名。

注意：配置完 SQL Server 代理之后需要重新启动，这样配置才能生效。

2. 创建操作员

1）使用 SQL Server Management Studio 创建操作员

【例 11.21】　用 SQL Server Management Studio 创建操作员"高明英"，电子邮件
"gmy@163.com"。

在资源对象管理器中，展开"SQL Server 代理"节点。右击"操作员"节点，选择快捷
菜单的"新建操作员"菜单项，则显示出"新建操作员属性"对话框如图 11.29 所示。

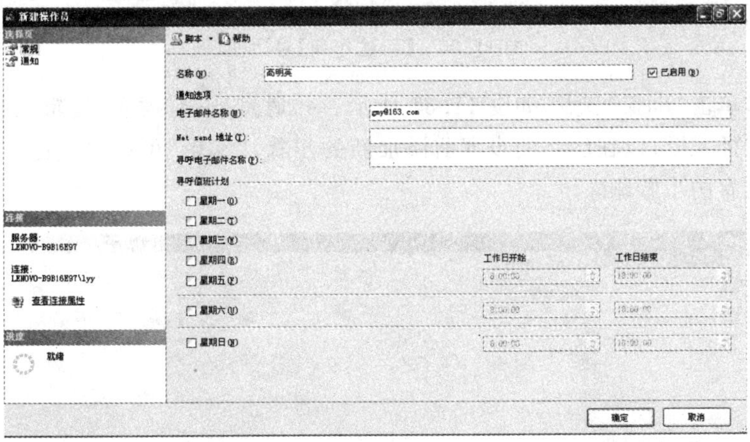

图 11.29　操作员属性

2）使用 Transact-SQL 创建操作员

语法格式：

```
sp_add_operator[@name=]'操作员名称'
   [,[@email_address=]'电子邮件地址']
```

功能：创建操作员及设定其通信方式等。

【例 11.22】 用 sp_add_operator 存储过程创建操作员"张英"，电子邮件"zhangying @163.com"。

```
use msdb              --在数据库 msdb 中建立
exec sp_add_operator @name='张英',
  @email_address='[SMTP:zhangying@163.com]'
```

3. 作业管理

（1）使用 SQL Server Management Studio 创建作业

第一步，启动 SQL Server Management Studio，展开资源对象管理器，再展开"SQL Server 代理"节点。右击"作业"节点，选择快捷菜单的"新建作业（N）"菜单项，则弹出"新建作业"对话框，如图 11.30 所示。

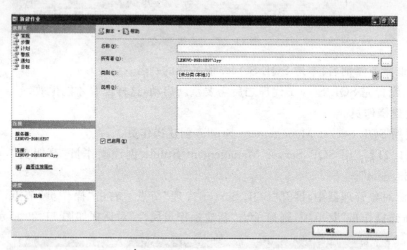

图 11.30 【新建作业】对话框

第二步，单击"步骤"节点，如图 11.31 所示。并通过新建、插入、编辑、删除来编辑作业的步骤。"插入"可以在已有的步骤前添加新的步骤，"编辑"可以修改已有的步骤，"删除"可以将已有的步骤删除。

图 11.31 【步骤】属性对话框

第三步,在"新建作业属性"对话框,进入"常规"节点,在"命令"对话框如图 11.32 所示,中输入需要建立的相关语句。

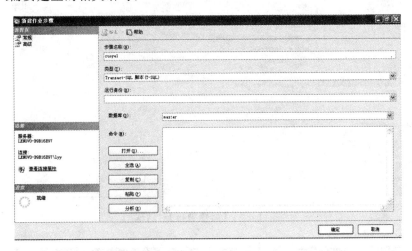

图 11.32　【新建作业步骤】对话框

第四步,单击【高级】节点,进入"新建作业调度"对话框设置该作业成功或失败后执行的操作,如图 11.33 所示。

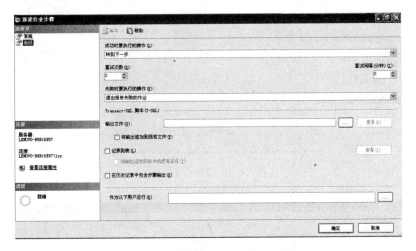

图 11.33　【新建作业步骤】对话框

第五步,单击"确定"按钮,完成新建作业。

4. 创建警报

第一步,启动 SQL Server Management Studio,展开资源对象管理器,再展开"SQL Server 代理"节点。右击"警报"节点,选择"新建警报(N)"菜单项,进入"新建警报属性"对话框,如图 11.34 所示。

第二步,在常规选项卡中,填写警报名称、类型及事件警报定义设置。在【响应】节点中填写执行作业或操作员,如图 11.35 所示。在【选项】节点中指定警报错误文本发送方式,如图 11.36 所示。

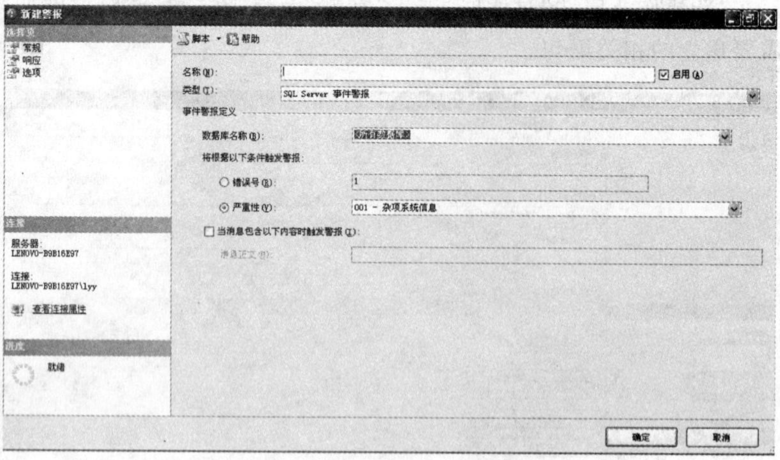

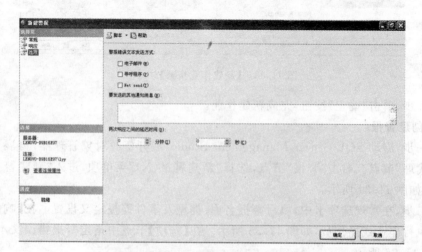

图 11.34　【新建警报】对话框

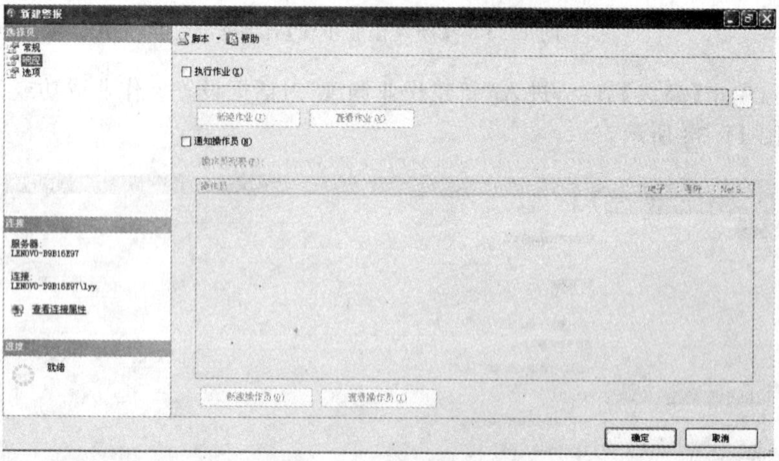

图 11.35　【响应】节点

图 11.36　【选项】节点

11.5　SQL Server 数据复制

复制是在数据库之间对数据和数据库对象进行复制和分发并进行同步的一组技术。使用复制可以将数据分发到不同位置,通过局域网、使用拨号连接、通过 Internet 分发给远程或移动用户。复制还能够使用户提高应用程序性能,根据数据的使用方式物理分隔数据(例如,将联机事务处理(OLTP)和决策支持系统分开),或者跨越多个服务器分布数据库处理。SQL Server 提供完善的内置数据复制能力,是 SQL Server 核心引擎非常重要的一部分。

SQL Server 2005 复制优点在于需要数据时数据随时随地的可用性。其他的优点包括:

• 可在多个站点保存相同数据的副本。当多个站点需要为报表应用程序读取相同的数据或需要各个独立的服务器时,这一点十分有用。

• 从大量读取数据的应用程序(如联机分析处理(OLAP)数据库、数据集市或数据仓库)中分离 OLTP 应用程序。

• 允许更大的独立性。用户可以在连接断开的情况下继续使用数据的复本,然后在连接恢复时将对数据库所做的更改传播到其他数据库。

• 分离出要浏览的数据,如使用基于 Web 的应用程序浏览数据。

• 提高聚合读取性能。

• 拉近了数据与个人或团体的距离。这有助于减少因多个用户进行数据修改和查询而引起的冲突,因为数据可以通过网络进行分发,所以可以根据不同商业单位或用户的需求对数据进行分区。

• 将复制用作自定义备用服务器策略的一部分。复制是备用服务器策略的一种选择。SQL Server 2000 中的其他选择包括日志传送和故障转移群集,它们在服务器失败的情况下提供数据的副本。

SQL Server 复制把服务器分为发布服务器、分发服务器、订阅服务器三种,如图 11.37所示。

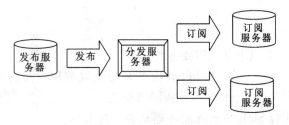

图 11.37　复制模型示意图

每个 SQL Server 实例都可以作这三种服务器或这三种服务器的任意组合。

SQL Server 2005 支持三种类型的复制:快照复制、事务复制和合并复制。

1. 快照复制

快照复制是完全按照数据和数据库对象出现时的状态对其进行复制和分发的过程。快照复制不要求对更改进行连续的监视,因为对发布数据所做的更改不会增量地传播到订阅服务器。订阅服务器用数据集的完全刷新而不是单独的事务来进行更新。因为快照复制一次复制整个数据集,所以将数据修改传播到订阅服务器的时间要更长一些。

适合使用快照复制有下列情况:

(1) 数据主要是静态数据,不经常更改,当数据确实发生更改时,将一个完全新的副本发布到订阅服务器更有意义。

(2) 一个时期内允许有已过时的数据副本。

(3) 复制少量数据。

(4) 当需要分发数据的只读副本时,快照复制最适合。

2. 事务复制

事务复制将数据的初始快照传播到订阅服务器,然后,当发布服务器上发生数据修改时,捕获个别的事务并传播到订阅服务器。SQL Server 2005 监视 INSERT,UPDATE 和 DELETE 语句,以及对存储过程执行和索引视图的更改。

事务复制通常在如下情况使用:

(1) 希望快速将数据修改传播到订阅服务器。

(2) 需要遵守 ACID 属性的事务(要么在订阅服务器上全部应用,要么都不应用)。

(3) 订阅服务器通常连接到发布服务器。

3. 合并复制

合并复制使各站点得以自主工作(联机或脱机),并且过一段时间后将多个站点上的数据修改合并为一个统一的结果。首先在订阅服务器上应用初始快照,然后 SQL Server 2005 在发布服务器和订阅服务器上跟踪对已发布数据的更改。数据在调度时间或请求时在服务器之间进行同步。

合并复制可用的选项包括:水平和垂直筛选已发布的数据。合并复制适用如下情况:

(1) 多个订阅服务器需要在不同时刻更新数据并将这些更改传播到发布服务器和其他订阅服务器。

(2) 订阅服务器需要接收数据、脱机更改数据,然后将更改同步到发布服务器和其他订阅服务器。

(3) 站点独立很重要。

复制数据库之前,有以下几点需要注意:

• MSSQLserver 和 SQLserveragent 服务是否是以域用户身份启动并运行的,如果登录用的是本地系统账户 local,将不具备网络功能。

• 检查相关的几台 SQL Server 服务器是否改过名称。

• 不能用 IP 地址的注册名。

• 检查相关的几台 SQL Server 服务器网络是否能够正常访问。

• 系统需要的扩展存储过程是否存在(如果不存在,需要恢复)。

本章小结

本章介绍了 SQL Server 2005 的安全机制和安全管理的基础知识。SQL Server 2005 通过身份认证和权限许可的安全机制实现其安全管理功能。其安全层次的构成是：服务器登录账户、服务器角色、数据库用户、数据库角色、用户与角色的权限、权限的授予、拒绝与撤消。

数据库备份是数据库恢复的前提，设计备份策略的指导思想是：以最小的代价恢复数据。SQL Server 2005 提供了三种恢复模型：简单恢复模型、完全恢复模型和大容量日志记录恢复模型。SQL Server 2005 提供了 4 种备份方法：完全数据库备份、差异备份、事务日志备份、数据库文件或文件组备份。

SQL Server 主要有 3 种方式导入导出数据：使用 Transact-SQL 对数据进行处理；调用命令行工具 bcp 处理数据；使用数据转换服务（DTS）对数据进行处理。导入导出的数据源可以是：文本文件、ODBC 数据源、OLE DB 数据源、ASCII 文本文件和 Excel 电子表格等。

SQL Server 代理服务功能，可以在日常运行中实现常规管理的自动化，SQL Server 代理服务器主要包括作业、警报、操作几个组件。

数据复制可以将一个数据库的数据复制和分发到另一个数据库上，SQL Server 2005 支持三种类型的复制：快照复制、事务复制和合并复制。

习题十一

一、思考题

1. SQL Server 采用哪些措施实现数据库的安全管理？

2. 如何创建 SQL Server 的登录账号？

3. 数据库角色分为哪几类？各有什么特点？

4. SQL Server 2005 管理权限分为哪几类？如何使用这几类权限？

5. 简单说明服务器登录、服务器角色和数据库用户、数据库角色的区别和联系。

6. 为什么要进行数据库的备份？

二、设计题

1. 以管理员身份创建一个 SQL Server 登录账号 login1，密码为'QQ123'，并在 CJGL 数据库创建一个与该登录关联的用户 mas1。

2. 以管理员身份在 SQL Server 中添加一个 Windows NT 用户，登录名为"SYS-1\mary"，权限为：固定服务器角色——数据库创建者；以"SYS-1\mary"身份在创建了一个"教学"数据库后，将 Windows NT 用户登录名"SYS-1\lrf"添加为"教学"数据库的用户，用户名为'liu'；在"教学"数据库中自定义一个数据库角色：角色名为"学生"；将'liu'加入到"学生"角色中去。

3. 以管理员身份设置一个 SQL Server 身份验证的用户账户：登录名为"班导"，密码为"abc888",在 CJGL 数据库中的用户名为"bd1",权限有三个：

(1) 固定数据库角色——数据库数据读取者：可查询本数据库中所有表、视图、内嵌表值函数的数据,执行所有的存储过程。

(2) 可以创建视图。

(3) 可以对 XS 表进行查询和修改。

4．创建两个磁盘备份设备 bf_f 和 bf_d,将 CJGL 数据库的完全备份和差异备份分别放到这两个设备上。

5．对第 4 题的数据库备份予以恢复。

上机实验题

1．建立 Windows 2003 用户登录账号：

第 1 步,在 Windows 2003 中创建 Windows 2003 的用户。

第 2 步,将 Windows 2003 的用户加入到 SQL Server 中,并指定该用户的默认数据库为 ZYGL。

2．将以上登录者加入到 ZYGL 数据库中。再将该用户加入到该数据库的某固定角色中。

3．给该数据库用户赋予创建数据库对象的权限。

4．给数据库用户赋予表操作权限。

5．对 ZYGL 数据库进行完全备份,备份结束后,对数据库进行简单的修改,再还原,查看还原后的结果。

6．新建数据库 new,使用 DTS 向导将 CJGL 数据库中的所有表导入其中,要求不立即运行,创建一个 DTS 包,以后运行。

7．完成习题中的设计题。

第 12 章 综合案例开发

本章将介绍一个具体的 Web 数据库应用系统——"留言板系统"开发的全过程,讲解在 B/S 开发中如何应用 SQL Server 的后台数据库。在开发数据库应用程序中,如何使用 ASP. NET 等常用的几种 Web 应用程序结构和 Web 环境下的数据访问机制。

12.1 应用程序结构

计算机技术的高速发展使应用程序体系结构不断更新。从单机时代的文件服务器的共享数据模式,到客户机/服务器时代的模式,再到今天网络计算时代的浏览器/服务器模式。客户机/服务器(简称 C/S)模式和浏览器/服务器(简称 B/S)模式的特点介绍如下。

12.1.1 客户/服务器(Client/Server)结构

在过去应用系统开发过程中,C/S 体系结构得到了广泛的应用。其特点是:请求服务器端将结果返回客户端。但 C/S 结构存在着很多体系结构上的问题,比如:当客户端数目激增时,服务器端的性能会因为负载过重而大大衰减;一旦应用的需求发生变化,客户端和服务器端的应用程序都需要进行修改,给应用维护和升级带来了极大的不便;大量的数据传输增加了网络的负载等。C/S 体系结构是客户机通过应用程序中间件访问和处理数据的,如图 12.1 所示。

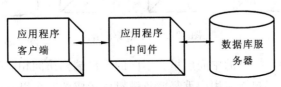

图 12.1 C/S体系结构图

12.1.2 浏览器/服务器(Browser/Server)结构

随着 Internet 技术的兴起,出现了 B/S 结构,它是对 C/S 结构的一种变化或者改进的结构。在这种结构下,用户界面完全通过 WWW 浏览器实现,一部分事务逻辑在前端实现,但是主要事务逻辑在服务器端实现,形成所谓 3-tier(3 层)结构。B/S 结构,主要是利用了不断成熟的 WWW 浏览器技术,结合浏览器的多种 Script 语言(VBScript,JAVAScript,…)和 ActiveX 技术,用通用浏览器就实现了原来需要复杂专用软件才能实现的强大功能,并节约了开发成本,是一种全新的软件系统构造技术。随着 Windows 将浏览器技术植入操作系统内部,这种结构更成为当今应用软件的首选体系结构。显然

B/S 结构应用程序相对于传统的 C/S 结构应用程序将是巨大的进步。

B/S 的特点是在传统的两层应用结构中的客户端与服务端之间插入一层或几层中间件或称为应用服务器。由中间件处理应用系统的业务逻辑，客户端程序只处理界面的显示。由中间件与数据库通信，客户端因为不需要与数据库通信，所以不需要安装数据库的客户端程序和数据库驱动程序，可以使客户端程序变得更小，更快。中间件可以有多个并且可以安装在不同的计算机上，将处理工作分散开来，改善性能。随着 Web 和 Internet 计算环境的发展，将使企业能够以更快的速度、更低的费用去创建和布置企业的应用系统，因而，普遍认为 C/S 架构将会被 B/S 取代。Internet 为数据库应用系统提供了新的机会，就是去构建一种以 Web 技术为中心的应用。即采用 B/S 结构，客户机上只要安装一个浏览器（Browser），如 Netscape Navigator 或 Internet Explorer，最多再安装很小的支持库，如 JAVA 或 VB 的动态连接库。中间层采用 Web 服务器，它接受客户端的请求，将其转换为 SQL 语句，通过 ODBC 或其他手段传给数据库服务器，并将数据库服务器返回的结果用 HTML 文件格式传回给客户机。

客户机实际上就是一个将标准语言转化为界面的解释器，应用程序安装在 Web 服务器上，其运行也是在这里进行的。有趣的是，在从主机系统、C/S 架构到 B/S 演变中，应用程序走过了一个轮回，正重新向集中的方向发展。B/S 结构克服了 C/S 模式客户端多种程序所带来的企业资料的不一致性，而服务器端的开放和基于标准的连接方案，大大加强了企业与外部的联系，同时，动态的、交互式的信息发布改进了企业对客户的服务质量，增加企业的商业机会。当企业网成为 Internet 的一部分之后，运行在客户端的应用软件将移植到服务器端。典型的 B/S 结构如图 12.2 所示。

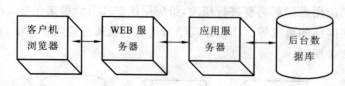

图 12.2　四层 B/S 结构

把业务逻辑封装在共享的中间层里。不同的客户端都访问相同的中间层。这可以减少由于在每个单独的客户端应用中重复业务逻辑所造成的冗余以及相应的维护成本。瘦的客户端的应用程序可以写得很小，而把大多数工作交给中间层处理。客户端应用程序不仅是变小了，而且还更加易于发布，因为它们不需要再考虑安装、配置和维护数据库连接软件的问题。

12.2　应用程序数据库访问技术

在 B/S 的 Web 开发过程中，ADO. NET（即 ActiveX Data Objects. NET）是 . NET Framework 的重要组成部分。使用 ADO. NET，ASP. NET 可以快捷地访问数据库。ADO. NET 是 ADO 的升级版本。由于它使用 XML 为核心，所以 ADO. NET 可以完全支持 XML，并且能够轻松地与 XML 兼容应用程序通信。

12.2.1 ADO. NET 概述

ADO. NET 对象模型由两个部分构成：一个是数据集（DataSet），与数据源断开并且不需要知道所保持数据的来源；另一个是. NET 数据提供程序，. NET 数据提供程序能够为数据源连接，并执行针对数据源的 SQL 命令。. NET 数据提供程序还可以分为Connection 对象、Command 对象、DataRead 对象和 DataAdapter 对象 4 个部分。

根据数据源不同，常用的. NET 数据提供程序可以分为 3 种：SQL Server 数据提供程序、OLE DB 数据源提供程序以及与 ODBC 兼容的数据源提供程序。所有的数据提供程序都位于 System. Data 命令空间中。每种. NET 数据提供程序都由 4 个主要组件组成，它们的功能如下。

（1）Connection 对象：用于连接到数据源。

（2）Command 对象：用于执行针对数据源的命令并且检索 DataReader 或者DataSet，或者用于执行针对数据源的一个 INSERT，UPDATE 或 DELETE 命令。

（3）DataRead 对象：一个已连接的、前向只读结果集。

（4）DataAdapter 对象：用于从数据源产生一个 DataSet，并且更新数据源。

ADO. NET 的工作原理如图 12.3 所示，ADO. NET 为我们提供了两种数据访问的模式：一种为连接模式，另一种为非连接模式。运用过 ADO 技术的编程人员对前一种模式应该是非常熟悉的，而后一种模式则是 ADO. NET 中特有的。相比于传统的数据库访问模式，非连接的模式为我们提供了更大的可升级性和灵活性。在该模式下，一旦应用程序从数据源中获得所需的数据，它就断开与数据源的连接，并将获得的数据以 XML 的形

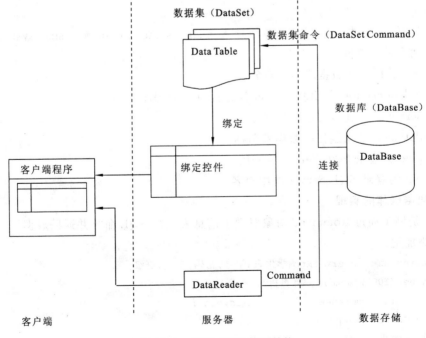

图 12.3 ADO. NET 体系结构

式存放在内存中。在应用程序处理完数据后,它再取得与原数据源的连接并完成数据的更新工作。数据集是内存中提供数据关系图的高速缓冲区。数据集对数据源一无所知,它们可以由程序或通过从数据仓库中调入数据而被生成、填充,并且它使用相同的潜在的数据缓冲区。而从用户的角度来看,数据源在哪里并不重要,也是无需关心的。这样一个统一的编程模型就可被运用于任何使用了数据集对象的应用程序。

12.2.2　数据库应用程序的开发流程

虽然数据库应用程序访问的数据库不同,实现的功能也不同,但是开发流程主要可以分为以下几个步骤:

(1) 创建数据库。

(2) 使用 Connection 对象创建到数据库的连接。

(3) 使用 Command 对象对数据源执行 SQL 命令并返回数据。

(4) 利用 DataReader 和 DataSet 对象读取和处理数据源的数据。

12.2.3　ADO.NET 的应用

1. 打开(连接)数据库

```
Sqlconnection con=new sqlconnection();
Con.connectionstring="server=127. 0.0.1;uid=luli;pwd=123456;
database=exam";
con.open();     //打开数据库
con.close();     //关闭数据库
```

说明:

(1) 连接 SQL 数据库之前,必须导入 Using system. data 和 Using system. data. sqlclient 两个命名空间。

(2) con 为创建的数据库连接对象。

(3) Sqlconnection 为 SQL Server 连接提供驱动程序。

(4) server 为要连接的服务器名字。

(5) database 为要连接的数据库名称。

(6) pwd 为登录 SQL Server 的密码。

(7) uid 为登录 SQL Server 的用户名。

2. 数据操作的实现

以下是例举通过 Command 对象对学生信息表执行 SQL 命令并返回数据:

1) 添加记录

```
String ss="insert into 学生表(学号,密码,专业,班级)
Values(1001,'admin','计算机','一班')";
Sqlcommand cmd=new sqlcommand(ss,con);
Cmd.ExecuteNonquery();
```

2) 更新数据

```
String ss="update 学生表 set name='liuzhen'
```

```
Where sno='1001'";
Sqlcommand cmd=new sqlcommand (ss,con);
Cmd.ExecuteNonquery();
```

3）删除数据

```
String ss="delete from 学生表 where sno='1001'";
Sqlcommand cmd=new sqlcommand (ss,con);
Cmd.ExecuteNonquery();
```

3. Dataset 的使用

Dataset 对象是实现离线访问技术的载体，Dataset 包含主键、外键以及条件约束等信息。

使用 Dataset 步骤如下：

（1）使用 connection 对象创建数据库连接。

```
Sqlconnection con=new sqlconnection
("server=127.0.0.1;uid=luli;pwd=123456;database=exam");
```

（2）创建 datasetcommand 对象，指定一个 SQL 语句或者过程。

```
Sqldatasetcommand cmd=new Sqldatasetcommand
("select *from 学生表",con);
```

（3）创建一个 Dataset 对象。

```
Dataset ds=new Dataset();
```

（4）调用 datasetcommand 的 Fill 方法，为 dataset 填充数据。

```
Int irowcount=cmd.fill dataset(ds,"学生表");
```

（5）操作数据，由于 Fill 返回了记录的个数，我们可以构造一个循环，来操纵 Dataset 中的数据。

```
For (int i= 0;i<irowcount;i++)
{ datarow dr=ds.Tables[0].Rows[i];
  Console.writeline(dr["学生姓名"]);
}
```

12.3　Web 编程环境

12.3.1　安装 Visual Studio. NET 2005

在安装 ASP. NET 和框架之前，首先需要升级系统中的 IE 浏览器到 5.5 或更高的版本。

ASP. NET 可以在安装有以下操作系统之一的计算机上安装. NET 框架 SDK。

• Microsoft Windows Server 2003（. NET Framework 1.1 版本已经作为操作系统的一部分进行了安装）；

• Windows XP Professional；

• Windows XP Home Edition；

• Windows 2000；

- Windows Millennium Edition(Windows ME);
- Microsoft Windows NT 4.0 Service Pack 6a。

硬件方面,. NET 对计算机的要求如下。

- CPU:400 MHz Pentium 处理器或者 AMD 处理器(最好 Pentium 600 以上);
- 内存:128 MB(最好 256 MB 以上);
- 硬盘:系统驱动器上要求 900 MB 的可用空间,安装驱动器上要求 3.3 GB 的可用空间,可选的 MSDN 库文档另需 1.9 GB 的可用空间;
- 显示器分辨率:不低于 800×600,256 色以上。

下面介绍. NET 框架 SDK 的典型安装过程。其过程在 Windows 2000 和 Windows XP 中除安装向导外,基本相同,这里介绍在 Windows XP 中的安装过程。

(1) 运行. NET 安装文件,安装界面如图 12.4 所示。

图 12.4　运行.NET 安装文件

(2) 在图 12.4 中,当"安装程序正在加载安装组件"完成后,单击"下一步"按钮,将会出现许可协议对话框,选中"我接受许可协议中的条款"复选框,如图 12.5 所示。

(3) 在图 12.5 中,单击"下一步"按钮后,显示 Visual Studio 2005 安装程序的对话框,询问用户选择安装路径和要安装的功能,如图 12.6 所示。一般以默认选择为主。

(4) 在图 12.6 中,单击"下一步"按钮,打开安装组件对话框,如图 12.7 所示。

(5) 在图 12.7 中,当全部组件安装完成后,单击"完成"按钮,完成 Visual Studio 2005 的安装,如图 12.8 所示。

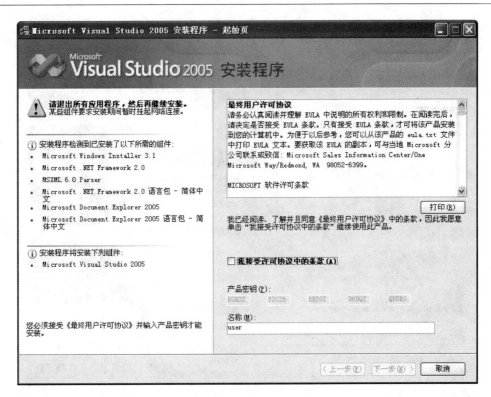

图 12.5　许可协议

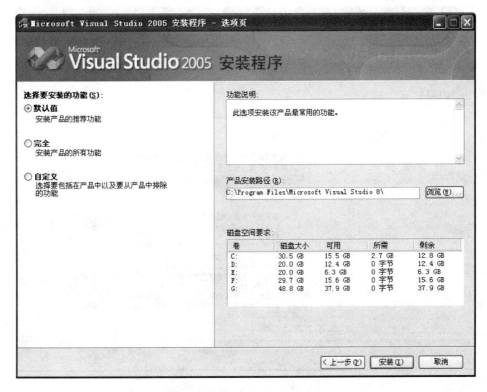

图 12.6　选择安装路径和功能

图 12.7　安装组件

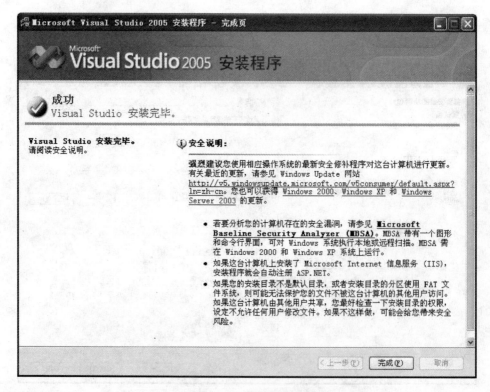

图 12.8　安装完成

12.3.2　创建. NET Web 站点

在开发一个系统和做一个网站时,都必须创建一个 Web 站点,然后根据自己的要求编写代码、编译应用程序和部署应用程序。下面首先来新建一个网站。

(1) 在创建网站之前首先需要启动 Visual studio 2005 软件,方法是单击"开始→程序→MicroSoft Visual Studio 2005"菜单命令,启动后的界面如图 12.9 所示。

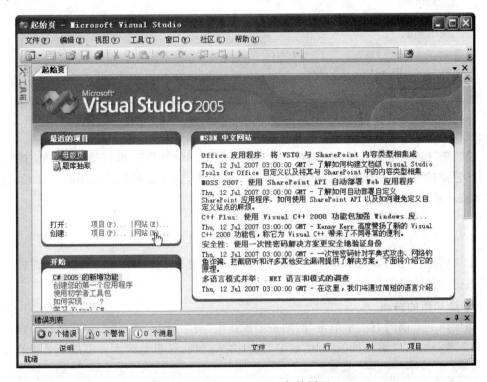

图 12.9　Visual Studio 起始页面

(2) 当启动软件后,接下来的任务是创建一个网站,方法是单击图 12.9 中的"文件→新建→网站"菜单命令,弹出如图 12.10 所示的对话框。

在创建 Web 站点的对话框中包含 4 个基本的模块:ASP. NET 网站、ASP. NET Web 服务、个人网站初学者工具包和空网站。

① ASP. NET 网站模板主要是用于创建网站的基本框架。利用该模板可用创建 Web 站点,可在指定位置创建一个应用程序文件夹,并默认内置文件"Default. aspx"和"Default. aspx. cs"以及一个空的文件 App_Data。

② ASP. NET Web 服务模板主要用于创建 Web 服务应用的基本框架。利用该模板,可在指定位置创建一个应用程序文件夹,并创建默认文件 Service. asmx、一个包含 Service. cs 文件的 Asp_code 子文件夹以及一个空子文件夹 Asp_Data。

③ 空网站模板用来创建 Web 站点,只是在指定位置创建一个空应用程序文件夹。

④ 个人网站初学者工具模板为用户提供了一个典型的个人网站,其中包括一个相册系统,用于建立连接的静态页面。

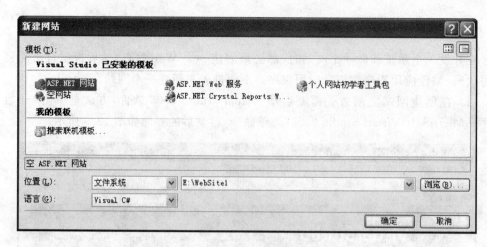

图 12.10　创建 Web 站点

(3) 在"模板"中,选择"ASP.NET 网站"模板;在"位置"中,可以通过"浏览"按钮选择网站存放的位置,并且可以为网站取名;在"语言"中,选择编写网站使用的语言,这里选择"Visual C♯"。

12.3.3　添加、编写.NET 应用程序

上面已经讲述了如何创建一个网站,下面主要讲述的是在上一节的基础上添加一个新的页面和编写.NET 应用程序。

1. 添加新的页面

添加新的页面的方法是单击"网站—添加新项"菜单命令,弹出"添加新项"对话框,如图 12.11 所示。在"添加新项"对话框中,包含多个选项,这里是因为要添加一个新的页面

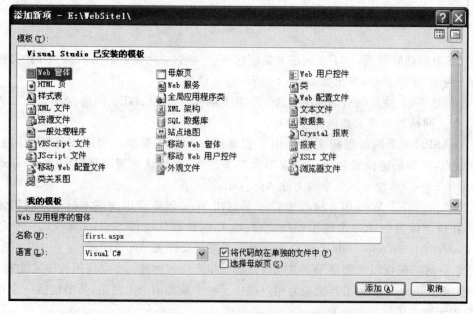

图 12.11　"添加新项"对话框

窗体,所以在"添加新项"对话框中选择"Web 窗体",在"模板"列表框的下面有一个文本框、一个下拉列表框和两个复选框。文本框用于修改添加页面的文件名,这里将文件命名为"first.aspx";下拉列表框供程序员选择自己编程的语言,在下拉列表框中包含了 3 种编程语言,它们分别是 Visual Basic,Visual C♯ 和 Visual J♯。然后单击"确定"按钮即可添加一个页面。

2. 编写 .NET 应用程序

当添加完一个新的页面之后,按下来的任务就是编写 .NET 应用程序。编写程序代码由两部分组成:一部分是可视元素,包括标记、服务器控件和静态文本,这些内容基本上都包含在 first.aspx 文件中。另一部分是页面编程逻辑,包括事件处理程序和其他代码,这些内容基本上包括在 first.aspx.cs 文件中。下面分别来演示这两个文件。

(1) 在添加了 first 页面后,会出现如图 12.12 所示的窗口,在窗口中的 first.aspx 页面有两种显示方式:"设计"和"源"。本章后面的留言板程序给出了所有页面的 .aspx 文件代码和 .aspx.cs 文件代码,我们需要添加每个页面,并且将给出的 .aspx 中的代码写入到页面的"源"程序中,具体编写位置如下:

```
<html xmlns="http://www.w3.org/1999/xhtml">
<head runat="server">
    <title>无标题页</title>
</head>
<body>
    <form id="form1" runat="server">
    <div>
    (将 .aspx 中的代码在此位置编写)
    </div>
    </form>
</body>
    </html>
```

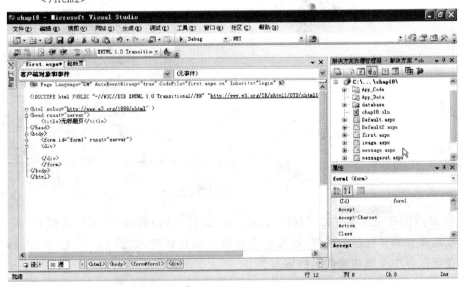

图 12.12　添加的 first 页面

（2）当在"源"中编写了程序，就可以在"设计"模式下显示页面的可视状况，图 12.13 和图 12.14 是"源"和"设计"模式的对比。

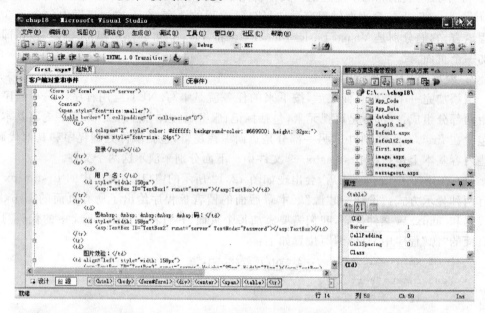

图 12.13 "源"模式

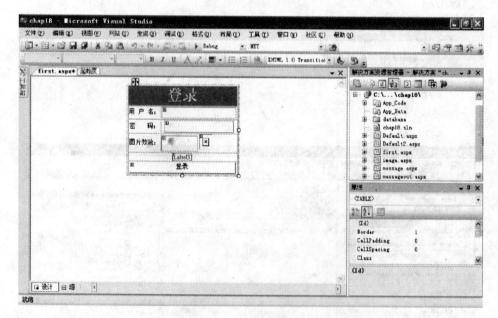

图 12.14 "设计"模式

（3）最后需要完成事件处理程序（.aspx.cs 文件代码）的编写，可以通过在"设计"模式下，双击需要编写程序的控件（如按钮等），激活编程环境，如图 12.15 和图 12.16 所示对比，在花括号中完成功能代码的编写。

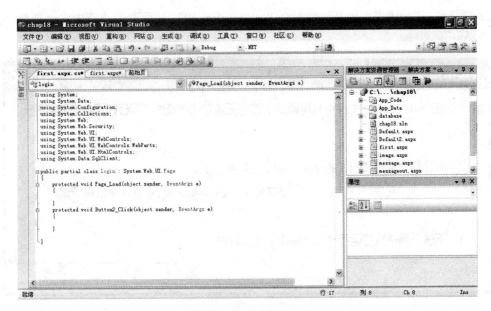

图 12.15　激活控件编程

图 12.16　代码编写

12.3.4　编译和运行.NET 应用程序

当代码编写完成后,用户将要编译和运行应用程序。当用户首次请求资源时,将动态编译 ASP.NET 页面(first.aspx)和代码隐藏文件(first.aspx.cs)。在第一次编译页和代码文件之后,服务器会自动缓存编译后的结果。编译的方法是单击菜单"调试→启动调试"启动即可。当启动调试之后,网站 chap18 还会自动弹出"未启用调试"对话框,如图

12.17 所示。该对话框主要是添加一个 Web.config 文件，在后面的小节中将会详细讲解
Web.config 文件。

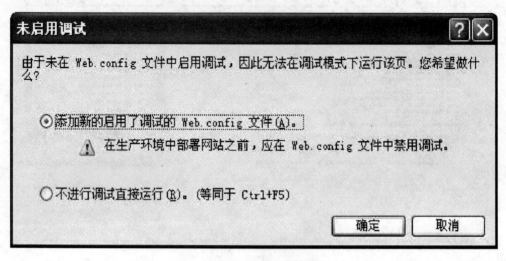

图 12.17 "未启用调试"对话框

当 ASP.NET 编译引擎完成编译之后，接着可向 Web 服务器发送请求来测试和运行
应用程序。通常情况下，计算机中需要安装 IIS，以便响应用户的请求。然而有时不支持
安装 IIS，这些情况可能为测试带来不小的故障。因此，为了解决这些问题，在 Visual
Studio 2005 中内置了 ASP.NET 开发服务器（ASP.NET Development Server）。该服务
器的界面如图 12.18 所示。

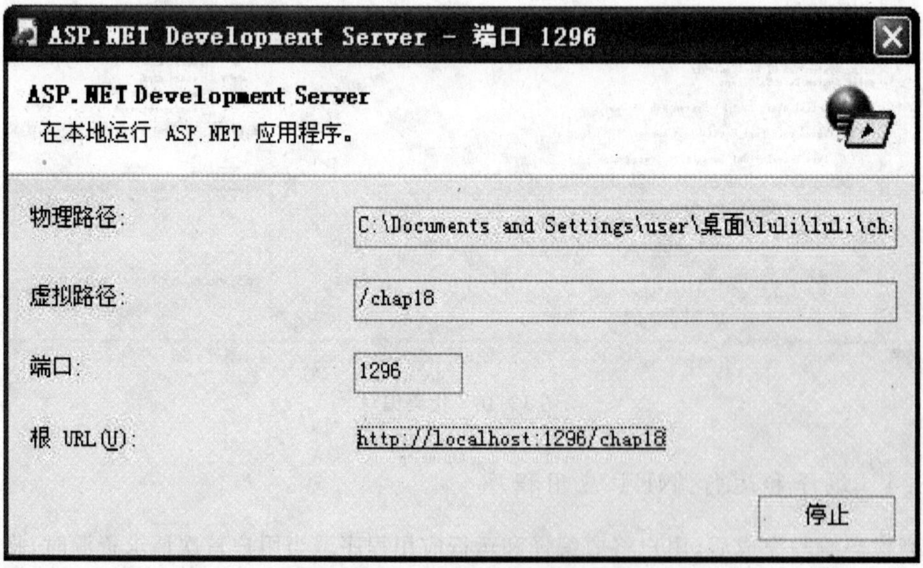

图 12.18 ASP.NET 开发服务器

编译运行完成之后，效果如图 12.19 所示。

图 12.19　运行效果

12.4　留言板应用程序开发

留言板功能是网站应用程序中最常用的功能之一,也是网站开发应用程序开发常用的功能模块。当用户对某网站或系统有建议时,可以通过留言板对网站管理员或开发者提出。这样可以实现对网站或系统的进一步完善。

12.4.1　系统功能设计和数据库设计

1. 系统功能设计

留言板的功能实现比较简单,具体包括以下几方面。

① 用户注册。

② 用户登录。

③ 统计注册总人数。

④ 用户留言。

⑤ 用户查看留言信息。

2. 数据库设计

本系统的数据库设计比较简单,只要存储用户注册的信息和用户留言的信息即可。在 SQL Server 中创建一个数据库,名为"message",并在该数据库中创建用户注册的表"login"和用户留言的信息表"messages"。在表"login"中包括 5 个字段,其中"uname"字段用于存储用户的用户名;"upass"字段用于存储用户的密码;"email"字段用于存储用户的 EMAIL 地址;"phone"字段用于存储用户的电话号码;"addr"字段用于存储用户的地址。在"messages"表中包括 4 个字段,其中"uname"字段用于存储发送留言的人的用户名;"title"字段用于存储留言的主题;"content"字段用于存储留言的内容;times 字段用于存储用户留言的时间。

创建存储用户信息表 login 的界面如图 12.20 所示。存储用户信息表 login 的字段说明如表 12.1 所示。

图 12.20　图 12.20 创建存储用户信息表 login 界面

表 12.1　login 表字段说明

字段名	数据类型	字段说明	备　注
uname	Varchar(20)	用户名	主键
upass	Varchar(20)	用户密码	
email	Varchar(50)	用户的 E-mail	
phone	Varchar(12)	用户的电话	
addr	Varchar(50)	用户的地址	

　　创建存储留言信息的表 messages 的界面如图 12.21 所示。存储留言信息表 messages 的字段说明如表 12.2 所示。

表 12.2　messages 表字段说明

字段名	数据类型	字段说明	备　注
uname	Varchar(20)	留言用户名	外键约束 login 表
title	Varchar(50)	用户留言主题	
content	Varchar(max)	用户留言内容	
times	Datetime	用户留言时间	

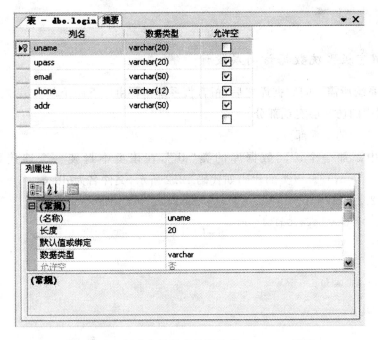

图 12.21　创建存储留言信息的表 messages 界面

创建数据库和表的代码如代码 12.1 所示。

【代码 12.1】创建数据库和表

```
--创建数据库
create database message
go
--使用数据库
use  message
--创建用户信息表
create table login
(
uname  varchar(20)  primary key,--主键
upass varchar(20),
email varchar(50),
phone varchar(12),
addr varchar(50)
)
--创建留言信息表
create table messages
(
uname  varchar(20) foreign key(uname) references login,--外键约束
title varchar(50),
content varchar(4000),
```

```
times datetime,
)
```

12.4.2　留言板系统数据访问层设计

创建好系统所需要的数据库之后,留言板系统主要由以下两个部分组成。

① 数据库的访问层实现部分。

② 功能页面的实现部分。

在程序中添加一个访问数据库的类"db",在该类中封装一个连接数据的方法"CreateConnection()"。该类的代码如代码 12.2 所示,文件名为 db.cs。

【代码 12.2】db.cs

```
using System.Data.SqlClient;
public class db
    {
    public db()
    {

    }
    public static SqlConnection CreateConnection()
    {
        SqlConnection con=new
    SqlConnection("server=(local);database=message;uid=sa;pwd=sa;");

        return con;
    }
    }
```

12.4.3　留言板页面设计

在程序中添加一个新的页面,并命名为 messages.aspx。它的代码隐藏文件为 messages.aspx.cs。

1. 页面设计

在页面 messages.aspx 上添加 3 个文本框控件、两个命令按钮和一个 Lable 控件,它们的名称分别为 TextBoxl,TextBox2,TextBox3,Buttonl,Button2,Label1。3 个文本框用于用户输入留言的信息;Buttonl 和 Button2 按钮用于提交或取消用户留言的信息;Label1 控件用于显示注册的总人数。页面 messages.aspx 的设计界面如图 12.22 所示。

注意:控件拖放到页面中后,一定要养成修改控件 ID 号的习惯,本例中没有改。

页面 messages.aspx 的 HTML 设计代码如代码 12.3 所示。

图 12.22　页面 messages.aspx 的设计界面

【代码 12.3】messages.aspx

```
<form id="form1" runat="server">
    <div>
      <center>
           
        <table border="1" cellpadding="0" cellspacing="0">
          <tr>
              <td colspan="2" style="font-size: 32pt; color: white; background
-color: #669900">
                  留言板</td>
          </tr>
          <tr>
            <td style="font- size: 10pt">
                用 户 名:</td>
            <td style="width: 4px">
                <asp:TextBox ID="TextBox1" runat="server"
Enabled="False"></asp:TextBox></td>
          </tr>
          <tr>
            <td style="font-size: 10pt">
                留言主题:</td>
            <td align="left">
                <asp:TextBox ID="TextBox2" runat="server"
Width="233px" ></asp:TextBox>
                <asp:RequiredFieldValidator
```

```
ID="RequiredFieldValidator1" runat="server"
ControlToValidate="TextBox2"
                    ErrorMessage="留言的主题不能为空
">*</asp:RequiredFieldValidator></td>
        </tr>
            <tr>
            <td style="font-size: 10pt">
            留言内容:</td>
            <td align="left">
                <asp:TextBox ID="TextBox3" runat="server"
Height="214px" Width="477px" TextMode="MultiLine"></asp:TextBox>
                <asp:RequiredFieldValidator
ID="RequiredFieldValidator2" runat="server"
ControlToValidate="TextBox3"
                    ErrorMessage="留言的内容不能为空
">*</asp:RequiredFieldValidator></td>
        </tr>
            <tr>
            <td colspan="2">
                <asp:Button ID="Button1" runat="server" Text="留言"
OnClick="Button1_Click" />
                  
                <asp:Button ID="Button2" runat="server" Text="取消" /></td>
        </tr>
        <tr>
        <td colspan="2" style="color: black">
            <span style="font-size:smaller">本站共有</span><asp:Label ID
="Label1" runat="server" ForeColor="#C00000"
Width="2px"></asp:Label><span style="font-size:smaller">位注册成为会员
</span></td>
        </tr>
    </table>
    </center>
    </div>
        <asp:ValidationSummary ID="ValidationSummary1" runat="server"
ShowMessageBox="True"
            ShowSummary="False" style="z-index: 100; left: 19px; position:
absolute; top: 445px"/>
</form>
```

2. 页面初始化

页面 messages. aspx 调用函数 Page_Load(object sender,EventArgs e)进行初始化,该函数判断用户是否登录,如果没有登录则跳转到登录页面。如果登录成功则可以留言,并在留言板中显示共有多少用户注册该留言板。函数 Page_Load(object sender,EventArgs e)的代码如代码 12.4 所示。

【代码 12.4】messages. aspx..cs

```
protected void Page_Load(object sender, EventArgs e)
    {
        //正常运行
        try
        {
            //接受登录页传过来的值
            this.TextBox1. Text=Session["uname"].ToString();
            //连接数据库
            SqlConnection con=db.CreateConnection();
            //打开数据库
            con.Open();
            //定义 SQL 查询语句
            string strsql="select count(*) from login";
            //创建 SqlCmmand 对象
            SqlCommand cmd=new SqlCommand(strsql, con);
            //定义一个读对象并执行 cmd 对象
            SqlDataReader rd =cmd.ExecuteReader();
            while (rd.Read())
            {
                //将读出来的数据绑定到 Label 控件上
                this.Label1. Text  =rd[0].ToString();
            }
            //关闭读操作
            rd.Close();
            //关闭数据库
            con.Close();
        }
        //出错处理
        catch
        {
            Response.Redirect("login.aspx");
        }
    }
```

留言板运行并成功登录后,留言板页面 messages. aspx 的初始化界面如图 12.23 所示。注意在页面中显示注册的总人数。

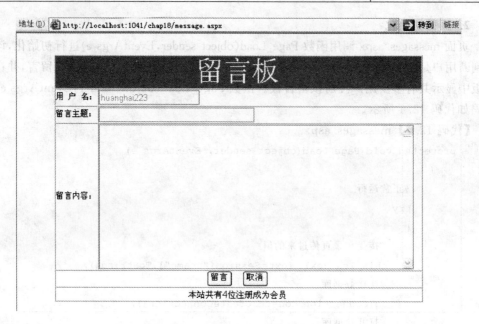

图 12.23   页面 messages.aspx 的初始化界面

3. 发送留言

单击页面 messages.aspx 中的"留言"按钮,触发事件 Button1_Click(object sender, EventArgs e),该事件实现将要留言的内容写入到数据库中。事件 Buttonl_Click(object sender,EventArgs e)的源代码如代码 12.5 所示。

【代码 12.5】messages.aspx.cs

```
protected void Button1_Click(object sender, EventArgs e)
    {
        SqlConnection con =db.CreateConnection();
        con.Open();
        //定义 Sql 插入语句
        string strsql ="insert into messages values('"+TextBox1. Text+"','"
+TextBox2. Text+"','"+TextBox3. Text+"','"+DateTime.Now.ToString()+"')";
        //定义 SqlCommand 命令对象
        SqlCommand cmd=new SqlCommand(strsql, con);
        cmd.ExecuteNonQuery();
        con.Close();
        //跳转到指定页面
        Response.Redirect("messageout.aspx");
    }
```

12.4.4　显示留言信息页面设计

在程序中创建一个新的 Web 页面,并命名为 messageout.aspx,它的代码隐藏文件为 messageout.aspx.cs 文件。

1. 页面设计

在页面 messageout. aspx 上添加了一个数据绑定控件 DataList、一个 Button 控件、一个数据源控件 SqlDataSource 和一个 Html 表格。它们的名称分别为 DataListl,Buttonl,SqlDataSource 和 Tablel。控件 DataList 用来显示用户留言的信息;数据源控件 SqlDataSource 用来连接数据库;Button 控件用来跳转到留言板页面中;Html Table 控件用来控制页面的布局。页面 messageout. aspx 的设计界面如图 12.24 所示。

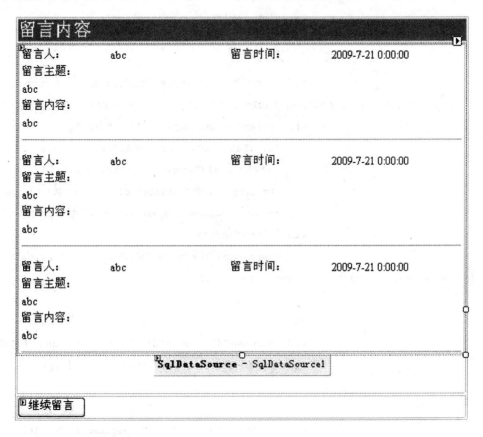

图 12.24　页面 messageout. aspx 的设计界面

页面 messageout. aspx 的 HTML 源代码如代码 12-6 所示。

【代码 12-6】 messageout. aspx

```
<form id="form1" runat="server">
    <div>
    <center>
         <table>
            <tr>
                <td style="color: #ffffff; background-color: # 669900" align=
                "left">
                    <span style="font-size: 16pt">留言内容</span></td>
```

```
                </tr>
                <tr>
                    <td>
                        <asp:DataList ID="DataList1" runat="server"
DataSourceID="SqlDataSource1">
                            <ItemTemplate>
                            <span style="font-size:smaller">
                                <table style="width: 513px">
                            <tr>
                            <td align="left" style="width: 54px; background-
image: none; color: #660000; background-color: floralwhite;">留言人:</td>
                                <td style="width: 92px" align="left" >
                                    <asp:Label ID="unameLabel" runat="server" Text
                                    ='<%# Eval("uname")%>'></asp:Label></td>
                                    <td align="left" style="color: #990000; background
                                    -color:floralwhite; width: 67px;">留言时间:</td>
                            <td align="left">
                                    <asp:Label ID="timesLabel" runat="server" Text
='<%# Eval("times")%>'></asp:Label></td>
                            </tr>
                            <tr>
                            <td colspan="4" align="left" style="color: #990000;
                                background-color:floralwhite">留言主题:</td>
                            </tr>
                            <tr>
                            <td colspan="4" align="left"><asp:Label ID="titleLabel"
                                runat="server"Text='<%#Eval("title") %>' Width=
"489px"></asp:Label></td>
                            </tr>
                            <tr>
                            <td colspan="4" align="left" style="color: #990000;
                                background-color: floralwhite; height:8px;">留言内容:
                                </td>
                            </tr>
                            <tr>
                            < td  colspan =" 4"  align ="  left" > < asp: Label  ID ="
contentLabel" runat="server" Text='<%#Eval("content") % > ' Width="498px"></asp:
```

```
                                Label></td>
                            </tr>
                            <tr>
                            <td colspan="4"><hr /></td>
                            </tr>
                            </table>
                            </span>
                            </ItemTemplate>
                    </asp:DataList>
        <asp:SqlDataSource ID="SqlDataSource1" runat="server" ConnectionString
="Data Source=.;Initial Catalog=message;User ID=sa;Password=123456"
            SelectCommand="SELECT* FROM [messages]" OnSelecting="SqlDataSource1_
Selecting"
ProviderName="System.Data.SqlClient"></asp:SqlDataSource>
        </td>
                </tr>
                <tr>
                    <td align="left">
                        <asp:Button ID="Button1" runat="server" Text="继续留言"
OnClick="Button1_Click" />
                        </td>
                </tr>
            </table>
        </center>
        </div>
        </form>
```

在代码 12.6 中,注意 SqlDataSource 控件的声明,其中包含连接数据和 SQL 数据库查询语句,这里利用到了 ASP.NET 2.0 中的一个新控件。

2. 页面跳转功能

当用户查看到了留言的信息后,如果还想留言,即可单击页面 messageout. aspx 上的"继续留言"按钮,则触发 Button1_Click(object sender,EventArgs e)事件,跳转到留言板页面中。如果用户没有登录,则跳转到登录页面中去。页面 messageout. aspx 上的 Button1_Click(object sender,EventArgs e)事件的代码如代码 12.7 所示。

【代码 12.7】messageout. aspx. cs

```
    protected void Button1_Click(object sender, EventArgs e)
    {
        Response.Redirect("message.aspx");
    }
```

当用户登录到留言板并留言后,系统会自动跳转到查看留言的内容,页面 messageout. aspx 的初始化页面如图 12.25 所示。

图 12.25　页面 messageout.aspx 的初始化界面

12.4.5　注册页面设计

在程序中添加一个新的 Web 页面,并将其命名为 Default.aspx,它的隐藏文件为 Default.aspx.cs 文件。

1. 页面设计

在页面 Default.aspx 上添加 6 个 Textbox 控件、6 个 Required Field Validator 控件、一个 Compare Validator 控件、两个 Regular Expression Validator 控件、一个 Validation Summary 控件和一个 Button 按钮控件。6 个 Textbox 控件用于输入用户的信息;6 个 Required Field Validator 控件用于验证 6 个 TextBox 不能为空;Compare Validator 控件用于比较密码和确定密码是否相同;两个 Regular Expression Validator 控件用于验证电话号码和 EMAIL 格式是否正确;Validation Summary 控件用于显示错误的提示框;Button 按钮是用于提交用户注册信息的命令按钮。页面 Default.aspx 的设计界面如图 12.26 所示。

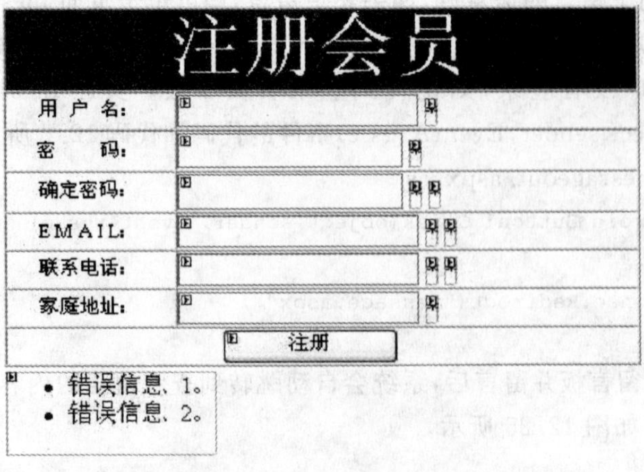

图 12.26　页面 Default.aspx 的设计界面

页面 Default.aspx 的 HTML 源代码如代码 12.8 所示。

【代码 12.8】Default.aspx

```
<form id="form1" runat="server">
    <div>
        <center>
            <table border="1" cellpadding="0" cellspacing="0" id="TABLE1"
style="width: 409px">
                <tr>
                    <td colspan="2" style="background-color: #336633">
                        <span style="font-size: 36pt; color: white">注册会员
</span></td>
                </tr>
                <tr>
                    <td style="width: 108px">
                        <span style="font-size: 10pt">
                        用 户 名:</span></td>
                    <td align="left">
                        <asp:TextBox ID="TextBox1" runat="server" ForeColor
="#C00000"></asp:TextBox>
                        <asp:RequiredFieldValidator ID="RequiredFieldValidator1 "
runat="server" ControlToValidate="TextBox1" ErrorMessage="用户名不能为空 ">
*</asp:RequiredFieldValidator>  
                    </td>
                </tr>
                <tr>
                    <td style="width: 108px">
                        <span style="font-size: 10pt">
                        密     码:</span></td>
                    <td align="left">
                        <asp:TextBox ID="TextBox2" runat="server" TextMode=
"Password"></asp:TextBox>
                        <asp:RequiredFieldValidator ID="RequiredFieldValidator2"
runat="server" ControlToValidate="TextBox2" ErrorMessage="密码不能为空 ">*
</asp:RequiredFieldValidator>  
                    </td>
                </tr>
                <tr>
                    <td style="width: 108px">
                        <span style="font-size: 10pt">
                        确定密码:</span></td>
                    <td align="left">
```

```
                    <asp:TextBox ID="TextBox3" runat="server" TextMode=
"Password"></asp:TextBox>
                        <asp:RequiredFieldValidator ID="RequiredFieldValidator3"
runat="server" ControlToValidate="TextBox3" ErrorMessage="确定密码不能为空">*
</asp:RequiredFieldValidator>
                        <asp:CompareValidator ID="CompareValidator1" runat="server"
ControlToCompare="TextBox2" ControlToValidate="TextBox3" ErrorMessage="确
定密码和密码不一致">*</asp:CompareValidator></td>
                </tr>
                <tr>
                    <td style="width: 108px">
                        <span style="font-size: 10pt">
                        E M A I L:</span></td>
                    <td align="left">
                        <asp:TextBox ID="TextBox4" runat="server"></asp:
TextBox>
                        <asp:RequiredFieldValidator ID="RequiredFieldValidator4"
runat="server" ControlToValidate="TextBox4" ErrorMessage="EMAIL 不能为空">*
</asp:RequiredFieldValidator>
                    <asp:RegularExpressionValidator ID="RegularExpressionValidator1"
runat="server" ControlToValidate="TextBox4" ErrorMessage="EMAIL 格式不正确"
ValidationExpression="\w+([-+.']\w+)*@\w+([-.]\w+)*\.\w+([-.]\w+)*">*</
asp:RegularExpressionValidator></td>
                </tr>
                <tr>
                    <td style="width: 108px">
                        <span style="font-size: 10pt">
                        联系电话:</span></td>
                    <td align="left">
                        <asp:TextBox ID="TextBox5" runat="server"></asp:TextBox>
                        <asp:RequiredFieldValidator ID="RequiredFieldValidator5"
runat="server" ControlToValidate="TextBox5" ErrorMessage="联系电话不能为空">*</
asp:RequiredFieldValidator>
                        <asp:RegularExpressionValidator ID="RegularExpressionValidator2"
runat="server" ControlToValidate="TextBox5" ErrorMessage="联系电话的格式不
正确" ValidationExpression="(\(\d{3}\)|\d{3}-)?\d{8}" Width="1px">*</asp:
RegularExpressionValidator> </td>
                </tr>
                <tr>
                    <td style="width: 108px" >
                        <span style="font-size: 10pt">
                        家庭地址:</span></td>
```

```
                    <td align="left">
                            <asp:TextBox ID="TextBox6" runat="server"></asp:TextBox>
                            < asp: RequiredFieldValidator  ID =" RequiredFieldValidator6 "
runat="server" ControlToValidate="TextBox6" ErrorMessage="家庭地址不能为空">*</
asp:RequiredFieldValidator>   
                        </td>
                    </tr>
                    <tr>
                        <td colspan="2" align="center" >
                            <asp:Button ID="Button1" runat="server" Text="注册"
OnClick="Button1_Click" Width="113px" />   
                        </td>
                    </tr>
                </table>
            </center>
            </div>
                <asp: ValidationSummary ID =" ValidationSummary1 " runat =" server "
ShowMessageBox="True" ShowSummary="False" style="z-index:100; left:87px;
position:absolute;top:263px"/>
            </form>
```

2. 注册功能

当用户单击 Default. aspx 页面中的"注册"按钮时，触发 Button1_Click（object sender，EventArgs e）事件，该事件主要用于用户注册，并将用户的信息保存到数据库中去。事件 Button1_Click(object sender，EventArgs e)的代码如代码 12.9 所示。

【代码 12.9】Default. aspx

```
protected void Button1_Click(object sender, EventArgs e)
    {
      try
        {
          //创建数据库连接
            SqlConnection con =db.CreateConnection();
          //打开数据库
           con.Open();
          //建立插入的 SQL 语句
            string strsql="insert into login(uname,upass,email,phone,addr)
values('"+TextBox1. Text+"','"+TextBox2. Text+"','"+TextBox4. Text+"','"+
TextBox5. Text+"','"+TextBox6. Text+"')";
            //创建 SqlCommand 命令控件
            SqlCommand cmd =new SqlCommand(strsql,con);
            //执行 SqlCommand 控件,不返回任何数据
            cmd.ExecuteNonQuery();
```

```
        //关闭数据库连接
         con.Close();
        //跳转到指定页面
         Response.Redirect("login.aspx");
        }
        //错误处理
    catch
    {
         Response.Write("<script>alert('用户名存在,请选择其它用户名')
</script>");
        }
    }
```

注册页面运行后,页面 Default.aspx 的初始化界面如图 12.27 所示。

图 12.27　页面 Default.aspx 的初始化界面

12.4.6　登录页面设计

在程序中添加一个新的 Web 页面,并命名为 login.aspx,它的隐藏文件为 login.aspx.cs。

1. 页面设计

在页面 login.aspx 上添加 3 个 TextBox 控件、一个 Button 控件、一个 ImageButton 控件和一个 Label 控件。3 个 TextBox 控件分别用于填写用户登录的用户名、密码和验证码;Button 控件主要用于登录到留言板;ImageButton 控件主要用于显示图片验证码;Label 控件主要用于显示用户名和密码出现的错误信息。页面 login.aspx 的设计界面如图 12.28 所示。

页面 login.aspx 的 HTML 设计的源代码如代码 12.10 所示。

【代码 12.10】login.aspx

```
<form id="form1" runat="server">
    <div>
        <center>
```

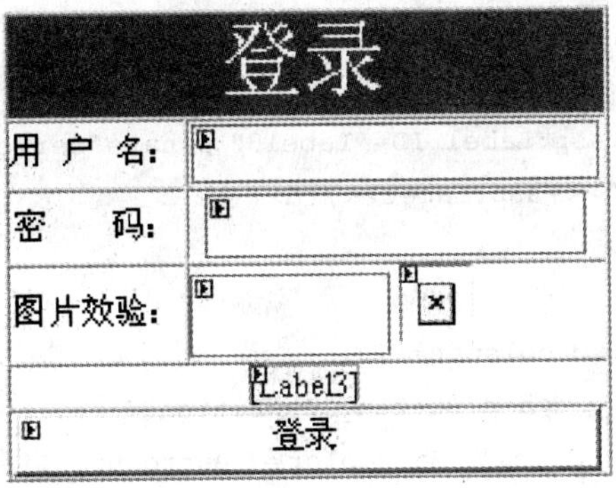

图 12.28 页面 login. aspx 的设计界面

```
<span style="font-size:smaller">
  <table border="1" cellpadding="0" cellspacing="0">
    <tr>
      <td colspan="2" style="color:#ffffff; background-color: #
669900;height:32px;">
        <span style="font-size: 24pt">
        登录</span></td>
    </tr>
    <tr>
      <td>
        用 户 名:</td>
      <td style="width: 158px">
        < asp: TextBox  ID =" TextBox1"  runat =" server" > </asp:
TextBox></td>
    </tr>
    <tr>
      <td>
        密      码:</td>
      <td style="width: 158px">
        <asp:TextBox ID="TextBox2" runat="server"
TextMode="Password"></asp:TextBox></td>
    </tr>
    <tr>
      <td>
        图片效验:</td>
      <td align="left" style="width: 158px">
        <asp:TextBox ID="TextBox3" runat="server" Height="25px"
Width="71px"></asp:TextBox>
        <asp:ImageButton ID="ImageButton1" runat="server"/></td>
```

```
            </tr>
            <tr>
            <td colspan="2">
                <asp:Label ID="Label3" runat="server" ForeColor="Red"
Font-Size="Small"></asp:Label></td>
            </tr>
            <tr>
                <td colspan="2">
                    <asp:Button ID="Button2" runat="server" Text="登录"
OnClick="Button2_Click" BackColor="ButtonHighlight" ForeColor="Black"
Width="224px"/>
                </td>
            </tr>
        </table>
        </span>
    </center>
    </div>
    </form>
```

2. 页面初始化

页面 login. aspx 调用函数 Page_Load(object sender,EventArgs e)初始化,该函数主要是 ImageButton 按钮调用 image. aspx 页面,并在图片按钮上显示验证码。函数 Page_Load(object sender,EventArgs e)的程序如代码 12.11 所示。

【代码 12.11】login. aspx

```
protected void Page_Load(object sender, EventArgs e)
    {
        this.ImageButton1. ImageUrl="image.aspx";
    }
```

登录页面运行后,登录页面 login. aspx 的初始化界面如图 12.29 所示。此时,lmageButton 显示验证码。

图 12.29　页面 login. aspx 的初始化界面

3. 注册功能

单击页面 login. aspx 上的"登录"按钮,触发事件 Button2_Click(object sender, EventArgs e),该事件实现登录到留言板页面。事件 Button2_Click(object sender, EventArgs e)的程序源码如代码 12.12 所示。

【代码 12.12】login. aspx

```
protected void Button2_Click(object sender, EventArgs e)
    {
        //判断用户名和密码文本框是否为空
        if((this.TextBox1. Text=="")||(this.TextBox2. Text==""))
            {
                Label3. Text="用户名与密码不能为空!";
            }
        else
            {
                //连接数据库
                SqlConnection con=db.CreateConnection();
                con.Open();
                //用 SQL 语句确定用户名和密码是否正确
                string strSql="select upass from login where uname='"+this.
TextBox1. Text+"'";
                SqlCommand cmd=new SqlCommand(strSql,con);
                //创建一个数据集
                DataSet ds =new DataSet();
                //创建一个适配器
                SqlDataAdapter da=new SqlDataAdapter(strSql,con);
                //填充数据集
                da.Fill(ds,"mytable");
        try
          {
                //判断密码文本框是否和数据集的密码相同
                if(this.TextBox2. Text==ds.Tables[0].Rows[0].ItemArray[0].
ToString().Trim())
                    {
                        string curuser=this.TextBox1. Text;
                        //将用户名存储在 session 中
                        Session["uname"]=this.TextBox1. Text.ToString();
                        string aa=this.TextBox3. Text.ToString();
                        //判断文本框中的验证码是否和按钮上的验证码相同
                        if (aa==Convert.ToString(Session["image"]))
                        {
                            Response.Redirect("message.aspx");
```

```
                }
                else
                {
                    Response.Write("<script>alert('验证码错误,注意大小写！')
</script>");
                }
            }
            else
            {
                Label3. Text="用户名或者密码错误!";
            }
        }
        //错误处理
        catch
        {
            Label3. Text="Sorry! 你输入的用户名不存在!";
        }
        con.Close();
        }
    }
```

12.4.7 显示验证码页

在程序中添加一个新的 Web 页面，并命名为 image. aspx，它的代码隐藏文件为 image. aspx. cs 文件。

在 image. aspx. cs 文件中自定义两个事件，分别是 private string GenCode(int num) 和 private void GenImg(string code)事件。private string GenCode(int num)事件用于产生验证码；private void GenImg(string code)事件用于产生图片。并且在 Page_Load 事件中调用产生图片验证码，从而可以显示验证码的事件。image. aspx. cs 文件的程序源码如代码 12.13 所示。

【代码 12.13】image. aspx. cs

```
using System;
using System.Data;
using System.Configuration;
using System.Collections;
using System.Web;
using System.Web.Security;
using System.Web.UI;
using System.Web.UI.WebControls;
using System.Web.UI.WebControls.WebParts;
using System.Web.UI.HtmlControls;
using System.Drawing.Imaging;
```

```
using System.IO; //定义输入输出命名空间
using System.Drawing; //定义画板命名空间

public partial class image : System.Web.UI.Page
{
    protected void Page_Load(object sender, EventArgs e)
    {
        this.GenImg(this.GenCode(4));
        //将验证码存储到 session 中,以便需要时进行验证
        Session["image"]=this.GenCode(4);


    }
    //任意产生 4 个验证码
    private string GenCode(int num)
    {
        //定义一个验证码数组
        string[] source={"0","1","2","3","4","5","6","7","8","9","A","B",
"C","D","E","F","G","H","I","J","K","L","M","N","O","P","Q","R","S","T",
"U","V","W","X","Y","Z"  };
        string code="";
        Random rd=new Random();
        for (int i=0;i<num;i++)
        {
            code+=source[rd.Next(0,source.Length)];
        }
        return code;
    }
    //生成图片
    private void GenImg(string code)
    {
        //定义一个画板
        Bitmap myPalette=new Bitmap(60,20);
        //在画板上定义绘图的实例
        Graphics gh=Graphics.FromImage(myPalette);
        //定义一个矩形
        Rectangle rc=new Rectangle(0,0,60,20);
        //填充矩形
        gh.FillRectangle(new SolidBrush(Color.Blue),rc);
        //在矩形内画出字符串
        gh.DrawString(code,new Font("宋体",16),new SolidBrush(Color.White),rc);
        //将图片显示出来
          myPalette. Save (Response. OutputStream,  System. Drawing. Imaging.
```

```
ImageFormat.Jpeg);
        gh.Dispose();
        myPalette.Dispose();
    }
}
```

运行页面 image. aspx 之后,页面 image. aspx 的初始化界面如图 12. 30 所示,该页面只是用于产生一个验证码。

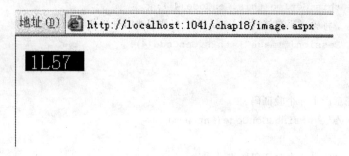

图 12.30 页面 image. aspx 的初始化界面

参 考 文 献

[1] 王珊,萨师煊.2006.数据库系统概论(第四版).北京:高等教育出版社

[2] 郑阿齐.2005.SQL Server 实用教程(第2版).北京:电子工业出版社

[3] 钱雪忠.2007.数据库原理及应用(第2版).北京:北京邮电大学出版社

[4] 袁然,王诚梅.2006.SQL Server 2005 经典实例教程.北京:电子工业出版社

[5] 美 Jeffrey R. Shapiro 著,韩志宏译.2008.Microsoft SQL Server 2005 完全参考手册.北京:清华大学
出版社

[6] 施伯乐,丁宝康,汪卫.2004.数据库系统教程.北京:高等教育出版社

[7] 李建中,王珊.2004.数据库系统原理(第2版).北京:电子工业出版社